LISTE

DES NOTABLES COMMUNAUX

DU

DÉPARTEMENT DE LA SEINE.

Se trouve à PARIS,

Chez

CHAIGNIEAU aîné, imprimeur-libraire, rue de la Monnaie, n°. 27, près le Pont-Neuf.

MARADAN, libr., rue Pavée André-des-Arts, n°. 16.

FUCHS, libr., rue des Mathurins, maison de Clugny, n°. 334.

DEVAUX, libr., Palais du Tribunat, n°. 181.

PIGOREAU, libr., cloître Germain-l'Auxerrois.

Madame DUFRESNE, libr., Palais de justice, galerie des prisonniers.

BILLOIS, libr., quai des Augustins, n°. 37.

DESJOURS, libr., péristile du Théâtre de la République.

LISTE

GÉNÉRALE ET COMPLÈTE

DES

NOTABLES COMMUNAUX

DU

DÉPARTEMENT DE LA SEINE,

Dans les trois Arrondissemens de Paris, Franciade et Sceaux.

ÉLECTIONS COMMUNALES DE L'AN IX.

A PARIS,
IMPRIMERIE DE CHAIGNIEAU AÎNÉ.

FRUCTIDOR AN IX.

LISTE

DES NOTABLES COMMUNAUX

DU

DÉPARTEMENT DE LA SEINE.

NOTABLES DE DROIT.

ABRIAL, ministre de la justice.
Adet, tribun.
Agier, juge d'appel.
Albert de Luynes, membre du conseil général.
Alexandre, tribun.
Amy, juge au tribunal de première instance.
Andrieux, tribun.
Anson, membre du conseil général.
Arnaud, substitut du commissaire près le tribunal de cassation.
Arnould, tribun.
Aubert, législateur.
Aucante, juge au tribunal de première instance.
Audier-Massillon, juge au tribunal de cassation.
Aumont, juge au tribunal de cassation.
Babille, juge au tribunal de cassation.
Bachois, juge d'appel.
Bauchau, juge au tribunal de cassation.
Baudin, juge au tribunal de première instance.
Beaujour, tribun.
Belin, juge suppléant au tribunal de première instance.
Belleville, ex-législateur.
Bellard, membre du conseil général.
Belot, juge au tribunal de première instance.
Benard, adjoint.
Bernadotte, conseiller d'état.
Berthereau, juge au tribunal de première instance.
Berthier, ministre de la guerre.
Bevière, maire.
Bexon, juge au tribunal de première instance.
Biderman, membre du conseil général.
Bigot-Préameneu, commissaire près le tribunal de cassation.

Bitouzé-Limières, tribun.

Blondel, juge d'appel.

Bois-Jolin, tribun.

Bonaparte, premier consul.

Bonaparte (Lucien), ex-ministre de l'intérieur.

Bouchard, juge au tribunal de première instance.

Boulard, maire.

Bourguignon, juge au tribunal criminel.

Bouron, juge au tribunal de première instance.

Bréard, législateur.

Bricogne, maire.

Brière-Mondetour, maire.

Brierre-Surgis, commissaire de la comptabilité nationale.

Brune, conseiller d'état.

Cahier, substitut du commissaire près le tribunal d'appel.

Cambacérès, second consul.

Carouge, juge au tribunal de première instance.

Cauchy, secrétaire du sénat conservateur.

Chamborre, juge du tribunal de première instance.

Champion, membre du conseil de préfecture.

Chaptal, ministre de l'intérieur.

Chénier, tribun.

Chiniac, substitut du commissaire près le tribunal criminel.

Clavier, juge suppléant au tribunal criminel.

Collette, maire.

Colliat, commissaire de la comptabilité nationale.

Crottet, juge suppléant au tribunal de première instance.

Daunou, tribun.

Davilliers l'aîné, membre du conseil général.

Delaitre, membre du conseil général.

Deloret, adjoint.

Demautort, membre du conseil général.

Démeunier, tribun.

Denisart, juge au tribunal de première instance.

Denormandie, juge suppléant au tribunal de première instance.

Desmaisons, juge du tribunal criminel.

Desmousseaux, ex-tribun.

Devaisnes, conseiller d'état.

Devauvert, juge suppléant au tribunal de première instance.

D'Harcourt, membre du conseil général.

D'Herbelot, juge au tribunal de première instance.

Dionis-du-Séjour, juge suppléant au tribunal de prem. instance.

Doulcet-Degligny, adjoint.

Doyen, maire.

Dubois, préfet de police.

Dubois, juge suppléant au tribunal de première instance,

Ducis, juge d'appel.
Dumangin, membre du conseil général.
Dumont-Lacharnaye, ex-membre du conseil de préfecture.
Dupont, maire.
Duport, juge suppléant au tribunal criminel.
Dupuis, législateur.
Duquesnoy, maire.
Duvidal, membre du conseil général.
Duvillard, législateur.
Fabre, adjoint.
Fain, membre du conseil de préfecture.
Fardel, substitut du commissaire près le tribunal criminel.
Faure, tribun.
Fesquet, juge suppléant au tribunal criminel.
Feval, commissaire de la comptabilité nationale.
Fieffé, maire.
Fleurieu, conseiller d'état.
Florent-Guyot, ex-législateur.
Follenfant, juge d'appel.
Fondeur, greffier du tribunal d'appel.
Fouché, ministre de la police générale.
Fourcroy, conseiller d'état.
Fremyn, greffier du tribunal criminel.
Freville, tribun.
Fulchiron, législateur.
Gallois, tribun.
Ganilh, tribun.
Gauthier, juge au tribunal de première instance.
Gauthier-Biauzat, commissaire au tribunal criminel.
Gelot, membre du conseil général.
Genissieux, juge d'appel.
Gerard, substitut du commissaire près le tribunal criminel.
Ginguené, tribun.
Gorneau, juge d'appel.
Goulet, adjoint.
Goussard, commissaire de la comptabilité nationale.
Gouvyon-Saint-Cyr, conseiller d'état.
Grandin, juge suppléant au tribunal de première instance.
Granger, substitut du commissaire près le tribunal criminel.
Grouvelle, législateur.
Guillon-d'Assad, juge supp. au tribunal de première instance.
Guyetz, juge d'appel.
Guyot, adjoint.
Guyot-Desherbiers, législateur.
Guyot de Sainte-Hélène, juge suppléant au trib. de 1re instance.
Hemart, juge au tribunal criminel.

Henin , juge d'appel.
Huguet , tribun.
Huguet-Montaran , maire.
Jaubert , substitut du commissaire près le trib. de prem. instance.
Joubert , conseiller de préfecture.
Joubert-Arnaud , substitut du commissaire près le trib. criminel.
Isnard , tribun.
Isnard-Bonneuil , substitut du comm. près le trib. de prem. inst.
Julien-Dubois , juge au tribunal de première instance.
Jurien , juge d'appel.
Justinard , adjoint.
Laboissière , juge au tribunal de première instance.
Lacaze , juge d'appel.
Lacretelle , législateur.
Laguillaumie , juge au tribunal criminel.
Landry , juge au tribunal de première iustance.
Lasaudade , juge au tribunal de cassation.
Lebeau , juge au tribunal de première instance.
Leblanc , législateur.
Leblond , législateur.
Lebreton , tribun.
Lecordier , adjoint.
Ledru , adjoint.
Lefebvre , membre du conseil général.
Lefebvre-Corbinière , juge au tribunal d'appel.
Legras , juge au tribunal de première instance.
Legris , juge suppléant au tribunal criminel.
Lelong , adjoint.
Lemoine , adjoint.
Lepoitevin , juge d'appel.
Leroux , législateur.
Leroy , tribun.
Lescalier , conseiller d'état.
Lesparat , juge suppléant au tribunal de première instance.
Letellier-du-Hutrel , juge d'appel.
Locré , secrétaire général du conseil d'état.
Mallet l'aîné , membre du conseil général.
Marchand , membre du conseil de préfecture.
Margueré , greffier du tribunal de première instance.
Martineau , juge au tribunal criminel.
Mauvage , adjoint.
Méjan , secrétaire général de la préfecture du département.
Merville , juge au tribunal de première instance.
Minier , juge au tribunal de cassation.
Miot , conseiller d'état.
Menges , tribun.

Moreau, maire.
Moreau-Saint-Méry, conseiller d'état.
Mouricault, tribun.
Mourre, commissaire près le tribunal d'appel.
Mutel, juge d'appel.
Naurois, membre du conseil général.
Nervo, juge au tribunal de première instance.
Noel, ex-tribun.
Obelin, législateur.
Ogé, juge d'appel.
Ollivier, substitut du comm. près le tribunal de première inst.
Perdry, membre du conseil de préfecture.
Pérignon, membre du conseil général.
Péron, maire.
Perreau, tribun.
Perrier, membre du conseil général.
Perrot, juge au tribunal de première instance.
Petiet, conseiller d'état.
Petit, membre du conseil général.
Petit, substitut du comm. près le trib. de première inst.
Phelippon, adjoint.
Piault, adjoint.
Picard, adjoint.
Pinot, substitut du commissaire près le tribunal criminel.
Piis, secrétaire général de la préfecture de police.
Poncet de la Grave, juge suppléant au trib. de première instance.
Portalis, conseiller d'état.
Poulin, adjoint.
Quatremer-de-Quincy, membre du conseil général.
Raguideau, membre du conseil général.
Rataud, juge au tribunal de cassation.
Réal, conseiller d'état.
Regardin, commissaire de la comptabilité nationale.
Richard, législateur.
Rigault, juge au tribunal criminel.
Riou, substitut du commissaire près le tribunal criminel.
Rioulfe, tribun.
Robin, commissaire près le tribunal de première instance.
Rœderer, conseiller d'état.
Rouen, adjoint.
Rougement, membre du conseil général.
Rouillé de l'Étang, membre du conseil général.
Roullois, substitut du commissaire près le tribunal criminel.
Rousseau, législateur.
Royer, juge d'appel.
Roze, adjoint.

Sabarot, vice-président du tribunal de première instance.
Sabatier, membre du conseil général.
Saint-Aubin, tribun.
Salleron, adjoint.
Salmon, adjoint.
Sanlot, commissaire de la comptabilité nationale.
Saucourt, commissaire de la comptabilité nationale.
Saussay, substitut du commissaire près le tribunal criminel.
Schwendts, juge au tribunal de cassation.
Seguier, substitut du commissaire près le trib. de première inst.
Selves, juge au tribunal criminel.
Seriziat, substitut du commissaire près le tribunal criminel.
Soubdès, juge au tribunal de première instance.
Souhart, adjoint.
— Target, juge au tribunal de cassation.
Thuriot, juge au tribunal criminel.
Treillard, vice-président du tribunal d'appel.
Trouvé, tribun.
Truguet, conseiller d'état.
Try, substitut du commissaire près le tribunal d'appel.
Vermeil, juge au tribunal de cassation.
Véron, adjoint.
Verrier, substitut du commissaire près le tribunal criminel.
Vigner, juge au tribunal de première instance.
Willemsens, adjoint.
Worms, adjoint.

NOTABLES ABSENS POUR LE SERVICE PUBLIC.

Abeille, étienné, officier militaire.
Aboville, capitaine d'artillerie.
Abraham, officier militaire.
Aclocque, jean-françois, milit. domicilié dans la onzième mun.
Adriné, adjudant-général.
Advenier, ingénieur des mines.
Agnus, officier militaire.
Ailhaud, commissaire des relations extérieures à la Corogne.
Alexandre, louis-césar, officier militaire.
Alquier, ministre plénipotentiaire à Naples.
André, officier du génie.
André, officier militaire.
Andréossy, général.
Angelucci, commissaire des relations extérieures.
Anisson, officier militaire.
Antoine, général.
Arcambal aîné, comm. gén. des relations extérieures en Corse.

Arcambal, agent diplomatique à Niewport.

Armand, officier militaire.

Armandeau, quartier-maître.

Arnoult, guide à l'armée d'Italie.

Artaud, secrétaire de légation.

Aslain, officier militaire.

Astruc fils, commissaire des guerres.

Aubry, officier militaire.

Auger, quartier-maître.

Augereau, général, onzième municipalité.

Augereau, aide-de-camp.

Augibault, officier militaire.

Avisse, chef de brigade.

Bacciochi, général.

Bache, général.

Baget, général.

Bailly fils, aide-de-camp, troisième municipalité.

Bandar, commissaire-général.

Baraguay-d'Hilliers, général.

Barbazon, commandant de place, dixième municipalité.

Barbé, sous-commissaire des relations extérieures à New-York.

Barthelemy, officier militaire.

Bascher, ambassadeur à Ratisbonne.

Baudin, chef d'escadre.

Bavoyan, capitaine.

Bazire, commissaire des guerres.

Belair, général.

Belleville, commissaire des relations extérieures.

Belliard, officier militaire en Egypte.

Bermont, commiss. général des relations extérieures en Morée.

Berthier, léopold, chef de l'état-major.

Bessière, général.

Bethoncourt, général.

Beurnonville, ambassadeur.

Bignon, secrétaire de légation.

Billot, commissaire général des relations extérieures.

Binod, adjudant.

Bodard, commissaire des relations extérieures à Génes.

Bois-Sauveur, capitaine.

Boivin, général.

Bonaparte, louis, colonel du cinquième régiment de dragons.

Bonne, ingénieur.

Bonnereau, officier militaire.

Bonnet, général.

Bonneville, ambassadeur en Danemarck.

Boudet, général.

Boudineau, brigadier.
Bouquet, officier militaire.
Bourdet, capitaine de vaisseau.
Bourgeois, chef de brigade, onzième municipalité.
Bourgoing, ambassadeur.
Boursier, ambassadeur.
Boursier, officier militaire.
Boutrais, capitaine.
Boyer, capitaine.
Branner, général.
Bruchet, officier militaire.
Bruix, amiral.
Buhot, commissaire des guerres, cinquième municipalité.
Bury, militaire, onzième municipalité.
Cacault, ambassadeur.
Cadet-Devaux, capitaine de cavalerie.
Caffarelly, officier militaire.
Cambise, général.
Camurt, adjudant commandant.
Canclaux, général.
Carlier, officier militaire.
Carra Saint-Cyr, général, onzième municipalité.
Carré, aide-de-camp.
Cartaut, général.
Casa-Bianca, général.
Catté fils, militaire, dixième municipalité.
Cavaros, officier de marine.
Chalons, sous-inspecteur militaire.
Chamberlac, général.
Chambrai, chasseur.
Charbonnel, chef d'escadron.
Charlot, capitaine au deuxième régiment d'artillerie légère.
Charpentier, capitaine de vaisseau.
Chartranne, officier militaire.
Chasseloup, général.
Chasseloup, ingénieur aux armées.
Chastenier, général
Châteauneuf-Randon, général.
Chanderlos-Laclos, général.
Chaudron, adjudant.
Chaumont, général.
Chavagnac, lieutenant.
Cailhasson, commissaire des relations extérieures.
Chépy fils, agent diplomatique, deuxième municipalité.
Cheret, officier militaire.
Chevalier, officier militaire.

Chevilly, officier militaire.
Christy-Pallière, officier militaire.
Clarke, général.
Classein, nicolas-malg., militaire.
Clément, général.
Cocatrix, garde des vivres, à l'armée du Rhin.
Cocquebert-Montbret, com. g. des relat. ext. à Amsterdam.
Colincourt, colonel des carabiniers.
Collaud, général.
Compère, général.
Conté, officier militaire en Egypte.
Coquereau, capitaine des grenadiers.
Cordier, adjudant.
Cortambert, capitaine.
Coustard, officier militaire.
Coutel, ingénieur en Egypte.
Crassisse, joseph, commissaire des guerres troisiè. municipalité.
Cressac fils aîné, ingénieur, onzième municipalité.
Cressac fils cadet, officier militaire, onzième municipalité.
Creuzé, auguste, secrétaire de légation.
Crombert, militaire, huitième municipalité.
Caillard, secrétaire de légation.
Caillart, militaire, cinquième municipalité.
Calotte, chef de brigade.
Daire, militaire, deuxième municipalité.
Damas, général.
Dambly, eugène, officier militaire.
Damin, officier militaire.
Damour, officier militaire, sixième municipalité.
Dampierre, officier militaire, deuxième municipalité.
Daniel, officier militaire, deuxième municipalité.
Dannery, commissaire des relations extérieures.
Dardenne, adjudant-général.
Darnaud, général.
Darret, général.
Daru l'aîné, inspecteur aux revues.
Daubigny, commandant à Cherbourg.
Daudun, secrétaire d'ambassade.
Dauvergne, général.
David, général de brigade.
Davous, général de brigade.
Debel, général d'artillerie.
Delaclos, général.
Delaitre, adjudant-général.
Delille, ingénieur en Egypte.
Delmas, général.

Delorge, vice-amiral.

Delorme, jacques-jean, militaire, septième municipalité.

Demazières, secrétaire de légation en Batavie.

Denaux aîné, militaire, deuxième municipalité.

Derazon, chef de brigade.

Desaugier l'aîné, secrétaire de légation.

Desaugier jeune, secrétaire de légation.

Desbordes, chef de brigade.

Desbrulis, général.

Deschassery, adjudant.

Desfourneaux, général.

Desgrusellier, officier militaire.

Despenusse, officier militaire.

Desperrièes, général.

Desperroux, en mission à Saint-Domingue.

Desportes, félix, secrétaire de légation en Espagne.

Dessoles, général, septième municipalité.

Destournelles, général.

Devaux, adjudant-général.

Devilliers, ingénieur en Egypte.

D'hautpoult, général.

D'herculais, chef de brigade.

Dieu, lieutenant à la quatre-vingt-seizième demi-brigade.

Digonet, général.

Drouin, militaire.

Dubois, capitaine.

Dubois-Tinville, agent diplomatique à Alger.

Dubois, militaire, deuxième municipalité.

Dubois, adjudant général de la garde des consuls.

Duchamoi, ingénieur.

Duchesne, général.

Dudouy, militaire, denxième municipalité.

Dufaut, capitaine de vaisseau.

Dufour, commissaire des relations extérieures en Ligurie.

Dufour, général.

Dufraise, général.

Duhem, général.

Dumanoir-le-Peley, contre-amiral.

Dumas, général.

Dumesnil, commissaire des guerres.

Dumoulin, général.

Dumoutier, général.

Dumuist, général.

Dundas, officier militaire.

Dupont, général.

Dupont, militaire, onzième municipalité.

Dupuis, pierre, militaire, deuxième municipalité.
Durand, commissaire des guerres.
Durand, secrétaire de légation.
Duroc, aide-de-camp.
Durosnel, chef de brigade.
Dutartre, jean-louis, cinquième municipalité.
Dutil, général.
Duturbie, général.
Duverger, général.
Duvignaux, général.
Duvivier fils, ingénieur.
Eblé, général.
Edouard, général.
Encé, général.
Ernouf, général.
Estourmel, général de division, onzième municipalité.
Farcot, hussard au onzième régiment.
Faurest, officier militaire.
Férino, général.
Ferrand, général.
Feyvelat, commissaire des relations extérieures.
Fitte de Soucy, secrétaire d'ambassade.
Fleury, commissaire des relations extérieures en Valachie.
Fleury, capitaine.
Fomant, officier militaire.
Fourcade père, agent diplomatique à Constantinople.
Fourcade fils, agent diplomatique.
Fourier, commissaire au Caire.
Fournet, sous-commissaire des relations extérieures.
Framery père, commissaire des relations extérieures à Trieste.
Franchet, général.
Franchet jeune, officier militaire.
François, militaire, dixième municipalité.
Frécheville, charles, général.
Frère, chef de brigade.
Friand, général.
Fririon, adjudant-général.
Fromont, aide-de-camp.
Gachet, jean-marie, cinquième municipalité.
Gagniard, officier militaire.
Gail aîné, officier militaire.
Gail jeune, officier militaire.
Galland, pierre-étienne, militaire, sixième municipalité.
Galmiche, capitaine.
Gardanne, général.
Garnier, sergent d'artillerie.

Gassendy, général de brigade.
Gaucher, sergent-major.
Gency, général.
Genin fils, officier militaire.
Gérard de Renneval, secrétaire d'ambassade.
Gilles, capitaine au cinquième régiment de cavalerie.
Gillot, général.
Girardin, contre-amiral.
Girardon, général.
Girod, victor-bonaventure, général, deuxième municipalité.
Gobert, général.
Godard fils, officier militaire.
Gosselin, officier militaire.
Gouvier, général.
Grasset de Saint-Sauveur, commissaire des relations extérieures.
Gratien, général.
Grenier, général.
Gresier fils, militaire, deuxième municipalité.
Grezel, officier militaire.
Grondeler, officier militaire.
Grosbert, général d'artillerie.
Grouchy, général, première municipalité.
Guenant fils, officier militaire.
Guenel, général.
Guerin, capitaine.
Guerin, général.
Guibert, étienne-rené, militaire, cinquième municipalité.
Guidal, général de brigade, dixième municipalité.
Guillet, commissaire des relations extérieures.
Guttin, commissaire des relations extérieures à Varsovie.
Haquin, général.
Hardy, général.
Hardi, officier militaire.
Hector, général.
Hedouville, général.
Hennebert, capitaine.
Henneville, officier militaire.
Herrchman, capitaine.
Heslinger, commissaire des relations extérieures.
Hendelet, général.
Hollier fils, officier militaire.
Homé, chef de bataillon.
Hortode, général.
Hotte de Poncharaux fils, officier militaire.
Houdelot, général.
Houdouard, chef de bataillon.

Hubert, capitaine.

Hue, officier militaire.

Huguet de Semonville, ambassadeur.

Humbert, général.

Jacquiner, inspecteur aux armées.

Jarder fils, capitaine.

Jeanbon-Saint-André, commis. des relat. extér. à Smyrne.

Joinville, commissaire des guerres.

Jourdan, général.

Jubé, officier militaire.

Jubin, commissaire des guerres.

Junot, général, commandant de Paris.

Keiffre, secrétaire d'ambassade.

Kellerman, général.

Kellerman fils, général.

Kerverseau, général.

Klein, général.

Labarrère, général de brigade.

Labossière, général.

Lacrosse, contre-amiral, dixième municipalité.

Lacuée, gérard, aide-de-camp.

Lasne, général.

Lebrun, aide-de-camp, première municipalité.

Lecamus, adjudant-commandant.

Leclerc, général.

Leconte, capitaine.

Lecrosnier, aide-de-camp.

Lecourbe, général.

Lecourvillers, général.

Ledoyen, général.

Leduc, militaire, première municipalité.

Lefebvre, ingénieur de la marine.

Lefèvre, secrétaire de légation.

Lefèvre, officier militaire.

Legrand, général de division.

Leguay, officier militaire.

Lelorgne jeune, agent diplomatique à Dresde.

Lemarois, adjudant

Lemoine, général.

Lenfant, général.

Lenoir, jacques-benoît, militaire, quatrième municipalité.

Lepeyre, ingénieur en chef, en Egypte.

Lepot, ingénieur.

Leroux, auguste, officier militaire.

Leroux, commissaire-ordonnateur.

Leroy, commissaire-rapporteur.

2

Lery, général.
Lescot, ingénieur.
Lesseps, ambassadeur.
Lesturgis, officier militaire.
L'huillier, chef de brigade.
Liégeard, général.
Linois, contre-amiral.
Lobjoie, officier militaire.
Loiseau, général.
Lolhier, chef de brigade.
Lorge, général.
Lucotte, général.
Macdonald, général.
Maceau, général.
Magin, jean-michel, militaire, deuxième municipalité.
Magon, chef de division de marine.
Maillefer, charles-françois, sixième municipalité.
Maintaire, adjudant-général, troisième municipalité.
Maison-Neuve, général.
Malher, officier général.
Mallerot, adjudant-commandant.
Mangouret, aide-de-camp, dixième municipalité.
Marescot, général de division.
Margarin, général de brigade.
Marivaux, secrétaire d'ambassade.
Marmier, sous-inspecteur aux armées.
Marmont, général.
Martignes fils, chef de brigade.
Martin, sous-commissaire des relations extérieures.
Massena, général de division.
Massias, chargé d'affaires en Souabe, dixième municipalité.
Mathieu, lieutenant.
Maupetit, commissaire des guerres.
Menard, général.
Menou, général en chef.
Merlin, chef de brigade.
Mermet, général.
Meulan, maréchal-des-logis.
Meunier, général.
Meuron, commissaire des relations extérieures.
Michaut, victor, commissaire des guerres.
Michaut, général de division.
Michel, général.
Millet, aide-de-camp.
Miollis, général de brigade.
Missiessy, contre-amiral.

Molin, commissaire des relations extérieures en Espagne.
Moncey, général.
Monnet, général.
Monnier, général.
Montchoisy, général.
Montrichard, général.
Morand, général.
Moreau, général.
Morel, officier de génie.
Morin, adjudant-général.
Mornard, commissaire des relations extérieures, à Malaga.
Mortier, général.
Moulin, général.
Multer, général.
Murat, général.
Mure, com. des relat. ext. en Chipre, deuxième municipalité.
Muron, commissaire des guerres.
Muscar, commandant de place, à Ostende.
Nicolas, chef de bataillon.
Nicole fils, commissaire des guerres.
Noblat, commissaire ordonnateur.
Noé, officier militaire.
Noël, ambassadeur.
Ollivier, général.
Oudinot, général.
Otto, ambassadeur en Angleterre.
Pame, capitaine.
Parent, commissaire des relations extérieures, en Moldavie.
Pellerin, officier d'artillerie.
Pelliat, sergent-major.
Picard, chef de brigade.
Pichon, com. gén. des relat. ext., à Philadelphie, 2ᵉ. municip.
Pinot fils, officier militaire.
Poissonnier-des-pierres, général de brigade.
Pons, officier militaire.
Ponsard, officier de la garde des consuls.
Portalis fils, agent diplomatique en Saxe, deuxième municip.
Poussin, officier militaire.
Precy, adjudant-général.
Prévot, militaire, dixième municipalité.
Prizier, général.
Pully, (charles), général de division
Pumière, inspecteur de la marine.
Puntis, inspecteur à l'armée d'Egypte.
Puybresque, commissaire ordonnateur, dixième municipalité.
Puymorin, général de brigade, deuxième municipalité.

Quesnel, officier militaire.
Quetard, général de brigade.
Rampon, général.
Rassily, vice-amiral.
Récamier, françois, officier militaire.
Redon, alex.-nicolas, militaire, septième municipalité.
Regley, al.-marie-rené, adj. au douzième de chass., sept. mun.
Regnault, militaire, onzième municipalité.
Regnier, général en Égypte.
Rème, chef de brigade.
Renaut, chef de demi-brigade.
Renou, officier militaire.
Revel, officier militaire.
Rey, général.
Reynhart, ministre plénipotentiaire en Helvétie.
Richepanse, général.
Richér, chef de brigade.
Richer, capitaine de vaisseau.
Rippert, militaire, onzième municipalité.
Robert, officier militaire.
Robert, inspecteur aux revues.
Roch, canonnier.
Rochambeau, général.
Rodet, officier militaire.
Roeliers, lieutenant de chasseurs.
Roger, officier militaire.
Roger, officier de marine.
Roger, aide-de-camp.
Romieux, adjudant-général.
Rossignol, enseigne de vaisseau.
Rostagny, commissaire des relations extérieures à Venise.
Rouillard, m.-c.-bern., conscrit, dixième municipalité.
Rouillard, j.-b.-fr.-an., conscrit, dixième municipalité.
Rousseau, caporal.
Roussel ainé, dragon.
Roussel, capitaine.
Roux-Fazillac, officier militaire.
Ruffin, ambassadeur.
Sabatier, général.
Saget, ingénieur en chef.
Sahuguet, général.
Saint-Crecq, joseph, commissaire des guerres.
Saint-Germain, chef de brigade.
Saint-Hilaire, général.
Saint-Julien, général de brigade du génie.
Saint-Suzanne, général.

Sallé , maréchal-des-logis.
Salms , général.
Sané , général.
Saugis , général d'artillerie.
Saulnier , officier militaire.
Sauret , général.
Sauvage , aide-de-camp.
Savary , aide-de-camp.
Scheult , officier de marine, deuxième municipalité.
Sebastiani , colonel de dragons.
Sellier , sergent dans la quarantième demi-brigade.
Senneville , général.
Serrurier , secrétaire de légation.
Servan , général.
Simon , général.
Simon fils , agent diplomatique.
Simon , chef d'escadron.
Simon , jean , canonnier.
Sorbier , inspecteur d'artillerie.
Soubret , capitaine des guides.
Soult , général.
Stamaty , commissaire des relations extérieures.
Stury , agent diplomatique en Valachie.
Suchet , général.
Swam , général.
Tandis , capitaine.
Taupin , chef de bataillon.
Thedenat , commissaire des relations extérieures à Savone.
Thevenard , vice-amiral.
Thibault , général.
Thiebaut , adjudant-général.
Thomas , chef de brigade.
Thory , général de brigade.
Thureau , général.
Tilly , général.
Tronde , capitaine de vaisseau.
Truguet , contre-amiral.
Turpin , officier militaire.
Valette , militaire marin, troisième municipalité.
Valette , général.
Vasserot , capitaine.
Vavasseur , général.
Vimeux , général.
Verdure , général.
Vergès , chef de bataillon.
Vernier, ch.-jean-louis , militaire , septième municipalité.

Vial, sous–commissaire des relations extérieures à Scio.
Vianelly, sous-commissaire des relations extérieures à Gênes.
Villaret–Joyeuse, vice-amiral, deuxième municipalité.
Villaret–Joyeuse, chef de brigade, deuxième municipalité.
Watrin, officier-général, onzième municipalité.
Warré, chef de brigade.
Xaintrailles, général.

NOTABLES PRÉSENS.

Abadie, rue des lavandières.
Abbadie, militaire invalide, dixième municipalité.
Ablon, sellier, rue du sépulcre.
Aboville, commandant de bataillon de l'art., dixième municip.
Accoyer, employé, rue rochechouart.
Acloque, faïencier, rue pont-notre-dame.
Aclocque père, distillateur, rue saint-andré-des-arts.
Adam, graveur, rue du foin.
Adam, sous-directeur du prytanée, douzième municipalité.
Adam, rue bar-du-bec.
Adam, négociant, rue thibautodé.
Adam (Jean-Louis) artiste, boulevard montmartre.
Adamson, horloger, rue du Lycée, n. 1095.
Adancourt, chandelier, rue honoré.
Adanson, membre de l'institut, quatrième municipalité.
Ador, rue antoine.
Adrien, marchand de toiles, rue honoré.
Agasse, imprimeur, rue des poitevins.
Agasse (Isidore) employé au secrétariat d'état, prem. munic.
Agier, réviseur à la liquidation générale, première municipalité.
Aguette (Hubert) marchand de vin, rue et île de la fraternité.
Alais, commissaire de police, rue caumartin.
Alais, greffier, rue de la lanterne.
Alais, employé au département, rue nicaise, n. 175.
Alard, tourneur, marché st.-jean.
Alary, hospice des vieillards.
Alavoine, sculpteur, rue fontaine-nation.
Albaret, rue des boulets.
Albaret, fondeur, rue jean-robert.
Albert, propriétaire, rue du cherche-midi, n. 791.
Alhoy, administrateur des hospices, rue de tournon, n. 25.
Alingre, rue moufletard.
Alizart, propriétaire, rue thomas-du-louvre.
Allain, agent du trésor public, rue pavée, n. 22.
Allan, négociant, rue montmartre.
Allard, officier de santé, rue des fossés-st.-germain-des-prés.

Allard, homme de loi, porte antoine.
Allemand, horloger, rue des gravilliers.
Albert, négociant, quai d'orsai.
Albinet (jean), baigneur, rue mouffetard.
Albong, charpentier, rue paradis.
Albong, rue de la loi.
Alexandre, fruitier, rue paul, n. 37.
Alexandre, militaire, rue neuve-martin.
Alexandre, sous-officier invalide, dixième municipalité.
Alexandre, mercier, place michel, n. 51c.
Alexandre l'aîné, chef au département, rue hyacinthe.
Allevin, propriétaire, rue andré-des-arts.
Allongé, employé, rue mêlée.
Allou, parfumeur, rue denis.
Altier, employé, rue des moineaux.
Amalric, rue des pères.
Amblard, chapelier, rue de la loi.
Ameilhon jeune, à la bibliothèque de l'arsenal.
Ameilhon, de l'Institut,
Amelin-Vanrobais, banquier, rue des bons-enfans.
Amelot, administrateur de la loterie, deuxième municipalité.
Amuthon, employé à la bibliothèque, deuxième municipalité.
Ancelin, huissier, rue des fossés-montmartre.
Ancelin, marchand de vin, rue des bernardins.
Ancelin, limonadier, rue thibautodé.
Ancement, rentier, rue férou.
Andelle, rue de lesdiguières.
Andelle, ex-notaire, rue des quatre-fils.
André, horloger, rue montmartre.
André, traiteur, rue geoffroi-l'asnier.
André, homme de lettres, rue des colonnes, n. 13.
André, architecte, rue hillerin-berlin.
André, employé, rue saintonge.
André, militaire invalide, dixième municipalité.
André, médecin, rue montmartre.
André, employé aux invalides, dixième municipalité.
André, huissier-priseur, rue benoît.
André, médecin, rue des écouffes.
Andrevou, limonadier, rue montmartre.
Andrieux, faïencier, rue phelippeaux.
Andrieux, propriétaire, rue du pont-aux-choux.
Andry, médecin, rue des deux-écus.
Andry l'aîné, mercier, rue denis.
Angar, négociant, rue de thionville.
Angar, employé, rue d'anjou-thionville.
Angar, commis greffier, rue des rosiers.

Angelos, homme de loi, première municipalité.

Angibault, employé au ministère des finances, dix. munici.

Angol, employé, quatrième municipalité.

Anjorrant, rue du faubourg-montmartre.

Anjubaud, notaire, rue denis.

Annette, pâtissier, rue du four-germain.

Anquetil, membre de l'institut, quatrième municipalité.

Anquetin, négociant, rue quincampoix.

— Antheaume, notaire, rue de la verrerie.

Antheaume, orfèvre, rue des orfèvres.

Antheaume, cul-de-sac dominique.

Antoine, vitrier, enclos du temple.

Antoine, architecte, rue benoît.

Antoine, sculpteur, rue rousselet.

Antoine, coutelier, rue de la monnaie.

Antoine, premier commis aux finances, deux. municipalité.

Appert, maréchal, rue gaillon.

Araut, boulanger, rue des vieux-augustins.

Archambault, homme de loi, rue andré-des-arts.

Ardenne, homme de loi, rue des fossés-montmartre, n. 6.

Argenvilliers, employé, rue de l'université.

Armangis, marchand de soie, rue denis.

Armandort, employé, neuvième municipalité.

Armenant, employé au ministère des finances, deux. muni.

Armet, clincaillier, rue de la barillerie.

Armet, ex-notaire, rue neuve-augustin.

Armet, rentier, rue du faubourg-germain.

Armet, rentier, rue de bellefond.

Armet (de Lille), cloître des bernardins.

Armey, jurisconsulte, rue de la place-vendôme.

Arnaud, employé, rue avoie, n. 150.

Arnauld, rue de grammont.

Arnault, chef à l'intérieur, dixième municipalité.

Arnault, ancien notaire, rue avoie.

Arnould Satrouville, rue traversière, n. 781.

Arnoult, commissaire de police, à l'arsenal.

Arnoult (benjamin), ancien jur. et prop., rue d'enfer, n. 89.

Arnoult, rentier, boulevard du temple.

Arnoult, homme de loi, rue française.

Arnoult, ancien épicier, quai des ormes.

Arrachart, officier de santé, quai de l'égalité.

Arson, peaussier, rue ticquetonne.

Arson, ancien fourreur, rue honoré.

Artaud, homme de loi, rue des petits augustins.

Artus père, mercier, rue antoine.

Artier, mercier, rue denis, n°. 19.

Asselin, médecin, rue transnonain.
Asselin, employé au ministère de la justice, 1re. municipalité.
Astier, fabricant de chocolat, rue du four germain.
Astier, en fonction publique, douzième municipalité.
Astruc fils, rue des grands-augustins.
Atrofle, apothicaire, rue faubourg denis.
Attenot, avoué, rue basse-des-ursins.
Aubé, abbaye germain, n. 1129.
Aubé, employé, rue germain-l'auxerrois.
Aubert cadet, architecte, rue de lille.
Aubert, avoué, rue des marais-germain.
Aubert ainé, architecte, rue traversière-honoré.
Aubert, entrepreneur, rue du chantre, n. 72.
Aubert, rue lazare.
Aubert, tabletier, faubourg-denis.
Aubert, employé à la poste, troisième municipalité.
Aubert père, musicien, rue phelipeaux.
Aubert, rue des noyers.
Aubert Malai, banquier, rue de la concorde.
Aubert, serrurier, rue de la croix.
Aubert, négociant, rue des moulins.
Aubin, homme de lettres, rue neuve des petits-champs.
Aubineau, foureur, rue honoré.
Aublet Saint-Edme, rue de l'échelle.
Aubriet, huissier du corps législatif, dixième municipalité.
Aubris, sous-officier aux invalides, dixième municipalité.
Aubron, rentier, rue claude, n. 371.
Aubry, libraire, quai des augustins.
Aubry, épicier, rue du faubourg du roule.
Aubry, militaire invalide, dixième municipalité.
Aubry, épicier, rue beroist.
Aubry, marchand de toiles, rue neuve saint-eustache.
Aubry, menuisier, rue d'orléans.
Aubry, épicier, rue de l'université.
Aubusson, chef dans les bureaux du gouver., 1re. municipalité.
Aucouturier, employé, rue du faubourg saint-jacques.
Audebert, rue aubry-le-boucher.
Audebert, rue saint-jacques.
Audenet, homme de loi, rue des noyers.
Audibert, homme de loi, rue d'anjou saint-honoré.
Audiffret l'ainé, banquier, rue grammont.
Audiffret fils, banquier, rue de grammont.
Audifred, chandelier, rue poupée.
Audinot, rentier, rue de tournon.
Audollent, rue de la cerisaye.
Audouin (Xavier), rue de verneuil.

Audran, professeur au collège national, douz. municipalité.

Audry, mercier, rue denis.

Audry, rue grange-batelière.

Aufauvre, juge-de-paix du mail, troisième municipalité.

Aufrye, inspecteur-général des monnaies, dixième municipalité.

Augé, négociant, rue simon-le-franc.

Augé, épicier, rue des vieilles tuilleries.

Augé, serrurier, faubourg denis.

Auger, employé, rue de l'université.

Auger père, rentier, rue neuve-égalité.

Augés, commissaire de police, faubourg-martin.

Augez, épicier, rue des lavandières.

Auguié, administrateur des postes, troisième municipalité.

Auguste, orfèvre, au louvre.

Augustin-Belle, peintre aux gobelins, douzième municipalité.

Aumet, employé, rue cassette.

Aumont, greffier de juge-de-paix, quatrième municipalité.

Aumont, rue du bouloy.

Aumont, menuisier, cul-de-sac du paon.

Aumont, couvreur, rue du bout du monde.

Autran, agent-de-change, rue du bouloy.

Auver, propriétaire, faubourg-martin.

Auvity, officier de santé, rue du bacq.

Auvray, huissier, faubourg montmartre.

Auvrai, charcutier, rue de Sèves.

Auxaigneaux, marchand de vin, rue du bacq.

Auzolle, greffier de juge-de-paix, septième municipalité.

Auzon, rue du faubourg denis.

Auzon, marchand de papier, rue de la verrerie.

Avelin, vitrier, sixième municipalité.

Avisse, graveur, pont notre-dame.

Avril père, graveur, rue cassette.

Avrillon, huissier priseur, rue de cléry.

Aymard, rentier, rue rochechomart.

Azemard, employé, rue des moineaux.

Babant, employé, rue des grands-augustins.

Babille jeune, rue du théâtre-français, n. 15.

Bach, menuisier, rue de grenelle-germain.

Bachard, horloger, rue montorgueil.

Bachelet, tapissier, rue des barres.

Bachelier, marchand de vin, rue honoré.

Bachelier, directeur de l'école de dessin, onzième municipalité.

Bachet père, marbrier, faubourg martin.

Bacoffe, pharmacien, rue du temple.

Bacot, manufacturier, rue victor.

Bacoul, serrurier, rue saint-paul, n. 18.

Badin, économe de l'hôpital des vieillards, cinq. municipalité.

Badenier, notaire, rue séverin.

Badouleau, rue de la poterie.

Baget l'aîné, rue beaubourg.

Baget jeune, marchand de couleurs, rue des graviliers.

Bagnard, commissaire de police, rue de popincourt, n. 15.

Bagne, tailleur, rue montmartre.

Baquenault, banquier, rue montmartre.

Bagnières, médecin, rue des champs-élysées.

Balin, bibliothécaire, au prytanée.

Ballard, imprimeur, rue jean-jacques rousseau.

Balle, marchand épicier, rue de charenton.

Ballet, notaire, rue de sèves.

Ballet, propriétaire, rue d'anjou-thionville, n. 1777.

Ballin, employé, rue jacques.

Balza, homme de loi, rue neuve-égalité.

Balzac, huissier du corps législatif, douzième municipalité.

Balzariny, bijoutier, rue honoré.

Bancelin fils, traiteur, boulevard du temple.

Bannier, commissaire de police, huitième municipalité.

Bannière, rentier, faubourg jacques.

Bansier, ancien juge, place des victoires.

Bant (François), rue des arcis.

Baptiste, cordonnier, faubourg martin.

Bar, rentier, quai de l'école.

Bar, marchand de meubles, cour des fontaines, n. 1106.

Bara, maçon, rue du harlay.

Barabé, négociant, place des trois-maris.

Barache aîné, rue montorgueil.

Barairon, administrateur de l'enregistrement, rue du mont-blanc.

Barancourt, instituteur, sixième municipalité.

Baraton, employé, dixième municipalité.

Baratte, mercier, rue galande.

Barbe, employé, cour de la sainte-chapelle.

Barbé, traiteur, place du guet.

Barbé, boulanger, rue de turenne.

Barbelin, adjudant aux invalides, dixième municipalité.

Barbereux, rentier, rue martin.

Barbier-de-Vémars (J.), rue du petit-lion-denis.

Barbier, marchand de vin, onzième municipalité.

Barbier, propriétaire, rue saint-andré.

Barbier père, chandelier, rue martin.

Barbier, boucher, rue de la draperie.

Barbier, foureur, rue antoine.

Barbier, limonadier, rue martin.

Barbier, horloger, cour lamoignon.

Barbier l'aîné, peintre, au louvre.

Barbier-d'Impeville, jurisconsulte, onzième municipalité.

Barbier-Neuville, employé, rue des citoyennes.

Barbos, négociant, abbaye-germain.

Barbot père, marchand de vin, rue des fossés-bernard.

Barbot, huissier, porte antoine.

Barbou, imprimeur-libraire, rue des mathurins.

Bardet, rue du sépulcre.

Bardon, empl. au min. de la guerre, rue des fossés-montmartre.

Bardot, tenant pension, rue neuve-sainte-geneviève.

Bardoux, employé, rue des boucheries-saint-germain.

Bardoux, boulanger, rue de charonne.

Baréme, rue des enfans-rouges.

Bargeton, employé, quatrième municipalité.

Barié, propriétaire, faubourg du temple.

Barillet, horloger, rue du faubourg du temple, n. 11.

Barillet, rue de bretagne, n. 46.

Barillon, banquier, première municipalité.

Bariot, coutelier, rue de seine, faubourg germain.

Barnion, rentier, rue beaubourg.

Barnond, propriétaire, rue joubert, n. 521.

Barny père, faubourg saint-denis.

Baroche père, rue de la Verrerie.

Baroly, perruquier, rue des vieux-augustins.

Baron, ex-notaire, rue des saints-pères.

Baron, épicier, rue saint-denis.

Baron, palais du tribunat.

Baron, rue du puits.

Baron, menuisier, rue de la lune.

Baron, boulanger, rue des cannettes.

Baroncelle-Javon père, rue de la loi.

Barranquin, tapissier, rue de la cossonnerie.

Barrant, rue antoine, n. 78.

Barrat, marchand de vin, rue des fossés-bernard.

Baratte, linger, rue galande.

Barre, greffier au tribunal correctionnel, dixième municipalité.

Barré, épicier, rue montmartre.

Barré (Christophe), rue du doyenné.

Barré (Pierre-Yon), homme de lettres, rue batave.

Barré, rue grenelle, au gros-caillou.

Barré, receveur de loterie, rue des deux-ponts.

Barré, rue des singes.

Barré, employé, quai de l'union.

Barré de Saint-Marc, homme de loi, septième municipalité.

Barreau, bonnetier, rue jacques, n. 83.

Barrière, rue du mail.

Barrois, employé, cinquième municipalité.

Barrois, employé, rue de savoie.

Barrois l'aîné, libraire, rue des grands-augustins.

Barron, ex-juge de paix, rue de grenelle-honoré.

Barry, employé au secr. des cons., huitième municipalité.

Barset, rue sainte-croix.

Barthe fils, menuisier, enclos de la croix de la bretonnerie.

Barthelemy, restaurateur, rue de cléry.

Barthelemy, peintre, au louvre.

Barthelemy, limonadier, faubourg jacques.

Barthelemy, orfèvre, quai de gèvres.

Barthelemy, banquier, rue du montblanc.

Barthelemy (Jean-Baptiste), coutelier, rue jacques.

Barthelemy, marchand de vin, rue saint-martin.

Barthelet, employé, cloître des bernardins.

Barthod, invalide, dixième municipalité.

Bary, boucher, marché boulainvilliers.

Baslau, marchand d'estampes, rue serpente.

Baslin père, bandagiste, place de grève.

Basse, employé à l'école des mines, rue de l'université.

Bassery, quai de l'union.

Basset, marchand d'estampes, rue des mathurins.

Basset, rue charonne.

Basseville, employé, rue de la tour-d'auvergne.

Bassonville, marchand de vin, rue des saussayes.

Bastard, ex-juge, rue des fossés-montmartre.

Bastard, avoué de première instance, rue des deux écus.

Bastard, marchand de vin, rue du petit-pont.

Basterrèche, banquier, rue neuve des mathurins.

Bastien, rue poissonnière.

Bastien, ex-commiss. de police, rue de paradis.

Bastien, libraire, rue des poitevins.

Bastier père, employé, rue de popincourt.

Bastiou (Yves) homme de lettres, cloître honoré.

Bataille, serrurier, rue de la pépinière.

Bataille, apothicaire, rue de beaune.

Batardy, notaire, rue des petits-champs.

Batardy, employé aux contributions, première municipalité.

Batel, homme de loi, rue taranne.

Batillot, libraire, rue du cimetière-saint-andré.

Batard, architecte, rue dominique.

Battet ère, jardinier, rue mouffetard.

Batzame, rue de grammont.

Bauchamp, libraire, rue poissonnière.

Bauche, rue montorgueil.

Bauchez, employé, rue de l'université.

Baudelocque, avoué, rue des vieux-augustins, n. 26.

Baudelocque, accoucheur, rue de thionville.

Baudeloque, marchand de vin, rue de la cossonnerie.

Baudelot (Antoine-Joseph) imprimeur, rue jacques.

Baudin, propriétaire, rue du helder, n. 7.

Baudin, agent de l'hospice des vieillards, cinquième municipal.

Baudin, peaussier, rue des prêtres-germain.

Baudoin, ancien négociant, rue du battoir.

Baudoin, militaire, aux invalides.

Baudry père, vinaigrier, rue mouffetard.

Baudry de Holières, employé, rue de verneuil, n. 459.

Baudu, charcutier, rue de bussy.

Baufils, propriétaire, rue lenoir.

Baugrand, brasseur, huitième municipalité.

Baumé, rue de la verrerie.

Bauquillion, avoué, rue de la tixéranderie.

Bauque, cordonnier, rue frepillon, n. 8.

Baure, employé, rué de la tixéranderie.

Bausse, maquignon, rue de provence.

Bauthecourt, employé, quatrième municipalité.

Bauve, commissaire de police, rue montmartre.

Bauve, bijoutier, rue michel-lepelletier.

Bauve, secrétaire adjoint de la préfecture de police, pr. mun.

Bayard, boutonnier, rue de la féronnerie.

Bayard, officier de santé, rue de turenne.

Bayeul, peintre, rue jacques.

Bazard de Quincy, employé, rue du théâtre-français.

Bazile, rue des vieux-augustins.

Bazin, avoué, rue de jouy.

Bazin père, rentier, rue honoré, n. 1053.

Bazin, bonnetier, rue honoré, n. 1353.

Bazin, officier de paix à la préfecture de police, onzième mun.

Bazin, architecte, rue de tracy.

Bazin, avoué, place michel.

Bazin, ex-employé, rue paul.

Bazin, maçon, rue childebert.

Bazin, quai de l'union, n. 32.

Bazin, homme de loi, rue des francs-bourgeois.

Beau, avoué, rue des rosiers.

Beaucaine, épicier, à chaillot.

Beauchaine, rue de la marche.

Beauchêne, médecin, rue de l'université.

Beauclair, employé à la guerre, rue du bacq.

Beaudet, rue des boucheries-germain.

Beaudouin, rentier, rue du chantre.

Beaudouin, marchand de vin, rue du jardin des plantes.

Beaudouin, fruitier, rue antoine.

Beaufillot, orfèvre, rue hyacinthe.

Beaufils, employé, rue de la licorne.

Beaufils, propriétaire, rue lenoir.

Beaufils, directeur du mont-de-piété, rue des blancs-manteaux.

Beaufort, orfèvre, rue de l'arbre-sec.

Beaufumé, perruquier, rue de la fraternité.

Beaugrand père, propriétaire, rue neuve des petits-champs.

Beaugrand père, caissier à la préfecture de police, onz. mun.

Beaugrand, écrivain, rue honoré.

Beaujendre, homme de loi, rue des ballets.

Beaujeu, rentier, rue jacques.

Beaujouan, rue de grenelle.

Beaulac, homme de loi, rue culture-catherine.

Beaulac, employé, rue culture-catherine.

Beaullier père, rentier, rue denis.

Beaullier fils, parfumeur, rue denis.

Beaumet, messager d'état au sénat conservateur, onzième mun.

Beaumont, architecte, vieille rue du temple.

Beaumont, agent de change, rue taitbont.

Beaunier, employé aux ponts et chaussées, rue de grenelle-g.

Beaupré jeune, employé au tribunat, deuxième municipalité.

Beaupré, employé au corps législatif, dixième municipalité.

Beaupré, miroitier, rue du marché-palu.

Beauregard, rue des boucheries-germain.

Beauregard, homme de loi, rue grenelle-honoré.

Beauregard, employé, rue honoré.

Beausacq, négociant, faubourg denis.

Beauvais, tailleur, pointe eustache.

Beauvais, vinaigrier, rue chapon.

Beauvalet, homme de loi, rue de la vrillière.

Beauvernet, employé au sénat, rue de la loi.

Beauvisage, bijoutier, rue boucherat.

Becherat, perruquier, rue jacques.

Bechet, rentier, rue de la lingerie.

Becqueret, apothicaire, rue du théâtre-français.

Becquet, oculiste, rue des prouvaires.

Becquet, commissaire de police, rue du four-honoré.

Becquet de Beaupré, homme de loi, rue coq-héron.

Bedel, rue de reuilli.

Bedel, huissier, rue jean de l'épine.

Beffara, commissaire de police, rue lazare.

Beffroy de Regny, homme de lettres, rue des vieux-augustins.

Befort, négociant, rue neuve des mathurins.

Behier, rentier, rue quincampoix.

Behours, juge de paix, douzième municipalité.

Bejot , rue thevenot.

Bekwelt , employé , rue du faubourg poissonnière.

Belanger , marchand , rue denis.

Belanger père , rue du regard.

Belanger , rue de bercy.

Belanger , architecte , rue du faubourg poissonnière.

Belcours , négociant , rue quincampoix.

Belhomme-Morgny , propriétaire , rue d'anjou-thionville.

Belhomme , propriétaire , rue garencière.

Beliard , employé aux finances , deuxième municipalité.

Belicard , rue neuve paul.

Belin , employé , rue benoît.

Belin , libraire-imprimeur , rue jacques.

Belivier , employé , rue de tracy.

Beljambe , employé à la trésorerie , rue neuve des pet.-champs.

Beljambe , receveur de loterie , cour martin.

Bellanger , rue fromenteau.

Bellanger , rentier , rue de tournon.

Bellanger , marchand de bouteilles , rue de la mortellerie.

Bellanger , épicier , rue louis.

Bellanger , adjudant de division aux invalides , dixième mun.

Bellanger , rentier , quai de la mégisserie.

Bellamy , contrôleur à la poste aux lettres , rue paul.

Bellat , marchand mercier , rue de bussy.

Bellan , marchand de tabac , rue antoine.

Bellavesne , administrateur des postes , quatrième municipalité.

Belle , inspecteur aux gobelins , douzième municipalité.

Bellée père , rue du faubourg du temple.

Bellecourt , rue du temple.

Bellenou , entrepreneur , rue des fossés victor.

Bellepenne , concierge du palais de justice , onzième municipalité.

Bellet , marchand de salines , rue de la chanvrerie.

Bellet , couvreur , rue du jour.

Bellet , marchand de bois , rue de naples.

Bellet , employé aux archives domaniaux , à la grève.

Belletante , épicier , rue du faubourg antoine.

Belliard , horloger , rue du hurepoix.

Bellicard , receveur de l'octroi , septième municipalité.

Bellicard , employé à la mairie , neuvième municipalité.

Bellier , rue sauveur.

Bellissend , homme de loi , rue jean-jacques rousseau.

Bellion , employé , rue de seine.

Bellot , négociant , rue des jeûneurs.

Bellorgey , boulanger , rue de la loi.

Belot , rue pavée-sauveur.

Belu , employé , vieille rue du temple , n. 99.

Benard, rentier, avenue de l'école militaire.
Benard, employé aux contributions, rue du lyon, n. 21.
Benard, négociant, rue denis.
Benard, marchand cirier, rue martin.
Benard, architecte, rue du théâtre-français.
Benard, architecte, rue des bons-enfans.
Benard, mercier, rue montmartre.
Benard, graveur, rue de la juiverie, n. 33.
Benard, ancien agent de change, faubourg montmartre.
Benard, assesseur du juge de paix, rue jean de beauvais.
Benard, employé à la mairie, huitième municipalité.
Benard, garde-magasin aux invalides, dixième municipalité.
Berard, aux invalides.
Benard, employé, rue du petit-lion.
Benard, contrôleur des impositions, rue beautreillis.
Benard, insp. des ponts et chaussées, rue des pères, n. 1219.
Benard, charcutier, rue pérouette.
Benard, épicier, rue de bussy.
Bence, homme de loi, rue d'antin, n. 927.
Benier, avoué, rue d'anjou-thionville.
Benjamin, négociant, rue chapon, n. 3.
Benneman, ébéniste, rue forest.
Benoist, ancien agent-de-change, rue des pères.
Benoist (Jean-François) couvreur, rue geoffroy-langevin.
Benoist, chef de division à l'intérieur, rue d'angivilliers.
Benoist, tapissier, rue martin.
Benoist, huissier, place du pont michel.
Benoist, architecte, cour du palais.
Benoist, marchand mercier, grande rue antoine.
Benoist, rentier, rue des pères.
Benoist, marchand de vin, quai des bernardins.
Benoist, aux invalides.
Benoist, instituteur, rue des bernardins.
Benoit, pâtissier, rue nicolas.
Benou, commissaire priseur, rue taranne, n. 621.
Beranger, marchand de bois, à la rapée.
Beranger, avoué, enclos de l'abbaye.
Berard, employé à la guerre, rue denis.
Berard, homme de loi, enclos du temple, n. 37.
Berardan, chapelier, rue de la vannerie.
Berceau (Jean-Baptiste), employé rue méry.
Berenger, avoué en cassation, enclos germain-des-prés.
Berger, terrassier, faubourg du temple.
Berger, sous-directeur des domaines, rue sainte-croix.
Berger, homme de lettres, rue des pères.

3

Berger, employé, rue de la tournelle.

Berger, marchand d'eau-de-vie, rue honoré, n. 69.

Bergerin, caissier du min. de l'intér. dixième municipalité.

Bergeron, clincailler, rue du four-germain.

Bergeron, propriétaire, rue de la barillerie.

Bergeron, employé, rue denis.

Bergeron d'Anguy, avoué, rue des droits-de-l'homme.

Bergeron, rue du cherche-midi.

Bergerot, commissaire de l'octroi, rue des petits-augustins.

Bergon, administrateur forestier, rue neuve-augustin.

Berluga épicier, rue de l'université.

Bernage, employé, place du chevalier-du-guet.

Bernard (Alexandre), cirier, rue martin.

Bernard, employé, rue des petits-augustins.

Bernard, négociant, rue denis.

Bernard, rue montorgueil, n. 34.

Bernard, propriétaire, à l'arsenal.

Bernard, marchand de vin, rue de la justice.

Bernard, épicier, rue tiroux.

Bernard, propriétaire, rue lazare.

Bernard, employé, rue notre-dame de nazareth.

Bernard, libraire, quai de la vallée.

Bernard, ex-recéveur des impositions, quai d'orsay.

Bernardi, employé, rue chabanais, n° 8.

Bernardin-de-Saint-Pierre, au louvre.

Bernault, homme de loi, rue des petits-augustins.

Bernier, charcutier, rue antoine.

Bernier, employé à la guerre, rue de la madelaine.

Bernier, homme de loi, rue d'anjou.

Berrichon, chapelier, palais du tribunat.

Berrier, homme de loi, rue croix de la bretonnerie.

Berrier, épicier, faubourg jacques.

Berrier, défenseur officiéux, rue des Moulins.

Berruyer, commandant des invalides, dixième municipalité.

Berryer, homme de loi, rue des moulins.

Bersua, marchand de vin, rue des fossés-bernard.

Bertaut, rue du faubourg du temple.

Bertaut, fourbisseur, rue de la loi.

Bertaux, limonadier, rue de naples, n. 43.

Bertaux, inspecteur à la poste, troisième municipalité.

Bertau, dit Langevin, hospice des vieillards.

Berteau, employé, rue des marais.

Berthault, herboriste, rue des moineaux.

Berthé, rue du doyenné, n. 12.

Berthelemi, peintre, au louvre.

Berthelot, charpentier, rue mouffetard.

Berthelot, rentier, rue des pères.

Berthier, adjudant de la 3ᵉ div. des invalides, aux invalides.

Berthier, employé, rue du vieux-colombier.

Bertholet, huissier du tribunat, deuxième municipalité.

Bertholet, chirurgien, rue denis, n. 57.

Berthon Duprat, employé, rue avoye, n. 160.

Berthoud, membre de l'institut, quatrième municipalité.

Berthoud, épicier, faubourg montmartre.

Bertin, chef de l'administration des douanes, rue honoré.

Bertin, épicier, faubourg martin.

Bertin Desvaux, homme de lettres, rue projettée-choiseul.

Bertin, homme de loi, rue roch.

Berthon, épicier, rue denis.

Bertrand, marchand de vin, quai égalité.

Bertrand, épicier, rue martin, n. 47.

Bertrand, charpentier, rue fontaine nationale.

Bertrand, marchand de vin, rue lazare.

Bertrand, rue neuve-eustache.

Bertrand, huissier-priseur, cloître notre-dame.

Bertrand, employé à la manufacture de papier, faub. antoine.

Bertrand, rue des marais-gervais.

Bertrand, commissaire de police, rue des marais, n. 33.

Bertrand, employé, rue de bondy, n. 51.

Bertrand, procureur, rue jean-de-beauvais.

Bertrand, médecin, quai de la mégisserie.

Bertrand, employé aux contributions, première municipalité.

Bertrand, chef de la préfecture de police, 11ᵉ. municipalité.

Bertrand, marchand, rue du petit-carreau.

Bertrand, dessinateur, rue de montreuil.

Bertreche (François), chirurgien, aux gobelins.

Bertucat, cirier, rue martin, n. 53.

Berwic, graveur, quatrième municipalité.

Besançon, carré martin.

Besançon, porte jacques.

Besnard, commissaire de police, cloître notre-dame.

Besche (Valentin), rue denis.

Besiade père, propriétaire, rue de Seine.

Besme, employé aux invalides, dixième municipalité.

Besnard, contrôleur aux contributions, neuvieme municipalité.

Besnard, épicier, rue denis.

Besnard, rue des pères.

Besnard, propriétaire, cloître honoré.

Beson, professeur au Prytanée, douzième municipalité.

Besornail, rue hyacinthe.

Besse, vérificateur à la régie, sixième municipalité.

Besse, traiteur, cloître jacques-l'hôpital.

Bessier, officier de santé, rue du temple.

Besson, employé à la marine, septième municipalité.

Besson, chef au bureau de la guerre, dixième municipalité.

Besson, rue popincourt, n. 47.

Besson, employé aux mines, rue de l'université.

Betane, rue carême-prenant.

Betresmieux (Jacques-Jos.) débitant de tabacs, rue du bacq.

Beugé, maître maçon, rue des juifs.

Beulin, mercier, rue des Orties.

Beurier, chaudronnier, rue montmartre.

Beurier, chapelier, rue de la grande-truanderie.

Beurleau, rentier, faubourg marceau.

Beurlier, archiviste à la préfecture de police, onzième mun.

Beuvart, marchand de vin, quai pelletier.

Bevalet, militaire invalide, dixième municipalité.

Bevière l'aîné, agent d'affaires, place vendôme.

Bevierre fils, rue de la monnaie.

Bevil, négociant, cloître opportune.

Beville, rue salle-au-comte.

Bézard, chirurgien de l'hospice du nord, cinquième municip.

Bézard, employé, rue des grands-augustins.

Bezardant, rue de la vannerie.

Bezet, capitaine, rue des moineaux.

Berodis, rentier, rue du faubourg du temple.

Beydelle, orfèvre, rue de la juiverie, n. 13.

Biais l'aîné, mercier, rue des noyers.

Biais, perruquier, rue victor.

Biard, propriétaire, rue coquenard.

Bibault, propriétaire, rue neuve martin.

Bichebois, marchand, rue paul.

Bidault, confiseur, rue du hurepoix.

Bidault, rentier, rue d'enfer.

Bidault fils, rue d'enfer.

Bidaut, rue aux fèves.

Bidoin, rue de la croix.

Bidot, propriétaire, rue de bondy.

Bidot, rue de la poterie.

Bidot, palais du tribunat.

Bié, rentier, avenue de breteuil.

Biel aîné, couvreur, rue nazareth, n. 115.

Bien-Aimé, homme de lettres, rue honoré.

Biget, marchand de vin, rue aux fers.

Bigorne, employé, rue dominique.

Bigot père, tailleur, rue de la lanterne.

Bigot fils, tailleur, rue de la lanterne.

Bigot, vieille rue du temple.

Bigot, officier de santé, rue chabanais.
Bigot, tapissier, montagne geneviève.
Bigre-Beaurepaire, homme de loi, rue des petits-augustins.
Bijotal, marchand de vin, rue de la loi.
Billard, horloger, rue poupée.
Billard, rue des boulets.
Billard, rue paul, n. 9.
Billaud-Dubuisson, ciseleur, rue des barres.
Billeau, adjudant invalide, dixième municipalité.
Billecoq, homme de loi, rue traversière.
Billerais, invalide, dixième municipalité.
Billet, employé, à chaillot.
Billet, épicier, rue des lavandières.
Billon, employé, rue de seine.
Billours, employé à la marine, première municipalité.
Bimout, mercier, rue de l'arbre-sec, n. 23.
Binet, épicier, rue tournelle.
Binet, épicier, rue du bacq.
Binet, professeur au panthéon, douzième municipalité.
Binet, homme d'affaires, rue pagevin.
Binet, instituteur, grande rue verte, n. 1224.
Bineteau, instituteur, rue de bretagne, n. 37.
Binout (Charles), homme de loi, rue geoffroy-langevin.
Bioche, rentier, rue de l'éperon, n. 1.
Biron, épicier, rue germain.
Biron, médecin, rue de verneuil.
Bitaubé, de l'institut, quatrième municipalité.
Bitouzé, rentier, place de l'école.
Bitton, rue de la vannerie.
Bizet, commissaire des prises, quatrième municipalité.
Bizet, rentier, rue jean-robert.
Bizet, marchand de soie, rue severin.
Bizouard, boulanger, rue geoffroy-l'asnier.
Bizouard, employé à la trésorerie, deuxième municipalité.
Blacque, homme de loi, rue de la liberté.
Blain, commissaire-priseur, rue française.
Blaizot, rue avoye, n. 246.
Blanc, hospice des vieillards, cinquième municipalité.
Blanc (Louis-Casimir), cour du commerce.
Blanchard, marchand de vin, rue de la cossonerie.
Blanchard, rue de vaugirard.
Blanchard, avoué, rue d'amboise.
Blanchard, commissaire-ordonnateur des invalides, dix. mun.
Blanche, employé, rue des fontaines, n. 2.
Blanchelaine, employé, rue de la colombe.
Blanchet, homme de loi, rue de Tournon.

Blanchet Chevilly, rue des grands-augustins.
Blancpignon, serrurier, rue germain-l'auxerrois.
Blandel, sous-adjudant aux invalides, dixième municipalité.
Blandin, employé, rue dominique.
Blandon, employé, rue cassette.
Blanque, employé, rue de sèves.
Blaque père, rue cloche-perche.
Blacquière, rue du faubourg martin.
Blavier, commissaire de police, au gros-caillou.
Blay, tourneur, rue aux ours.
Blé, employé, avenue de l'école militaire.
Bleghon, vieille rue du temple.
Blegny, avoué, rue neuve-égalité.
Blerry, orfèvre, place dauphine.
Blerry, doreur, rue de la verrerie.
Bletry (Jean-Baptiste), commissionn. de roulage, rue greneta.
Bligny aîné, rue grenelle-honoré.
Blignières, officier invalide, dixième municipalité.
Blin, ingénieur, quai de l'école.
Blondeau, menuisier, rue de la montagne geneviève.
Blondeau, épicier, rue denis.
Blondel, recev. des contribut., cloître germain-l'auxerrois.
Blondel père, rentier, rue transnonain.
Blondel, rue popincourt.
Blondel, employé, rue des capucines.
Blondel, assesseur du juge de paix, deuxième municipalité.
Blondel, rentier, rue de la verrerie.
Blondin, rue bertin-poirée.
Bleuet, libraire, rue de thionville.
Bobée, directeur des inhumations, rue des singes.
Bobec (Denis) employé rue des singes.
Bobi (la Chapelle) rue de grammont.
Bobin, marchand épicier, rue montorgueil.
Bocciardy, marbrier, rue folie-mauricault.
Bochart, caissier du ministre de la pol. gén., 10e. municipalité.
Bochet, régisseur des domaines, deuxième municipalité.
Bocquean, ancien juge-de-paix, dixième municipalité.
Bocquet, notaire, rue du mail.
Bocquet, négociant, rue bertin-poirée.
Bodasse, papetier, rue martin, n°. 70.
Bodeloche, marchand, rue saint-merry.
Bodson, palais du tribunat.
Boigne, férailleur, cour louis.
Boileau, notaire, rue de la loi.
Boileau, employé, rue du jardin des plantes.
Boileau, commissaire-priseur, rue du bacq.

Boin (Joseph) charpentier, rue du chemin-vert.
Boiret, employé, rue de la justice.
Bois, rue des saints pères.
Bois (Jean-Joseph) employé, rue avoye.
Boiscervoise, potier-d'étain, rue honoré.
Boischard, papetier, rue des grands-augustins.
Boischevalier, employé, rue andré-des-arcis.
Boiseau, propriétaire, rue du bacq.
Boiselin, limonadier, rue victor.
Boislandry, négociant, rue française.
Boisloury, avoué, rue andré-des-arcis.
Boisseau, papetier, rue honoré.
Boisset, rentier, rue de bretagne.
Boissy, employé à l'hospice des vieillards, 5ᵉ. municipalité.
Boisveau-l'Affecteur, médecin, rue de varennes.
Boisviliers, rue martin.
Boitel, marchand de bois, rue des fossés-bernard.
Boiteux, bonnetier, rue du brave.
Boiteux, rue de sèves.
Boivin, employé, rue helvétius.
Boivin (Jean-Baptiste) huissier, rue honoré.
Boivin, homme de loi, rue tournon.
Boizart jeune, receveur de l'enregistrement, au marais.
Boizot, receveur de l'enregistrement, deuxième municipalité.
Boizot, employé à la poste, troisième municipalité.
Boldoni, employé au ministère de la marine, 1ᵉ. municipalité.
Bolle, rue martin.
Bompuis, commis, rue grenetat.
Ban, fabricant de papier, rue du faubourg du temple.
Bonastre, tapissier, rue roch.
Boncarande, agent-de-change, rue du sentier.
Boncours, sous-chef du bureau des colonies, 1ʳᵉ. municipalité.
Bondeux, faïancier, cour des fontaines.
Boudy, commissaire de bienfaisance, 2ᵉ. municipalité.
Bonet, commissaire près le théâtre des arts, 2ᵉ. municipalité.
Bonnis, place des victoires, n. 24.
Bonhomme, employé, rue pot-de-fer.
Bonhommet, marchand, rue denis, n. 48.
Bonhommet, notaire, rue de chabannais.
Boniface, mercier, carrefour bussy.
Bonioli, employé, rue lazare.
Bonjour, oncle, chef à la mairie, première municipalité.
Bonjour, neveu, employé au bureau de la marine, 1ʳᵉ. municipalité.
Bonjour, chirurgien, quai des ormes.
Bonneloux, rue de grammont.
Bonnaiere père, rue coquilliere.

Bonnami , rue des prêtres-saint-paul.
Bonnard , homme d'affaires , place victoire.
Bonnard , boulanger , rue de la truanderie.
Bonnard , épicier , rue d'orléans-honoré.
Bonnard , employé , place de grève.
Bonneau , membre de la diplomatie , rue dominique.
Bonneau , employé à la trésorerie , rue de la magdelaine.
Bonnecarrère , rue de la ville-l'évêque.
Bonnefin , employé , rue pot de-fer , n. 958.
Bonnefoi , propriétaire , rue des capucines.
Bonnefoi père , rue de grammont.
Bonnefond (Georges) rue des rosiers.
Bonnefond , inspecteur des eaux et forêts , rue des juifs.
Bonnefoi jeune , teinturier , rue du bout du monde.
Bonnemain , employé , rue de verneuil.
Bonnemain , commis.-gref. au trib. crim. , cloître jacq. l'hôpital.
Bonnenfant père , rue dominique.
Bonnenfant fils , rue dominique.
Bonner , charron , rue des messageries.
Bonnet , négociant , rue simon-lefranc.
Bonnet , sellier , rue des francs-bourgeois.
Bonnet , miroitier , rue de reuilly.
Bonnet , défenseur-officieux , rue croix de la bretonnerie.
Bonnetal , marchand , rue montorgueil.
Bonneuil-Chabonnat , propriétaire , rue joubert , n. 517.
Bonneville , payeur de la dette publiq. ; deuxième municipalité.
Bonneville , rue des deux portes denis.
Bonnot , confiseur , rue neuve des petits-champs.
Bontemps , rentier , rue victor.
Bontems , employé , cloître jacques de l'hôpital.
Bontems-Beaupré , ingénieur de la marine , première municipal.
Bontems , sous-officier invalide , dixième municipalité.
Bontoux , homme de loi , rue du battoir.
Bouvalet , employé , rue honoré.
Bonvalet , négociant , rue de la truanderie.
Bonvallée , avoué , rue bonconseil.
Bonvoisin , employé , rue quincampoix.
Borand , rue popincourt.
Bordas , chef au ministère de la justice , rue d'argenteuil.
Bordas , militaire aux invalides , dixième municipalité.
Borde , pharmacien , cour mandar.
Borde de Landes , avoué , rue bourtibourg.
Bordier , greffier de juge de paix , rue des barres.
Bordier , propriétaire , rue saint-sébastien.
Bordier , homme de loi , rue martin.
Bordier , huissier-priseur , troisième municipalité.

Bordin, notaire, rue du petit-lion.
Boret, adjudant-commandant, première municipalité.
Borgne, rue des quatre-fils.
Borie, médecin, rue de la sourdière.
Bonneau, rue de charonne.
Borneche, marchand de toile, rue antoine.
Boscary aîné, agent de change, rue de choiseul.
Boscheron, payeur-général, à la trésorerie.
Boscheron, employé à la mairie, troisième municipalité.
Bosquet, instituteur, rue pavée.
Bosquillon, professeur, au collège de france.
Bosse, commissaire, vieille rue du temple.
Bosse, architecte, rue du perche.
Bosse, serrurier, rue de cléry.
Bosse, commissaire-priseur, troisième municipalité.
Bosset, horloger, rue de bussy.
Bossu, ancien curé de saint-paul, place des vosges.
Bossu, négociant, rue basse-d'orléans-denis.
Bossut, membre de l'institut, quatrième municipalité.
Bottée, administrateur des poudres, à l'arsenal.
Bonachard, sculpteur, rue de sèves, 1039.
Boubillar, rue charonne.
Boucaud, rentier, rue des francs-bourgeois.
Bouchard, employé, rue du cherche-midi.
Bouchardy, peintre, au louvre.
Bouche, marchand de vin, rue du champ du repos.
Bouché, employé, rue des trois moulins.
Bouché, bijoutier, rue du harlay.
Boucher (Pierre), ancien négociant, rue de braque.
Boucher, employé, rue de la grande truanderie.
Boucher, peintre, rue montorgueil.
Boucher, fondeur, rue de la harpe.
Boucher, ex-administrateur, onzième arrondissement.
Boucher, rentier, rue thibauthodé.
Boucher, épicier, faubourg montmartre.
Boucher, ingénieur-géographe, rue de l'université.
Boucher, clerc de notaire, rue andré-des-arts.
Boucher, ancien juge, cul-de-sac féron.
Boucher, homme de loi, rue gaillon.
Boucher (François), invalide, dixième municipalité.
Boucherard, négociant, rue martin.
Boucherie, quai de la république.
Boucheron, officier de paix, rue des fossoyeurs.
Boucheron, ex-officier municipal, rue martin.
Boucheron, architecte, rue de vendome, n. 20.
Bouchés, rue de la vannerie.

Boucheseiche, chef de bureau à la police, rue quincampoix.
Bouchez, secrétaire du juge de paix, dixième municipalité.
Bouchon, rue chabanais, n. 639.
Bouchon, grainier, rue geoffroy-lasnier.
Bouchy, rue de la loi.
Boucon, marchand, rue aux fers.
Boudaille, marchand de vin, rue de la juiverie.
Boudet, jurisconsulte, rue hautefeuille.
Boudet, épicier, rue sulpice.
Boudeville, traiteur, rue de la parcheminerie.
Boudin, deuxième municipalité.
Boudin père, rentier, rue martin, n. 76.
Boudin jeune, employé, faubourg martin, n. 76.
Boudin, secrét. au cons. de g., rue de sèves.
Boudinot, rentier, rue culture-catherine.
Boudon, officier de paix, onzième municipalité.
Bondoux, rue de jouy, n. 6.
Boudry père, rue joubert.
Boufflers, homme de lettres, faubourg denis.
Bourgainville Nerville, rentier, rue lazare, n. 91.
Bouges, homme de loi, rue boucher, n. 13.
Bouguillard père, rue neuve du luxembourg.
Bouhin, chef du secrét. du départ., place Vendôme, n. 17.
Bouilleret, rue du faubourg jacques.
Bouillerot-Saint-Ange, brasseur, rue de l'oursine.
Bouillery (Antoine-Théod.), traiteur, rue de paradis, n. 10.
Bouillette, charpentier, boulevard de l'hôpital.
Bouillette, marchand de draps, rue tirechape.
Bouillon-Lagrange, professeur à l'école polythecnique, 10ᵉ mun.
Bouillot, huissier, rue de tracy.
Bouillotte, employé, rue des maçons sorbonne.
Bouilly, avoué, cloître notre-dame.
Bouilly, homme de lettres, rue villedot.
Bouilly, avoué, rue des marmouzets.
Bouin, commis à la trésorerie, rue des petits-champs.
Boulai, employé à la marine, rue du faubourg honoré.
Bouland, avoué, rue neuve-méry.
Boulangeat, marchand, cloître honoré.
Boulanger, orfêvre, cour neuve du palais.
Boulanger, employé à la mairie, huitième municipalité.
Boulanger, rue de vendôme.
Boulanger, rue des vieilles étuves.
Boulanger, homme de loi, rue des billettes.
Boulanger, employé, rue charonne.
Boulanger, avoué, rue cimetière andré-des-arts.
Boulanger, tailleur, sous les piliers des halles.

Boulard, rue des rosiers, n. 13.

Boulard, employé, rue neuve roch.

Boulard l'aîné, tapissier, rue de cléry, n. 285.

Boulard, jardinier, rue de bafroy.

Boulard fils aîné, fleuriste, rue marcel.

Boulard, ancien avocat, vieille rue du temple.

Boulay, militaire aux invalides, dixième municipalité.

Boulé jeune, marchand de draps, palais-égalité.

Boulland, rédacteur du moniteur, rue des maçons.

Boullanger aîné, agent d'affaires, rue denis.

Boullanger jeune, marchand peaussier, rue denis.

Boullard, employé, rue des moineaux.

Boullard, libraire, petite rue saint-louis.

Boullay, argenteur, rue de la vieille draperie.

Boulle, rue thiroux.

Boullée, employé, rue du jour.

Boullenois, commissaire de bienfesance, rue d'enfer-s.-michel.

Boullenois, rentier, rue d'enfer.

Boullet, lieutenant aux invalides, dixième municipalité.

Boully, épicier, faubourg antoine.

Bouquet, pharmacien, rue antoine.

Bouquet, avoué au tribunal de cassation, dixième municipalité.

Bouquet, charcutier, rue du chant du repos.

Bouquet, rentier, rue hyacinthe.

Bouquet, employé, rue martin, n. 41.

Bourard, marchand, rue égalité.

Bourcey, rue croix de la bretonnerie.

Bourdeloy père, aux capucins-neufs.

Bourdieu, médecin, rue de lille.

Bourdin, marchand de vin, rue sulpice.

Bourdin, commis greffier du tribun. de com., rue de la poterie.

Bourdin, sellier, rue montmartre.

Bourdin, employé du gouvernement, onzième municipalité.

Bourdin, propriétaire, rue de l'université.

Bourdin, receveur au tribunal de commerce, rue de charonne.

Bourdois, médecin, rue honoré.

Bourdon, direct. de la poste aux lettres, rue grenelle honoré.

Bourdon, banquier, rue honoré.

Bourdon, homme de loi, rue honoré, n. 1373.

Bourdon, clincailler, rue bourg-l'abbé.

Bourdon, employé, rue du jour, n. 182.

Bourdon, bonnetier, rue denis, n. 13.

Bourdot, propriétaire, rue dominique.

Bouret, montagne geneviève.

Bouret, agent général des quinze-vingt, huitième municipalité.

Bourgaux, marchand de vin, rue de l'oursine.

Bourge, nourrisseur, rue de la pépinière.
Bourgeois, propriétaire, rue sulpice.
Bourgeois, vitrier, rue pagevin.
Bourgeois, homme de loi, rue de condé.
Bourgeois, employé, rue de cléry.
Bourgeois, épicier, rue martin.
Bourgeois, ingénieur, avenue de l'école militaire.
Bourgeois, rentier, rue du four honoré.
Bourgeois, employé à la préfect. de police, 11e. municipalité.
Bournier, médecin, rue de lille.
Bourgoin, juge de paix, rue jean beau-sire.
Bourgoin cadet, négociant, rue denis.
Bourgouin, employé, rue de grenelle.
Bourgouin, jurisconsulte, vieille rue du temple.
Bourgouin, homme d'affaires, rue du four germain.
Bourgois, marchand de vin, place de grêve.
Bourguet père, rue de fourcy.
Bourguignon (Paul) négociant, rue des victoires nationales.
Bourguignon, orfèvre, rue honoré, n. 1377.
Bourguignon, marchand de bois, rue de l'échiquier.
Bourguin père, rentier, rue phelippeaux.
Bouriad, pharmacien, rue du bacq.
Bourlat, architecte, rue des petits-augustins.
Bourlier, assesseur de juge de paix, deuxième municipalité.
Bourlon, marchand de bois, rue lenoir.
Bournac, employé, rue saint-bon, n. 8.
Bournot, serrurier, rue de reuilly.
Bournot, logeur, rue de beauvais.
Bourret, horloger, palais égalité, n. 17.
Bourret, à l'assomption.
Bourricard, avoué, rue méry.
Bourriot, rue andré-des-arts.
Bourse, marchand de souliers, galerie du palais.
Boursicot, rue des postes, n. 24.
Boursier, épicier, rue des juifs, n. 6.
Boursier, notaire, rue des francs-bourgeois.
Boursier père, banquier, rue notre-dame des victoires.
Boursier, juge au tribunal de commerce, 7e. municipalité.
Boursier l'aîné, rue copeau.
Boursier jeune, rue copeau.
Boursier jeune, négociant, rue notre-dame des victoires.
Boursier, clerc de notaire, onzième municipalité.
Boursier, homme de loi, rue du four germain.
Boursier, assesseur de juge de paix, deuxième municipalité.
Boursier fils, rue thévenot.
Bousquet, chirurgien, rue jacques-la-boucherie.

Bousquet père, rentier, rue méry.
Bousquet, rentier, rue du mail.
Boussebail, employé à la deuxième mairie, 2e. municipalité.
Boussière, avoué, rue des bourdonnais.
Boussiere, rue des juifs, n. 20.
Boussuge, propriétaire, rue geoffroi-langevin.
Bouteille, peintre, rue lazare.
Bouteloup, rentier, rue des trois-moulins.
Boutencuize, rue montmartre.
Boutet, argenteur, rue de la draperie.
Boutet, rue fossé-germain-des-prés.
Boutier, bijoutier, rue denis.
Boutilier l'aîné, clincailler, quai de la mégisserie.
Boutin, avoué, rue des fossés-germain-l'auxerrois.
Boutol, tapissier, rue neuve-égalité.
Boutreux, tapissier, aux petits piliers des halles.
Boutron, épicier, rue du temple.
Boutron, huissier, rue de la mortellerie.
Bouvet, rentier, cloître jacques l'hôpital.
Bouvet, sergent-major, rue de la licorne.
Bouviat, apothicaire, rue du bacq.
Bouvier, médecin, place dauphine.
Bouvier, bijoutier, palais du tribunat.
Bouvier, marchand, rue denis.
Boyelan, employé, rue dominique.
Boyelleau, chef au bureau des mines, rue dominique.
Boyenval, rue du faubourg du roule.
Boyer, officier de santé, rue sainte-croix.
Boyer père, épicier, rue des cinq diamans.
Boyer, musicien, rue de bellefonds.
Boygnest, employé, rue de lille, n. 560.
Boys, employé, rue poupée.
Bradel, commissaire, rue bourg-l'abbé.
Braille, employé à la liquidation, première municipalité.
Bralle, ingénieur, rue cassini.
Branlard, huissier, porte antoine.
Braquehais, rentier, cloître benoît, n°. 372.
Brard, capitaine invalide, dixieme municipalité.
Brard, instituteur, rue du petit-vaugirard.
Brard, chef à la préfect. du départem., vieille rue du temple.
Brassac, rue du faubourg jacques.
Brasse, rue du regard.
Brasseur, homme de loi, porte denis.
Brazier, instituteur, faubourg du temple.
Brea, messager d'état au sénat, onzième municipalité.
Brean, employé, rue charlot, n. 17.

Brécard , rue denis.

Brechard , ex-commissaire de police , rue denis.

Brelin , chef de division aux invalides , dixieme municipalité.

Brelut de la Grange , notaire , rue poissonnière.

Bremare , négociant , rue honoré.

Brenier , employé , rue d'aligre , n. 11.

Brequet , horloger , place thionville.

Bressart , employé , rue paul , n. 37.

Bresse , employé , rue des enfans-rouges.

Bresson , employé , rue des foureurs.

Bret , homme de loi , rue de grammont.

Breteuil , employé , rue de savoie.

Breton , employé à la guerre , dixieme municipalité.

Breuillard , ex-commissaire de police , rue martin , n. 45.

Breuzard , inspecteur des forêts , quai de la fraternité.

Briant , employé , rue dominique.

Briard , parfumeur , rue grande-truanderie.

Briard , parfumeur , rue victor.

Briavoine jeune , épicier , rue lévêque.

Bricard , épicier , rue des prêtres.

Bricard , entrepreneur de roulage , rue du ponceau.

Brice , commissaire priseur , rue avoye.

Brice , entrepreneur , rue nicaise.

Brichard , ex-commissaire de police , rue de l'arbre-sec.

Brichard , homme de loi , rue denis , n. 59.

Bridau , sculpteur , au louvre.

Bridault , épicier , faubourg montmartre.

Briden , avoué , cloître saint–jacques.

Bridoux , employé , faubourg martin.

Bridoux , limonadier , au marché-neuf.

Brière , faubourg jacques , n. 179.

Brière , assesseur de juge de paix , deuxième municipalité.

Brigaut , laitier , rue paul , n. 14.

Brigot , épicier , rue martin , n. 340.

Brillat , administrateur des poids publics , rue de rochouart.

Brillouet , officier de santé , place de bourbon.

Brimisholz , militaire aux invalides , dixième municipalité.

Brion , ingénieur géographe , rue des francs-bourgeois.

Brion , commissaire de police , rue du finistère.

Brion , peintre , rue de vaugirard.

Brion , rue saint-gilles.

Briot , limonadier , boulevard du temple.

Briot , graveur , rue du harlay.

Briousse , officier de santé , rue poissonnière.

Briquet , ex-juge , rue basse des ursins.

Brissault , greffier de juge de paix , faubourg jacques.

Brisse, officier vétéran, rue saintonge, n. 13.

Brisset, marchand boucher, rue des morts-court.

Bro, notaire, rue du petit-bourbon.

Brochant, ingénieur des mines, rue de l'université.

Brocheton fils, rue grenelle-honoré.

Brochier, chirurgien dixième municipalité.

Brochier, employé aux mines, rue de l'université.

Brochon, avoué, rue des petits-chants, n. 24.

Brodard, marchand mercier, rue des moineaux.

Brodard, marchand de draps, rue martin.

Brodelet, ex-administrateur des vivres, rue de vendôme.

Brognard, limonadier, boulevard du temple.

Brongniard père, architecte, deuxième municipalité.

Brongniart, professeur au jardin des plantes, deux. municip.

Broquet, rue des fossés-victor.

Brost, commissaire aux contributions, dixième municipalité.

Brossard, épicier, rue mouffetard.

Brosse, rue de la cérisaye.

Brosset, marchand mercier, rue aux fers.

Brot, ex-commis des finances, septième municipalité.

Brottier, huissier, rue de la vieille-monnaie.

Brouette, commissaire de police, douzième municipalité.

Broui, employé à la loterie, deuxième municipalité.

Brouin, marchand de verre, rue ticquetonne.

Brousse, deuxième municipalité.

Brousse des Faucherets, adm. de bienfes., rue honoré, n. 1512.

Broyard, commissaire de bienfesance, neuvième municipalité.

Bruget, employé, rue du foin.

Brugon, ex-député, rue des pères.

Brulet, vérificateur des domaines, rue de choiseuil.

Brulfer, horloger, faubourg denis, n. 38.

Brulliot, commis au bureau de la guerre, rue de turenne.

Brullon, rue aux fers.

Brun, propriétaire, rue du vieux-colombier.

Brunard, bonnetier, deuxième municipalité.

Brunat, employé, cul-de-sac du doyenné.

Brune, homme de loi, rue vivienne, n. 8.

Bruneau, négociant, ancien juge de paix, rue du mail.

Bruneau, homme de loi, rue antoine.

Bruneau, marchand mercier, rue antoine.

Brunel, employé, rue neuve saint-roch.

Brunel père, receveur de l'enregistrement, rue de choiseuil.

Brunel, employé à l'administration des forêts, rue des juifs.

Brunel, greffier du juge de paix, rue sébastien.

Bruneseau, insp. gén. de salubrité, cloît. des bernardins, n. 176.

Brunet, marchand mercier, rue denis, n. 9.

Brunet, marchand mercier, rue mouffetard.

Brunet, ancien législateur, rue du puits, au marais.

Brunet, employé, rue de la roquette.

Brunet, chef au ministère des finances, deuxième municipalité.

Brunet, régisseur de l'octroi mun., dixième municipalité.

Brunet, marchand de dentelles, rue denis.

Brunet, employé, rue des petis-augustins.

Brunet, assesseur de juge de paix, douzième municipalité.

Brunet, ingénieur, rue de chaillot.

Brunet, employé, rue fontaine nationale.

Brunetière, homme de loi, rue du théâtre-français.

Brunier, propriétaire, rue du four honoré.

Brunier (Pierre), propriétaire, troisième municipalité.

Brunier, marchand de bois, quai bernard.

Brunot, homme de loi, rue neuve-eustache, n. 56.

Brunot, banquier, rue du mail, n. 30.

Brusquet, marchand de toiles, rue de la montagne.

Brulé, receveur des domaines, rue du bacq.

Bruloy, ex-administrateur, rue de grenelle.

Bruus, ébéniste, rue de cléry, n. 284.

Bruxelles, quai de la république, n. 8.

Bruyant fils, architecte, rue martin, n. 41.

Bruyer, parfumeur, rue neuve des petits-champs, n. 18.

Bruyer, négociant, rue helvétius.

Bruzelin, juge de paix, deuxième municipalité.

Buache, membre de l'institut, quatrième municipalité.

Buchère, employé, rue des aveugles.

Buchère père, receveur des rentes, place du guet.

Buchère fils, employé, place du guet.

Buck, professeur au conservatoire de musique, rue sauveur.

Bucourt, perruquier, faubourg martin.

Bucquet, ex-juge de paix, onzième municipalité.

Bucquet, banquier, rue des vieilles audriettes, n. 9.

Budlot, ferblantier, enclos du temple.

Buffart, aubergiste, rue des moineaux, n. 413.

Buffault, marchand, rue thibautodé.

Buffault, marchand, rue denis, n. 59.

Buffault, greffier de paix de l'observatoire, douzième municip.

Buffeau, juge au tribunal de commerce, cloître merry.

Bugey, employé, rue des prêtres-germain-l'auxerrois.

Bugot, propriétaire, rue lazare.

Bugras, employé, rue xaintonge.

Buissac, marchand de vin, place gastin.

Buisson, mercier, rue honoré.

Buisson, imprimeur, rue hautefeuille.

Bullot, rue des bourdonnais.

Bully, rue du colombier.

Bunal père, receveur de l'enregistrement, rue de l'observance.

Bunel, chirurgien, rue de cléry.

Bunon, brasseur, avenue de neuilly.

Buquet, secrétaire en chef, onzième municipalité.

Buquet, employé, rue du foin jacques.

Burard, chirurgien, rue sulpice.

Buzard, rue du petit lion.

Burdin jeune, officier de santé, porte antoine.

Bureau, homme de loi, rue des lavandières.

Bureau, marchand, boulevard claude.

Bureau (Claude), chef de bataillon aux invalides, 10ᵉ. municip.

Buret fils, écrivain, rue de la jussienne.

Burion père, gazier, passage de boulogne.

Buron, ancien architecte, rue culture-catherine.

Bussy, commissaire aux poudres, à l'arsenal.

Butay, employé, rue montmartre.

Butel, physicien, rue de la liberté.

Buteny, instituteur, rue de sèves.

Butez, rue de charonne.

Buzenet, rue du colombier.

Buzenet, rue galande, n. 21.

Cabal Castel, notaire, rue ventadour.

Cabanne, militaire aux invalides, dixième municipalité.

Cabart, rue de la loi, n. 1272.

Cabasson, bijoutier, palais du tribunat.

Caboche, liquidateur des postes, rue carême-prenant.

Cabot, quai de la mégisserie.

Cabauzet, à la salpétrière.

Caccia père, banquier, rue méry.

Cacheleux, mercier, rue galande, n. 75.

Cadet (dominique), instituteur, rue de la verrerie, n. 8.

Cadet Chambine père, direc. des ponts et ch., 3ᵉ. municip.

Cadet Cambine fils, rue des fossés-montmartre.

Cadet-de-Vaux, de l'institut, quatrième municipalité.

Cadet Gassicourt, apothicaire, rue honoré.

Cadet, miroitier, rue antoine.

Cadonnier, serrurier, cour nationale du palais.

Cadot, limonadier, rue du Four, n. 40.

Caffard Durviller, notaire, rue jean-jacques.

Cffarelli, chef de l'état major, dixième municipalité.

Caffin, employé, cour des forges.

Caffin, quatrième municipalité

Cahours, bonnetier, rue planche-mibray.

Caigné, notaire, rue de la harpe.

Caillard, archiviste des archives extr., dixième municipalité.

Caillart père, rue montorgueil.
Caillat, huissier, rue de la grande-truanderie.
Caillau, rentier, rue de sèves, n. 1039.
Caille, libraire, rue serpente.
Caille, défenseur officieux, quai voltaire.
Caille, médecin, rue de tournon.
Caillé, employé, rue de la harpe.
Cailleau, homme de loi, rue des maçons.
Cailleaux, huissier, place de l'école.
Caillet, orfèvre, cour de lamoignon.
Caillet, tapissier, rue méry.
Caillet, employé, rue de la chaumière.
Cailleux père, faubourg denis.
Cailleux, sous-directeur au prytan., douzième municipalité.
Cailleux, marché des quinze-vingt.
Caillon, menuisier, rue du helder.
Caillot, boulanger, rue du sépulcre.
Caillot, homme de loi, rue des maçons.
Caillot, receveur des domaines, rue de choiseul.
Cailly, employé à la guerre, rue de babylone.
Cailly, ex-commissaire des guerres, dixième municipalité.
Calange, marchand de toile, rue des lavandières.
Calle, épicier, rue mouffetard.
Called, architecte, rue faubourg honoré.
Callon, hospice des vieillards.
Calot, marchand de vin, à la courtille.
Calot, faubourg denis.
Calmelet, secrétaire du conseil des prises, à l'oratoire.
Calvel, propriétaire, place du muséum.
Caly, rue de la harpe.
Cambeaud, entrepreneur de bâtimens, rue d'enfer.
Cambon, vérificateur de l'enregistrement, faub. poissonnière.
Cambray, agent de l'hospice du nord, cinquième municipalité.
Camerany, artiste dramatique, rue d'amboise.
Caminade, grammairien, rue andré-des-arts.
Campagne, potier de terre, rue de charonne.
Campenon, homme de lettres, cul-de-sac dominique.
Campunan, mercier, rue des boucheries-germain.
Campy, chef aux relations extérieures, dixième municipalité.
Camus, doreur rue de cléry.
Camus, peintre, faubourg denis.
Camus, employé, rue de la lune.
Camus, homme de loi, cloître notre-dame.
Camus, archiviste, membre de l'institut, quatrième municip.
Camus, homme de loi, rue pavée.
Camusat, notaire, rue denis.

Camusat, recéveur de l'enregistrement, deuxième municipalité.
Camuset, serrurier, rue des fossés-jacques.
Camuset, homme de loi, rue pavée-andré.
Cancet, serrurier, rue des moineaux.
Canonge, rue tiroux, n. 658.
Canto, militaire aux invalides, dixième municipalité.
Cantwell, bibliothécaire aux invalides, dixième municipalité.
Canuet, chirurgien, à chaillot.
Cancy, employé à la trésorerie, vieille rue du temple.
Capel, ancien commissaire de police, boulevart du temple.
Capelle, vieille rue du temple.
Capin, propriétaire, faubourg montmartre.
Capitaine, rue jean-beau-sire.
Capitaine, vinaigrier, place de l'école.
Capitaine, chapelier, rue honoré, n. 1368.
Capon l'aîné, banquier, place vendôme.
Capouret, assesseur de juge de paix, à la salpétrière.
Capperonnier, conservateur de la bibliot. nat., première mun.
Carbon, chef de div. aux invalides, dixième municipalité.
Carbonnier, défenseur officieux, rue germain-l'auxerrois.
Carbonnier, rentier, faubourg montmartre.
Carcel, horloger, rue des vieux-augustins.
Cardin (Alex.-Marie), homme de loi, rue du gros-chenet.
Cardon, fabricant de tabac, rue denis.
Cardon, rue de buffaut, n. 15.
Cardon, artiste, rue lazare, n. 110.
Cardon, négociant, rue du sentier.
Carette, marchand de draps, rue de la poterie.
Carier, rue copeau, n. 471.
Cariolis, homme de loi, quai de la mégisserie.
Carle, entrepreneur, rue miroménil.
Carle, rentier, place thionville.
Carlier, ancien militaire, propriétaire, rue charonne.
Carmantrand, avoué, cloître notre-dame.
Carnaud, employé, rue fontaine nationale.
Carné, propriétaire, rue des moineaux.
Carnot, général, rue dominique.
Carnot, membre de l'institut, quatrième municipalité.
Carny, instituteur, rue de l'université.
Caron, marchand de draps, rue denis.
Caron, militaire aux invalides, dixième municipalité.
Caron, avoué, rue martin.
Caron, orfèvre, quai pelletier.
Caron, médecin de l'hospice du sud, douzième municipalité.
Caron, boucher, rue de cléry.
Caron l'aîné, avoué, rue bailleul.

Caron , architecte de l'opéra, deuxième municipalité.

Caron aîné, agent de change, rue poissonnière.

Carouaille père, faubourg denis.

Caroux , parfumeur, rue du vieux colombier.

Carpentier , chapelier, rue de la bucherie.

Carpentier , brasseur , rue du harlay.

Carpentier , propriétaire , rue de lille.

Carpentier , greffier du juge de paix , cinquième municipalité.

Carpentier , papetier , rue jacques.

Carpentier , banquier , rue des mauvaises paroles.

Carré, commis-greffier, rue pavée-andré.

Carré père , rue des arcis.

Carré , propriétaire , rue montmartre.

Carré , employé , rue de l'université.

Carré , préposé de l'hospice des orphelins , rue de sèves.

Carrel fils , huissier , rue du faubourg jacques.

Carrier , banquier , rue taitbout , n. 32.

Carron , employé , rue denis.

Cartaux , parfumeur , rue de l'université.

Carteret , limonadier , place maubert.

Carteron , négociant , rue des mauvaises paroles.

Carteron fils , rue des mauvaises paroles.

Cartier , orfèvre , rue de l'arbre-sec.

Cartier , marchand de cannes , rue aubry-boucher.

Cartier , marchand de bas , rue martin , n. 25.

Carnelle , chef de manufacture , rue dominique.

Carnette , rue des bourdonnais.

Casen , peintre , au louvre.

Caseneuve , officier de santé , rue amelot.

Cassard , marchand de modes , rue des fossés-germain.

Cassé , bijoutier , enclos du temple.

Cassegrain , pensionnaire , rue denis , n. 25.

Castel , employé , septième municipalité.

Castel , professeur , au prytanée.

Castenel , ancien percepteur , rue jacques.

Castera , homme de lettres , rue de chaillot.

Castor, rue jacques, n. 663.

Castrique , peintre , rue paul , n. 25.

Catalan , dentiste , faubourg germain.

Cathelot , officier de santé , rue antoine.

Catherine , sous-officier aux invalides , dixième municipalité.

Catineau , imprimeur , rue serpente.

Catonnel , huissier , rue du marché-palu.

Catté père , inspecteur des boues , rue du sépulcre.

Cattin-Dubois , huissier , rue de grenelle.

Caubert-Moret, entrepreneur des bâtimens , rue mêlée, n. 51.

Caubert, entrepreneur, rue des fossés-victor.
Caubrière, employé, rue de lille, n. 723.
Cauchin-Delatour, rentier, faubourg denis, n. 77.
Cauchois, rentier, rue saintonge.
Cauchois, rue du fauconnier.
Cauche, employé à la trésorerie, deuxième municipalité.
Caudel, limonadier, boulevard du temple.
Caudon, avoué au tribunal civil, rue avoie.
Caulincourt, propriétaire, rue de joubert, n. 526.
Caumartin, marchand de draps, rue honoré.
Caumartin, avoué, rue montmartre.
Caumartin, homme de loi, rue avoie.
Caumont, instituteur, rue phelippeaux.
Caumont, sous-officier aux invalides, dixième municipalité.
Causin, rentier, rue neuve catherine.
Caussé, négociant, rue méry.
Caussin, tapissier, rue hyacinthe.
Cauthion, employé, à la manafacture des glaces.
Cauvette, place des victoires, n. 17.
Caux, entrepreneur de bâtimens, rue des foss.-méricourt
Cavaignac, avoué, rue neuve eustache.
Cayeux, homme de loi, rue des pères.
Cazeaux, tailleur, rue des prêtres.
Caze-la-Bosse, rue de la révolution.
Cazier (Jean-Pierre), rentier, rue du bout-du-monde.
Cazin, cordonnier, rue de l'échaudé.
Cazin, employé, rue boucher.
Celarier, pharmacien, rue montorgueil.
Celerier, architecte de l'opéra, deuxième municipalité.
Cellier, courtier, rue beaubourg.
Cellier, secrét. en chef de la quatrième munic., rue coquillère.
Celin, maréchal-des-logis aux invalides, dixième municipalité.
Cellot, imprimeur, rue des grands-augustins.
Cellot l'aîné, marchand de galons, rue denis, n. 13.
Cels, de l'institut, quatrième municipalité.
Cendré, employé, rue du bacq.
Cendrier, rentier, rue du monceau-gervais.
Cendrier, négociant, rue de sèves.
Certain père, rue croix.
Cerveau père, charpentier, rue contrescarpe, n. 5.
Cerveau aîné, confiseur, rue martin..
Cerveau (Guillaume-Philippe), vieille rue du temple, n. 69.
Ceuret, employé, rue de jouy, n. 6.
Cezerac, officier de santé, rue neuve-geneviève.
Chaâlons père, pensionnaire de l'état, rue croix.
Chaâlons fils, employé au ministère de la guerre, dixième mun.

Chabanais , bandagiste , cour du commerce.

Chabanel , rue du mail.

Chabonneau , officier de santé , vieille rue du temple , n. 165.

Chabot , rentier , rue des vieilles tuileries.

Chabouillé , architecte , rue de la liberté , n. 34.

Chabroud , avoué au tribunal de cassation , rue du bouloy.

Chachignon , homme de loi , rue thibautodé.

Chadafaux , chef à la trésorerie , deuxième municipalité.

Chafoulau , charcutier , rue denis.

Chagot , juge au tribunal de commerce , septième municipalité.

Chaignieau aîné , imprimeur-libraire , rue de la monnaie , n. 27.

Chaignieau jeune , imprimeur , rue mâcon , n°. 9.

Chaillot , marchand de vin , rue baffroy.

Chaise , marchand de tableaux , rue de l'échelle.

Chalandray , ancien adm. de la caisse d'esc. , rue de l'université.

Chalant , apothicaire , rue montmartre.

Chalas ; rue chabanais.

Chalgrin , architecte , palais du sénat conservateur.

Chalin , avoué , rue du colombier.

Chalon , régisseur de douane , rue montmartre.

Chalon , commandant de bataillon , rue du bacq.

Chalons-Fontenai , ch. au bur. de la guerre , rue cr. de la bretone.

Chambert , homme de loi , rue croix de la bretonnerie.

Chambette , notaire , rue christine.

Chambon , propriétaire , rue jacques.

Chambon , artiste , rue batave.

Chambre , homme de loi , rue croix de la bretonnerie.

Chambry neveu , rue denis.

Chambry , homme de loi , rue chape

Chameau , commissaire de bienfesance , rue moreau.

Chameau , employé , rue de verneuil.

Chameau , rue de rohan.

Chamoset , employé à la trésorerie , rue des barres.

Champagne , directeur du prytannée , douzième municipalité.

Champagne , marchand de vin , au mail.

Champagne , greffier de juge de paix , rue des prouvaires.

Champagnon , avoué , rue neuve des petits-champs.

Champcourtois , artiste , rue sulpice.

Champeaux , traiteur , rue du chantre.

Champertois , ex-juge , rue sauveur.

Champfort , épicier , rue childebert.

Champion , avoué , cloître médéric.

Champion , rue de la fraternité.

Champion , employé , rue croix des petits-champs.

Champion , menuisier , rue cassette.

Champion , employé , rue neuve-égalité.

Champromain, marchand de bois, quai bernard.

Champville, artiste au théâtre français, deuxième municipalité.

Chanagnolle, architecte, rue du chapon.

Chandellier, employé, montagne geneviève.

Chandeseignes, marchand de grains, rue de la mortellerie.

Chandois, rue copeau, n. 24.

Chanez, général de brigade, quatrième municipalité.

Chanin, homme de loi, rue bonconseil.

Chanlaire (P. G.), chef de div. des forêts, rue geoffroi-langev.

Chansand, chirurgien, rue de la harpe.

Chanteloup (Silvestre), rue des fossoyeurs.

Chantépie, employé au 2e. arrondiss., rue de la tour d'auvergne.

Chantreau, maître de pension, rue des boulets.

Chantrelle, tabletier, rue saint-bon, n. 4.

Chantrelle, employé au conseil d'état, rue neuve guillaume.

Chantrot, boucher, rue baffroy.

Chanu, homme de loi, rue des poitevins.

Chapatte, épicier, rue de la pépinière.

Chapelas, tapissier, rue des pères.

Chapelet, musicien, rue des mathurins.

Chapelin, propriétaire, rue des moineaux.

Chapellier, invalide, dixième municipalité.

Chapellier, notaire, rue de la tixéranderie.

Chapellier, serrurier, marché des quinze-vingt.

Chaperon, marchand de bois, porte antoine.

Chapon, médecin, rue du cherche-midi.

Chapon, boulanger, faubourg denis, n. 78.

Chapon, chandelier, rue des deux-ponts.

Chapotay, employé, rue neuve-martin.

Chapp, rue bourg-l'abbé.

Chappe d'Orgeval, avoué, rue de l'homme-armé.

Chappe du télégraphe, quai d'orsay, n. 23.

Chappe aîné, rue bourtibourg.

Chappoteau, épicier, enclos du temple.

Chappuis, fabricant de papiers peints, rue de sorbonne.

Chapron, marchand de bois, boulevard antoine.

Chaptois, couvreur, rue de la cerizaye.

Chapuis, employé, rue de la lune.

Chapuy, place de la bastille.

Chapuy, commissaire de police, septième municipalité.

Chapuzot, rue charonne.

Chapuzot, marchand de vin, rue de la madelaine.

Charassé père, potier d'étain, rue antoine.

Charbonnel, secrét. de juge de paix, rue de bièvre.

Charbonnet, professeur de langues, rue antoine.

Chardin, chandelier, carré martin.

Chardin , parfumeur , pont-michel.
Chardin , parfumeur , rue martin.
Chardin , épicier , rue guerin-boisseau.
Chardin , rue michel-lepelletier.
Chardin, marchand , à l'Y, rue denis.
Chardon père , chapellier , rue de la monnaie.
Chardon fils , chapellier , rue de la monnaie.
Chardon fils , propriétaire , rue meslée , porte martin.
Chardon Vaniéville , adm. des dom. , rue de la tour-d'auvergne,
Charié (Remy), limonadier , rue caumartin.
Charié , paumier , boulev. du temple.
Charier , couvreur , rue de sorbonne.
Charignon , rue des moineaux.
Chariot , invalide , dixième municipalité.
Chariot , rue jean-jacques rousseau.
Charlard , apothicaire , rue basse denis.
Charlard , employé , rue de l'arbre-sec.
Charle , huissier , rue montorgueil.
Charlemagne , négociant , rue de la verrerie.
Charlemagne (Armand), homme de lettres , rue de la verrerie.
Charles , instituteur , cloître honoré.
Charles , officier de santé , faubourg du temple.
Charles , commissaire de bienfesance , division du temple.
Charles , physicien , au louvre.
Charles , fabricant de rouge , rue du faubourg du temple
Charles (L.-Clément) , emp. au min. de l'int. , rue montorgueil.
Charlet , débitant , rue de l'école de santé.
Charlier , épicier , faubourg martin.
Charlier (de l'Ille) , rue de la bretonnerie.
Charloy , chapelier , rue neuve des petits-champs.
Charmette , marchand de vin , île louis.
Charnel , architecte , rue de menars.
Charon , marchand de draps , rue du roule.
Charon , serrurier , faubourg martin.
Charon , employé , rue neuve des petits-champs.
Charpentier père , rentier , rue des prêtres.
Charpentier , fabricant de chapeaux , douzième municipalité.
Charpentier , homme de loi , rue benoît.
Charpentier , rue de la raquette.
Charpentier , employé , rue du théâtre-français.
Charpentier , notaire , quatrième municipalité.
Charpentier , maître maçon , rue de cléry , n, 286.
Charpentier , employé , rue de l'éguillerie.
Charpentier , chapelier , rue de la bucherie.
Charpentier , juge de paix , division des invalides.
Charpentier (François) , mécanicien aux gobelins , 12e municip.

Charpentier, employé, rue plumet, n. 850.
Charpentier, marchand de cannes, rue bourg-l'abbé.
Charpentier, brodeur, faubourg denis, n. 14.
Charpentier, peintre, rue du hurepoix.
Charpentier (P.-Hubert), avoué, rue méry.
Charpentier, épicier, rue antoine, n. 220.
Charpentier du Fossel fils, rue des prêtres-paul.
Charre, propriétaire, rue de baffroy.
Charrier, employé à la préfecture, rue du chantre.
Charrière, employé aux douanes, rue bergère.
Chartier, épicier, faubourg martin.
Chartier, secrétaire à la mairie, troisième municipalité.
Chartron, frippier, rue de la tonnellerie.
Chartrin, rue martin, n. 59.
Chartut, rentier, rue de la ferronnerie.
Charvin, rentier, faubourg denis, n. 8.
Chas, homme de loi, rue des petits-augustins.
Chaseray, homme de loi, rue du petit lion.
Chassonnerie, papetier, rue de la verrerie.
Chastelard, chef de brigade aux invalides, dixième municipalité.
Chastenet (P.-Benjamin), avoué, rue jacques, n. 29.
Chastinet, ex-député, rue de l'université.
Chatard, boulanger, rue de montreuil.
Château, rentier, rue de la harpe.
Château, orfèvre, rue de l'arbre-sec.
Châteauvieux, propriétaire, rue croix, n. 975.
Chatel, serrurier, faubourg antoine.
Chatelain, horloger, rue saint-louis au palais.
Chatelain, limonadier, rue antoine.
Chatelain, ferblantier, rue antoine.
Chatelard, administrateur aux invalides, dixième municipalité.
Chatenet, ancien receveur aux impositions, rue jacques, n. 29.
Chatelet l'aîné, maçon, rue des alpes, u. 13.
Chatillon, employé, rue cassette.
Chatin, sellier, boulevard d'antin.
Chatorue aîné, homme de loi, rue de la michaudière.
Chatri, rue montholo, n. 3.
Chatria, commissionnaire, rue d'enfer saint-michel.
Chaube, rue de la vrillière.
Chauchat jeune, employé, rue de brague.
Chauchat de Bonneville, com. de la dette publique, 2e munic.
Chaudron, notaire, rue bourbon-villeneuve.
Chaudron, rue des boulets.
Chaudry, employé à la marine, rue du faubourg honoré.
Chaulin, rentier, place des victoires.
Chaulin, papetier, rue honoré.

Chaumette fils, employé, rue traisnée.
Chaumon de la Millière, faubourg montmartre.
Chauron, épicier, rue montmartre.
Chaussard, rue saint-louis au marais.
Chaussard, graveur, quai voltaire.
Chaussert, architecte, rue de grenelle-honoré.
Chausset, bouchonnier, rue boucherot.
Chaussier, professeur de médecine, onzième municipalité.
Chaussin, employé, rue jean de beauvais.
Chausson, charron, rue joubert.
Chausson, entrepreneur de maçonnerie, rue geoffroy-lasnier.
Chauvaux, rue du mont-blanc.
Chauveau, employé à la trésorerie, rue rochechouart.
Chauveau-Lagarde, homme de loi, rue favart.
Chauveau-Désormaux, défenseur officieux, rue jacques.
Chauvelot, marchand de tabac, rue des boucheries.
Chauvet, propriétaire, boulevard des invalides.
Chauvin, serrurier, rue bernard, n. 8.
Chauvin, bijoutier, quai pelletier.
Chauvin (Philippe), mercier, rue thibautodé.
Chauvin père, ancien marchand, rue saint-denis.
Chauvin fils, marchand, rue saint-denis.
Chavanne, rue de la roquette.
Chavariat, négociant, rue de cléry.
Chavassieux, avoué, rue mazarine.
Chavet, ancien notaire, rue du gros-chenet.
Chavier, férailleur, rue lazare.
Chavigné, propriétaire, île de la fraternité.
Chavinot, ébéniste, rue de charonne.
Chazot, commissaire de police, première municipalité.
Chedeville, homme de loi, rue des boucheries.
Chemenet, marchand de vin, rue d'ormesson.
Chemin, mercier, rue marguerite.
Chenevières, huissier, rue quincampoix.
Chenier, adjudant-général, rue de l'université,
Chépy, ex-juge, rue neuve des petits-champs.
Cheradame, négociant, rue ménars.
Cheradame, pharmacien, rue denis.
Chignard, syndic des avoués de prem. inst., rue martin, n. 77.
Chouillon, fabricant de gants, rue honoré.
Cimetière, instituteur, rue de reuilly.
Cinot, négociant, rue de la verrerie.
Cirodde, homme de loi, quatrième municipalité.
Clairnoirel, rue des bourdonnais.
Clairambault, employé, rue mêlée.
Clairet, notaire, rue des bourdonnais.

Clapier, homme de loi, rue de lille.
Clary, homme de lettres, rue quincampoix.
Claude, employé au département, première municipalité.
Claude, agent d'affaires, rue des poulies.
Claude (François) ouvrier aux gobelins, douzième municip.
Claudin, marchand mercier, place du chevalier du guet.
Clausier, ex-juge, rue pavée.
Clausse, rue de la victoire.
Clavareau, architecte, rue des grands augustins.
Clavelin, rue de la harpe.
Clavery, employé au bureau de la guerre, rue de surênes.
Clavet, sellier, rue des gravilliers.
Clavier, employé, rue du temple.
Claye, épicier, rue de la barillerie.
Claye, propriétaire, rue du monceau–saint-gervais.
Claye, marchand de couleurs, quai de la mégisserie.
Clef l'aîné, menuisier, à l'ancienne abbaye aux bois.
Clément jeune, rue montorgueil.
Clément, employé au ministère de l'intérieur, dixième mun.
Clément, rentier, rue mêlée.
Clément, limonadier, rue des mathurins.
Clément, fruitier, marché aux poirées.
Clément, commissaire de police, rue louis au palais.
Clément, marchand, rue du monceau–saint-gervais.
Clément, maçon, rue germain-l'auxerrois.
Clerban, brasseur, faubourg denis.
Clerembourg, propriétaire, porte honoré.
Cleret, rue neuve eustache.
Clergeat de la Croix, contrôleur, rue de l'échelle.
Clerget, ex-constituant, rue de vendôme.
Clerget, employé, rue sulpice.
Clerrisseau, batteur d'or, rue denis.
Clermont–Gallerand, rue neuve des mathurins.
Cléry, épicier, rue de l'oursine.
Cloiseau, avoué, rue du four.
Clouet, négociant, rue salle-au-comte.
Clousier, imprimeur, rue de sorbonne.
Closier, rentier, rue des grands augustins.
Cluzel, apothicaire, rue des bons-enfans.
Cocardon, graveur, rue de thionville.
Cocatrix, imprimeur, rue antoine.
Coche, rue bourtibourg.
Coché, employé à la guerre, dixième municipalité.
Cochet, gréffier du juge de paix, troisieme municipalité.
Cochin, employé à la trésorerie, rue du foin jacques.
Cochin-Latour, faubourg denis.

Cochu, homme de loi, rue caumartin.
Cochu, propriétaire, rue de la cérisaye.
Cœurdeville, propriétaire, rue montmartre.
Coffinet, huissier, rue denis.
Coffinet, architecte, rue du sépulcre.
Coffinot, chapelier, rue antoine.
Cognard, salpétrier, rue montholon.
Cognard, menuisier, rue amelot.
Cognier, commis-greffier, sixième municipalité.
Cohendel père, instituteur, rue bergère.
Coiffier, fourrier, rue lenoir.
Coiffier, négociant, rue du foin.
Coiffier, banquier, rue basse-d'orléans.
Coignet, homme de loi, rue de la vieille draperie.
Coignet, employé, rue de l'oseille.
Coindre, agent de change, rue popincourt, n. 45.
Coing, faubourg honoré.
Coini, graveur, rue hyacinthe.
Coipel, clincaillier, rue neuve roch.
Coisnon, directeur de l'institut des colonies, mont. geneviève.
Colas, épicier, rue jacques.
Colas, libraire, place sorbonne.
Colasse, marchand de vin, rue des francs-bourgeois.
Colasse, agent d'affaires, rue martin.
Colet, ex-commissaire des guerres, rue cérutti.
Colignon, inspecteur, rue dominique.
Colin, homme de loi, rue de belle-chasse.
Colin, employé, quai des orfèvres.
Colin, homme loi, rue coquillière.
Colin-Harleville, membre de l'institut, au louvre.
Colin (Simon) épicier, à chaillot.
Colin aîné, rue de picpus.
Collinet, commerçant, rue des amandiers.
Collard-Dutilleul, employé, place vendôme.
Collard, orfèvre, quai pelletier.
Collet Saint-Cyr, avoué, rue des écouffes.
Collet, charron, rue de grenelle.
Collet, gazier, rue laurent.
Collette, rue faubourg jacques.
Collette, rue jacques.
Colliau, employé à la comptabilité, vieille rue du temple.
Colliau, assesseur de juge de paix, deuxième municipalité.
Collieau, rue thibautodé.
Collied, employé, faubourg montmartre.
Collier, ciseleur, rue des quatre vents.
Collier, employé à la municipalité, quatrième municipalité.

Colliex, (Louis-François) défens. officieux, rue geoff. langevin.
Collignon, employé, rue du gros-chenet.
Collignon, rue quincampoix.
Collin, rentier, rue des fossoyeurs.
Collin, notaire, place vendôme.
Collin-Desminées, employé, rue de la tixéranderie.
Collin, épicier, rue de la verrerie.
Collin, éventailliste, rue greneta.
Collin, négociant, rue pavée.
Collinet, marchand d'étoffes, rue antoine.
Collinet, charpentier, rue faubourg honoré.
Colliot, marchand de toile, rue notre dame des champs.
Collot, vieille rue du temple.
Collot, employé à la trésorerie, rue des petits-champs.
Collot, banquier, rue du montblanc.
Colmache, employé, rue germain-l'auxerrois.
Colmet, avoué, rue des rosiers.
Cologne, employé, rue marguerite, faubourg germain.
Colombat, rue des fossés germain des prés.
Colombe, employé à la poste, rue jean-jacques.
Colombe, de l'institut, au louvre.
Colombeau, caissier à la manufacture des glaces, rue de reuilly.
Colombier, orfévre, rue quai pelletier.
Colombier, coutelier, rue des prouvaires.
Colson, propriétaire, rue geoffroy-l'asnier.
Colson, menuisier, rue de la ville-l'évêque.
Comain (E) à la régie des octrois, rue des petits-augustins.
Comartin, huissier, rue vieille-monnaie.
Combaut, rentier, rue vieille-monnaie.
Combaz, employé au 9 hosp. d'humanité neuvième municipalité.
Combe, chef de bureau, rue de l'université.
Combe, marchand, rue des bourdonnais.
Combette, employé, rue de sèves, n. 1079.
Commendeur, commissaire-priseur, rue croix de la bretonnerie.
Commenil, corroyeur, rue de la justice.
Comminges, commissaire de police, deuxième municipalité.
Compain père, propriétaire, rue champ-du-repos.
Compan, employé au département, rue dominique, n. 1060.
Constet, rentier, rue de sèves, n. 960.
Contenein, chapelier, rue honoré.
Copeau, avoué, cloître méry.
Copel, employé, rue martin.
Copel, propriétaire, rue neuve-laurent.
Coquard, négociant, rue chanverrerie.
Coquart, officier de santé, rue française.
Coquart, marchand de vin, rue du four-honoré.

Coquel, menuisier en voiture, rue du faubourg martin.

Coquet, mercier, rue du faubourg antoine.

Coquelin, propriétaire, rue du faubourg antoine, n. 120.

Coquelin, miroitier, rue de reuilly.

Coquerel, homme de loi, rue des pères.

Coquereau, propriétaire, rue de verneuil.

Coquereau, rentier, rue de l'epron.

Coquille, marchand, rue des petits-champs.

Coquille, bibliothécaire, aux quatre-nations.

Cordelle (Louis-Hyp., empl. au trés. nat., rue des bourdonnais.

Corderan, employé, rue de l'échaudé.

Cordier, rue de la mortellerie.

Cordier, instituteur, rue de sèves, faubourg germain.

Cordier, cordonnier, rue germain.

Cordier, limonadier, quai des ormes.

Cordier, employé, rue germain-l'auxerrois, n. 82.

Cordille, employé, rue grange-aux-belles.

Cordonnier, père, propriétaire, rue de verneuil.

Corion, tonnelier, rue des moineaux, n. 404.

Cormier, paumier, rue de seine, faubourg germain.

Cornillot, rue de sèves, n. 1116.

Cornebise, receveur de domaines, rue des bons-enfans.

Corne-de-Cerf, marchand mercier, rue faubourg denis.

Corneille, avoué, rue michel-lepelletier.

Cornéillot, employé, rue des moineaux, n. 426.

Cornet, rue des prêcheurs.

Cornet, menuisier, rue victor, n. 137.

Cornillon (Laurent) artiste, ouv. aux gob. douzième municipalité.

Corniquet, horloger, place beauveau.

Cornu, employé, rue grétry, n. 448.

Cornu, rentier, rue florentin.

Cornu, épicier, rue de beaune.

Cornu, employé, rue de poitou, n. 7.

Cornu, employé, rue de choiseul.

Cornu, marchand de vin, rue du chant-du-repos.

Cornu de la Fontaine, rue de cerutti.

Cornu de Coincy, cais. génér. à la trés., rue neuve des p. chants.

Cornu, commissaire de bienfesance, rue du regard.

Corpet, jardinier fleuriste, rue charonne.

Corpel, ministre du culte, rue germain-l'auxerrois.

Corps, charcutier, rue antoine.

Corrard, limonadier, rue christophe.

Corroy, marchand fripier, quai de l'école.

Corsanges, employé, rue des batailles.

Corsanges, banquier à chaillot.

Corvisart, médecin, rue taranne.

Cosette fils, pharmacien, porte jacques.

Cosceron fils aîné, homme de loi, rue des bons-enfans.

Cosceron jeune, ex-employé, boulevard montmartre.

Coste, médecin, aux invalides, dixième municipalité.

Corte, officier de santé, rue du faubourg honoré.

Cotinet, médecin, rue andré-des-arts.

Cotterelle, jurisconsulte, rue de seine, faubourg germain.

Couad, architécte, rue du petit-bourbon.

Couette, menuisier, cloître germain-des-prés.

Coulond, membre du conseil du ministre.

Coupand, ancien ministre, rue neuve des petits-champs.

Coupard, messager d'état, au corps législ. dixième municip.

Coupé, rue de grammont.

Coupery, notaire, rue chabanais.

Coupotte, menuisier, rue lazare.

Couvel (Claude), employé, rue méry.

Cousin, instituteur, rue neuve-geneviève.

Cousin, notaire, rue du four.

Cousin, tapissier, rue hyacinthe.

Cousin, brasseur, rue du faubourg antoine.

Cousin, rentier, rue des pères.

Cousin, concierge au muséum, quatrième municipalité.

Cousin, employé, rue bordet-marcel.

Cousin, ex-juge de paix, rue bon.

Cousin, employé au département, place vendôme.

Cousin, menuisier, rue de bièvre.

Cousin, boulanger, rue aubry-le-boucher.

Cousin, négociant, rue martin.

Cousinard, notaire, rue méry.

Cousineau, luthier, rue thionville.

Coustard Saint-Lô, général de div., rue notre-dame-des-vict.

Coustillier, inspect. à la poste, rue j.-j. rousseau.

Couston, rue des filles-thomas.

Coussinet, rue grange-aux-belles.

Coutan, négociant, rue des mauvaises paroles.

Coutans, commissaire de police, rue de charenton.

Coutant, marchand bonnetier, place du chevalier-du-guet.

Coutard, médecin, rue honoré, n. 85.

Couté, commissaire de police, quatrième municipalité.

Coutice père, instituteur, à picpus.

Coutier, secrétaire du juge de paix, quatrième municipalité.

Couturier père, horloger, rue d'anjou au marais.

Couturier, rue jacques, n. 27.

Couturier, propriétaire, petite rue taranne.

Couturier, serrurier, palais des tuileries.

Couturier fils, rue de poitou, n. 9.

Couvers, rue cassette.
Couvreur, commissaire de police, quatrième municipalité.
Couvreur, marchand tabletier, rue denis, n. 3.
Coville, marchand de vin, rue vantadour.
Coypel, propriétaire, rue laurent.
Cramail, propriétaire, rue des moulins.
Crassous-paulin, chef de la comptabilité, rue dominique.
Cressot, architecte, rue de la réunion.
Cretin, employé, à l'arsenal.
Creton, employé, rue denis.
Creton, juge de paix, neuvième municipalité.
Cretté, avoué, rue antoine.
Cretu, rue favart.
Crevoisier, chef aux invalides, dixieme municipalité.
Crignon, négociant, rue de ménars.
Crillon, place de la concorde.
Crimail père, rue du chantre.
Crinchon, orfèvre, rue honoré, n. 476.
Christophe aîné, rue quincampoix.
Croisier, épicier, marché-neuf.
Croiseau, marchand mercier, rue antoine.
Croissant, architecte, cour mandar.
Croisy, chaudronnier, rue faubourg antoine.
Croisy, employé à la marine, rue de la concorde.
Croizé, marchand de vin, rue du chantre.
Crouillebois, libraire, rue des mathurins.
Croullebois, propriétaire, faubourg poissonnière.
Crouzet, chandelier, montagne geneviève.
Cruciere, assesseur de juge de paix, neuvième municipalité.
Cubieres, homme de lettres, rue de sèves.
Cuene, marchand mercier, rue antoine.
Cuet, tapissier, rue de la verrerie.
Cugnard-Duvivier, rue d'anjou-thionville.
Cuilhat-Coreille, notaire, rue neuve-eustache.
Cuinet, militaire aux invalides, dixième municipalité.
Cuvier, professeur, au jardin des plantes.
Cuisinier, limonadier, pont michel.
Cuissot, employé, rue des petites-écuries.
Culeries, officier de santé, hospice des vénériens.
Culot, marchand de vin, rue martin.
Cuny, employé, rue de tournon.
Cuquemelle, rue de charonne.
Curé, épicier, rue des barres.
Curmer l'aîné, ancien marchand, rue honoré.
Custet, propriétaire, rue des cinq-diamans.
Cuvernier, jardinier, rue saint-marcel.

Cuvier l'aîné, marchand de bois, à la rapée.
Cuvier, coutelier, rue j.-j. rousseau.
Cuvillier, négociant, rue de la monnaie.
Cuvuillier, employé, rue du bacq.
Cuzyer (Benjamin.), marchand, à la rapée.
Cyalis Laran, chef aux finances, deuxième municipalité.
Cyba, employé, rue de la liberté.
Dabavie, employé à l'intérieur, rue germain-l'auxerrois.
Dabot, instituteur, place de l'estrapade.
Dabriu, entrepreneur rue de bourgogne.
Dacier, membre de l'institut, rue des orties.
Dacosta père, ancien mercier, rue des pères, n. 64.
Dacosta la Feronnière, rue neuve lepelletier.
Dadure, négociant, rue bonconseil, n. 11.
Daduret (Hilaire) homme de loi, rue thévenot, n. 3.
Dagan Fai, employé à la poste, troisième municipalité.
Dagan père, inspecteur à la poste, rue j.-j. rousseau.
Dagay, ancien magistrat, rue du montblanc.
Dagne, rue des fossés-jacques.
Dagois, charpentier, rue des vieilles tuileries.
Dagoreau, rue de seine.
Dagoumer, officier de santé, rue grange-aux-belles.
Daignant, médecin, rue du helder, n. 33.
Daigrefeuille (Charles), ancien magistrat, rue villedot, n. 7.
Daigremont, rue des francs-bourgeois.
Daillié, officier de santé, rue du pot-de-fer.
Daillon, employé, rue roch, n. 4.
Dailly fils, mercier, rue des deux-ponts.
Dailly, chef de bureau au département, rue du faub. jacques.
Dailly, rue grammont.
Dalcas, homme de loi, rue perdue.
Daleyrac, compositeur de musique, rue de la michodière.
Dalibon, grainier, rue martin.
Dalinville, rentier, rue lazare.
Dalissan, épicier, rue du faubourg du temple.
Dallarde, banquier, rue neuve des mathurins.
Dallée (Louis) marchand de vin, rue des ballets.
Dallemagne, brodeur, rue montorgueil.
Daillié de Chavincourt, rue des prouvaires.
Dallier, officier de santé, rue du pot-de-fer.
Dallier, officier de santé, rue du cherche-midi.
Dalmassy, employé à la justice, place vendôme.
Dalmont, employé, rue caumartin.
Dalmont, boucher, rue faubourg du roule.
Damas, boulanger, rue d'angoulême.
Damas, menuisier, rue de vaugirard.

5

Dambrein, cartier, rue avoie, n. 165.
Dambreville, marchand de bois, rue bernard, n. 13.
Dambry, clincailler, rue denis.
Damême, épicier, faubourg denis, n. 54.
Damemme, négociant, rue neuve augustin.
Dameuve, homme de loi, rue des marais.
Damien, mercier, faubourg denis.
Damiens, papetier, rue de bussy.
Dammeville, propriétaire, rue jean-pain-mollet.
Damond, ancien pâtissier, faubourg martin.
Damoreau, employé, rue de la lune.
Damour, facteur à la halle, quatrième municipalité.
Damoye (Pierre), porte antoine, n. 2.
Damy père, orfèvre, cour neuve du palais.
Dandry, marchand de toiles, parvis notre-dame.
Dangée, restaurateur, apport-paris.
Dangell, marchand de vin, cloître jacques-l'hôpital.
Dangy, invalide, dixième municipalité.
Dánié, médecin, rue des francs-bourgeois.
Daniel, rue de vaugirard.
Daniel, employé, rue de malte, n. 10.
Daniel, graveur, rue honoré, n. 65.
Daniel, mercier, rue honoré.
Danis, employé, rue de l'arbre-sec.
Danjou, rentier, rue d'anjou.
Danloup, marchand chapelier, rue bourg-l'abbé.
Dannay, employé, rue de la convention.
Danny, propriétaire, rue de chaillot.
Danois, vinaigrier, rue des prêcheurs.
Danthonay, homme de loi, rue guénégaud.
Dantony, invalide, dixième municipalité.
Dany, orfèvre, quai des orfèvres.
Danzel, traiteur, rue de bourgogne.
D'Aoust, adjudant-commandant, rue neuve des capucines.
Dapst, jouaillier, quai des orfèvres.
Darambur, apothicaire, carré martin.
Darantière, marchand de vin, rue greneta.
Darase, aux invalides, dixième municipalité.
Darbaut, homme de loi, rue de lille.
Darcet, essayeur à la monnaie, dixième municipalité.
Darcourt, épicier, rue galande.
Dardaine, ex-procureur, rue du petit musc.
Dardelin, limonadier, rue de la harpe.
Dardet, rentier, rue Béthisy.
Dardoise, ex-commissaire du département, rue paul, n. 54.
Daret, bouchonnier, rue du four.

Dargent, propriétaire, rue maure.

Daribault, peintre, rue de la planche.

Daricourt, avoué, rue des bourdonnais.

Daricourt, propriétaire, rue de tournon.

Darjon, épicier, rue charenton, n. 35.

Darlet, rentier, rue blanche.

Darmezin, maréchal-des-logis, aux invalides.

Darnaud aîné, quai de l'école, n. 9.

Darnaud jeune, médecin, quai de l'école.

Darne, propriétaire, rue de lille.

Darnet, juge de paix, cinquième municipalité.

Darnet jeune, rue des prêtres.

Daroux (Pierre-Augustin), rentier, rue du bout-du-munde.

Daroux père, maçon, rue lazare.

Darras, orfèvre, rue denis.

Darras, employé aux contributions, rue bourg-l'abbé.

Darréglade, employé au ministère des fin., rue de verneuil.

Darréglade (François), rue des droits de l'homme.

Darte (Louis), ouvrier en porcelaine, rue charonne.

Darte (Joseph), ouvrier en porcelaine, rue charonne.

Dartigue, rue de grammont.

Dartois, marchand de vin, rue beaubourg.

Daru, employé, rue de lille.

Daslosse, propriétaire, rue du faubourg honoré.

Dasser, commissaire de police, sixième municipalité.

Dasset, agent d'affaires, passage de la réunion.

Daston, ex-magistrat, rue lazare, n° 47.

Dastugnes, chirurgien, rue antoine, n. 104.

Dathy, marchand plumassier, rue grenelle-honoré.

Daubanel, commissaire de police, rue des canettes.

Daubanely, employé, quai de l'union.

Daubenton, propriétaire, rue des mathurins.

Daubas, employé à la mairie, première municipalité.

Daube aîné, fleuriste, faubourg du temple.

Daubenton, juge de paix, cour de la sainte-chapelle.

Dauberson-Murinai, rue de bondi.

Daubigny, vitrier, rue des rosiers, n. 4.

Daubigny, employé, rue des mathurins.

Daubinot (Et.-Louis), rue des ballets, n. 41.

Daubonne de Vouge, employé, rue de la jussienne.

Daubrée, brasseur, rue richer.

Daubusson cadet, rentier, rue de l'université.

Dauchy, au trésor public.

Dauchy, employé, rue de la mortellerie.

Daucourt, inspecteur à la poste, troisième municipalité.

Daudibertcaille, rue jacob.

Dandin, homme de loi, rue du hurepoix.

Daugé, rotisseur, apport-paris.

Daugirard, banquier, rue du montblanc.

Daumin, commissaire-priseur, rue des lombards.

Daumy l'aîné, cloître notre-dame.

Daumy jeune, cloître notre-dame.

Dauptain, papetier, rue planche-mibrai.

Dauptain, ancien commis à la liquidation, place vendôme.

Daure, rentier, rue saint-marc.

Dausse aîné, propriétaire, rue taitbout.

Daussi, homme de loi, faubourg denis, n. 35.

Dauterive, employé aux relations extérieures, rue du bacq.

Dauvel, propriétaire, rue joseph.

Dautreve, homme de loi, rue vieille-draperie.

Dauvergne (Julien-Cl.) milit. aux invalides, 10e. municipalité.

Dauzon, invalide, 10e. municipalité.

Dauzeret, commissaire des guerres, rue de varennes.

Daval père, rue garancière.

Daval fils, rue garancière.

Daval père (Gerand), ancien chaudronnier, rue bourtibourg.

Daval jeune, rue bourtibourg.

Davalette, receveur des contributions, rue de l'université.

Davaud, chef de bureau à la guerre, rue du colombier.

Davaud, chef de bureau de la guerre, rue du colombier.

Devaux père, propriétaire, enclos de la bretonnerie.

Davesne père, propriétaire, rue de la fraternité.

Davesne fils (Fontaine), rue de la fraternité.

Davia, charpentier, rue des vieilles tuileries.

David, employé, rue neuve-denis.

David, homme de loi, rue des poitevins.

David, peintre, au louvre.

David, bonnetier, carré denis, n. 7.

David, marchand de vin, rue dominique.

David, propriétaire, rue des moulins.

David, ex-secrét. de légation, rue de cérutti, n°. 21.

David (Jean-Baptiste, facteur à la halle, 4e. municipalité.

David, graveur, rue pierre-sarrazin.

David, marchand de soie, rue croix-des-petits-champs.

David, rue du bacq.

David, rue chabanais.

Davignon, employé aux invalides, dixieme municipalité.

Davillier jeune (Charles), négociant, rue basse du rempart.

Daviord, quai de la tournelle.

Davrancher, employé, rue de sèves.

Dayde, chapelier, rue neuve-roch.

Dazas, rue de la poterie.

Dazille, homme de loi, rue ménil-montant.

Dazille, médecin, rue bergère, n. 1003.

Dazincourt, artiste, rue de la loi.

Deadé, employé, rue notre-dame-des-victoires.

Debacq, employé, rue de courty.

Debeauboiz, rentier, rue du noir.

Debdevez, tailleur, rue de jouy.

Debel, horloger, rue de l'arbre-sec.

Debelle, homme de loi, rue de la harpe.

Deberry, épicier, rue du four-honoré.

Deberulle, propriétaire, rue de grenelle-germain.

Debeyné, capitaine de division, aux invalides.

Debilly, orfèvre, quai pelletier.

Debissonet, employé, rue de verneuil.

Deblois, homme de loi, rue andré-des-arts.

Debonnaire, commissaire-priseur, rue neuve-eustache.

Debonnefoy, employé, rue de poitou.

Debourge, négociant, propriétaire, rue du champ-fleury.

Debourges, employé à la trésorerie, rue des nouaindières.

Debout, propriétaire, rue victor.

Debray, employé, faubourg du temple.

Debrie, instituteur, rue de turenne.

Debrienne, receveur de l'enregistrement, rue de choiseul.

Debuire (J.-P.-R.), rentier, rue montmartre.

Debuis, rue de poitou.

Debure père, libraire, rue serpente.

Debure aîné, libraire, rue serpente.

Debure jeune, libraire, rue serpente.

Debure Saint-Faubin, ancien libraire, rue avoie.

Deburne, adjudant-major, aux invalides.

Debussy (Nicolas), rue mouffetard.

Decagny, avoué, rue de l'arbre-sec.

Decamp, marchand de fers, rue denis.

Decaux, ex-notaire, rue montmartre.

Decaux, boursier, rue bourg-l'abbé.

Decle, président du comité de bienfaisance, rue de l'échelle.

Decle, tonnelier, rue du chantre.

Declerk fils, employé, deuxième municipalité.

Decoin, ex-comm. à la bourse, aux petits-pères.

Decomps, rue du faubourg honoré.

Decorneille, avoué au tribunal d'appel, rue michel-lepelletier.

Decorby, homme de loi, rue de la harpe.

Decos, charcutier, rue de chaillot.

Decoudre, employé, rue du bacq.

Decourcelle, rue de touraine.

Decourchamp, juge de paix, deuxième municipalité.

Decourouble, ex-recev. de l'enreg. , rue des deux portes sauveur.
Decourty, ex-commissaire de police, rue des quatre-fils.
Decote, directeur des médailles, au louvre.
Decq, propriétaire, rue neuve martin.
Decressy, huissier-priseur, rue traversière-honoré.
Decroisy, chef au ministère de la marine, quai de l'école.
Decrosne, employé, rue d'enfer.
Dedde, entrepreneur de bâtimens, rue notre-dame des champs.
Defaucompret, notaire, rue de bussy.
Defaux, ancien couvreur, rue des boulangers.
Defays, propriétaire, rue feydeau.
Defers, orfèvre, à la bastille.
Defly aîné, rue des petits champs.
Defly père, négociant, rue des petits champs.
Defoissy, employé, place de l'estrapade.
Defontaine, homme de loi, rue quincampoix.
Defrance, chirurgien, faubourg poissonnière.
Defrance, médecin, rue mêlée.
Defrance, employé à la poste, rue jean-jacques rousseau.
Defrance, rue saintonge, n. 24.
Defrance, artiste, cinquième municipalité.
Defrance, instituteur, rue de sèves.
Defresne, greffier au tribunal d'appel, rue du montblanc.
Defublé, rue avoie.
Dégeaux, juge de paix, rue beauregard.
Degosse, hôtellier, rue du lycée.
Degournay, rue de bondi.
Degourgue jeune, propriétaire, rue de turenne.
Degrave, ex-ministre de la guerre, première municipalité.
Degre, boulanger, faubourg du temple.
Dreffeuil, ancien magistrat, rue villedot, n. 7.
Deguerauvilliers, graveur, rue hyacinthe.
Dehairin, notaire, rue ventadour.
Dehan, orfèvre, rue d'enfer en la cité.
Dehaussy, libraire, rue de sorbonne.
Deharambure, apothicaire, carré et rue martin.
Deharembure, marchand de vin, rue de la féronnerie.
Dehaupois, orfèvre, cour de la chapelle, n. 26.
Dehemant père, île saint-louis.
Dehemant, homme de loi, rue de la fraternité.
Deheppe, secrét. général au cons. des mines, rue de l'université.
Dejan, avoué, rue de cléry.
Dejaucourt, propriétaire, rue de varennes.
Dejean, horloger, rue des francs-bourgeois.
Dejean, huissier des consuls, aux tuileries.
Dejoly, homme de loi, rue de choiseul, n. 16.

Dejoly, ancien jurisconsulte, rue française.

Dejussieux, professeur d'histoire naturelle, rue dominique.

Delaage, défenseur officieux, rue du monceau.

Delaboullay, propriétaire, rue du mail.

Delabarbe, employé, rue neuve des augustins.

Delabarbe, architecte, rue montolon.

Delachaussée père, propriétaire des glaces, faubourg antoine.

Delachaussée père, rue des trois pavillons.

Delacour, pharmacien, cour du palais.

Delacourt, marchand épicier, rue coquillière.

Delacroix, jurisconsulte, rue hautefeuille.

Delacroix, rue de jouy.

Delacroix, employé à la trésorerie, rue percée.

Delacroix père, rentier, rue martin.

Delacroix, tapissier, rue bertin-poirée.

Delacroix, marchand de vin, rue martin.

Deladreux, négociant, rue croix de la bretonnerie.

Delaflechelle, sous-chef au min. des relations ext., rue du bacq.

Delafolie, imprimeur, rue martin.

Delafontaine, commissaire de police, première municipalité.

Delafontaine, propriétaire, faubourg montmartre.

Delafontaine, caissier gén. de la banque nat., place des victoires.

Delafosse, graveur, rue du carrousel.

Delafosse, horloger, rue thiroux, n. 904.

Delafrenaye, employé à la banque de France, rue ménard.

Delage, avoué, rue du pourtour-gervais.

Delageune, avoué, rue beaubourg.

Delagoutte, homme de loi, rue de la liberté.

Delaguette, imprimeur, rue de la vieille-draperie.

Delaguran, rue de jouy.

Delaharpe, homme de lettres, cloître notre-dame, n. 32.

Delahaye, avoué, rue de touraine.

Delahaye aîné, homme de loi, rue beaubourg.

Delahaye, avoué, rue michel-lepelletier.

Delahaye, receveur du droit d'enregistrement, rue de choiseul.

Delahaye, rue de vendôme.

Delahaye, receveur des rentes, rue de moussy.

Delahaye, rue bourg-l'abbé.

Delahaye, homme de loi, cloître notre-dame.

Delahaye, avoué, rue de tournon.

Delahaie, avoué, rue des bons-enfans.

Delahourde, tailleur, rue du bacq.

Delahousse, rue des rosiers, n. 37.

Delaigne, employé à la justice, place vendôme.

Delaissement, chapelier, rue de bussy.

Delalain père, imprimeur, rue de sorbonne.

Delalain, fondeur en caractères, rue de la harpe.

Delaloge, marchand de bois, rue jean-beau-sire.

Delalonde, greffier du juge de paix, huitième municipalité.

Delamalle, homme de loi, rue de l'échelle.

Delamarche, employé, rue de l'université.

Delamarche, géographe, rue du foin-jacques.

Delamarre, rue de la liberté.

Delamarre, huissier, vieille rue du temple.

Delamare, homme de loi, rue montmartre.

Delamare, rue du figuier.

Delamarre, banquier, rue bergère.

Delambre, membre de l'institut, rue de paradis.

Delamery, percepteur du septième arrondissement, rue des juifs.

Delamontagne père, commissaire-priseur, rue antoine.

Delamotte, rue de la verrerie.

Delamotte, avoué, vieille rue du temple.

Delamotte, avoué, rue bourtibourg, n. 31.

Delamotte, ancien notaire, rue de la tixéranderie.

Delamotte, avoué, rue méry.

Delamotte, avoué, vieille rue du temple.

Delamouche, chef à la comptabilité nationale, cour lamoignon.

Delance, imprimeur, rue de la harpe.

Delancre, quai de la république.

Delanoue, marchand de bois, à la rappée.

Delanoue, entrepreneur de bâtimens, rue basse-des-ursins.

Delapierre, administrateur des douanes, rue de provence.

Delapierre, chef à la justice, place vendôme, n. 106.

Delaplace, libraire, rue de la harpe.

Delaplace, homme de lettres, rue du pot-de-fer.

Delaplace, avoué, rue avoie.

Delaplace, chef de bureau à la trésorerie, deuxième munic.

Delaporte du Theil, membre de l'institut, au louvre.

Delaporte, mercier, place du petit-carrousel.

Delaporte, rue de la femme sans tête.

Delaporte, agent des indigens, rue du grand-chantier.

Delaporte, rentier, rue du pot-de-fer.

Delaporte, médecin, rue neuve des petits-champs.

Delaporte, homme de loi, cour mandar, n. 251.

Delabarre, architecte, rue montholon.

Delarche, rue de la marche, n. 19.

Delaroche, propriétaire, rue nicaise.

Delaroche, commissaire de bienfesance, rue du roule.

Delarue, directeur des domaines, rue de choiseuil.

Delarue, banquier, rue place vendôme.

Delarue, rue amelot, n. 1.

Delarue, employé, rue verneuil.

Delarue, épicier, rue montmartre.
Delarue, marchand de vin, rue de charonne, n. 3.
Delarue, rentier, rue martin.
Delarzille, employé, rue mesnil-montant.
Delasalle, commissaire-priseur, rue j.-j. rousseau.
Delasseau, commissaire-priseur, rue de surénes, n. 1059.
Delatour (Louis-François), rue jacques, n. 30.
Delâtre, rue de la huchette.
Delatre, ancien magistrat, rue des francs-bourgeois.
Delâtre, négociant, passage des petits-pères.
Delâtre, ancien notaire, quai de la fraternité.
Delatte, rue de chabanais.
Delaule, épicier, faubourg denis.
Delaunay, rentier, rue de paradis.
Delaunay, imprimeur, rue du faubourg jacques.
Delaunay-Desormaux, rue de grenelle.
Delaunay, graveur, rue jacques, n. 82.
Delaunay, ex-agent de change, cul-de-sac de la sourdière.
Delaunay (Denis), homme de loi, rue dominique.
Delaunay, instituteur, rue rochechouart.
Delaunay, employé, rue de l'université.
Delaunay, employé au ministère de l'intérieur, dixième mun.
Delaunay, limonadier, rue de la roquette.
Delaunay, bibliothécaire, au muséum d'histoire naturelle.
Delaunay, architecte, rue du four-germain.
Delaunay, homme de loi, rue de la verrerie.
Delaunay, greffier du juge de paix, rue apoline, n. 6.
Delaune, limonadier, boulevard de l'hôpital.
Delaune, marchand de vin, quai bernard.
Delaurent, boulanger, faubourg martin.
Delavaquerie (François), contrôleur aux invalides, dix. mun.
Delavigne, homme de loi, rue du plâtre-jacques.
Delaville, marchand parfumeur, rue phelipeaux.
Delavoyepierre, cloître germain-l'auxerrois.
Delauze, rue planchemibray.
Delbane, limonadier, place du muséum.
Delbois, artiste musicien de l'opéra, faubourg martin.
Delcambre l'aîné, musicien à l'opéra, au théâtre des arts.
Delcassa, employé, rue de seine, n. 1375.
Delchet, rue notre-dame-des-victoires, n. 64.
Delcros (Antoine-Joseph), caiss.-gén. des subs., rue dominique.
Delcroix, secrétaire-gén. du min. de la just., place vendôme.
Deleau, layetier, rue greneta.
Deleau, employé, place vendôme.
Deleclusse, rue chabanais.
Delend, employé, rue d'enfer.

Delessecourt , huissier , rue pavée-saint-sauveur.
Delepine , rue des boulets.
Delespine , architecte , rue d'argenteuil.
Delespine , directeur de la monnaie , dixième municipalité.
Delessart , inspecteur des ponts et chaussées , quai voltaire, n. 24.
Delessert , banquier , rue coqhéron.
Delessert fils , banquier , rue coqhéron.
Delestre , rentier, rue des barres.
Delestre , rue des francs-bourgeois.
Delestré , adjudant de brigade, rue de lille , n. 501.
Deletang , homme de loi , rue croix des petits-champs.
Delétain , huissier , rue méry.
Deleuris , huissier au tribunal d'appel , au palais.
Deleuze , peintre , rue poissonnnière.
Deleuze , boucher , porte martin.
Del'hôtel , négociant , rue jacques-la-boucherie.
Delillers , rue grange-batelière.
Delleville , employé à la comptabilité , cour de lamoignon.
Deliege , marchand de vin , rue Helvétius.
Deligny , employé , rue des fontaines.
Delignoux , employé à la liquidation , rue des bernardins.
Delille , négociant , rue bailleul.
Delion aîné , employé , quai du nord , n. 38.
Delion jeune , employé , quai du nord , n. 38.
Delisle , boucher , rue jean-pain-mollet.
Delmont , coiffeur , rue de miromesnil.
Deloche , notaire , rue montmartre.
Deloche , clincailler , rue martin.
Deloines , faïencier , grande rue antoine , n. 104.
Delong , ancien négociant , rue de l'aiguillerie.
Delon l'aîné , négociant , faubourg denis.
Delon jeune , négociant , faubourg denis.
Delondre , apothicaire , rue des lombards.
Delondre , rue de la verrerie.
Delondre , négociant , rue des cinq diamans.
Delondre , rue montmartre.
Delondre , apothicaire , rue honoré.
Delondre , droguiste , rue quincampoix.
Delongchamp , brasseur , rue mouffetard.
Delorme (Vincent) , employé , rue du temple , n. 53.
Delorme , huissier , rue du faubourg honoré.
Delorme , juge de paix , division lepelletier.
Delorme , garde magasin , au mont-de-piété , 7e. municipalité.
Delorme , avoué , rue de la lune , n. 2.
Delormel , pâtissier , rue andré-des-arts.
Delormel , menuisier , fauboug denis.

Deloyanne, épicier, rue des tournelles.
Delpech, menuisier, faubourg denis.
Delpont, chapelier, rue de grenelle.
Delporte, doreur, rue germain-l'auxerrois.
Delrue, quai de la mégisserie.
Delton, serrurier, rue d'anjou.
Deltuf, marchand de tabac, rue montmartre.
Delucheux, employé, rue aubry-le-boucher.
Deluchi, homme de loi, rue des moulins.
Delunelle, pharmacien, rue honoré.
Delusy, employé, rue du faubourg montmartre.
Delzon, rue neuve-de-malte.
Demachy, avoué, rue avoye.
Demachy, peintre, place du louvre.
Demagny, employé, aux élèves de la patrie.
Demai père, maçon, rue sainte-croix.
Demangeot, épicier, rue aumaire.
Demantin, place baudoyer.
Demari, ancien militaire, rue claude, au marais.
Demarle, rue de sèves.
Demars, ancien administrateur des hosp. milit., rue pelletier.
Demarteau, graveur, rue benoît.
Demay, adjudant à la 13°. div. milt. aux inv., 10e. municipalité.
Demay, homme de loi, rue serpente.
Demay, ex-employé, cour du commerce.
Demazeau, propriétaire, rue de provence.
Demazure, marchand de fer, rue de la juiverie.
Demenancourt, rue de la tonnellerie.
Demenon, propriétaire, rue thibautodé.
Demières, boulanger, petite rue de reuilly.
Demilly, homme de loi, rue coq-héron.
Demol père, marchand de vin, rue du jardin des plantes.
Demon, propriétaire, rue d'anjou.
Demonchain employé, rue amelot.
Demoncy (L.-Mathurin), employé, rue helvétius.
Demongin, huissier, grande rue du faubourg antoine.
Demonjay aîné, rue des bourdonnais.
Demontholon, rue de beaune.
Demoraine, imprimeur, rue du faubourg jacques.
Demorgny, employé, rue de la liberté.
Demormant, place et porte antoine.
Demouchin, jardinier, rue popincourt.
Demoulr, ancien boulanger, rue de la tixéranderie.
Demoulin, mercier, rue antoine.
Demoulin, maçon, rue du faubourg antoine.
Demours, chirurgien oculiste, rue mazarine.

Demousseau, adjudant-lieutenant, aux invalides.
Demouton, rue de beauné.
Denantes (Gustave), adm. des hôp. de la mar., hôt. de la mar.
Denanteuil aîné, employé, aux messageries.
Denaurois, direct. de la manufact. des glaces, faub. antoine.
Denauroy, employé, rue de la marche.
Denaut, homme de loi, rue de thionville.
Denayvé père, rue de sèves.
Deneancourt, propriétaire, rue sauveur.
Denel, artiste, rue sulpice.
Deneuforge, employé, douzième municipalité.
Deneux, employé, cour des fontaines.
Denevert, plumassier, rue denis.
Denfer, épinglier, rue du four germain.
Denis, juré au conseil des prises, rue de l'université.
Denis, marchand de vin, rue du petit-carreau.
Denis, secrétaire, rue de la michodière.
Denis, homme de loi, rue neuve-paul.
Denis, greffier de juge de paix, rue d'enfer.
Denis, notaire, rue de grenelle-germain.
Denis, homme de lettres, rue d'enfer.
Denis, brasseur, rue de l'oursine.
Denis, épicier, rue de la michodière.
Denis, employé, rue de verneuil.
Denis, employé, rue denis, n. 10.
Denise, secrét. du minis. de la marine, rue de la concorde.
Denise père, propriétaire, rue de la mortellerie.
Denise, avoué, rue de la mortellerie.
Denise, rentier, rue de bièvre.
Denise, épicier, rue de tournon.
Denisart, horloger, rue de thionville.
Denoireterre, homme de loi, rue des saints-pères.
Denormandie, directeur de la liquidation, place vendôme.
Denormandie jeune, chef à la liquidation, place vendôme.
Denouil, épicier, rue beaubourg.
Denouvilliers, ex-greffier, rue du coq-jean.
Deperrey, rue de varennes.
Deperte, employé, cinquième municipalité.
Depeuille, marchand d'estampes, rue des mathurins.
Depeyre, rue de grenelle germain.
Depille, propriétaire, rue de grammont.
Depille, rue des francs-bourgeois.
Depinaix (George), rue de la concorde.
Depinal, aide-major aux invalides, dixième municipalité.
Depit, rue de l'université.
Deplaigne, rue des blancs-manteaux.

Deprée fils , faubourg martin.

Deprès , secrétaire des finances , rue neuve des petits-champs.

Derbanne aîné, agent de change , rue d'argenteuil.

Derbanne jeune , rue d'argenteuil.

Derché , membre de la comm. des émigrés , quai voltaire.

Derenemenil , rue du colombier.

Derennefort , homme de loi, cloître notre-dame.

Derepas , rue de bretagne au marais.

Dereste , employé à la marine , rue de la concorde.

Derets , avoué , rue cloche-perche.

Dergny, professeur à l'inst. des colonies , rue geneviève.

Derniau , employé, rue andré-des-arts.

Derogerie , employé , rue boucherot.

Deronne , pharmacien , rue honoré.

Derondelle , charcutier , rue martin.

Deronne père , peaussier , rue frépillon , n. 4.

Derot, marchand de vin , rue copeau.

Derouleau , commissaire de police , division des gravilliers.

Derousot , greffier de juge de paix , division du finistère.

Derouvoy , marchand de couleur , rue andré-des-arts.

Deroux , employé aux postes , rue jean-jacques rousseau.

Derozier , rue de la fraternité.

Derudère , négociant , rue de tracy , n. 47.

Derville , homme de loi , cour du commerce.

Dervilliers , rue antoine.

Desachy , rue du colombier.

Desachy , épicier , rue du temple.

Desage père , ancien épicier , rue du four-germain.

Desage , épicier , rue du four.

Desain , à la liquidation des émigrés , place vendôme.

Desaintemarthe , avoué , rue des mathurins.

Desaint-Même , rue beautreillis.

Desaistre , rentier , rue traînée.

Desales , de l'institut national , rue de varennes.

Desandrouin , rue de la victoire.

Desanglais , tailleur , rue de bretagne.

Desanteuil , propriétaire , rue guillaume.

Desaubry , secrétaire du ministre de la justice , place vendôme.

Desaunoy , chef de division aux invalides , 10e municipalité.

Desbordes , commissaire , rue guisarde.

Desbuné , militaire aux invalides , dixième municipalité.

Descazam , employé , rue de verneuil.

Descennes , médecin , au prytanée.

Deschambeaux , ex-notaire , rue du four.

Deschamps , receveur de loterie , rue planche-mibrai.

Deschamps (Jean), horloger , rue antoine , n. 359.

Deschamps, confiseur, rue honoré.

Deschamps, apothicaire, faubourg montmartre.

Deschamps, secrétaire de com. de police, neuvième municipal.

Deschamps, régisseur des domaines nation., rue florentin, n. 6.

Deschamps, marchand de vin, rue mouffetard.

Deschamps, avoué, rue des grands-augustins.

Deschamps, boulanger, rue mouffetard.

Deschamps, entrepreneur des bâtimens, rue d'argenteuil.

Deschamps, chirurgien en chef, dixième municipalité.

Deschamps, employé, rue de thionville.

Deschamps, employé, rue apolline, n. 34.

Deschamps, mercier, rue honoré.

Deschamps-de-la-Vigne, rentier, rue de l'égoût au gros-caillou.

Deschappelle père, rue d'anjou honoré.

Deschard, marchand bonnetier, rue antoine.

Dechaslerie, apothicaire, rue martin.

Deschênes, administrateur des domaines, rue des petits-pères.

Deschevailles, faubourg denis.

Deschiens, avoué, cloître notre-dame.

Desclos, employé au ministère de la police, 10e municipalité.

Desclos-Lepelley, négociant, rue de l'échelle.

Descloseaux, homme de loi, rue et île saint-louis.

Descloseaux, rentier, rue d'anjou.

Descoings, commiss. de la bourse, rue du temple.

Descombes, négociant, rue apolline.

Descosseine, serrurier, rue taitbout.

Descourt, employé à la bibliothèque de l'arsenal, 9e municip.

Descurel, rue d'enfer, n. 3.

Deseffeuillets, rue de la tixeranderie.

Deselles, officier de santé, rue des pères.

Desenne, libraire, palais du tribunat.

Desequelle, rue de charenton.

Desessarts, homme de loi, rue méry.

Desessarts, médecin, rue des fossés-germain.

Desessarts, insp. gén. des ponts et chaussées, quai d'orsay, n. 24.

Desessarts, libraire, vis-à-vis l'odéon.

Desetangs, homme de loi, rue des bourdonnais.

Deseze, homme de loi, rue des quatre fils.

Deseustres, grainier, rue le noir.

Desfontaines, avoué, rue de la loi.

Desfontaines, paveur, rue montholon.

Desfontaines, professeur de botanique, au jardin des plantes.

Desfontaines, avoué, rue montmartre.

Desfontaines, homme de loi, rue quincampoix.

Desforges, homme de lettres, rue de l'arbre-sec.

Desforges, hôtelier, rue de la loi.

Desforges , rue des quatre fils.

Desfossés , boulanger , rue coquillière.

Desfossés , propriétaire , rue de la chaise.

Desgaux , juge de paix , division de bonne-nouvelle.

Desgraviers , adm. de la manuf. des glaces , boul. mont. n. 445.

Desgrez , maître de pension , rue de la roquette.

Desguerrois , homme de loi , à chaillot.

Deshayes , employé , rue de thionville.

Deshayes , chirurgien , hospice des vieillards.

Deshayes , marchand de vin , à chaillot.

Deshayes , rue garancière.

Desienne , homme de loi , rue marguerite-germain.

Desjardins , épicier , rue aux fers.

Desjardins , architecte , vieille rue du temple.

Desjardins , sous-adjudant de la div. des invalides , 10e. municip.

Desjardins , menuisier , rue des lyonnais.

Desjardins , distillateur , rue de la colombe , n. 5.

Deslandes , serrurier , rue neuve-égalité.

Deslions , rue de la vannerie.

Desloges , ex-admininistrateur des vivres , rue montholon.

Desmaisons , propriétaire , rue de lille.

Desmarais , employé , rue du colombier.

Desmarais , avoué , rue des lavandières-opportune.

Desmarets , homme de loi , rue de la mortellerie.

Desmarets , chef de bureau à la police , rue de la liberté.

Desmarteaux , graveur , cloître benoît.

Desmarys , rue claude au marais.

Desmel , rue grande-truanderie.

Desmoisons , employé aux archives nationales , dixième munic.

Desmottes , tapissier , rue du four-germain.

Desmoulins , ancien mercier , rue du faubourg antoine.

Desmoulins , homme de loi , rue des blancs-manteaux.

Desmoulins , maître maçon , grande rue du faubourg antoine.

Desmoulins , homme de loi , rue du jardinet.

Desnoyers , musicien , rue marguerite.

Desmousseaux , rentier , rue notre-dame des victoires.

Desmousseaux , homme de loi , rue laurent.

Denois , employé au ministere de la marine , rue de la concorde.

Desnos , faïencier , rue neuve des petits-champs.

Desnos , homme de loi , rue des amandiers.

Desnoyers , marchand de vin , rue martin.

Desnouveaux , vitrier , rue des tournelles.

Desormeaux , avoué , rue de la mortellerie.

Desormel , directeur des domaines , rue de choiseul.

Desoubry , employé au ministere de la justice , place vendôme.

Desouches , employé à la trésorerie , rue neuve des mathurins.

Desouches père, serrurier, rue de cléry.

Desouches fils, serrurier, rue de cléry.

Desouches, rentier, petite rue saint-pierre.

Desoye, employé au département, place vendôme.

Despagne fils aîné, rue beaubourg.

Despagne père, rentier, rue de la réunion.

Despeaux, garnisseur, rue de la roquette.

Despeaux, chef de bureau à la guerre, rue de l'échelle.

Despeaux, rue du colombier.

Lespèce, marchand de vin, avenue de breteuil.

Desperrières, général, rue mêlée.

Despinal, sous-aide-major, aux invalides.

Despond, épicier, rue boucherat.

Desportes (Benjamin), administr. des hospices, rue miroménil.

Desportes, limonadier, rue de grenelle.

Desporty-Saint-Avoye, rue beautreillis.

Desprades, rue saint-roch.

Despréaux (Simien), auteur, première municipalité.

Després, avoué, rue des bourdonnais.

Després, apothicaire, rue mouffetard.

Després, marchand de porcelaine, rue des récollets.

Després, rue de grammont.

Després, propriétaire, faubourg martin, n. 185.

Després, agent de change, rue de choiseul.

Després, artiste au théâtre-français, rue de la loi.

Desrenaudes, employé, rue et porte honoré.

Desret, avoué, rue cloche-perche.

Desroches, chef de bataillon, rue laurent.

Desrosiers, homme de loi, rue de la fraternité.

Desroziers, homme de loi, rue denis.

Desroziers, propriétaire, rue de bondi, n. 46.

Dessaint, employé à la liquidation des émigrés, place vendôme.

Dessaye père, rue du four, n. 278.

Destavigny, officier de paix, rue galande.

Destavigny, limonadier, quai bernard.

Destavigny, boulanger, rue antoine, n. 108.

Destin, directeur d'enregistrement, deuxième municipalité.

Destor, rentier, rue montmartre.

Destouches, rue pigal.

Destouches, rue de tournon.

Destouches, rue de provence.

Destournelle, architecte, rue de la sourdière.

Desuma, épicier, rue planche-mibrai.

Desurmont, négociant, rue de la réunion.

Destriches, architecte, rue de la réunion.

Detaille aîné, chirurgien, rue paul, n. 47.

Detalle, miroitier, rue de reuilly.

Deterre, sous-adjudant aux invalides, dixième municipalité.

Deterville, libraire, rue du battoir, n. 16.

Dethiers, propriétaire, rue des petits-augustins.

Detourbet, marchand de charbon, port saint-paul.

Devaisne fils, employé, rue de la concorde.

Deval Frambert aîné, rentier, rue croix-de-la-bretonnerie.

Dévarennes, propriétaire; rue des boulangers.

Devassan, propriétaire, rue de la cerisaye.

Devaudichon, commissaire des contributions, rue mêlée.

Devauprés, chef de division de la préfecture, place vendôme.

Devaux, adjudant, rue du faubourg du temple.

Devaux, boucher, rue galande.

Devaux, pâtissier, boulevard du temple.

Devaux, employé, rue plumet.

Devaux (Urbain) rue des écouffes, n. 30.

Devaux (Vincent-Pierre) perruquier, rue des droits de l'homme.

Devely, officier de santé, rue de la tixéranderie.

Devercy, avoué, rue mazarine.

Deverdun, rue neuve augustin.

Deverges, employé à la marine, rue du four, n. 174.

Devergeville, clincaillier, rue charonne, n. 146.

Deverlanges, sous-adjudant des invalides, 10e. municipalité.

Devertu, instituteur, rue lazare.

Deverville, employé, rue de clichy.

Devienne, rue notre-dame-des-victoires.

Devienne, sous-chef au secrétariat des consuls, 1re. municipalité.

Deville, huissier des consuls, rue de la cerisaye.

Deville, banquier, rue taitbout.

Deville, serrurier, rue des canettes.

Deville, invalide, dixième municipalité.

Deville, marchand de vin, rue du temple.

Devillenne, épicier, rue du petit-pont.

Devilleneuve, rentier, rue du puit, n. 3.

Devillers, employé, rue haute-feuille.

Devillers, rue de l'égout.

Devillers, juge-de-paix du théâtre français, 11e. municipalité.

Devilliers-du-Terrage, homme de lettres, rue dominique.

Devilliers-du-Terrage, secrét. du minis. de la pol., quai voltaire.

Devilliers, employé à l'hospice du nord, 5e. municipalité.

Devilliers, médecin, rue jacques.

Devilly, boulanger, faubourg martin.

Devin père, rue de la fraternité.

Devin fils, rue de la fraternité.

Devirmond, homme de lettres, cour mandar.

Devitry, bibliothécaire du corps législatif, 10e. municipalité.

Devrenne , employé , rue de l'université.

Devoix , jouaillier , quai des orfèvres.

Devolué , rue des vieux augustins.

Devos , corroyeur , rue sauveur.

Desyeux , professeur , rue de tournon.

Dezauches , géographe , rue des noyers.

Dezert oncle , sous-adjudant aux invalides , 10e. municipalité.

Dezert neveu , officier invalide , dixième municipalité.

Dhangard , propriétaire , rue du théâtre-français.

Dharcourt (Charles) rue de lille.

Dhardilliers , propriétaire , rue de la pépinière.

Dharme , boucher , rue des moineaux.

Dhauterive , chef de division des relations ext. , rue du bacq.

Dherbecourt , rue montmartre.

Dherbelot , architecte , rue de la harpe.

Dherbes , employé à la marine , première municipalité.

Dhermant , chef aux relations extérieures , rue du bacq.

Dhillerin , commissaire des guerres , aux invalides.

Dhotel , négociant , rue des bourdonnais.

Dhôtel , vinaigrier , rue aubry-le-boucher.

Dhôtel , marchand , rue antoine.

Dhugonet , chef de brigade aux invalides , 10e. municipalité.

Dhuthié , pharmacien , rue de grenelle.

Diamy , rue avoye , n. 142.

Diamy , homme de loi , rue croix-de-la-bretonnerie.

Dian , propriétaire , rue de grenelle.

Dibarrard , administrateur de la monnaie , 10e municipalité.

Dicy , employé , rue d'aguesseau.

Didelle , chapellier , rue faubourg martin.

Didiau , pharmacien , rue beauregard.

Didier , distillateur , rue taranne.

Didier , paulmier , rue salle-au-comte.

Didiot , rue du temple , n. 49.

Didiot , marchand de bois , quai bernard.

Didot , imprimeur , au louvre.

Didot (Firmin) libraire , rue de thionville.

Didot jeune , imprimeur , quai des augustins.

Dien , graveur , rue du foin-jacques.

Dieque , manufacturier , rue de la roquette.

Diers , rentier rue de bondi.

Dieudon , tapissier , rue de la monnaie.

Dieudonné , épicier , rue denis.

Dieu-la-Foy , homme de lettres , au théâtre français de la rép.

Dieupart , épicier , rue michel-leppelletier.

Digaut , marchand de vin , rue bretonvilliers.

Diligent , limonadier , rue froidmanteau.

Dillon, ingénieur, des ponts-et-chaussées., quai dorçai, n. 24.
Dimanche, boucher, rue grenetta.
Dinematin, employé au ministère des finances, 2ᵉ. municipalité.
Dinematin, rue picpus.
Diné père, homme de loi, rue croix de la bretonnerie.
Dintrouz aîné, commissaire au min. de la just., place vendôme.
Dintrouz, secrétaire des archives nationales, 10ᵉ. municipalité.
Diodet, bijoutier, rue honoré.
Dionne, vitrier, rue helvétius, n. 56.
Divernousse, peintre, rue grenier-sur-l'eau.
Dizez, affineur, rue guénégault.
Dobsent, cloître notre-dame.
Doillot fils, rue saint-thomas-du-louvre.
Doilot, assesseur de juge-de-paix, rue de la liberté.
Doisy, coëffeur, rue joubert, n. 501.
Doisy, rue honoré.
Dolbac, horloger, rue de la lanterne.
Dolbeau l'aîné, claincaillier, rue martin.
Dolbeau jeune, clincaillier, place du palais.
Dole, marchand de vin, rue lazare.
Dolimier, orfèvre, quai du nord.
Dollac, horloger, rue de la lanterne.
Dolléans, vitrier, rue victor, n. 139.
Dolomieu, membre de l'institut, au louvre.
Domain, commissaire priseur, rue des lombards.
Dómanget, homme de loi, rue du sentier, n. 39.
Domanget, avoué, rue des écousses.
Domanget, homme de loi, rue louis.
Domanget l'aîné, homme de loi, rue montmartre.
Doncourt, greffier du juge de paix, rue des alpes, n. 13.
Doney, chef de brigade, hôtel des invalides.
Donglée, médecin, rue de verneuil.
Douisse, rentier, à chaillot.
Donnesy, marchand de salines, rue des prêcheurs.
Dorat-Cubières, homme de lettres, 12ᵉ municipalité.
Dorbergue, huissier, rue de tournon.
Dorez, ex-jurisconsulte, rue hyacinthe.
Dorgemon, avoué, rue du renard.
Dorigny, homme de loi, rue des rats.
Dorigny, sous-chef de l'agen. génér. rue dominique, n. 1005.
Dormesson, ex-contrôleur des finances, rue antoine.
Dorsan, artiste, théâtre louvois.
Dortu fils, propriétaire, rue phelippeaux.
Dorvillier, perruquier, rue de la vannerie.
Dory, greffier de juge de paix, rue du panthéon.
Dory pere, rentier, rue victor, n. 83.

Dosfaud, propriétaire, rue des poulies.
Dosmond, quai pelletier, n. 49.
Dosmond, homme de loi, rue de lille.
Dosne, notaire, parvis notre-dame.
Dosne fils aîné, parvis notre-dame.
Dosseur, homme de loi, rue de lille.
Donay, marchand bonnetier, rue honoré.
Doublet, employé au conseil d'état, rue jacques.
Doublet, perruquier, rue de la roquette.
Doubledaut, distillateur, rue grammont.
Doucet, propriétaire, rue dominique.
Doucet, limonadier, rue de l'arbre-sec.
Doucet, vinaigrier, rue du rempart.
Doucet pere, rue des peres.
Doucet, épicier, rue coquenard.
Doucet, huissier, rue denis.
Doucet, adjudant-général, quai voltaire, n. 4.
Doucet, (Jean-Baptiste) marchand de vin, rue dominique.
Doucet-d'Arcy, au ministère de la justice, place vendôme.
Douceur, employé, rue de seine, faubourg-germain.
Douchet, bonnetier, grande rue faubourg-antoine, n. 94.
Doué, agent de l'éc. c. de l'un., 10e municipalité.
Douet-Montigny, entrepreneur de bâtimens, rue montmartre.
Douillon, marchand de vin, rue du chantre.
Doulcet, notaire, rue des fossés-montmartre.
Doucet, avoué, cloître notre-dame.
Douis, rue d'angivilliers.
Douthon pere, employé, rue de l'oursine.
Doumerc-Delau, propriétaire, rue de paradis, n. 25.
Doumergue, membre de l'institut, au louvre.
Dournel pere, paulmier, boulevard du temple.
Dournel fils, juge de paix de la division du temple.
Doussin-Dubreuil, médecin, rue pavée andré-des-arts.
Drabot (Antoine) peintre, aux gobelins.
Drais, propriétaire, place thionville.
Drannière (Antoine) membre de l'inst. nat., rue de bourgogne.
Drapier, homme de loi, rue des prêtres paul, n. 5.
Dreux, employé, rue des fontaines.
Dreux, employé, rue des quatre-fils.
Dreux, propriétaire, rue taitbout.
Driancourt, jardinier, rue de Popincourt.
Drobecq, employé, rue des petits-augustins.
Droideque, cloître notre-dame.
Droin, huissier, rue des déchargeurs.
Droisy, employé à la trésorerie, rue martin.
Drommont, rue coquillière.

Drost , imprimeur , rue du bacq.
Drouard , orfévre , rue du harlay.
Drouaidaine , marchand épicier , rue laurent.
Drouard , tapissier , rue de l'égalité.
Drouard , tailleur , rue thibautodé.
Drouen , rue du bacq.
Drouet , miroitier , rue des arcis.
Drouet de Santerre , rentier , rue de cléry.
Drouin , rue des bourdonnais.
Drouin de l'Huis , rue des juifs.
Droulot , greffier de juge de paix , rue reine-blanche.
Droulot , commissaire de police , rue des fontaines.
Drouot , rue des francs-bourgeois.
Drouvillé , marchand de céruse , rue du chantre.
Drugeon , notaire , rue marguerite.
Drujon , employé à la préfecture de police , rue taranne.
Druet-Vial , négociant , rue du cimetière-nicolas.
Dubail propriétaire , rue de jouy.
Dubard , menuisier , faubourg du temple.
Dubausx pere , port de l'hôpital.
Dubertrand , officier de santé , rue du temple.
Dubertris , restaurateur , aux champs-élysées.
Dubief , bijoutier , palais du tribunat.
Dubignon , commis , rue de varennes.
Dublanc , apothicaire , rue martin.
Dublé , rentier , rue du sépulcre.
Dubloc , agent de change , faubourg martin.
Duboëe , ex-conventionnel , faubourg martin.
Dubois , fabricant d'indienne , clos payen.
Dubois, maître de pension , rue de ménil-montant.
Dubois, professeur , à l'école de médecine.
Dubois, employé, huitième municipalité.
Dubois, employé, rue poissonnière.
Dubois, limonadier , rue montorgueil.
Dubois (Jacques-Louis-Michel), épicier , rue helvétius.
Dubois, pâtissier, rue des écuries.
Dubois-Saran , carrefour benoît.
Dubois , rue d'orléans-honoré.
Dubois , épicier , rue mouffetard.
Dubois , secrétaire , dixième municipalité.
Dubois-Laverne , dir. à l'imprimerie de la rép., hôtel penthièvre.
Dubois, mercier , rue de thionville.
Dubois , instituteur , rue bigot.
Dubois , lieutenant invalide, dixième municipalité.
Dubois , employé à la poste, rue jean-jacques rousseau.
Dubos, peintre , aux capucins-neufs.

Dubos , notaire , rue jacques.

Dubos , professeur au prytanée , douzième municipalité.

Dubosq , épicier , rue quincampoix.

Dubot , instituteur , rue de l'estrapade.

Duboulotz , rue du colombier.

Dubourg , éventailliste , rue bourg–l'abbé.

Dubourg , fruitier-oranger , place du marais catherine.

Dubras , sous-caissier au trés. pub. , rue neuve des petits-champs.

Dubras , employé , rue cerutti.

Dubray , employé à la police , cour de lamoignon.

Dubreton , commissaire-ordonnateur , rue dominique.

Dubreuil , employé , rue des grands-degrés.

Dubreuil , officier de santé , rue du bacq.

Dubreuil , instituteur , rue de la barouillère.

Dubreuil , perruquier , rue des sept-voies.

Dubu , receveur , rue de la montagne.

Dubu (Brice) , huissier-priseur , rue avoye.

Dubucourt , quai de la mégisserie.

Dubugrat , perruquier , quai de la mégisserie.

Dubuisson , rue dorée , n. 570.

Dubuisson , émailleur , cour des bernabites.

Dubuisson , rentier , rue marguerite.

Dubuisson , maître de pension , rue du faubourg antoine.

Ducamel , homme de loi , rue pierre-sarrasin.

Ducamp , rue des mathurins.

Ducarage , marchand de vin , rue des fossés-bernard.

Ducarin , homme de loi , rue montmartre.

Ducase , négociant , rue martin , n. 41.

Ducasse , employé , rue hyacinthe.

Ducastel , receveur des rentes , rue beaurepaire.

Ducayer , employé , rue honoré , n. 149.

Duchamois , médecin , rue marc.

Duchatel , apothicaire , rue de l'égalité.

Duchatel , employé , rue du helder , n. 2.

Duchauffour , rue bourtibourg.

Duchauffour , négociant , rue du grand–chantier.

Duchaussaye , marchand de vin , rue honoré.

Duchef , bijoutier , rue de la loi.

Duchemin , mégissier , rue censier.

Duchemin , ingénieur des ponts et chaussées , rue lazare.

Duchemin , avoué , rue de la jussienne.

Duchêne , rentier , rue des quatre-vents.

Duchesne , employé , rue du cheval-vert.

Duchesne , ex-marchand , rue de la mortellerie.

Duchesne , épicier , rue antoine.

Duchesne Beaumont , avoué du trib. d'appel , rue des prouvaires

Duchesne-Villiers, architecte, rue beauregard.
Duchesne, bijoutier, rue de la loi.
Duchesne, rentier, rue d'enfer, n. 753.
Duchesne, notaire, rue antoine.
Duchesne, libraire, rue des augustins.
Duchesne, rentier, rue popincourt.
Duchesne, secrétaire de police, faubourg jacques.
Duchesne, marchand de meubles, rue de la loi.
Duchesne, rue de l'éperon.
Duchesne, propriétaire, rue d'enfer.
Duchopand, avoué, rue pavée au marais.
Duchosal, membre de la comm. des émigrés, 10ᵉ municipalité.
Duchosal, ancien épicier, faubourg martin.
Duchosal, employé à l'hosp. des cap., faubourg laurent.
Ducis, membre de l'institut, au louvre.
Duclap, cordonnier, rue de la justice.
Duclos, bonnétier, rue des prouvaires.
Duclos, homme de loi, rue de cléry.
Duclos, juge de paix des quinze-vingts, huitième municipalité.
Duclos, homme de loi, rue méry, n. 422.
Duclos, employé, rue des moineaux.
Duclos, chef de division de la comptabilité, 10ᵉ municipalité.
Duclos, vinaigrier, rue du jour.
Ducluseau, avoué d'appel, rue pavée au marais.
Ducolet, rue copeau.
Ducray, homme de loi, rue jacques, n. 87.
Ducray-Duminil, homme de lettres, rue taitbout, n. 18.
Ducret, receveur des contributions, huitième municipalité.
Ducroc, charcutier, rue traînée.
Ducroisy, secrétaire rédacteur au tribunat, prem. municipalité.
Ducrot fils, fondeur, rue des arcis.
Dudin, ingénieur, rue dominique.
Dudoux, commis, rue de la grande-truanderie.
Dufart, imprimeur, rue des noyers.
Duffaut, admin. de la caisse d'amortissement, rue de l'oratoire.
Duffey, employé, rue des bernardins.
Dufillio, apothicaire, rue de la loi.
Duflot, horloger, faubourg martin.
Dufort, bottier, rue pagevin.
Dufort, négociant, rue du mont-blanc.
Dufossé, propriétaire, rue de la chaise.
Dufour, mécanicien, rue de la juiverie.
Dufour, employé, rue de lancry, n. 19.
Dufour, employé à l'hospice des vieillards, cinquième mun.
Dufour, libraire, rue de tournon.
Dufour, propriétaire, rue cocquenard.

Dufour, évantailliste, rue salle-au-comte.
Dufour, épicier, rue avoie.
Dufour, mercier, rue mouffetard.
Dufour, chef au ministère de la justice, rue benoît.
Dufour, homme de loi, rue de la monnaie.
Dufour, avoué, rue montmartre.
Dufour, ex-juge, rue pavée.
Dufour fils, rue cocquenard.
Dufour, marchand de bois, rue des fossés-bernard.
Dufourny, membre de l'institut, au louvre.
Dufourny, ancien négociant, cloître germain.
Dufraise, greffier du commissaire de police, quatrième mun.
Dufraisse, rue du fauconnier.
Dufrayer, juge suppl. au trib. de comm., rue martin.
Dufrêne, greffier du tribunal d'appel, rue du mont-blanc.
Dufresne, aide naturaliste, douzième municipalité.
Dufresne, homme de loi, rue paul.
Dufresne, médecin, rue de ménil-montant.
Dufresne, agent de change, rue vivienne.
Dufresne Saint-Léon, liquidateur, rue de belle-chasse.
Dufriche, huissier du corps législatif, dixième municipalité.
Dugard, mercier, rue de chaillot.
Dugas, employé aux postes, rue du mont-blanc.
Dugazon, artiste au théâtre-français, deuxième municipalité.
Dugit, rentier, rue cocquenard.
Dugourd, mercier, rue des prêtres.
Duguai, orfèvre, rue de l'arbre-sec.
Duhamel, rue du bouloy.
Duhamel père, faïencier, pont notre-dame.
Duhamel, inspecteur des mines, rue de l'université.
Duhamel, épicier, rue des prêtres.
Duhamel, marchand de toiles, rue des mauvaises-paroles.
Duhamel, greffier de paix, rue bernard.
Duhautpas, employé au ministère de la pol., rue de grenelle-c.
Duhazé, perruquier, rue de l'arbre-sec.
Duhez, rue simon-le-franc.
Dujardin, chandelier, rue marguerite.
Dujardin, assesseur de juge de paix, troisième municipalité.
Dujardin, architecte, rue des arcis.
Dulac, graveur, rue du théâtre-français.
Dulac, épicier, rue de l'école de santé.
Dulac, jardinier, rue popincourt.
Dulan, cul-de-sac dominique.
Dulant-Dallemant, propriétaire, rue guillaume.
Dularyt, ancien comm. au châtelet, rue du théâtre-français.
Dulaure, ex-député, rue des pères.

Dulfoy, décorateur, rue de l'arbre-sec.
Dulion, receveur à l'enregistrement, rue bourg-l'abbé.
Dulion, commissaire-priseur, rue christine.
Dulion, notaire, rue christine.
Dulion, homme de loi, rue hautefeuille.
Dulong, chapelier, rue honoré.
Duluc père, horloger, rue du bacq.
Duluc fils, rue du bacq.
Dulyon, employé à la comptabilité nationale, cour du palais.
Dumaige, huissier, cloître jacques-l'hôpital.
Dumanoir, rentier, rue du temple.
Dumarchais, invalide, dixième municipalité.
Dumas, ingénieur, rue des morts, faub. montmartre.
Dumas, parfumeur, rue de la loi.
Dumas, limonadier, rue de bussy.
Dumas, professeur, aux quatre nations.
Dumas-Descombes, rue appoline.
Dumas Saint-Fuscraud, administrateur des subsist., à chaillot.
Dumangin, médecin, rue villedot.
Dumay, invalide, dixième municipalité.
Dumay, homme de loi, place du panthéon.
Dumay, ancien marchand de bois, rue de l'université.
Dumay père, rue du jardin des plantes.
Dumenil, adjudant, rue des droits de l'homme.
Dumenil, tabletier, rue des arcis.
Dumeray, employé, rue de sèves.
Dumesnil Foissard, sec. en chef au min. des fin., rue du mail.
Dumesnil, rentier, rue transnonain.
Dumesnil, brasseur, rue du faub. antoine.
Dumesnil, commissaire des guerres, rue de l'université.
Dumetz, chef de la douzième division, aux invalides.
Dumets, notaire, rue antoine.
Dumetz, agent de change, rue projettée.
Dumollard, propriétaire, rue neuve-eustache.
Dumont, rentier, rue des boucheries-germain.
Dumont, marchand de soie, rue de la monnaie.
Dumont, épicier, rue jacques, n. 87.
Dumont, place beaudoyer.
Dumont, sculpteur, rue chaussée d'antin.
Dumont, orfèvre, rue de l'arbre-sec.
Dumont, architecte, rue de la mortellerie.
Dumont, peintre, au louvre.
Dumont, marchand de vin, rue du bouloy.
Dumont, rentier, rue appoline.
Dumont, marchand de vin, rue paul.
Dumont, employé à la manuf. des glaces, rue de reuilly.

Dumont, direct. de l'envoi des lois, hôtel penthièvre.
Dumond, marchand de draps, rue tirechappe.
Dumont, avoué, rue de limoge.
Dumouchel, marchand de draps, rue honoré.
Dumouchet, jurisconsulte, rue de la colombe.
Dumoulin, tapissier, rue du petit-lion-saint-denis.
Dumoulin, maçon, faubourg antoine.
Dumoulin, marchand de draps, rue de la monnaie.
Dumousseaux, homme de loi, rue neuve-laurent.
Dumoutier père, piliers des halles.
Dumoutier, pâtissier, rue des saussayes.
Dumoutier, boulanger, à chaillot.
Dumoutier, ingénieur des ponts et chaussées, rue dominique.
Dunan, bijoutier, sixième municipalité.
Dunan, rue frépillon.
Dunays, notaire, rue honoré, n. 71.
Dundas, chef de la trésorerie, rue du four-germain.
Duneuf (Germain), rentier, rue montorgueil.
Dunon, boulanger, rue de sèves, n. 186.
Dunouchef, employé au ministère de l'intérieur, r. de grenelle.
Duparc père, homme de loi, rue croix de la bretonnerie.
Duparc, propriétaire, rue rochechouart.
Duparc (Parfait), employé, rue croix de la bretonnerie.
Duparque, rentier, rue du four-germain.
Duparquet, employé à l'enregistrement, rue de choiseul.
Duperée, employé à la deuxième municipalité.
Duperrier, rentier, rue des barres.
Duperron, juge de paix, division de l'ouest.
Duperron, ingénieur des ponts et chaussées, rue de béry, n. 34.
Dupin, employé, rue hyacinthe.
Dupintriel, géographe, cloître notre-dame.
Duplanier, adjoint à la caisse lafarge, rue de grammont.
Duplal (Simon), employé au ministère de la police. 10e. mun.
Duplaix (Jacq.-Maurice), empl. au départ., r. de l'union, n. 7.
Duplaix, employé, rue du four-germain.
Duplessier, papetier, rue de verneuil.
Duplessis, général de division, rue de la place vendôme.
Dupoirier, homme de loi, rue guillaume.
Duponchal, droguiste, rue des lombards.
Duponchel (Joseph-Phil.), employé, rue du bacq, n. 16.
Dupond, huissier, faubourg martin, n. 125.
Dupont, receveur, rue jean-de-beauvais.
Dupont, rentier, rue de cléry.
Dupont, orfèvre, rue des orfèvres.
Dupont, marchand de vin, quai de l'union.
Dupont, employé au tribunal, deuxième municipalité.

Dupont, employé, rue des noyers.

Dupont, directeur, rue victor, n. 49.

Dupont, avoué, rue des noyers.

Dupont, avoué au tribunal de cassation, rue neuve des pet.-ch.

Dupont, ancien notaire, vieille rue du temple.

Dupont, rue des poitevins.

Dupont, médecin à l'hospice de Beaujon, première municipalité.

Dupontet, chirurgien, rue des blancs-manteaux.

Duport, homme d'affaires, rue de grenelle.

Duport, professeur au prytanée, douzième municipalité.

Duport, homme de loi, rue du four.

Duponcet, libraire, quai de la grève.

Dupour-Lamotte, administ. des subsistances, rue charlot, n. 37.

Dupoux, rentier, rue pot-de-fer.

Duprat, libraire, quai de la vallée.

Duprat, épicier, rue du helder, n. 1.

Duprat, avoué, rue du grand-chantier.

Dupré, employé au ministère de la guerre, rue de varennes.

Dupré, bottier, rue de l'odéon.

Dupré, ex-notaire, rue thomas-du-louvre

Dupré, évantailliste, rue greneta.

Dupré fils, employé, rue du cherche-midi.

Dupré, secrét. gén. du min. des finances, rue neuve des pet.-ch.

Dupré, peintre, rue des droits de l'homme.

Dupré, vitrier, rue de la cossonnerie.

Dupré, propriétaire, rue de verneuil.

Dupré, graveur-général des monnaies, rue guenegault.

Dupré, commissaire de bienfesance, rue de l'éperon.

Dupuis, limonadier, carrefour benoît.

Dupuis, mégissier, rue mouffetard.

Dupuis, marchand, rue de bon-conseil.

Dupuis, marchand de bois, rue du jardin des plantes.

Dupuis, ancien professeur, rue jacques.

Dupuis, cordonnier, rue quincampoix.

Dupuis, propriétaire, rue du faubourg jacques.

Dupuis, épicier, rue andré-des-arts.

Dupuis, avoué, place du chevalier-du-guet.

Dupuis, capitaine aux invalides, dixième municipalité.

Dupuis, instituteur, rue de lille.

Dupuy père, employé, cour mandar.

Dupuy, caissier, rue de montreuil.

Dupuy, sellier, rue du bacq.

Duquenet, avoué, rue bon-conseil.

Duquesnel, homme de loi, rue de la jussienne.

Duraflé, rue des bourdonnais.

Durand le jeune, secrétaire au consulat, rue antoine.

Durand , propriétaire , rue de chaillot.
Durand , lieutenant aux invalides , dixième municipalité.
Durand père , mèrcier , faubourg jacques.
Durand , propriétaire , rue d'anjou-honoré.
Durand , place des vosges.
Durand, couverturier , rue victor.
Durand père , chapelier , rue de la verrerie.
Durand, teinturier, rue germain-l'auxerrois.
Durand, aubergiste , rue du jour.
Durand , à l'école politechnique.
Durand aîné , secrétaire-adjoint à la mairie , rue antoine.
Durand, orfèvre , rue jean-robert.
Durand, négociant , rue thiroux.
Durand , employé., rue du paon-victor.
Durand , mercier , rue de la verrerie.
Durand , marchand de bois , à la rapée.
Durandy, loueur de carrosses , rue de sèves.
Durban, employé , rue du grand-chantier.
Duremar, serrurier, rue de naples, n. 27.
Duret , sculpteur ,.rue de vaugirard.
Duret père , bonnetier , rue martin.
Duret aîné, propriétaire, faubourg montmartre.
Duret jeune, employé, rue du faubourg montmartre.
Durieu, marchand de vin , rue bretonvillier.
Durieux, banquier, rue de la michodière.
Durieux, libraire , au louvre.
Durieux, propriétaire, rue de grenelle.
Durieux, employé, place maubert.
Duriez, orfèvre, rue honoré , n. 158.
Duriez , bijoutier , palais du tribunat.
Durieux , rue bourtibourg.
Durlet de Gambé , clerc de notaire , quatrième municipalité.
Durocher, brodeur , rue greneta.
Durolet , carré denis , n. 5.
Duronel (Henry) employé , rue du bacq.
Duroure , propriétaire , rue dominique.
Duroux fils , homme de lettres, rue des moulins.
Durouzeau, juge de paix du Panthéon , 12e. municipalité.
Durouzeau fils , rue des noyers.
Dursus, rue croix-des-petits-champs.
Duru , potier de terre , rue de la roquette.
Duru aîné , orfèvre , cour neuve du palais.
Duru , sellier , rue du bacq.
Duruet , quai de la mégisserie.
Duruflé , marchand de draps , rue béthizy.
Dusan, commissaire au conseil des prises, rue de l'université.

Dusaussoy, marchand de vin, faubourg honoré.
Dusommera, employé, cour lamoignon.
Dusouchet, employé, rue du jardin des plantes.
Dusour, pharmacien, marché aux poirées.
Dussault, chirurgien, rue de sèves.
Dussaut, marchand de chevaux, rue perdue.
Dusser, commissaire de police, sixième municipalité.
Dutantoi, ébéniste, rue de charonne.
Duterne jeune (Nicolas), employé, rue des écouffes.
Duterne, huissier, rue bertin-poirée.
Duterre, peintre, au louvre.
Dutertre, employé, rue de l'université.
Dutertre de Veteuil, premier commis des finances, 2e. municip.
Dutertre, officier de santé, rue du mont-blanc.
Dutheil, rentier, rue d'amboise.
Dutour, serrurier, rue de l'université.
Dutramblay, percepteur, rue de seine.
Dutramblay père, administ. de la caisse d'am., rue montmartre.
Dutramblay, employé à la trésorerie, rue neuve-des-pet.-champs.
Dutrouille, rue des bourdonnais.
Dutroulleau, parfumeur, rue martin.
Dutruit, homme d'affaires, rue du bacq.
Duval, confiseur, rue des lombards.
Duval, plombier, rue transnonain.
Duval, chirurgien, place des vosges.
Duval (Charles), ex-législateur, rue neuve-roch.
Duval, quai de la mégisserie.
Duval, marchand de vin, rue neuve-martin.
Duval, peaussier, rue de la coutellerie.
Duval, lieutenant, aux invalides, dixième municipalité.
Duval, ministre du culte, faubourg jacques.
Duval, propriétaire, rue saint-lazare.
Duval, boucher, chemin du repos.
Duval, rue marguerite, faubourg germain.
Duval père (Antoine-François), rue des gravilliers.
Duval, chapelier, quai des ormes.
Duval père, rue garancière.
Duval, distillateur, rue barbe, division de bonne-nouvelle.
Duval, rue thibautodé.
Duval jeune, négociant, rue de choiseuil.
Duvaux, entrepreneur, rue de nazareth, n. 107.
Duverdy, marchand de vin, rue de la montagne.
Duverger-Villeneuve, ex-huissier-priseur, rue jacques.
Duverger, homme de loi, rue benoît.
Duverger, chapelier, rue des arcis.
Duvergier, avoué, cul-de-sac du doyenné.

Duvergier, jouaillier, rue des braves.
Duverneuil, bureau des réclamations, rue jean-jacques.
Duvezé, employé, cloître jacques-l'hôpital.
Duvidal, employé, rue joubert.
Duvieux, négociant, faubourg martin, n. 145.
Duvillard, invalide, dixième municipalité.
Duvillars, architecte, rue des canettes.
Duvinage père, boulanger, rue de sèves.
Duvivier, peintre, au louvre.
Duvivier, bijoutier, vieille rue du temple.
Duvivier, menuisier, rue de l'université.
Duvivier, graveur de médailles, au louvre.
Duvivier, directeur de la manufacture de tapisseries, à chaillot.
Duvivier, instituteur, montagne geneviève.
Duvivier, employé, rue de grenelle.
Duvivier, perruquier, rue de la vieille monnaie.
Dynglemarre, rue appolline.
Dyvrande-d'Herville, défenseur officieux, cour du commerce.
Echard, chirurgien, rue de jouy.
Ecorcheville, épicier, place du marché catherine, n. 629.
Edon, notaire, rue antoine.
Egasse, (Pierre-Gabriel), marchand papetier, rue jacques.
Egée, rue de fourcy.
Eiffet, tapissier, petits piliers des halles.
Ellion, menuisier, rue des moineaux.
Eloy père, employé, rue du cherche-midi, n. 798.
Eluin, graveur, rue benoît.
Emblard, chapelier, rue greneta.
Emerard, tabletier, rue des arcis.
Emeric, rue roch poissonnière.
Emery, employé, rue de chartres.
Emery, marchand de tabacs, rue de l'université.
Emery, papetier, rue de la huchette.
Emmery, homme de loi, rue pavée saint-andré.
Emond, capitaine du génie, quai d'orçay.
Emonnat, médecin, rue notre-dame-des-victoires.
Empereur, grainier, rue de la calandre.
Enard, épicier, place maubert.
Enfantin l'aîné, banquier, rue coq-héron.
Enfantin jeune, banquier, rue coq-héron.
Engelbrech, ex-banquier, rue de choiseul.
Enguehard, évantailliste, rue martin, n. 60.
Enjubault, notaire, cour batave.
Epinal, adjudant-major, dixième municipalité.
Epoigny, employé à l'enregistrement, rue de choiseul.
Erambert, marchand, rue aux fers.

Eramber parfumeur , rue honoré.

Erard l'aîné, facteur d'instrumens , rue du mail.

Eralondel , rue bourtibourg.

Ernouf , employé , rue pavée-saint-andré.

Ernu , place du marché-catherine.

Ertel , ébéniste , rue antoine.

Eschard, officier de santé , rue phelippeaux.

Esmenard, chef de bureau à l'intérieur , rue de grenelle.

Esnault , propriétaire , rue des mathurins.

Espié , rentier, rue de grenelle.

Etienne, rue aux fers.

Estier, notaire , rue de thionville.

Etienne , rue du gros-chenet.

Etienne (Claude) marchand , rue de la justice.

Etienne , emp. à l'école de méd. , rue des fossés-germ.-des-pr.

Ettingshaussen, traiteur, nouveau boulevard.

Everat (André-Amable),homme de loi, rue du bout-du-monde.

Evrard (Barthélemy) rue des étouffes.

Evrard , cloître notre.dame.

Evrard , chirurgien , rue de sèves.

Evrard , mercier , rue babille.

Evrat, sous-chef au consulat, aux tuileries.

Evrat aîné, employé , rue de sèves.

Ewig, marchand de bois , rue pelletier.

Experton , rue de turenne.

Eynaud , employé , rue guillaume.

Fabat-Périssin , greffier de juge-de-paix , rue mêlée.

Fabre , marchand de soie , rue des deux-boules.

Fabre , architecte, faubourg du temple.

Fabre , de l'institut, au louvre.

Fabre , officier de santé , faubourg martin.

Fabreguettes , négociant , rue verte.

Facker , boulanger , rue des tournelles.

Facque , parfumeur , rue des quatre-vents.

Fagard , employé à la trésorerie , rue des petits-chants.

Fages, employé à l'affinage , rue guénégaud.

Fagnan, directeur du grand livre, rue du théâtre français.

Fagnier , avoué , rue des fossés montmartre.

Fain, chef du secrétariat des consuls, rue antoine.

Fain (Armand) employé , rue antoine.

Faisant , rentier , rue denis.

Faitaux , marchand de vin , rue de bercy.

Faivre , homme de loi , rue martel.

Faivre , commandant en second , aux invalides.

Faivret, cadet , tapissier, faubourg montmartre.

Faix , ingénieur, rue jacob.

Falaisse, tonnelier, rue des fossés-bernard.
Falaize, commissaire de bienfesance, deuxième municipalité.
Falcon, rentier, rue charlot, n. 38.
Falcon, commissaire de bienfesance, sixième municipalité..
Falion, propriétaire, rue charlot.
Falisse, rue beaubourg.
Fallain, rue baffroy.
Fallet, homme de lettres, rue guénégaud.
Fallotte Beaumont, employé à la mairie, 3e. municipalité.
Famin fils, rue des prouvaires.
Famin, employé, rue jacques, n. 34.
Fanault, marchand drapier, rue de bussy.
Fanion, employé à la mairie, quatrième municipalité.
Farcot, négociant, rue de l'oseille.
Farcy, marchand de vin, quai bernard.
Farcy, rentier, rue lazare.
Farcy, traiteur, quai bernard.
Fargaut, marchand, rue denis.
Fargeix, employé, rue de la bretonnerie.
Fargeon, rue joseph, n. 17.
Fargeon, parfumeur, rue du roule.
Fariau, ancien professeur, rue des anglais.
Fariau, juge-de-paix, septième municipalité
Farmin, rue antoine, n. 356.
Farmont, chef à la préfecture de police, onzième municipalité.
Farneau, employé, rue des fossoyeurs.
Fauché, adjudant-major, aux invalides.
Faucheux, cultivateur, faubourg du temple.
Faucon, propriétaire, rue cassette.
Faugé, notaire, rue des quatre fils.
Faujas, membre de l'institut, au louvre.
Faulcon, officier de santé, rue martin.
Faulon, tailleur, rue bon., n. 5.
Faupel, receveur de loterie, rue martin, n. 51.
Faur, employé à la trésorerie nationale, deuxième municipalité.
Faure, horloger, rue chaumière.
Fautepot, rue antoine.
Faulies, employé au sixième arrondissememet, 6e. municipalité.
Fauvelle, pâtissier, rue denis.
Favaret, oncle, rue des gravilliers.
Favel, rue antoine.
Favier, homme de loi, rue aumaire.
Favier, médecin, rue des moineaux.
Favier, homme de lettres, rue chapon.
Favotte, pâtissier, rue des trois maures.
Favray, quai des lunettes.

Fay, employé au corps législatif, dixième municipalité.
Fayard, marchand de bois, rue de sèves.
Fayard, employé, rue du sabot.
Fayau, propriétaire, place de la porte antoine.
Fayau, propriétaire, rue des moulins.
Fayaut, rue Amelot, n. 4.
Fayel, employé à la comptabilité, cour de lamoignon.
Fayel, chef au bureau des lois, rue denis.
Fayelle, rue de la mortellerie.
Fayol, agent de change, rue des filles du calvaire.
Fayolle, homme de lettres, rue de la loi.
Feasse, peintre, rue cassette.
Felix, rue des postes, n. 23.
Felix, marchand, rue antoine.
Felix, boulanger, rue baffroy.
Felix, marchand de draps, rue antoine.
Fellecocq, rue de la verrerie.
Fenis de saint-Victour, rentier, rue féroux.
Fequet, employé à la préfecture, rue honoré, n. 1350.
Ferino, négociant, rue jean-robert.
Fermé, ancien payeur des rentes, place du muséum.
Ferondel, employé aux relations extér., dixième municipalité.
Ferraud, employé, rue bertin-poirée.
Ferrier père, rue du faubourg montmartre.
Ferrière, avoué, rue mêlée.
Ferté, épicier, rue antoine.
Fery, employé au bureau de la guerre, rue neuve-égalité.
Fesart, négociant, rue pelletier.
Fesquet, administrateur des hospices, parvis notre-dame.
Fessart, graveur, rue perdue, n. 2.
Fessard, rue leiguillerie, n. 130.
Fessard, quincaillier, rue denis.
Fessard père, cultivateur, rue de la bovauderie.
Fessard, maître maçon, rue de reims.
Fessier, mercier, rue montorgueil.
Fetil (Pierre), horloger, rue des fossés-germ.-des-prés.
Feucher, rue d'enfer, n. 8.
Feugasse, aubergiste, rue honoré, n. 1513.
Feuillant (Etienne) rue de la jussienne.
Feuillebois aîné, rue du bacq.
Feuillebois jeune, rue du bacq.
Feuillet père, employé, rue de l'université.
Feuillet, mégissier, rue mouffetard.
Feuillet, sous bibliothécaire de l'institut, au louvre.
Feuquery, agent d'affaires, rue des prouvaires.
Feutrier, directeur des impositions, rue des fossés montmartre.

Feval, commissaire de la comptabilité, cour de lamoignon.
Feval, entrepreneur, faubourg martin.
Fevé, ex-juge, cloître notre-dame.
Fevrier, employé au tribunat, palais du tribunat.
Feydel, homme de lettres, rue honoré.
Fichot, officier invalide, dixième municipalité.
Fialon, entrepreneur de bâtimens, rue de chaillot.
Fichaux père, marchand de vin, rue des orfèvres.
Ficher, tailleur, rue d'enfer, n. 145.
Fichu, rue du mail.
Fiévé, faïencier, rue du chantre.
Figaret, serrurier, rue jean-pain-mollet.
Filet, marchand d'indienne, enclos du temple.
Filez (Nicolas), employé, rue jacques, n. 29.
Fillemain fils, rue fauconnier, n. 11.
Fillette, officier de santé, cour sainte-chapelle.
Filleul, employé à la préfecture, place vendôme.
Fillon, épicier, rue aubry-le-boucher.
Finot, directeur des domaines, rue de choiseuil.
Finot, clerc de notaire, rue neuve eustache.
Finot, propriétaire, rue du chant-du-repos.
Finot, avoué au tribunal d'appel, rue antoine.
Fion, jardinier, rue baffroy.
Fissot, limonadier, rue denis.
Flahaut (Louis-Bat.-Jos.), rue méry.
Flamand, fruitier, rue du chantre.
Flamand, tapissier, rue des petits-champs.
Flamand, employé, rue du petit-lion.
Flamand fils, rue michel-lepelletier.
Flamant (Batiste-Aug.), rue des petits-augustins.
Flamet, limonadier, rue de l'égalité.
Flandin, marchand gantier, rue denis.
Flautin, cordier, rue des alpes, n. 25.
Flechelle, employé, rue cléry.
Flemy, commissaire de police, rue de la tixéranderie.
Fleurant, homme de loi, rue martin, n. 32.
Fleuriel, marchand de vin, rue greneta.
Fleurier, marchand de vin, rue de la draperie.
Fleuriet, marchand de vin, rue martin.
Fleuriez, rue denis.
Fleurijon (Remy), chef de bur. à l'intérieur, rue mandar.
Fleurot fils, huissier, rue de la mortellerie.
Fleurot, huissier, rue denis, n. 24.
Fleury, négociant, rue martin.
Fleury, rue de versailles.
Fleury, chef de bureau à la police, quai voltaire.

Fleury, notaire, rue coquillière.
Fleury, huissier, rue martin, n. 32.
Fleury, artiste au théâtre français, deuxième municipalité.
Fleury, rentier, rue de la chaise.
Fleury, quincaillier, rue martin.
Flichy, corroyeur, faubourg martin, n. 91.
Fligny, blanchisseur, rue de l'oursine.
Floissac, rue du sentier.
Florentin, commissaire-priseur, rue du puits.
Floriet, rue et porte denis.
Flory (Vital), employé, rue michel-le-pelletier.
Foignet, avoué, rue des marmousets.
Foin, employé à la trésorerie, rue neuve des petits-champs.
Foiny, employé, place de l'estrapade.
Foiseau, rue beautreillis.
Folainville, rue d'anjou, n. 9.
Folastre, avoué, rue boucher, n. 12.
Follin, rentier, rue baffroy.
Folliot (Louis), artiste aux gobelins, 12e. municipalité.
Follope, apothicaire, porte honoré.
Fombert, bijoutier, rue cléry.
Foncier, bijoutier, rue honoré.
Fouck, quai de gêvres.
Fondeur, rue des petits-augustins.
Fondriat, épicier, rue des noyers.
Fondrillon l'aîné, loueur de carossses, rue montholon,
Foneche, employé, faubourg denis, n. 71.
Fontaine, tapissier, rue des mathurins.
Fontaine, distillateur, rue greneta, n. 38.
Fontaine, chirurgien, rue notre-dame-des-victoires.
Fontaine, employé, rue de la harpe.
Fontaine, homme de loi, rue poultier.
Fonfaine, ex-procureur, rue des noyers.
Fontaine, limonadier, place maubert.
Fontaine, architecte, rue montmartre.
Fontaine, propriétaire, rue basse du rempart.
Fontaine, commissaire de police, 8e. municipalité.
Fontaine, limonadier, rue honoré.
Fontaine, marchand de vin, rue de la harpe.
Fontaine, employé, rue de grammont.
Fontaine, orfèvre, rue honoré.
Fontaine, employé, rue appoline.
Fontanier, secrétaire en chef à la mairie, 10e. municipalité.
Fonteilles, contrôleur des impositions, place vendôme.
Fontenois, rue dominique.
Forceville, chef de bureau aux invalides, 10e. municipalité.

Forest , parfumeur , rue méry.

Forestier , aux quatre-nations.

Forestier, officier de santé , rue marceau.

Forestier, rue croix de la bretonnerie.

Forestier, fondeur , rue plâtre-avoie.

Forestier, chef de la liquidation , place vendôme.

Forgerou , employé , rue guillaume.

Forget , rentier , rue beautreillis.

Forget , homme de loi , rue de la harpe.

Foriez , administrateur des postes , rue jean-jacques-rousseau.

Formage , au ministère des finances , rue neuve-des-pet.-champs

Format , charpentier , rue de charonne.

Forestier , chef de division à la marine , rue de la concorde.

Fort de Fagot , hospice des vieillards.

Fortier , employé , rue ventadour.

Fortin , marchand de vin , rue des canettes.

Fortin père , rue française.

Fortin , rue du bout-du-monde.

Fortin ; loueur de chevaux , rue tireboudin.

Fortin , propriétaire , place des victoires-nationales.

Fossard , horloger , rue des prouvaires.

Fossey , employé , rue denis.

Fosseyeux , graveur , rue des carmes.

Foubert , au louvre.

Foubert , teinturier , aux grands-degrés.

Faucault , cordier , rue des vieilles-tuileries.

Foucault , marchand , rue des fossés-germain-des-prés.

Foucault , marchand de draps , rue de bussy.

Foucault , chef de division aux invalides , 10ᵉ. municipalité.

Fouché , marchand de laine , rue des lombards.

Fouché , adjudant-major aux invalides , 10ᵉ. municipalité.

Fouchet , couvreur , rue de versailles.

Foucon fils , employé à la liquidation , quai voltaire.

Foucon , employé à la mairie , rue coquillière.

Foudart , négociant , rue des barres.

Fougeray-Delaunay , propriétaire , rue de paradis.

Fougère , apothicaire , rue de l'ancienne-comédie.

Fougeroux , employé , rue montorgueil.

Eouillet , ancien notaire , rue claude , n. 361.

Fouilloux , tailleur , rue d'orléans-honoré.

Fouin , rue chabanais , n. 641.

Fouinet , employé , faubourg martin.

Fould , banquier , rue georges.

Foulliet , pâtissier , rue andré-des-arts.

Foulon , avoué , rue croix-de-la-bretonnerie.

Foulon , huissier au sénat conservateur, rue de tournon.

Foulon, avoué au tribunal de prem. inst., vis-à-vis la p. antoine.

Foulon, tabletier, rue jean-pain-mollet.

Fouquet, rentier, rue des orties.

Fouquet, épinglier, rue du fauboug antoine.

Fouquet, lieutenant, aux invalides.

Fouquet, homme de lettres, rue des cordeliers.

Fouquet, employé, rue du petit-lion.

Fourcaud-de-Latour, avoué, place des victoires.

Fourcault-Pavaut, notaire, rue martin.

Fourcy, apothicaire, rue coquillière.

Foureau, négociant, rue des prouvaires.

Fourgeron, architecte, île saint-louis.

Fourneaux, foureur, rue du four.

Fourneau, tapissier, rue denis, n. 9.

Fourneaux, capitaine de vétérans, rue des moulins.

Fournel, négociant, rue helvétius.

Fournel, rue des boulangers.

Fournel, jurisconsulte, rue andré-des-arts.

Fournel, homme de loi, rue des poitevins.

Fournera, horloger, rue honoré.

Fournier, messager d'état, palais du corps législatif.

Fournier, chandelier, faubourg martin, n. 136.

Fournier, marbrier, rue amelot.

Fournier, banquier, rue de la lune.

Fournier, employé, rue saint-bon, n. 5.

Fournier, commissaire-priseur, rue méry.

Fournier, peintre en bâtimens, rue bernard, n. 4.

Fournier, mécanicien, rue jacques, aux feuillantines.

Fournier, huissier, rue d'anjou, n. 1775.

Fournier, épicier, rue des saussayes.

Fournier, entrepreneur de bâtimens, rue cloche-perche.

Fournier, marchand, rue victor.

Fournier, huissier-priseur, rue des vieux-augustins.

Fournier, marchand de vin, rue dominique.

Fournier, huissier, faubourg martin.

Fourquiest, rue du cherche-midi.

Fourton, banquier, rue des colonnes, n. 13.

Foy, doreur, rue tirechappe.

Fradiel, commissaire des guerres, rue dominique.

Fragerolle, limonadier, quai de l'école.

Fraineau, direct. des fourn. de la garde des cons. rue hon. à l'as.

Fraisier, mercier, rue de la loi.

Frambry, homme de loi, rue vivienne.

Francard, libraire, rue du hurepoix.

Francastel, assesseur de juge de paix, faubourg montmartre.

Francette, graveur, rue de thionville.

Franchet , juge de paix, division de l'arsenal.

Franchet , employé, neuvième municipalité.

Franckard , rue thibautodé.

Francœur, maître de mathématiques , rue saint-benoît.

François, imprimeur , rue des moineaux.

François, employé, rue des bons-enfans.

François, chef de bureau aux invalides , 10e. municipalité.

François (Etienne), vieille rue du temple.

François , brasseur, rue mouffetard.

François, apothicaire , rue de la harpe.

François, employé, rue des grands-degrés.

François, employé, quai de l'union.

François, employé à la neuvième mairie , 9e. municipalité.

Francotay, rentier , rue de reuilly.

Francourt, rue jean-beau-sire.

Frangeville, contrôleur des contributions , rue du petit-musc.

Franquelin , limonadier , marché saint-jean.

Franque , logeur , rue du paon.

Frappier , taillandier , rue de la huchette.

Frappier , caissier aux postes , rue j.-j. rousseau.

Frappier , rue martin , n. 46.

Frechot , entrepreneur de bâtimens, grande rue du f. antoine.

Frechot , miroitier, rue du four.

Frecourt (Jean), vieille rue du temple.

Fredin , secrétaire à la mairie, neuvième municipalité.

Fredin , employé, rue du faubourg du temple.

Fredy , rue neuve saint-françois

Frelon de la Ferronnière, rentier , rue saint-benoît.

Fremanger, messager du tribunat, palais du tribunat.

Fremard , quincailler, quai de la mégisserie,

Fremin , commis , rue des ballets.

Fremin , commissaire-priseur, rue montmartre.

Freminville , trésorier aux invalides, dixième municipalité.

Fremont, inspecteur des convois funèbres, rue des martyres.

Fremont, négociant , rue honoré.

Fremont père , marchand , rue aux fers.

Fremy, commissaire, rue de la tixéranderie.

Fremyn fils, com. greffier du trib. crim., rue de l'éperon.

Frenay, limonadier , rue mondétour.

Frenois , quai des célestins.

Frère, rue des boucheries.

Freret, homme de lettres , rue des petits-augustins.

Frerson, employé, place du petit-carrousel.

Frestel, employé à la trésorerie, rue de la place vendôme.

Fréville , instituteur , rue du sépulcre.

Fricant , employé, rue quincampoix.

Frichet, employé, rue du pont-au-choux.
Friçot, caissier gén. de la lot. nat., rue neuve des petits-champs.
Frièse, bijoutier, place de thionville.
Frigout, caissier au ministère de l'intérieur, rue de grenelle.
Friguet, rue de la michaudière.
Frin, ancien banquier, au petit carrousel.
Frion, rue copeau.
Frisard, feseur de limes, rue childebert.
Froidure, rue michel-lepelletier.
Fromageot, épicier, rue saint-paul.
Froment, rue montorgueil.
Froment, rue de la poterie.
Froment, homme de loi, rue du mont-blanc.
Froment, propriétaire, rue roch-poissonnière.
Froment, rentier, quai voltaire, n. 12.
Froment, ancien limonadier, rue des deux-ponts.
Fromentin, employé à la préfecture, boulevard saint-antoine,
Fromentin, employé, rue du faubourg du temple.
Fromentin, rentier, rue ville-l'évêque.
Fromont, boucher, rue des deux-ponts.
Fuchs, libraire, rue des mathurins.
Fumeron, propriétaire, rue saint-maur-popincourt.
Furdel, rentier, rue de l'arbalète.
Furgault, rue du petit-lion-denis.
Gabaille, homme de loi, rue des tournelles.
Gabé, négociant, rue de seine faubourg germain.
Gabereau, marchand de vin, aux petits-piliers.
Gabert, huissier, rue de la harpe.
Gabert, homme de loi, rue de la montagne.
Gabet, employé, vieilles-tuileries.
Gabilleau, épicier, porte honoré.
Gabiou, ancien notaire, rue des moulins.
Gaboré le jeune, marchand de couleurs, rue de l'aiguillerie.
Gaboreaux, parfumeur, rue greneta.
Gaborit, menuisier, rue poissonnière.
Gabriel, architecte, rue de la croix.
Gachet, lieutenant aux invalides, dixième municipalité.
Gadiffert, homme de loi, rue jean-de-l'épine.
Gageot, employé aux contributions, rue denis.
Gagnage, ci-devant marchand de toiles, rue de bussy.
Gagné, marchand de vin, rue honoré, place roch.
Gagniant, employé, rue des mathurins.
Gail, professeur au collége de france, douzième municipalité.
Gaillard, apothicaire, rue de seine faubourg germain.
Gaillard, ancien notaire, rue de l'odéon.
Gaillard, marchand de vin, rue charenton.

Gaillard, épicier, rue lazare.

Gaillard, employé, rue dominique.

Gaillard (Jean-Baptiste) rue des droits-de-l'homme.

Galliaud, huissier, rue de l'arbre-sec.

Gaillont, homme de loi, rue martin.

Gaillot, assesseur, de juge de paix, rue d'argenteuil.

Gaillot, homme de loi, vieille rue du temple.

Gairal, homme de loi, rue des poulies.

Galand (Jean), homme de loi, rue de clery.

Galichon, marchand de vin, rue des fossés-bernard.

Galimard, architecte, faubourg denis.

Galis, parfumeur, porte antoine.

Gallard, ancien maire, rue saint-claude.

Gallardon, artiste, rue de la savonnerie.

Gallcen, doreur, rue de la verrerie.

Gallet, secrétaire de la 6e. municipalité, 6e. municipalité.

Gallet, banquier, rue du petit carreau.

Gallet, huissier, rue des ormes.

Gallet père, rue du temple.

Gallet, propriétaire, rue des bernardins.

Gallien, teinturier, aux gobelins.

Gallien, doreur, rue de la verrerie.

Gallien, orfèvre, rue perpignan.

Gallier, invalide, onzième municipalité.

Gallier, employé, rue jacques.

Gallion, avoué, rue martin.

Gallois, rue du regard.

Gallois, propriétaire, cour martin.

Gallois, rentier, rue du jardin des plantes, n. 3.

Gallois, planeur, rue jacques.

Gallon, instituteur, rue plumet.

Gallois, menuisier, rue du plâtre.

Galois, père, épicier, rue denis.

Galton, propriétaire rue charlot, n. 38.

Gamba, banquier, rue honoré.

Gambelin, rue benoît.

Gambier, propriétaire, rue des prouvaires.

Gambier, peintre, rue saint-maure.

Gambier, rentier, rue jean-robert.

Gamot, banquier, rue lazare.

Ganale, marchand de soie, rue martin.

Gandiot, commissaire de police, rue quincampoix.

Gandolphe, rue de buffon.

Gandolphe, ex-secrétaire de légation, rue basse d'orléans.

Gandy, mercier, boulevard du temple.

Ganeau, employé, rue de poitiers.

Ganiot, homme de loi, rue d'anjou thionville.
Ganiot-Labruyière, employé, place de l'école.
Ganné, employé, rue martin.
Ganeron, chandelier, rue montmartre.
Garat, directeur de la banque de france, place des victoires.
Garandeau, rue du jour, n. 321.
Garber fils, employé, rue neuve-des-petits-chants.
Garçon, marchand de bois, rue de la mortellerie.
Garçon, propriétaire, rue andré-des-arts.
Gardanne, médecin, rue pagevin.
Gardebos, capitaine invalide, dixième municipalité.
Gardel, artiste à l'opéra, rue de la loi.
Gardes, mercier, au gros-caillou.
Gardet, instituteur, rue neuve geneviève.
Gardeur-Lebrun, rue poissonnière.
Garé, architecte, rue des aveugles.
Garendeau, rue des prêtres—paul.
Garneron, chandelier, rue montmartre.
Garnery libraire, rue de seine.
Garnery, fruitier, rue de la parcheminerie.
Garnier, huissier, rue de la vieille-monnaie.
Garnier, rue du doyenné.
Garnier, notaire, rue martin.
Garnier, employé à la préfecture, rue florentin.
Garnier, fruitier, rue denis.
Garnison, employé au bureau de la guerre, rue des ma rtrs.
Garone, rue de grammont.
Garret, chef à la liquidation des émigrés, place vendôme.
Garrigue, horloger, rue du chantre.
Gasnier, peintre, rue du four.
Gasoche, employé, rue d'anjou-thionville.
Gasot, employé, rue denis.
Gaspard, boulanger, faubourg du temple.
Gassard père, empl. aux domaines, rue croix de la bretonnerie.
Gastaldy, médecin, rue taranne.
Gastebois, employé à la régie de l'enreg., rue de choiseul.
Gastebois, clerc de notaire, rue chabanais.
Gastebois, homme de lettres, rue du four-germain.
Gastinel, lieutenant aux invalides, dixième municipalité.
Gastinel, banquier, rue de thionville.
Gatcher, rue du colombier.
Gateau, graveur, rue dominique.
Gateau, faubourg poissonnière.
Gatey, employé aux poids et mesures, rue dominique.
Gatinot, serrurier, rue de l'oursine.
Gattelier père, rue de chaillot.

Gau, chef de div. au bur. de la guerre, rue de la ville-l'évêque!

Gaubert, mercier, rue antoine.

Gaubert, employé, rue jacques.

Gauche, marchand de vin.

Gaucher, limonadier, rue mouffetard.

Gaudet, huissier, rue saint-sauveur.

Gaudier, rue de la verrerie.

Gaudilleaud, commissaire de police, sixième municipalité.

Gaudin, homme de loi, rue des mathurins.

Gaudin, faubourg du temple.

Gaudin, inspecteur des ponts et chaussées, rue de vaugirard.

Gaudissart, ouvrier, rue des barres.

Gaudon, maître de pension, rue jacques,

Gaudri, cullotier, rue de l'échelle.

Gaudron, rue guénégaud.

Gaudry, épicier, rue de la harpe.

Gaufre, chandellier.

Gaugé, traiteur, rue germain-l'auxerrois.

Gaujeac, négociant, passage des petits-pères.

Gaulin, chapelier, rue mandar, n: 7.

Gault, employé, rue de la mortellerie.

Gault, tailleur d'habits, rue de la mortellerie.

Gauney, directeur de l'enregistrement, rue martin.

Gauterau, serrurier, rue des deux portes jacques.

Gauthé, employé au tribunat, deuxième municipalité.

Gauthey, ancien colonel, rue du doyenné.

Gauthey, inspecteur des ponts et chaussées, rue de vaugirard.

Gauthier, employé, rue des prêtres.

Gauthier, accoucheur, rue de l'université.

Gauthier, rue des martyrs.

Gauthier, négociant, rue phelippeaux.

Gauthier, rue de la fraternité.

Gauthier, marchand de vin, rue de lorraine.

Gauthier, homme de loi, rue du sépulcre.

Gauthier, rue des moulins.

Gauthier, serrurier, rue de l'échaudée.

Gauthier l'aîné, mercier, rue de la marche.

Gauthier, orfèvre, rue du bacq.

Gauthier, officier de santé, rue des prouvaires.

Gautier, ex-juge, rue des fossés-montmartre.

Gautier, rentier, rue des francs-bourgeois.

Gautier, huissier, rue de cléry.

Gautier, employé, rue du faubourg antoine.

Gautier, greffier du jury d'accusation, au palais.

Gautier, rue de la parcheminerie.

Gautier Besornay, rue hyacinthe.

Gauthier Vaumorillon, employé à la poste, rue j.-j. rousseau.
Gautier, rue du vieux colombier.
Gautier, receveur de la loterie, rue galande, n. 29.
Gautrau, perruquier, rue de la parcheminerie.
Gautraud, commis, rue française, n. 19.
Gautraut, serrurier, rue des deux portes-jean.
Gautry, artiste, rue neuve martin.
Gauvin, cordonnier.
Gavaudan, agent de change, faubourg poissonnière.
Gaveaux (Pierre), artiste, passage feydeau.
Gavelle, horloger, rue des juifs, n. 10.
Gaverelle, menuisier, rue de charonne.
Gavet, avoué, rue du four honoré.
Gavet, employé, rue antoine.
Gavet, sous officier des invalides, dixième municipalité.
Gavinet, menuisier, rue bergère.
Gavocle, dixième municipalité.
Gavot, employé, rue neuve roch.
Gay, tapissier, rue du faubourg denis.
Gayard, avoué.
Gayot, assesseur du juge de paix, rue d'argenteuil.
Gayot, homme de loi, rue d'argenteuil.
Gayvernon, directeur de l'école pol., dixième municipalité.
Gazet, papetier, rue des colonnes.
Geay, menuisier, rue des alpes, n. 29.
Gelé le jeune, artiste, rue antoine.
Gelin, chef de bataillon, rue du mail.
Gelin, receveur de l'enregistrement, rue du mail.
Gelin, rentier, rue perin-gasselin.
Gelot, ex-constituant, rue neuve du luxembourg.
Gely, sous-chef à la préfecture, rue des cordeliers.
Genaille, marchand de vin, montagne geneviève.
Genain, marchand de vin, rue cocquenard.
Genais, employé, rue mézières.
Genard, boulanger, rue du temple.
Genest, commissaire de police, rue de sèves, n. 1261.
Geneste, ferrailleur, rue du faubourg antoine.
Genet, négociant, rue quincampoix.
Genet, commissaire-priseur, rue d'anjou.
Genet, marchand de vin, rue de la femme sans tête.
Genies, rentier, rue du helder, n. 9.
Genin, propriétaire, rue cocquenard.
Genisson, menuisier, rue du temple, n. 4.
Genouix, tabletier, rue de la croix.
Genoux, administrateur des domaines, rue de choiseul.
Genreau, homme de loi, rue de la colombe.

Gentil, dir. de la régie d'enregistrement, rue neuve luxembourg.
Gentil, tapissier, rue montmartre.
Genty, peintre, rue paul.
Genty, mercier, quai des ormes.
Genty, employé à la préf. de pol., quai des orfèvres.
Genty-l'Amandière, faubourg denis.
Genu, employé à l'envoi des lois, place vendôme.
Geoffrinet, avoué au trib. de cass., rue des blancs-manteaux.
Geoffron, huissier au trib. de première instance, au palais.
Geoffroy, coll. du journal des débats, cloître germain-l'auxerr.
Geoffroy, homme de loi, rue du vieux colombier.
Geoffroy, marchand de coton, rue antoine.
Geoffroy, messager d'état, rue simon-le-franc.
Geoffroy, rue du mail.
Geoffroy, employé, rue d'aguesseau.
Geoffroy, employé, rue de bièvre.
Geoffroy, homme de lettres, rue de l'union.
Geoffroy, rue bourtibourg.
Geoffroy père, rue martin.
Geoffroy fils, ex-employé, rue martin, n. 70.
Geoffroy, sec. de la caisse d'amortissement, rue hautefeuille.
George, marchand de bois, boulevard antoine.
George père, rentier, quai de l'école.
Georgery, sculpteur, au louvre.
Georges, graveur, place thionville.
Georges, employé au département, enclos du temple.
Georges-Combe, négociant, rue de grammont.
Georges, maçon, rue guisarde.
Georget, receveur des rentes, rue de la poterie.
Gerard, clerc d'huissier, rue martin.
Gerard, employé au ministère de la guerre, rue de varennes.
Gerard, employé au ministère de l'intérieur, rue de grenelle.
Gerard, homme de lettres, faubourg denis.
Gerard, rue ménil-montant.
Gerard, boulanger, rue du four-germain.
Gerard, homme de loi, rue jacques.
Gerard, menuisier, rue montholon.
Gerard, propriétaire, rue percée-saint-andré.
Gerard le jeune, employé, rue du doyenné.
Gerard, tapissier, rue benoît.
Gerard, graveur, rue du hurepoix.
Gerard, peintre d'histoire, au louvre.
Gerard de Bury, homme de loi, rue des filles-thomas.
Gerard de Melcy, propriétaire, rue andré-des-arts.
Gerardin, avoué, rue pavée, n. 3.
Gerardin, employé aux invalides, 10ᵉ municipalité.

Gerardy , employé , rue du bacq.

Géraud , graveur , rue du hurrepoix.

Gerbault , orfévre , rue antoine.

Gerbeau , employé aux Invalides , 10e municipalité.

Gerbel , épicier , rue victor.

Gerbou , homme de lettres , rue cérutti , n. 21.

Gerbu , orfévre , quai de l'école.

Gerdret , chef de bureau de l'habillement , à st.-joseph.

Gerdru , sous-chef au minis. de la guerre , rue de varennes.

Geré , linger , rue poissonnière.

Gérin , négociant , rue bar-du-bec.

Germain , agent de la banque , rue de provence.

Germain , employé à la justice , place vendôme.

Germain (Joseph) , rue d'enfer.

Germain , rue croix de la bretonnerie.

Germain , administrateur-général des vivres , rue de la concorde.

Germain , huissier , rue du petit-lion , n. 34.

Germain , instituteur , rue des fossés-victor.

Germain , rentier , rue vieille estrapade.

Germont , négociant , rue neuve denis.

Germont , épicier , rue montmartre.

Geron , serrurier , rue de la truanderie.

Gersin , rue de la féronnerie.

Gerüault , employé , rue de l'université.

Gervairot , doreur , rue denis.

Gervais , ancien contrôleur des rentes , rue de thorigny.

Gervais l'aîné , maquignon , rue de bondy.

Gervais , orfèvre , rue jacques , n. 77.

Gervais , limonadier , rue de la loi.

Gervais , marchand de mousselines , rue quincampoix.

Gery père , entrepreneur de bâtimens , cul-de-sac marie.

Geslin , commissaire de bienfesance , rue montmartre.

Gesnot , clerc de notaire , rue de la harpe.

Getty , mouleur , au louvre.

Geuffier père , rentier , rue des noyers.

Geuffron , avoué , rue coq-héron.

Geufron aîné , rue de beauregard.

Gevaudan , marchand de bois , à la rapée.

Geyler , banquier , rue du mont-blanc.

Giard , ancien notaire , rue honoré.

Gibé , notaire , rue vivienne.

Gibergue (Martin) , comm. de pol. , rue croix de la bretonn'.

Gibert , receveur des rentes , rue des petits-champs.

Gibert , place vendôme.

Gibert , marchand de draps , rue honoré.

Gibert (Armand) , jouaillier , cour neuve du palais de justice.

Gibert, employé, rue de longchamp.

Gibert, épicier, rue de la mortellerie.

Gibet, brasseur, faubourg antoine.

Gibon, chaudronnier, rue saintonge.

Giborie, chapelier, rue croix des petits-champs.

Gibour, rue des prêcheurs.

Giguel, ex-employé, place du louvre.

Giguet aîné, marchand de vin, rue tournelle.

Gilan, boucher, rue de l'égoût.

Gilain, peintre, rue du mouton.

Gilbert, artiste vétérinaire, rue culture-catherine.

Gilbert, sergent, rue de cléry.

Gilbert père, rue du vieux-colombier.

Gilbert fils, rue du vieux-colombier.

Gilbert, grainier, rue de l'égoût, n. 608.

Gilbon, cordonnier, rue des sept-voies.

Gilet-Laumont, au conseil des mines, rue de l'université.

Gilier, fabricant de rubans, rue denis.

Gillard, sellier, rue marc.

Gille, manufacturier, rue gracieuse.

Gillerond, ex-commis de police, aux champs-élysées.

Gilles, infirmier-major, aux invalides.

Gilles, frangier, rue grande-truanderie.

Gilles, rentier, place de l'estrapade.

Gillet, capitaine, aux invalides.

Gillet, épicier, rue notre-dame-des-petits-champs.

Gillet, employé à la poste, rue jean-jacques-rousseau.

Gillet, greffier au trib. de prem. inst., rue saintonge, au marais.

Gillet, peintre, rue montmartre.

Gillet-de-la-croix, rentier, rue des prouvaires.

Gillot fils, négociant, rue du marché-saint-martin.

Gillot, employé, rue du sépulcre.

Gillot (Romain), négociant, cloître opportune.

Gingembre, artiste, à la monnaie.

Giquel, homme de loi, rue serpente.

Girard, propriétaire, rue du bacq.

Girard, chirurgien en second de l'hôpital des invalides.

Girard (Louis), artiste, ouvrier aux gobelins.

Girard, employé à la préfecture, place vendôme.

Girard, directeur à la régie, rue neuve-du-luxembourg.

Girard, employé, cloître notre-dame, n. 1.

Girard, sellier, rue joubert.

Girard (François), perruquier, rue du bacq.

Girard, huissier, cloître notre-dame.

Girard (Jean-Baptiste), mégissier, rue mouffetard.

Girard (François), invalide, dixième municipalité.

Girardeau , chirurgien , quai de l'égalité .
Girardier , charcutier , rue de la huchette.
Girardin , rue pierre-sarrazin.
Girardin fils , marchand de draps , rue de bussy.
Girardin , charpentier , faubourg martin.
Girardin , propriétaire , rue cassette.
Girardin , ancien huissier-priseur , rue des petits-augustins.
Girardin , libraire , palais du tribunat , n. 156.
Girardin , avoué , rue pavée-andré-des-arts.
Girardot , employé , rue tireboudin , n. 20.
Girardot , propriétaire , rue de verneuil.
Giraud , homme de lettres , rue de grenelle.
Giraud , employé , rue de thionville.
Giraud , architecte , rue de lancry.
Giraud , chef de bureau du corps législatif , dixième municipal.
Giraud , homme de loi , rue de l'échelle.
Giraud , employé , rue de la concorde.
Giraud , marchand de bois , faub. denis , n. 12.
Giraud , miroitier , rue de la barillerie.
Girault , propriétaire , boulevard cérutty.
Girault , chirurgien à l'hôtel-dieu , neuvième municipalité.
Girault , rue honoré , n. 55.
Girault , employé , rue des juifs.
Girault , avoué , vieille rue du temple.
Girod , employé , rue batave , n. 404.
Girot , rue de jouy.
Giroult père , marchand de bois , rue de l'oursine.
Giroux , ancien notaire , rue de la loi.
Gisors , employé au minist. de l'int. , rue de grenelle-saint-germ.
Gisors , ex-notaire , rue denis.
Gisors , palais du corps législatif.
Gittard , ex-notaire , rue thomas-du-louvre.
Gitton , secrétaire de juge de paix , passage du saumon.
Gitton , avoué , rue du paradis.
Giverne , chapelier , rue des fossés-germain.
Givry , propriétaire , rue des deux-ponts.
Glaçon , boucher , rue de l'école.
Glaizal , secrétaire-rédact. du corps législatif , dixième municip.
Glaizot , homme de loi , rue guénégaud.
Glandas , avoué , rue de l'homme-armé.
Glisau , imprimeur , rue du foin-saint-jacques.
Gobail , rentier.
Gobeau , employé , rue martin.
Gobel , faïencier , quai de la mégisserie.
Goberlet , boulanger , rue de sèves.
Gobert , officier de santé , rue des rats.

Gobert, employé au ministère de l'intérieur, rue de grenelle.
Gobert, propriétaire, rue neuve-égalité.
Gobert, secrétaire de la douzième municipalité.
Gobert, employé à la trésorerie, rue des grands-augustins.
Gobert, doreur, rue du mouton.
Gobet, homme de loi, quai de la mégisserie.
Gobiat, employé à la trésorerie, rue neuve-des-petits-champs.
Gobillard, chandelier, rue honoré, n. 140.
Gobin, ex-employé, rue du faubourg du temple.
Gobin, notaire, rue denis.
Godard, juge de paix, rue de l'université.
Godard, marchand de draps, rue de fourcy.
Godard, rue des colonnes.
Godard, avoué au tribunal de cassation, rue de l'éperon.
Godart, employé de la guerre, rue notre-dame-des-victoires.
Godart, rue bourtibourg.
Godd, rue thibautodé.
Goddel, marchand de bois, aux invalides.
Godefert fils, marchand de bois, rue des tournelles.
Godefert, marchand de bois, rue du faubourg montmartre.
Godefroy, quai de la république.
Godefroy, employé, rue de la monnaie.
Godefroy, graveur, rue des francs-bourgeois.
Godefroy, ex-législateur, rue sainte-marguerite.
Godefroy, graveur, rue des brodeurs.
Godefroy, chandelier, rue des boucheries-germain.
Godefroy, ancien docteur en droit, rue du battoir.
Godelard, ex-religieux, rue des prêtres saint-paul.
Godeseau de Lille, ex-jurisconsulte, rue montmartre.
Godet, homme de loi, rue des petits-champs.
Godet de Sacre, employé au ministère de la police.
Godfroy, mercier, rue denis, au croissant.
Godin, hôtellier, rue feydeau.
Godin, homme de loi, rue des mathurins.
Godin, employé à la bibliothèque de l'arsen., 9e. municip.
Godin, huissier, rue neuve-égalité.
Godin, homme de loi, rue du plâtre-jacques.
Godinot, quai voltaire.
Godot, limonadier, rue honoré.
Godot, homme de loi, rue jean-robert.
Goets, percepteur des contributions, rue honoré, n. 121.
Goffard (Jean), homme de lettres, rue de bièvre.
Goffard, quincailler, rue de bretagne.
Gohin, marchand de couleurs, rue de faubourg martin.
Goin, corroyeur, rue greneta.
Goinard, charpentier, rue de sèves.

Gois père, sculpteur, au louvre.

Goix père, marchand bateur d'or.

Goix, banquier, faubourg poissonnière.

Goldoni, professeur au lycée, rue croix-de-la-bretonnerie.

Golzan, marchand boucher, rue de l'arcade.

Gomard (J.-P.), marchand d'armes, rue du bout-du-monde.

Gombeau, tapissier, rue de beaune.

Gombert père, rue poissonnière.

Gomell, homme de loi, rue des petits-champs.

Gomot, avoué, rue bailleul.

Gonard, employé, rue des vieux-augustins.

Gondal, marchand de vin, rue du champ du repos.

Gondeville, employé, rue du cherche-midi.

Gondoin, plombier, place du louvre.

Gondot, rue d'enfer.

Gondouin, ancien notaire, rue des quatre fils au marais.

Gonduin, membre de l'institut, rue de tournon.

Gonichon, opticien.

Gouin, menuisier, rue coquenard.

Gonnant, employé à la comptabilité intérieure, rue lazare.

Gonteau père, rue de la place vendôme.

Gonthier, propriétaire, rue du regard.

Gontier, épicier, rue lazare.

Gontier, ex-juge, rue de la harpe.

Gorbet, épicier, rue victor, n. 49.

Gorel, limonadier, rue culture-catherine.

Goret, militaire aux invalides, dixième municipalité.

Goret, bourrelier, rue de grenelle.

Goret, employé, rue du temple.

Gorgnereau, homme de loi, rue guénégaud.

Goria, rentier, maison des petits-pères.

Gorinflot, marchand de vin, avenue de l'école militaire.

Gorley, rue du faubourg honoré.

Gorneau aîné, cloître saint-méry.

Gorneau jeune, cloître saint-méry.

Goron, épicier, rue des juifs.

Gorse, ingénieur, rue de louvois, n. 7.

Gorse, ancien officier des mines, rue de l'université.

Gorse, négociant, rue de la cossonnerie.

Goslin, membre de l'institut, au louvre.

Gosre, professeur, collége des colonies.

Gossard, employé, cour de la sainte-chapelle.

Gosse, ingénieur, rue de louvois.

Gosse, employé, rue de sèves.

Gosse père, au tribunal de com., rue de la vieille-monnaie.

Gosse fils, rue de la vieille-monnaie.

Gosse, marchand de soie, rue denis.

Gosseaume, rentier, rue hyacinthe.

Gosselin, négociant, rue quincampoix.

Gosselin, conservat. du cabinet des antiq., à la bibliothèque.

Gosselin, propriétaire, faubourg martin.

Gosselin, marchand mercier, rue saintonge.

Gosset, homme de loi, rue jacques.

Gosset, épicier, rue du bacq.

Gosset (Laurent-Thomas), employé, rue jacques, n. 29.

Gosset, marchand de vin, rue frépillon.

Gossuin, administrateur des forêts, quai voltaire.

Got-des-Jardins, négociant, rue quincampoix.

Gouaille, employé, rue de la verrerie.

Goubeau, employé, place de lille.

Goudeau, employé au département, rue d'enfer.

Gouette, receveur des contributions, rue honoré.

Gouffé (Armand), homme de lettres, rue neuv. des pet.-ch.

Gouin, marchand de vin, rue de l'université.

Goujeon père, homme de loi, rue tatanne.

Goujon, marchand de vin, quai des célestins.

Goujon, marchand mercier, porte denis.

Goulet, tapissier, préau de la foire.

Goulet, architecte, rue quincampoix.

Goulhot, employé au bureau de la guerre, rue de varennes.

Goulleau, ancien jurisconsulte, rue croix-des-petits-champs.

Goult, inspecteur, rue de l'hirondelle.

Goulut, rue des aveugles.

Goumout (Pierre), poëlier, douzième municipalité.

Gounel, greffier, rue de savoie.

Gonniou, chef de l'état civil, rue des blancs-manteaux.

Goupil père, ex-pharmacien, rue helvétius.

Goupil fils, pharmacien, rue helvétius.

Goupil, ex-employé, rue neuve-des-petits-champs.

Goupy, banquier, rue thévenot.

Gourdin, négociant, rue des moulins.

Gourdin, banquier, rue de provence.

Gourdin, limonadier, rue laurent, n. 11.

Goulet, menuisier, rue de sorbonne.

Gournay, avoué, rue de menars.

Goussier, maître de pension, rue amelot.

Goussy, limonadier, palais du tribunat.

Gouy, rentier, faubourg denis.

Goy, employé, rue de lille.

Goy fils, commissaire de police, rue jacques.

Goyenval, juge de paix, rue des bourdonnais.

Goyer, huissier, rue denis.

Grael, directeur des postes, rue poissonnière.

Grafion, rue avoie.

Graillot, marchand de vin, rue montorgueil.

Graindorge, rue avoie.

Gramagnac, rue neuve du luxembourg.

Grand, négociant, rue porte-foin.

Grandat, employé, rue honoré.

Grandchamp, chirurgien, rue des pères.

Grand-Didier, propriétaire, petite rue saint-pierre.

Grand-Henry, boulanger, rue des gravilliers.

Grandhomme, praticien, rue bourtibourg.

Grandin (Etienne), rue mêlée, n. 7.

Grandin, place vendôme.

Grandjacques, graveur, rue du harlay.

Grandjean, oculiste, rue galande.

Grandjean, employé au ministère de l'intérieur, dixième mun.

Grandjean, homme de loi, rue de Surêne.

Grandjean, négociant, rue martin.

Grandjean-Montigny, receveur des rentes, rue du coq-jean.

Grandjean, ex-employé, rue de l'université.

Grandjean, employé, rue montorgueil.

Grandjean, homme de loi, rue avoie, n. 21.

Grandmaison, employé, rue d'enfer, n. 11.

Grand-Ménil ' artiste au théâtre-français, rue de la loi.

Grandpierre, avoué, rue de bondi.

Grandpierre, avoué, rue du harlay.

Grandpré, ex-chef au ministère de l'intér., rue de la monnaie.

Grandsire, employé, rue andré-des-arts.

Grandvalet, rue de l'arbre-sec.

Granelly, rentier, rue du four-germain.

Granet fils, sous-commissaire à la marine, rue de menars.

Grandfoi, rue du petit-pont.

Grange, homme de loi, rue de jouy.

Grangé, homme de loi, rue charlot, n. 34.

Grangé, chef de bureau au min. de la guerre, rue de varennes.

Granger (Germain), huissier, rue méry.

Grangeret la Grange, chef de div. au dép., île de la fraternité.

Grapin, paulmier, rue des francs-bourgeois.

Grappe, traiteur, rue des prouvaires.

Grappin, limonadier, rue du canivet.

Gras, officier de santé, rue beaubourg.

Grassat, artiste, rue bleue.

Grasset, rue des deux-ponts.

Grasset, employé, rue du pot de fer.

Grasset, rue du cimetière-andré-des-arts.

Grassière, marchand bonnetier, rue honoré, n. 1345.

Gratreau, officier de santé, rue de l'arbre-sec.

Grattepin, rue martin.

Gravelle, miroitier, rue saint-bon, n. 4.

Gravelle, limonadier, rue des francs-bourgeois.

Gravelle, limonadier, rue traînée.

Gravier, homme de loi, au collége de reims.

Gravier, homme d'affaires, rue des pères.

Graviers, épicier, rue des arcis.

Grebert, horloger, rue j.-j. rousseau.

Grégoire, tailleur, rue neuve méry.

Grégoire père, serrurier, rue joubert.

Grégoire, marchand de bois, quai des célestins, n. 8.

Grégoire, homme de loi, rue de seine.

Grelet, notaire, rue martin.

Gremion, lieutenant, aux invalides.

Gremon, menuisier, rue denis.

Grenier, marchand de bois, rue des fossés-bernard.

Grenier, employé, rue lazare.

Grenier (Théodore), jouaillier, rue louis au palais.

Grenu, sous-officier, aux invalides.

Grepinet, rue faubourg du temple.

Gressin, avoué au tribunal de commerce, rue de la verrerie.

Grétry, membre de l'institut, boulevard italien.

Greuze, peintre, rue basse-saint-denis.

Grevin, layetier, rue jacob.

Grison, chaudronnier, rue de naples, n. 31.

Grigy, tailleur, cour mandar, n. 13.

Grillon-Deschapelles, anc. payeur de rentes, rue d'anjou, f. h.

Grillot, avoué, rue paul.

Grimaud, adjudant, place des vosges.

Grimond, ancien rec. des loteries, rue des grands-augustins.

Grimod, rue neuve roch.

Grintelle, marchand de vin, rue lazare.

Griois, propriétaire, rue de ménars.

Griois, rue chabanais.

Gripierre, doreur, rue d'argenteuil.

Grisar, homme de loi, rue de la liberté.

Grisel, fondeur, cour de rome.

Grisson, quai de la mégisserie.

Grivel, professeur à l'école des quatre nations, dixième mun.

Grivelet, employé à la poste, rue j.-j. rousseau.

Grivelle, banquier, rue coq-héron.

Grizier, fourbisseur, palais du tribunat.

Grondard, quincaillier, rue martin.

Gros, négociant, boulevard montmartre.

Gros fils (Bernard), négociant, rue des jeûneurs.

Grosjean, marchand de vin, rue de sèves.

Grosjean, facteur à la halle au blé, rue de viarmes.

Groslard, chaudronnier, rue aubry-le-boucher.

Grosmore, huissier, rue jean–jacques-rousseau.

Grossart, empl. à la préfecture du départ., rue louis, au palais.

Grou, professeur à l'école centrale, rue de la harpe.

Grou, receveur dé l'enregistrement, rue montorgueil.

Groualle, au collège de navarre.

Groubeau, rue du figuier.

Groubert de Groubenthal, jurisconsulte, vieille rue du temple.

Groulard, avoué, rue martin.

Grouvelle ; orfèvre, rue de la fromagerie.

Grouvelle, orfèvre, rue de la barillerie.

Groux, défenseur officieux, rue germain-l'auxerrois.

Gruel (Jean–Baptiste), chapelier, rue du bout-du-monde.

Gruel l'aîné, marchand de vin, rue du faubourg antoine.

Gruet, marchand de mousseline, rue quincampoix.

Gruine aîné, bottier, rue de la grande-truanderie.

Grulay, charcutier, rue de bretagne.

Grus, coutelier, rue antoine.

Grutter des Rosiers, rue denis.

Gueber, avoué, rue des fossés-du-temple.

Gueda, tourneur, faubourg jacques.

Guedon, rue des blancs-manteaux.

Guedon, capitaine invalide, dixième municipalité.

Guedon, employé, rue croix-de-la-bretonnerie.

Gueffe, rue du cherche-midi.

Gueffier, ancien imprimeur, rue des noyers.

Guegnin, marchand de vin, rue de jouy.

Gueheneux, administrateur des forêts, rue du four, n. 157.

Guelot, confiseur, rue magloire.

Guemard, limonadier, rue de bussy.

Guenaut, employé, rue guénégaud.

Guenet père, rue des prêtres.

Guenet, rue caumartin.

Guenet, employé aux contributions, place vendôme.

Guenet, quai pelletier, n. 45.

Guenier, rue de jouy.

Guenifey, rue neuve-des-petits-champs.

Guennepin, homme de loi, rue montorgueil.

Guenoux, notaire, quai des théatins.

Guéral, homme de loi, rue des poulies.

Guerand, rue grange batelière.

Guerard, employé aux finances, place du chevalier-du-guet.

Guerard, négociant, chaussée d'antin.

Guéras, boulanger, rue aux ours.

Guerbois, tabletier, rue des arcis.

Guercin, rue de la vannerie.

Guerignon, homme de loi, rue bailleul.

Guérin, rentier, rue benoît.

Guérin, peintre, quai voltaire.

Guérin, juge de paix, rue des quatre-vents.

Guérin, greffier du juge de paix, rue du petit-lion.

Guérin, ex-juge, rue des blancs-manteaux.

Guérin, négociant, rue de la vannerie.

Guérin père, homme de loi, quai des ormes.

Guérin, ancien administrateur de police, rue de vendôme.

Guérin, trésorier des hospices, rue clocheperche.

Guérin, employé à la liquidation générale, place vendôme.

Guérin, marchand de vin, rue cocquenard.

Guérin, limonadier, boulevard montmartre.

Guérin, officier de santé, rue du four-germain.

Guérinet, défenseur officieux, rue de la verrerie.

Guerlit, marchand de draps, rue du mail.

Guéro, employé, rue des petites-écuries.

Guérou, rue de la harpe.

Guéroult, défenseur officieux, rue germain-l'auxerrois.

Guéroult, quatrième révis. à la préfect. du dép., rue de savoie.

Guéroult, professeur à l'école centrale, rue mazarine.

Guerrie Romagnac, propriétaire, rue montmartre.

Guerrier, employé, rue des vieilles-tuileries.

Guerrier, rentier, rue du doyenné.

Guertin, marchand de fil, rue denis.

Guesnon, marchand de toile, rue du pourtour.

Guesnot, plumassier, cour batave.

Guestare, homme de loi, rue germain-l'auxerrois.

Guellette, vitrier, rue thibautodé.

Guiard père, professeur en pharmacie, rue de l'arbalette.

Guibal, bonetier, rue du four.

Guibert, avoué, rue des fossés-du-temple.

Guibert, employé, rue des postes.

Guibert (Armand), bijoutier, cour neuve du palais.

Guibert, employé à la préfecture de police, onzième municipal.

Guibour, instituteur, au roule.

Guibout, marchand de galons, rue aux fers.

Guibout, agent de change, rue caumartin.

Guibout, épicier, rue des lombards.

Guichard, propriétaire, faubourg du roule.

Guichard, instituteur, place des vosges.

Guichard, avoué au tribunal de cassation, rue du coq-honoré.

Guichard, homme de lettres, rue hyacinthe.

Guichard, propriétaire, rue de la licorne, n. 18.

Guichard , conservateur des hypothèques , rue neuve-eustache..

Guichard , homme de loi , rue de la vieille-bouclerie.

Guichard , employé , rue neuve-eustache.

Guichard , employé , rue montmartre.

Guichard , orfèvre , rue des arcis.

Guicher , artiste , rue bleue.

Guidé , orfèvre , rue martin , n. 357.

Guidon , boucher , rue germain-l'auxerrois.

Guidy , propriétaire , place des victoires.

Guiet , avocat , rue thomas-du-louvre.

Guiétaud , employé à la liquidation , place vendôme.

Guignard , propriétaire , au gros-caillou.

Guignard , médecin , rue du sentier.

Guignon , marchand de draps , rue honoré.

Guignot , rue du sentier.

Guilbault , banquier , chaussée d'antin.

Guilbert , au jardin des plantes.

Guilbert (Marin) , employé , rue honoré , n. 872.

Guilbon père , rentier , rue galande.

Guilbon fils , (Augustin) rentier , rue galande.

Guilhem de Sainte-Croix , rue cassette.

Guilhot , toiseur , rue quincampoix.

Guillard , ciseleur , faubourg denis , n. 38.

Guillard , mathématicien , rue haute-feuille.

Guillard-Dumenil , propriétaire , rue du jardinet.

Guillaume , maître d'écriture , rue antoine.

Guillaume , pharmacien , à l'hospice de l'unité.

Guillaume , professeur d'écriture , rue de la huchette.

Guillaume , ex-notaire , rue de poitou.

Guillaume , notaire , rue neuve des petits-champs.

Guillaume , de la commission intermédiaire , rue montmartre.

Guillaume , chapelier , montagne geneviève.

Guillaume , huissier , rue de tracy , au cerf.

Guillaume , marchand de vin , rue charlot.

Guilleaume (Jean) , à la trésorerie , rue neuve des petits-champs.

Guilleaume , chef à la comptabilité , cour lamoignon.

Guilleaume , employé , rue et île de la fraternité.

Guillebert , marchand de draps , rue denis.

Guillei , artiste , rue lancry , n. 11.

Guillemain , marchand de fer , rue honoré.

Guillemain , instituteur , rue de sèves.

Guillemenet , marchand de vin , carré martin.

Guillemet , perruquier , rue lazare.

Guillemette , couvreur , rue des vieilles tuilleries.

Guillemin , invalide , dixième municipalité.

Guillemin , rue de verneuil.

Guillemont, chirurgien, rue des vieux-augustins.

Guillemot, marchand de laine, rue des lombards.

Guilleret, employé, rue de seine, faubourg germain.

Guillier, employé à la douzième mairie, rue de vaugirard.

Guilliomot, maçon, rue bareuilliere.

Guillochet, invalide, dixième municipalité.

Guillois, au ministère de l'intérieur, rue de grenelle.

Guillomot (Charles), administ. des gobelins, douzième municip.

Guillon, ex-juge, rue lancry.

Guillon père, charcutier, marché martin.

Guillon, charcutier, rue aux ours.

Guillon l'aîné, rue michel lepelletier.

Guillon Dassas, homme de loi, rue hyacinthe.

Guillon la Roberderie, rentier, rue rochechouart.

Guillot, charpentier, rue grange-aux-belles.

Guillot, ex-employé, rue quincampoix.

Guillot, papetier, rue égalité.

Guillot, rue de cléry.

Guillot, mercier, rue montmartre.

Guillot, maréchal-des-logis aux invalides, dixième municipalité.

Guillot, tapissier, rue jacques.

Guillot de blancheville, homme de loi, rue des bons enfans.

Guillot de l'Orme, rue neuve-des-mathurins.

Guillotin, sellier, rue du sentier.

Guillotin, médecin, rue neuve-saint-roch.

Guillou, charpentier, rue marcel.

Guillotin, rentier, rue de la chaumière.

Guimard, propriétaire, rue sulpice.

Guindre (Jean-Jacques), rentier, rue helvétius, n. 616.

Guingnard, trés. du comité de bienfes., rue notre dame de naz.

Guinot, homme de loi, rue d'anjou-thionville.

Guinot, commissaire aux contrôles, rue du four.

Guinot, médecin, rue fontaine-nationale.

Guiot de l'Orme, rentier, rue neuve-des-mathurins.

Gaiot, employé à la trésorerie, rue neuve des petits-champs.

Guiraudet, employé, rue mêlée, n. 23.

Guiroux, contrôleur de l'octroi, rue des petits-augustins.

Guischart, rentier, rue des marmouzets.

Guiton de Morveau, directeur de l'école polyt., 10e. municipalité.

Guitou, rue de la verrerie.

Guittard, négociant, rue chaussée d'antin.

Guquet, avocat, rue serpente.

Gurber père, ex-employé, rue de la place vendôme.

Guy, propriétaire, rue d'orléans.

Guy (Jean-Antoine), rue des droits de l'homme.

Guyard, employé, rue neuve-roch.

Guyard, employé, rue guillaume.
Guyard, marchand de bas, rue de l'oseille.
Guyard, employé, rue de la harpe.
Guyenot, maître de forge, rue taranne.
Guyon, négociant, rue du mouton.
Guyot, rentier, rue de bourgogne.
Guyot, homme de loi, rue andré, n. 45.
Guyot, nourrisseur, à chaillot.
Guyot père, marchand pelletier, place du chevalier-du-guet.
Guyot, employé au département, place vendôme.
Guyot, agent de change, rue des bons-enfans.
Guyot, memb. du bur. de consult. au mi. de la just., p. vendôme.
Guyot, homme de loi, rue d'argenteuil.
Guyot de Saint-Hélène, juge de paix, neuvième municipalité.
Guyot (Nicolas-François), marchand, rue martin.
Guyton aîné, banquier, rue michel-lepelletier.
Habert, huissier, rue de la harpe.
Hachard, épicier, rue du temple, n. 102.
Hachet, homme de loi, rue de verneuil.
Hachette, négociant, rue quincampoix.
Hacot, marchand, rue denis.
Hadingue, épicier, marché saint-jean.
Hagnion, secrétaire des quinze-vingts, huitième municipalité.
Hainguerlot, banquier, rue lazare.
Halbart, perruquier, rue du cimetière-jean.
Hallart, propriétaire, rue claude.
Halley (Charles), faïencier, rue montmartre.
Hallier, horloger, rue de la barillerie.
Hallopeau, négociant, rue de l'arbre-sec.
Halotelle, insp. de la régie des domaines, rue de tournon.
Hamberger, boulevard antoine.
Hamel, épicier, rue de la loi, n. 909.
Hamelin, quincaillier, rue de la barillerie.
Hamet, fruitier, rue saint-laurent.
Hanocque (Guérin), homme de loi, place vendôme.
Hapdée, propriétaire, faubourg denis.
Happey, propriétaire, rue du mail.
Haranger, tapissier, rue de viarmes, n. 50.
Hardy, frangier, rue des écouffes.
Hardy, marchand de vin, rue montmartre.
Hardy, avoué, rue d'argenteuil.
Hardy, épicier, rue des francs-bourgeois.
Hardy, instituteur, rue quincampoix.
Hardy, homme de loi, rue des pères.
Hardy, épicier, grande rue du faubourg antoine.
Hardy de Juines, avoué, rue poupée.

Hardé, limonadier, rue du mail.

Harger, expert-écrivain, rue des rosiers, n. 12.

Harland, artiste, rue des gobelins.

Harlée, propriétaire, rue de seine.

Harnoult, chef du commerce à l'intérieur, rue helvétius, n. 679.

Haro, marchand de vin, rue du four.

Hassenfratz, professeur à l'école polytechnique, 10e munic.

Haton, receveur d'enregistrement, rue coquillière.

Hattinger, banquier, rue de provence.

Haupoix, directeur de la pompe à feu, au gros-caillou.

Hautchorne, rue planche-mibray.

Hauteclavie, officier invalide, 10e municipalité.

Hautefeuille, négociant, rue de la vieille-monnaie.

Hautefeuille, propriétaire, rue honoré, n. 141.

Hautemper (Pierre), marchand boucher, rue de la verrerie.

Hauterive, chef au minist. des relations extér., rue du bacq.

Hauy, conservateur des mines, rue de l'université.

Hauy, instituteur des aveugles, rue de charenton.

Havard, employé, rue neuve-égalité.

Havare, épicier, rue quincampoix.

Haverlaut, huissier, quai de la grève.

Hazard, épicier, rue du faubourg du temple.

Hebert, ex-commissaire, 4e municipalité.

Hebert, rentier, rue de grenelle-germain.

Hebert, agent comptable, au prytanée.

Hebert, parcheminier, rue de la parcheminerie.

Hebert, rue coquillère.

Hebert, fabricant de galons, rue sauveur.

Hebert, ébéniste, rue charenton.

Hebert, employé, rue de bourgogne.

Hebert-Gauthier, épicier, rue quincampoix.

Hécart, rue d'anjou-thionville.

Hecquet, quincaillier, quai de la mégisserie.

Hecquet, secrétaire de la société politechnique, rue de la harpe.

Hédé, boulanger, rue notre-dame-des-victoires.

Hedouin, rue de tournon.

Hedouin, rue des francs-bourgeois.

Helène, payeur, rue des fossés bernard.

Helliot, employé à la trésorerie, rue neuve des petits-champs.

Heloin, homme de loi, rue notre-dame-des-victoires.

Hemart (Jacques-Félix), rue des enfans-rouges.

Hemart, rue des bons-enfans.

Hemart-Severan, propriétaire, rue de paradis.

Hemery, homme de loi, rue pavée andré-des-arts.

Hemmen, rue de jouy.

Hemon père, employé, rue denis.

Hemon, rubanier, rue denis.
Henaut, employé, rue du champ du repos.
Hennebert, marchand, rue de grenelle.
Hennequin, employé, rue neuve du luxembourg.
Hennequin, receveur de l'enregistrement, abbaye germain.
Hennequin, rue des rosiers.
Henocle, employé, palais des consuls.
Henocq, employé, rue de bretagne.
Henrion, rue de vaugirard.
Henrion le jeune, rue mêlée.
Henriot, ancien marchand, quai de la mégisserie.
Henry, employé, rue des mathurins.
Henry, marchand de vin, rue frépillon.
Henry, rentier, rue de l'échaudé.
Henry, limonadier, rue benoît.
Henry, rue de poitou.
Henry père, marchand de bas, rue denis, n. 18.
Henry, rue de jouy.
Henry, rentier, rue du petit musc.
Henry, épicier, faubourg denis, n. 48.
Henry, instituteur, rue fontaine nationale.
Henry, chef à la préfecture de police, onzième municipalité.
Henry, employé, rue de la monnaie.
Henry, invalide, dixième municipalité.
Henry (Simon), négociant, rue taitbout.
Henuet, chef de div. au min. des fin., rue neuve des petits-ch.
Hecquet, marchand, rue tirechape.
Hequet, quai de la mégisserie.
Hérard-Devilliers, rue du faubourg honoré.
Hérau, employé à la triperie des invalides, dixième municip.
Hérault, marchand de vin, près le petit-pont.
Hérault, imprimeur, rue du harlay, au marais.
Hérault, employé à la trésorerie, rue neuve des petits-champs.
Herbault, employé, rue de l'aiguillière.
Herbault, juge de paix, section des marchés.
Herbeau, propriétaire, rue de thorigni.
Herbelin, notaire, rue martin.
Herbert (Louis-Vincent), rue des droits de l'homme.
Herbin père, ex-employé, rue denis.
Herbin, fabricant de bas, rue neuve saint-laurent.
Herbinot, quai des miramiones.
Herel, tapissier, rue du faubourg montmartre.
Heremberger, rue du vieux colombier.
Héritte, maître de maison garnie, rue jacob.
Herivaux, quincailler, rue tiroux.
Herland, employé, rue de l'université.

Hermand, rue des boucheries.

Hernu, employé, rue d'anjou.

Héron, mercier, faubourg antoine.

Hérou, employé à la comptabilité, rue du théâtre-français.

Hérouard (Jean), rue du faubourg du temple.

Herissant, brossier, rue de la barillerie.

Hersnet, logeur, rue jean-pain-mollet.

Hersent, orfèvre, quai pelletier.

Hertant, employé, division des amis de la patrie.

Hervé, sellier, rue feydeau, n. 21.

Hervé, banquier, faubourg montmartre.

Hervet, employé à la guerre, rue de varennes.

Hervieux, rue mouffetard.

Hesèque, avoué, rue christine.

Hevisson, géographe, rue saint-paul, n. 16.

Heu, fondeur, rue nazareth.

Heudelet, rue de condé.

Heudot, rue bourtibourg, n. 6.

Heurtin, huissier, rue d'anjou.

Heussée, mécanicien, rue dominique.

Heuvrard, homme de loi, rue de paradis.

Hivent, chirurgien, aux invalides.

Hix, instituteur, rue matignon.

Hoart, orfèvre, pont saint-michel.

Hochet, employé au conseil d'état, aux tuileries.

Hochon, négociant, rue croix-de-la-bretonnerie.

Hoquet, homme de loi, rue des grands-augustins.

Hode, employé, rue de sèves.

Hoffman, homme de lettres, rue du faubourg poissonnière.

Hogu, employé, rue chapon.

Hollier, chef de bataillon, au gros-caillou.

Holsteing, rue des maturins.

Hom, rue de varenne.

Hombert, juge de paix, rue saint-avoie.

Hombron père, hospice de la maternité.

Honin, chandelier, rue de la grande-truanderie.

Honoré (Louis-Alex.) rentier, place vendôme, n. 203.

Hordret, homme de loi, rue mazarine.

Horé, boucher, rue jacques.

Horgue, architecte, rue j.-j. rousseau.

Hornus, marchand fripier, aux piliers.

Horon, rue saint-avoie, n. 68.

Hossart, clerc de notaire, rue de grenelle.

Hottegeindre, propriétaire, rue des barres.

Hotte-Pontcharreaux père, rue des billettes.

Hottot, pâtissier, rue des saints-pères.

Hottot, rentier, rue des saints-pères.
Houard, agent de change, rue des filles-thomas.
Houarin, marchand fripier, palais du tribunal.
Hoube, huissier, rue caumartin.
Houbigaut, parfumeur, porte honoré.
Houchard, huissier, rue du harlay, au palais.
Houchon, négociant, rue saint-méry.
Houdaille, marchand de bois, rue de l'université.
Houdon, sculpteur, au louvre.
Houdrichon, épicier, rue des barres.
Houguenague, employé, rue de bourgogne.
Houppin aîné, marchand, rue de la cossonnerie.
Hourier (Eloi), administrateur des domaines, rue honoré.
Houssayes, marchand de salines, rue des prêcheurs.
Housselin, rentier, rue de beaune.
Houssemaine, négociant, rue des mauvaises paroles.
Housset, rue denis.
Houzeau, tonnelier, rue trousse-vache.
Houzel, employé, rue de thiroux.
Hoyau, employé à la trésorerie, rue neuve des petits-champs.
Hoyon, empl. au minist. des finan., rue neuve des petits-champs.
Hua, ex-député, rue de seine faub. germain.
Hua, employé, rue croix des petits-champs.
Hua, notaire, rue des fossés-germain.
Hua, jurisconsulte, rue de seine faubourg germain.
Huard (Nicolas), épicier, rue des lombards.
Huart-Duparc, onzième municipalité.
Hubarlacour, rue charlot.
Huberson, épicier, rue marguerite.
Hubert, employé à la préfecture, rue des brodeurs.
Hubert, cordonnier, rue du bacq.
Hubert, employé, au dépôt des cordeliers.
Hubert, rue de grammont.
Hubert, marchand de vin, rue cocquenard.
Hubert, chapelier, rue du four.
Hubert, épicier, rue de beaune.
Hubin, serrurier, rue d'anjou, n. 1781.
Huché, employé à la caisse des compt., rue joubert, n. 506.
Huchet père, jardinier, rue de montreuil.
Hudé, marchand de dentelles, faubourg denis.
Huerne, rue chapon.
Huet, receveur de rentes, rue avoye, n. 134.
Huet, employé, rue de chaillot.
Huet, peintre, au louvre.
Huet-de-Paisy, rue des trois moulins, n. 21.
Hugaud, entrepreneur, rue de la planche.

Hugelet, imprimeur, rue des fossés saint-jacques.
Hugin, avoué au trib. de prem. instance, rue des gr.-augustins.
Hugon, employé, rue thibautodé, n. 5.
Huguenin, huissier, rue montorgueil, n. 21.
Huguenin, professeur à l'école militaire, rue jacques.
Hugues, greffier de paix, division de brutus.
Huguet, notaire, rue croix des petits-champs.
Huguin, avoué, rue des grands-augustins.
Huilier, perruquier, rue du faubourg montmartre.
Huin, vitrier, rue de verneuil.
Huin, rue du monceau-gervais.
Hubbé, médecin, rue pierre-sarrazin.
Hulot, rue des écouffes.
Hulot, rue de la loi.
Humbert, rue guillaume.
Humbert, marchand de vin, rue sauveur.
Humbert, rue Xaintonge, n. 8.
Humbert, rue quincampoix.
Hunoux, enclos du cardinal lemoine.
Huon, traiteur, rue d'argenteuil.
Huot, rue des vieux-augustins.
Huot, blanchisseur, rue de l'oursine, n. 48.
Hupais, banquier, rue du montblanc.
Hureaux, homme de loi, rue paul, n. 48.
Hurel, officier de santé, rue culture-catherine.
Huret, orfèvre, cour neuve du palais.
Hurler, capitaine invalide, dixième municipalité.
Hurtrel, marchand de bas, boulevard porte antoine.
Hussenot père, ci-devant négociant, rue martin, n. 41.
Husson, apothicaire, montagne geneviève.
Husson, faïencier, rue de la roquette.
Hullot, boucher, rue de charonne.
Huvet, épicier, rue denis.
Huzard, artiste-vétérinaire, rue de l'éperon.
Huyon, employé, rue thibautodé.
Hybault, rentier, rue de bretagne.
Igonel, employé à la justice, place vendôme.
Igonel, huissier au conseil des prises, rue de l'oratoire.
Imbault, parcheminier, rue de la parcheminerie.
Imbault, mercier, rue denis.
Imbert, banquier, rue taitbout.
Imbert, huissier, rue martin.
Imbert, mercier, rue de seine.
Infroy, doreur, rue de charonne.
Infroy, employé, rue antoine, n. 297.
Ingouf, graveur, rue des noyers.

Isaac, militaire, aux invalides.

Isabeau, employé au tribunal criminel, au palais.

Isambart, homme de loi, rue des vieux-augustins.

Isnard aîné, rue jacob.

Itié, peintre, rue de la lune.

Jabel, ex-juge de paix, faubourg antoine.

Jabinot, employé à la trésorerie, rue neuve des petits-champs.

Jacob père, fabricant, rue neuve médard.

Jacob, commissaire de police, rue pastourelle.

Jacob fils aîné, ébéniste, rue mêlée.

Jacob père, négociant, rue mêlée, n. 33.

Jacob, employé, rue du temple.

Jacolot, juge de paix, rue planche-mibray.

Jaquelin, notaire, rue méry.

Jacquemain, commissaire de police, cinquième municipalité.

Jacquemard, serrurier, cour du commerce.

Jacquemard fils, rue méry.

Jacquemart, négociant, rue méry.

Jacquemart, négociant, rue de la féronnerie.

Jacquemin, hospice des vieillards.

Jacquemin, employé, rue du bacq.

Jacquemin, médecin, rue de savoie.

Jacquemin père, limonadier, boulevard du temple.

Jacquemont, employé, rue notre-dame des victoires.

Jacquenier, mercier, rue thiroux.

Jacques, officier de santé, au vieux louvre.

Jacquesson, boucher, rue de la harpe.

Jacquet, rue de l'arbalète.

Jacquet, vitrier, rue de la fraternité.

Jacquier, carrefour benoît.

Jacquin, serrurier, rue des moineaux.

Jacquin, employé, rue du cherche-midi.

Jacquin, rentier, rue de la chaise.

Jacquinot, crêmier, rue du mail.

Jacquinot, serrurier-charron, faubourg montmartre.

Jacquidot, avoué, rue des noyers.

Jacquot, employé, rue de l'université.

Jacquniot, boulanger, rue du chantre.

Jacta, avoué au tribunal de commerce, cloître méry.

Jalabert, rue des moulins.

Jallabert, notaire, rue taitbout.

Jame, employé aux finances, rue neuve des petits-champs.

James, agent d'affaires, rue denis.

Jannin père, rue avoie, n. 152.

Janson, rentier, rue helvétius.

Jary, marchand, rue des bourdonnais.

Jarry, rue neuve saint-paul.
Jauffret père, marchand d'estampes, butte des moulins.
Jauffret fils, employé, rue des moulins.
Jean, vinaigrier, rue de la huchette.
Jean, marchand d'estampes, rue jean-de-beauvais.
Jeannes, ex-municipal, vieille rue du temple.
Jeannet, rue du colombier.
Jeanson, employé, rue dp colombier.
Jeanson, juge de paix, rue du colombier.
Jeanneret, brasseur, rue du colombier.
Jeaurat, directeur de l'institut, au louvre.
Jeaurois, médecin, rue du ponceau.
Jekers, mécanicien, rue des marmouzets.
Jenson, quincaillier, quai de la mégisserie.
Jeremi, officier de santé, rue de seine.
Jérôme, agent d'affaires, cul-de-sac férou.
Jeunesse, huissier au corps législ., palais du corps législatif.
Joannis, parfumeur, place de l'école.
Joffrast, huissier, rue des barres, n. 24.
Joinville, caissier des postes, rue jean-jacques-rousseau.
Joli de Fleury, rue de la planche.
Joliveau, employé, rue notre-dame-des-victoires.
Jolivet, marchand de vin, rue des bernardins.
Jolivet, rue benoît.
Jolivet, entrepreneur. rue amelot.
Jollivet, épicier, rue du mont-hilaire.
Jollivet, ex-municipal, rue de bussy.
Jolly, fleuriste, rue marcel.
Jolly, conservateur de la bibliothèque, rue de la loi.
Jolly, homme de loi, rue française, n. 8.
Jolly, fleuriste, rue des martirs.
Jolly, huissier, rue du mouton.
Jolly, avoué, rue geoffroy-l'asnier.
Joly, marchand de vin, faubourg jacques.
Joly, employé aux relations extérieures, rue de tournon.
Joly aîné, rue de la harpe.
Joly, ex-employé, rue croix-de-la-bretonnerie.
Joly, employé au bureau de la guerre, rue de varennes.
Joly, employé, rue de la vieille-estrapade.
Joly, homme de loi, rue taranne.
Joly, invalide, dixième municipalité.
Jouchery, maître maçon, rue du faubourg du roule.
Jordan, banquier, rue du mont-blanc.
Jorel, employé, rue du sépulcre.
Josse, employé, faubourg honoré.
Josse, employé à la guerre, rue d'argenteuil.

Josse, fabricant de boutons, rue méry.
Josset, rentier, rue neuve-eustache.
Josset, marchand de vin, rue neuve-martin.
Jotrut, instituteur, faubourg antoine.
Jotty, aux relations extérieures, rue du bacq.
Jouan, employé au département, rue de la sourdiere.
Jouan, rue du bacq.
Jouanne, agent de change, rue de l'échiquier.
Jouanne, employé, rue férou.
Jouannes, mercier, rue de chaillot.
Joubelleau, faubourg martin.
Joubert, marchand d'estampes, rue de sorbonne.
Joubert, boulanger, rue des barres.
Joubert, chirurgien, rue de bussy.
Joubert, employé à l'octroi, rue des fossés-germain-des-prés.
Joublin le jeune, rue basse du temple.
Jouen, employé, cloître jacques-l'hôpital.
Jouenne l'aîné, ex-député, rue de varennes.
Jouenne le jeune, inspecteur des domaines, rue de choiseuil.
Jouette (Jacques), vieille rue du temple.
Jouevat, employé à la comptabilité intérieure, rue de grenelle.
Joulet, rue hillerin-bertin.
Joullain, employé, place vendôme.
Jourdain, rentier, rue des fontaines.
Jourdain, marchand de vin, rue de sèves.
Jourdain, homme de loi, rue du gros-chenet.
Jourdain, employé à la guerre, rue d'aguesseau.
Jourdan, rentier, rue rochechouart.
Jourdan, rue de grammont.
Jousselin, avoué au tribunal de cassation, au palais.
Jouve de Guibert, place des vosges.
Jouy, employé, rue de lille, n. 723.
Joyaut, quincailler, rue aubry-le-boucher.
Jubé, employé, rue de verneuil.
Jubié, banquier, rue neuve-des-mathurins.
Jubin, perruquier, faubourg jacques.
Jublin, employé, rue traînée.
Jublin, rentier, rue de la monnaie.
Juchereau, épicier, faubourg martin.
Judas, marchand de vin, rue des barres, n. 12.
Jugiez, jardinier, rue du chemin-verd.
Juillien, serrurier, rue victor.
Juillet, aubergiste, rue denis.
Juliars jeune, rue honoré.
Julien, employé, rue des noyers.
Julien, rue gervais.

Julien, rue méry.

Julien, loueur de carrosses, rue du bacq.

Julien, rue du faubourg du temple.

Julien père, rue guillaume.

Julien fils, commissaire des guerres, rue guillaume.

Julien Boulireau, rue bourg-l'abbé.

Jullenne, propriétaire, rue d'aligre, n. 17.

Jullien, rue de la vannerie.

Jullien, sculpteur, au louvre.

Jullien, rue de la vrillière.

Jullienne, défenseur officieux, cloître notre-dame.

Jumeau, cloutier, rue victor.

Jumeau, à l'envoi des lois, rue de la vrillière.

Jumel, épicier, rue antoine.

Jumilhac, rentier, rue de l'université.

Jumillac, rentier, rue neuve-des-mathurins.

Junot, employé, faubourg montmartre.

Juré, faïencier, rue de l'arbre-sec.

Jurieu fils, chef de division à la marine, rue de la concorde.

Jussieu, membre de l'institut, au jardin des plantes.

Juste, papetier, rue des poitevins.

Justimart, bonnetier, rue traînée.

Kalandrin père, rentier, rue de l'université.

Kayser, rentier, rue de bellefond.

Keib, limonadier, rue germain-l'auxerrois.

Kercadot, propriétaire, rue lazare.

Kersaint (Guy-Pierre), anc. capitaine de vais., rue dominique.

Kertzen, rue du mail.

Kiel, serrurier, rue jean-denis.

Kinable, horloger, palais-égalité.

Kleber, fournisseur de l'hôtel-dieu, cloître des bernardins.

Knapen, imprimeur, rue andré-des-arts.

Kolblin, employé, rue des barres.

Krabb, monteur de boëtes, place thionville.

Kropper, poëlier, rue de la roquette.

Labarre, employé, rue de grenelle.

Labatte, rue du cimetière-nicolas.

Labatte, quai pelletier.

Labatte, négociant, rue martin.

Labatte, employé, rue mazarine.

Labattu, homme de lettres, rue montorgueil.

Labaume, employé, rue benoit.

Labaye, traiteur, rue childebert.

Labbé, perruquier, rue benoit.

Labbé, propriétaire, rue de charonne.

Labbé, épicier, rue denis, n. 21.

Labbé, miroitier, rue de reuilly.
Labbé Dumesnil, apothicaire, rue de la grande truanderie.
Labbé, employé, rue saint-marceau.
Labbé, rue du mail.
Labbé, négociant, rue montmartre.
Labey, professeur à l'école centrale, au panthéon.
Labiche, place des vosges.
Labitte, employé, rue française.
Lablé, rue des douze-portes-louis.
Lablé fils, rue des douze-portes.
Laboissière, homme de loi, rue du four.
Labonardière, rue pierre-sarrazin.
Labonne, perruquier, rue du harlay.
Laborde, pensionnaire de l'état, rue du champ-fleury.
Laborde, rue coc-héron.
Laborey, employé, rue croix de la bretonnerie.
Laborey, employé aux postes, vieille rue du temple.
Laborie, propriétaire, rue du sépulcre.
Labouglie, propriétaire, rue de la ferronnerie.
Laboule, agent-de-change, rue helvétius.
Laboulebene père, cordonnier, rue du monceau-gervais.
Laboulée, parfumeur, rue de beaune.
Laboureau, invalide, dixième municipalité.
Labrie, apothicaire, rue de sèves.
Labriffe, propriétaire, quai voltaire.
Labrosse, marchand de vin, rue du colombier.
Labroue, employé au tribunal de cassation, au palais de justice.
Labroue, rue guénégaud.
Labuissière (Louis-Hya), officier-de-paix, rue du bacq.
Laburthe, perruquier, rue des deux-ponts.
Labussière, pâtissier, rue de sèves.
Labussière, artiste, rue du chant-du-repos.
Lacage, marchand de vin, rue charenton.
Lacan, quincailler, rue guérin-boisseau.
Lacan, homme de loi, rue de l'université.
Lacassagne, invalide, dixième municipalité.
Lacauve, relieur, rue hilaire.
Lacaze, rue méry.
Lacaze, chirurgien, rue honoré.
Lacaze neveu, officier de santé, rue honoré.
Lacaze, arquebusier, rue des fossés-monsieur-le-prince.
Lachabeaussière, homme de lettres, rue des petits augustins.
Lachair, boulanger, rue du faubourg-martin.
Lachaire, rue de la loi.
Lachaise, rentier, rue de tracy.
Lachaise maître-d'hôtel garni, rue de la loi.

Lachambre, propriétaire, rue des marais-bondy.

Lachand, rue de provence.

Lachant, maçon, rue des tournelles.

Lachapelle, sellier, boulevard bonne-nouvelle.

Lachapelle aîné, collaborateur du moniteur, rue poitevins.

Lachapelle, tapissier, rue helvétius.

Lachapelle, propriétaire, rue de verneuil.

Lacharmois, rentier, faubourg poissonnière.

Lacharmotte, directeur de la régie, rue de choiseul.

Lachasse, chaudronnier, rue guillaume, n. 991.

Lachatinet, homme de loi, rue mazarine.

Lachaussée père, employé, rue des trois pavillons.

Lachaussée, rentier, rue neuve-eustache.

Lachaux, chef de bataillon, aux invalides.

Lachenaye père, propriétaire, rue du faubourg du roule.

Lachenaye fils, rue du faubourg du ronle.

Lachevrelle, épicier, rue du faubourg germain.

Lachey, entrepreneur de bâtimens, rue de la calandre.

Lacigny, tabletier, rue denis.

Lacloche, serrurier, rue du faubourg du temple.

Lacombe, officier de santé, rue lazare, n. 42.

Lacombe, employé, rue de l'école de santé.

Lacombe, faubourg martin, n. 195.

Laconté, rentier, rue d'anjou, n. 1777.

Lacorbenay, rue saint-pierre.

Lacorbinette, rue du chemin-vert.

Lacorsonnière, rue mouffetard.

Lacoste, médecin, hôtel des invalides.

Lacoste, distillateur, rue denis.

Lacotte père, administrateur des domaines, rue de provence.

Lacoste fils, rue de provence, n. 89.

Lacoste fils, directeur des domaines, rue de choiseul.

Lacoste, membre du conseil des prises, rue honoré.

Lacoudray, rue catherine.

Lacoupelle, employé, rue des mathurins.

Lacour, rue du mont-hilaire.

Lacour, secrét. de la com. des contr., rue neuve-des-capucines.

Lacour, notaire, rue neuve-des-petits-champs.

Lacour, apothicaire, rue martin.

Lacour, peintre, rue de verneuil.

Lacour, rue notre-dame-de-nazareth.

Lacour, rue des barres.

Lacour, avocat, rue de la loi.

Lacour, apothicaire, à la conciergerie du palais.

Lacourt, épicier, rue du four-honoré.

Lacouture, boulanger, rue de chaillot.

Lacouture, quincailler, rue bourg-l'abbé.
Lacouture, employé, rue antoine.
Lacouture, marchand de laine, rue des lombards.
Lacretelle l'aîné, boulevard montmartre.
Lacretelle jeune, homme de lettres, boulevard montmartre.
Lacreuse, épicier, rue du petit-lion-denis.
Lacroix, rentier, rue des prouvaires.
Lacroix père, rue des droits-de-l'homme.
Lacroix, neuvième municipalité.
Lacroix, membre du conseil de santé, rue neuve-des-petits-ch.
Lacroix, de l'institut, au louvre.
Lacroix, horloger, rue antoine.
Lacroix, marchand de vin, rue rousselet.
Lacroix, employé, rue de la madeleine.
Lacroix, employé, rue lazare.
Lacroix, marchand de crin, porte martin.
Lacroix, limonadier, rue mandar.
Lacroix, propriétaire, rue du sépulcre.
Lacroix, boursier, rue denis, n. 21.
Lacroix, rue de l'échelle, n. 367.
Lacroix, rue du colombier.
Lacroix, rue honoré, n. 27.
Lacroix, sous-adjudant aux invalides, dixième municipalité.
Lacroix, rentier, rue du faubourg jacques.
Lacroix, rue neuve-martin.
Lacroix, employé, rue traînée.
Lacropte, commis au tribunal criminel, onzième municipalité.
Lacuisse, rue du colombier.
Ladau, traiteur, boulevard du temple.
Ladeau, cordonnier, rue du sépulcre.
Ladinte, épicier, rue dominique.
Ladoucette, homme de lettres, rue caumartin.
Ladoucette, officier de santé, rue neuve du luxembourg.
Ladret, rubanier, rue du petit-lion.
Ladreue, rue croix de la bretonnerie.
Ladreue, mercier, rue neuve-roch.
Laent, négociant, rue du faubourg montmartre.
Lafarge, directeur de la caisse d'épargne, rue de grammont.
Lafarge, tapissier, rue du doyenné.
Lafargue, employé à la préfecture de police, quai des orfèvres.
Lafayette, ex-général, rue d'anjou-honoré.
Laferre, rue de chabanais.
Lafeur, rentier, rue de rochechouart.
Lafflesdélle, rue du cherche-midi.
Lafillard, homme de loi, cloître notre-dame.
Lafisse, médecin, rue traversiere.

Lafitte, juge de paix, rue jacques.

Lafitte, officier de paix, au gros-caillou.

Lafitte jeune, rue chabanais.

Lafitte, invalide, 10e. municipalité.

Lafite, rentier, rue denis.

Laflèche, serrurier, rue bleue.

Lafléchell, employé aux relations extér., rue du cherche-midi.

Laflotte, secrétaire du troisième consul, au palais des tuileries.

Laflotte, limonadier, rue honoré.

Lafolie, employé, rue poissonnière.

Lafond, chapelier, cloître notre-dame.

Lafond, officier de santé, rue montmartre.

Lafond, marchand de vin, quai de la tournelle.

Lafond (Jean-Louis), rue méry.

Lafond, chapelier, rue notre-dame-nazareth.

Lafond, au ministère de la guerre, rue de varennes.

Lafond-Ladebat, ex-législateur, première municipalité.

Lafontaine, doreur, rue des ursins.

Lafontaine, payeur à la trésorerie, deuxième municipalité.

Lafontaine, commissaire de police, huitième municipalité.

Lafontaine, caissier-gén. de la banque de france, pl. des vict.

Lafontaine, rue du faubourg montmartre.

Laforce, négociant, rue denis.

Laforêt, commissaire des guerres, rue coq-héron.

Laforêt, négociant, cour mandar, n. 9.

Laforêt, tapissier, aux gobelins.

Laforest, aux postes, rue jean-jacques-rousseau.

Laforest, employé aux ministère de l'int., sixième municipalité.

Laforest, rue des mauvaises-paroles.

Laforge, pâtissier, rue du vieux-colombier.

Laforge, dentiste, rue de l'ancienne-comédie.

Lafortelle, homme de lettres, rue honoré, n. 1612.

Lafosse, fabricant de boutons, rue jean-pain-mollet.

Lafosse, employé, rue benoît.

Lafraye, marchand, rue des bourdonnais.

Lafraye, hospice des vieillards.

Lafreuay, rentier, place de thionville.

Lagace, aux invalides, dixième municipalité.

Lagache, marchand plombier, rue denis.

Lagaine, (François-Pierre), corroyeur, rue du bout-du-monde.

Lagarde, employé, rue de sèves.

Lagarde, ancien magistrat, rue beautreillis.

Lagarde, homme de loi, rue notre-dame-des-victoires.

Lagatte, rue andré-des-arts.

Laglaise, vidangeur, rue des morts.

Laglace, officier de santé, rue phélipeaux.

Lagneau, homme de loi, rue des fossés-victor, n. 9.

Lagniet, ex-employé, rue montorgueil.

Lagrange, marchand de meubles, rue transnonain.

Lagrange, éperonnier, rue montmartre.

Lagrave, quai des ormes.

Lagrené, rue du temple.

Lagrenée, peintre, au louvre.

Lagrenée jeune, vieille rue du temple.

Lagrive, employé, faubourg denis, n. 23.

Lagroue, épicier, rue pavée-sauveur.

Laguepierre, employé à la trésorerie, rue des petits-champs.

Laguesse, rue montorgueil.

Laguettière, employé, rue guillaume.

Lahanier, employé, rue benoît.

Laharpe, homme de lettres, rue andré-des-arts.

Laharpe, homme de lettres, cloître notre-dame.

Lahaye, rubanier, rue neuve-martin.

Laheuze, secrétaire général à la compt., cour du palais.

Lahogue (Edme-André), rue des enfans-rouges.

Lahure, clerc de notaire, place vendôme.

Lahure, architecte, rue de babylonne.

Laidoguive, rue pierre-sarasin.

Laignelot, homme de lettres, rue des blancs-manteaux.

Laignier, employé, rue nicaise.

Laiguiller, négociant, rue des trois maures.

Laiguillier, ancien juge du tribunal de commerce, rue méry.

Laillart, quai égalité, n. 18.

Lainé, artiste du théâtre des arts, rue de la loi, au théâtre.

Lainé, propriétaire, rue cisalpine.

Lainé, employé, rue hautefeuille.

Lainé, bonnetier, rue martin.

Lainé, marchand de vin, rue mouffetard.

Lainé, marchand, palais égalité, n. 126.

Lainé, pharmacien, place maubert.

Lainé, opticien, rue de l'oursine.

Lainé, chandelier, rue aubry-le-boucher.

Lainez, rue du bouloy.

Lainez, sellier, palais du tribunat.

Lair, propriétaire, rue de montreuil.

Lair, boutonnier, rue tiquetone.

Lair, rue de seine.

Laïs, marchand de vin, rue de la chaumière.

Laisné, rue des quatre fils, n. 27.

Laisné, notaire, place de la bastille.

Laisnée, rue bétisy.

Lajariette, avoué près le tribunal d'appel, onzième municip.

Lakanal, membre de l'institut, au louvre.
Lalande, employé à la justice, douzième municipalité.
Lalande, astronome, collège de france.
Lalande, boulevard du temple.
Lalande, courtier, rue neuve-eustache.
Lalande, chef à la liquidation, place vendôme.
Lalanne, négociant, rue vivienne.
Lalanne, marchand, rue des mauvaises paroles.
Lalausse, ex-magistrat, faubourg poissonnière.
Lalaurencie, rue des prêtres-paul.
Lalegne, rue du théâtre-français.
Laléman, rue vivienne.
Lalende, rue garencière.
Lallée père, corroyeur, rue de cléry.
Lallemand, vitrier, vieille rue du temple.
Lallemand, tanneur, rue censier.
Lallemand, chapelier, faubourg du temple.
Lallemand, notaire, rue neuve-eustache..
Lallemand, rue de la grande truanderie.
Lallemand, chef des bureaux de l'intérieur, rue de grenelle.
Lallemand, mercier, rue montorgueil.
Lallemand, invalide, dixième municipalité.
Lallemand, chirurgien en chef à la salpétrière, 12e. municip.
Lallemand, rue neuve-des-capucines.
Lallemand, fondeur, rue jean-robert.
Lallemand, serrurier, rue martin.
Lallemant, employé au corps législatif, 10e municipalité.
Lallemant, chef du bureau des nourrices, rue de grammont.
Lallemant-de-Villigny, anc. payeur de rentes, rue pastourelle.
Lalliat, employé aux finances, rue neuve des petits-champs.
Laloge aîné, marchand de vin, quai bernard.
Lalou, rue saint-avoie.
Lalouette, médecin, rue jacob.
Lalouette, employé, rue honoré.
Lamaignière, juge de paix à chaillot, première municipalité.
Lamaiguères, employé, avenue de neuilly.
Lamaille, marchand, rue montorgueil.
Lamalle, défenseur officieux, rue de l'échelle.
Lamalmaison, homme de loi, rue jean-pain-mollet.
Lamandé fils, ingénieur, rue belle-chasse.
Lamarche, marchand de vin, rue lazare.
Lamarche, géographe, rue du foin.
Lamarck, membre de l'institut, quatrième municipalité.
Lamare, notaire, rue du faubourg honoré.
Lamarre, carrier, rue mouffetard.
Lamarre, clerc de notaire, rue égalité.

Lamarre, huissier, vieille rue du temple.

Lamarre, instituteur, cloître jacques-l'hôpital.

Lamarre, homme de loi, rue montmartre.

Lamarre père, couvreur, faubourg montmartre.

Lamarre, agent-de-change, rue favart.

Lamarre, commissaire, rue aubry-le-boucher.

Lamare, homme de lettres, rue de vaugirard.

Lamare, employé, rue du regard.

Lamare, rue martin.

Lamartinière, rue de choiseul.

Lamartinière, officier de santé, aux petites-maisons.

Lambellin, employé, rue du bacq.

Lambert, médecin, cour des fontaines.

Lambert, gazier, faubourg denis, n. 29.

Lambert, tapissier, rue antoine.

Lambert, ancien commis, petite rue pierre.

Lambert, faubourg honoré.

Lambert, rue de la tixéranderie.

Lambert, employé, rue cadet.

Lambert, agent de change, rue de la marche.

Lambert, employé, marché des quinze-vingts.

Lambert, professeur de mathématiques, rue de lille.

Lambert de Sainte-Croix, avoué, rue neuve-égalité.

Lambert, marchand de vin, rue des boucheries.

Lambert, rue des orties.

Lambert, fourreur, rue de l'échaudé.

Lambert, receveur de loterie, rue antoine.

Lambert Lallemant, homme de loi, rue neuve des capucines.

Lambin, employé à la trésorerie, rue neuve des petits-champs.

Lambin, secrétaire de la quatrième administ., rue des billettes.

Lambin, employé, rue quincampoix.

Lambin, commissaire, rue bourg-l'abbé.

Lambin, employé à la guerre, rue de varennes.

Lambin, vitrier, rue d'argenteuil.

Lamblin, jardinier, petite rue saint-pierre.

Lambot, ancien notaire, rue du mail.

Lambriquet, marchand de vin, rue greneta.

Lambry, employé, rue antoine, n. 253.

Lamegie, apothicaire, rue du bacq.

Lamérie, percepteur des contributions, septième municipalité.

Lametherie, rédacteur du journal de physique, rue nicaise.

Lami, rentier, rue de valois.

Lamiral, chirurgien, rue d'argenteuil.

Lamontagne, commissaire-priseur, rue antoine.

Lamotte, rentier, rue de bourgogne.

Lamotte, médecin, rue appoline.

Lamotte, rentier, rue des saussayes.
Lamotte, avoué, rue méry.
Lamotte, rentier, faubourg denis.
Lamotte, employé, rue des vieilles-étuves.
Lamotte, maçon, rue poissonnière.
Lamotte, avoué, vieille rue du temple.
Lamotte, médecin, rue des postes.
Lamotte (Jacques-Joseph-Nicolas), rue des écouffes.
Lamotte Dorind, rue de grenelle.
Lamouche, maçon, rue des postes.
Lamouche, employé, rue pierre-sarazin.
Lamouque, juge de paix, rue quincampoix.
Lamouque, huissier, rue quincampoix.
Lamouque, employé, rue quincampoix.
Lamoureux, rue jacques, n. 87.
Lamy, employé, rue du temple.
Lamy, propriétaire, porte honoré.
Lamy, négociant, rue michel-lepelletier.
Lamy père, rue montorgueil.
Lamy fils, rue montorgueil.
Lamy, propriétaire, rue de la vieille-estrapade.
Lamy, rue mêlée.
Lamy, miroitier, rue d'argenteuil.
Lanau, chef du collége de sainte-barbe, rue de reims.
Lancel, chef de division à l'intérieur, passage du vigan.
Lancelot, marchand mercier, rue du vieux-colombier.
Lancelot, chapelier, rue cassette.
Lanchère, maître de poste, abbaye-germain.
Lançon, marchand de vin, rue du mail.
Landais, huissier au tribunal de commerce, rue martin.
Landé, rue de l'université.
Landier, imprimeur, marché jean.
Landin, bijoutier, rue martin, n. 27.
Landolphe, capitaine de vaisseau, petit marché jacques.
Landour, avoué, rue du four.
Landregin, employé, faubourg denis.
Landrieux, rue rochechouart.
Landrieux, marchand de bois, quai bernard.
Landrin, marchand de coton, rue du four.
Landron, employé, rue d'enfer, en la cité.
Landru, propriétaire, rue et cloître méry.
Landrue, layetier, rue de la monnaie.
Landry, professeur au prytanée, rue jacques.
Landry, perruquier, rue des vieilles-tuilleries.
Landry, marchand, grande rue antoine.
Lanée, distilateur, rue pastourelle, n. 15.

Laneuville, agent de change, rue neuve-eustache.
Lanier, ex-commissaire de police, rue montorgueil.
Langard, épicier, rue lazare.
Lange, fabricant de lampes, rue avoie.
Langeon, homme de lettres, rue saint-anastase.
Langeron, ancien militaire, rue de la ville-l'évêque.
Langevin-Flaaut, négociant, rue de la verrerie.
Langin, marchand de vin, rue de la loi.
Langlacé, notaire, rue honoré.
Langlais, peintre, rue geoffroy-langevin.
Langlé l'aîné, marchand mercier, rue saint-denis.
Langlet, marchand de draps, place maubert.
Langlet, marchand mercier, à saint-victor.
Langlet, limonadier, rue des francs-bourgeois.
Langlez, membre de l'institut, à la bibliothèque nationale.
Langlois, homme de loi, rue des poitevins.
Langlois (Auguste), artiste, ouvrier aux gobelins.
Langlois père, rue saint-severin.
Langlois, bijoutier, place des victoires.
Langlois, employé, rue des deux-écus.
Langlois, marchand quincaillier, quai de la mégisserie.
Langlois, rue aux fers.
Langlois, rue du regard.
Langlois, ex-commissaire de police, rue de la madelaine-h.
Langlois, pharmacien, rue du temple.
Langlois, propriétaire, rue thiroux.
Langlois, rôtisseur, rue de la huchette.
Langlois, soldat invalide, dixième municipalité.
Langlois, serrurier, rue jean-pain-mollet.
Langlois, homme de loi, rue benoît.
Langlois, épicier, rue montorgueil, n. 24.
Langlois père, artiste, aux gobelins.
Langlois, entrepreneur de voitures, rue jean-beausire.
Langlois, tenant roulage, rue martin.
Langlois, peintre, rue du théâtre-français, n. 17.
Langlois, ex-notaire, rue de la monnaie.
Langlois, marchand mercier, rue de la mortellerie.
Langones, à chaillot.
Languineux, ancien tapissier, rue de la harpe.
Laniare, commis à l'enregistrement, rue de choiseuil.
Lanier, marchand de vin, rue de la loi.
Lanier, boulanger, rue sauveur, n. 39.
Lanin, libraire, rue du hurepoix.
Lanisien, peintre, rue antoine.
Lannoy, architecte, au louvre.
Lano-Mérider, enclos du temple.

Lanon aîné, employé, rue du marais.

Lanoni, rue bergère, n. 1002.

Lanory, homme de loi, rue faubourg du temple.

Lanos, propriétaire, rue des petits-augustins.

Lanout, marchand de bois, à la rapée.

Lanoy, rubanier, petite rue saint-pierre.

Lans, professeur d'astronomie, rue des fossés-montmartre.

Lansinotte, boulevard antoine, n. 767.

Lanson, charon, rue neuve martin.

Lantoud, mercier, rue de bondi.

Lanty, marchand de vin, rue antoine.

Laourvrière, capitaine aux invalides, dixième municipalité.

Lapanneterie, orfèvre, rue montmartre.

Lapareille, rentier, faubourg denis.

Lapareillé, pensionnaire, petite rue saint-pierre.

Lapart, employé aux poudres, à l'arsenal.

Lapart, employé, rue paul, n. 41.

Laperdrix, juge de paix, rue montmartre.

Laperlier, rue picpus.

Laperlier, graveur, rue de reuilly.

Laperrière, rue de la houssaye.

Lapayre, dessinateur, rue de reuilly.

Lapierre, employé, rue de miromesnil.

Lapierre, mercier, rue de l'arbre-sec.

Lapierre, employé au département, rue du faub. honoré.

Lapierre, ciseleur, rue méry.

Lapine, rue de la réunion.

Laplace, hospice des vieillards.

Laplace, cloître saint-honoré.

Laplanche, invalide, dixième municipalité.

Laporcille, employé, rue du foin-saint-jacques.

Laporte, rentier, rue de savoie.

Laporte, médecin, rue neuve des petits-champs.

Laporte, mercier, rue de l'échelle.

Laporte, épicier, rue méry.

Laporte, tailleur, rue de la loi.

Laporte, menuisier, rue des vieilles-tuileries.

Laporte, rentier, rue saint-sauveur.

Laporte père, propriétaire, rue de courti.

Laporte, faubourg honoré, n. 11.

Laporte-Lalanne, rue poissonnière, n. 23.

Laposso, sellier, rue du hasard.

Laquiaute, admin. à la trésorerie, rue neuve des petits-champs.

Larauza, employé, rue laurent, n. 2.

Larché, rue neuve saint-georges, n. 7.

Larché, propriétaire, rue guisarde.

Larché , aux invalides.
Larché , marchand de vin , rue de sèves.
Larcher , loueur de carosse , rue pot-de-fer.
Larcher , rue du bacq , n. 403.
Larcher , professeur de mathém. , rue du théâtre franç. , n. 76.
Larcher , notaire , rue des lombards.
Larcher , commissaire de police , rue saint-severin.
Larcher , ancien papetier , rue de la verrerie.
Larcher de Saint-Vincent , avoué , rue du ponceau.
Larcher , serrurier , rue dominique.
Larcher , tireur d'or , rue denis.
Larcher , homme de lettres , rue de la harpe.
Lardenois , boucher , rue des boucheries.
Lardenois , marchand de vin , rue de seine-saint-victor.
Lardet , épicier , rue des barres.
Lardi , journalier , rue des barres.
Lardin , ancien notaire , rue notre-dame des capucines.
Larevelière le jeune , employé , rue d'anjou.
Laréveillière-Lepaux , ex-directeur , jardin des plantes.
Larguesse , médecin , rue des tournelles.
Larieux , avoué , rue haute-feuille.
Larille , homme de loi , rue de menil-montant.
Lariot , bonnetier , rue bordet.
Larivallière , propriétaire , rue bleue , n. 5.
Larivière le jeune , marchand de draps , rue de la cordonnerie.
Larivière aîné , marchand de draps , rue de la cordonnerie.
Larivierre , rue des prouvaires.
Larmeroux , avoué , rue des quatre-vents.
Larmoyer , épicier , rue bourg-l'abbé.
Laroche , perruquier , rue victor.
Laroche , rue nicaise.
Laroche , notaire , rue neuve des petits-champs.
Laroche fils du notaire , rue neuve des petits-champs.
Laroche , ex-municipal , première municipalité.
Laroche , commis aux cartes et plans , à la marine.
Larochelle , invalide , dixième municipalité.
Larochette , employé à la comptabilité , rue neuve-roch.
Laroque , avoué , passage des petits-pères.
Laroque-Ferme (A. Ch.) employé , rue basse de la madelaine.
Laroquelle , rentier , rue des saussayes.
Larousse , marchand de vin , rue mondétour.
Larquelay , propriétaire ; rue de la monnaie.
Larrivée (Gabriel) , recev. de la loterie , rue montmartre.
Larsomied , homme de loi , rue bertin-poiré.
Larsonnier , rue de vaugirard , n. 1090.
Larsonnier , au luxembourg.

Lartaut, maître menuisier, rue antoine.

Lartisien, rue de la verrerie, n. 118.

Larue, rue de clichy.

Larue, rue du gros-chenet.

Larue, toiseur, rue cassette.

Larue, professeur au prytané, douzième municipalité.

Larzille, homme de loi, rue ménil-montant.

Lasablonnière, ancien ag.-de-ch., rue de la jussienne, n. 164.

Lasalette fils, rue de la concorde.

Lasalle, ex-com. du bureau central, rue de l'éperon.

Lasalle, marchand de soie, rue honoré.

Lasbouillac, employé, rue plumet, n. 295.

Lascour, commissaire priseur, rue du rempart.

Laselve, employé à la guerre, rue de varenne.

Laserre, perruquier, rue des sept voies.

Lasne, épicier, rue greneta.

Lasne, invalide, dixième municipalité.

Lasnier, rue des prêtres saint-paul.

Lasnier, courtier, rue faubourg antoine, n. 297.

Lasnier, ex-comm. de police, deuxième municipalité.

Lasnier, voiturier, rue gracieuse.

Lasot, cordonnier, marché martin.

Lassard, charpentier, rue denis.

Lassaux, marché martin.

Lasserre, entrepreneur de bâtimens, rue perpignan.

Lasserre (Noël), distillateur, rue grande-truanderie.

Lasseret, confiseur, rue maillot.

Lasserey, rentier, rue des lavandières.

Lassu, employé, rue salle-au-comte.

Lassus, de l'institut, au louvre.

Lastérié, rentier, rue de la planche.

Lasus, tourneur, marché des quinze-vingts.

Lasusse, chandelier, rue des canettes.

Lathely, maître chaudronnier, rue paul.

Latouche, rentier, rue vieille-estrapade.

Latour, employé, rue saint-pierre.

Latour-Taxis, rue honoré.

Latournelle, rue de provence.

Latreille, associé à l'institut, quatrième municipalité.

Latreille, commissaire de bienfesance, rue de grenelle.

Latte, tabletier, rue des arcis.

Lattelisse. taillandier, rue jean-beausire.

Latteux, rue beaubourg.

Laty, mercier, place opportune.

Laubard, employé, rue de bièvre, n. 24.

Laubepin, rue neuve roch.

Lauchet, invalide, dixième municipalité.
Laudigeois, notaire, parvis notre-dame.
Laugier père, rue apolline.
Laugier fils, rue apolline.
Laugier, propriétaire, rue du sentier.
Laugier, parfumeur, rue neuve-égalité.
Laugier, rue bourg-l'abbé.
Laugier fils, parfumeur, rue bourg-l'abbé.
Laugra, rue de cérutti.
Laumant, rue neuve-augustin.
Laumy père, rue de la verrerie.
Launois, rue notre-dame-des-victoires.
Laurence, boulanger, rue mouffetard.
Laurenceau, employé au département, place vendôme.
Laurencisque, paveur, rue des messageries.
Laurençon, négociant, rue quincampoix.
Laurens, libraire, rue jacques.
Laurent, peintre, faubourg martin.
Laurent (Jean), évantailliste, rue porte-foin,
Laurent, toiseur, rue benoît.
Laurent, homme de loi, cloître notre-dame.
Laurent, propriétaire, faubourg martin, n. 188.
Laurent, mercier, rue jean-robert.
Laurent, commissaire de police, huitième municipalité.
Laurent, employé à la trésorerie, rue neuve des petits-champs.
Laurent, homme de loi, rue des marmouzets.
Laurent, propriétaire, rue du grand-chantier.
Laurent, employé à la poste, rue amelot.
Laurent, rue de chaillot.
Laurent, épicier, vieille rue du temple.
Laurent, plombier, rue villedot.
Laurent, sellier, rue jacob.
Laurent, rue de tracy.
Laurent, rue paul.
Laurent, cordonnier, rue jean-pain-mollet.
Laurent, charron, rue des filles du calvaire.
Laurent, agent d'affaires, quai de l'école.
Laurent, graveur, rue grange-aux-belles.
Laurent, employé, rue d'orléans au marais.
Laurent-Champresai, négociant, rue porte-foin.
Laurent de Courville, ex-juge, enclos de la cité, n. 39.
Laurent (Denis), homme de loi, rue montmartre.
Laurin, marchand mercier, cour mandar, n. 249.
Laurin, marchand de dentelles, rue transnonain.
Lauron, rue avoie, n. 146.
Lauset, chef au bureau de l'intérieur, rue de grenelle.

Laute, menuisier, rue des écuries.
Lauthier, chirurgien, boulevard du temple.
Lautier, employé à la guerre, dixième municipalité.
Lautru, doreur, rue du vieux-colombier.
Lauvernier, rue dominique.
Lavacquerie, rue planche-mibray.
Laval, boulanger, rue de reuilly.
Laval, boulanger, rue saintonge.
Laval, épicier, rue de la loi.
Laval, rue et île de la fraternité, n. 104.
Laval, employé à la marine, rue de la concorde.
Laval, charon, faubourg denis.
Laval-Montmorency, rue de grenelle.
Lavalade, employé, quai voltaire.
Lavalade, rue des capucines.
Lavalé, rue aux ours.
Lavalette (Joseph), au louvre.
Lavallade, commiss. de bienfesance, rue neuve-des-capucines.
Lavallard, drapier, rue denis, n. 59.
Lavalié père, homme de lettres, au palais des arts.
Lavallé fils, au louvre.
Lavallée, serrurier, rue de charonne.
Lavallée, aux bureaux du consulat, aux tuileries.
Lavallette, à la caisse d'amortissement, rue du mont-blanc.
Lavaquerie, économe aux invalides, 10e. municipalité.
Lavauverte, rue neuve-augustin.
Lavaux, homme de loi, rue du battoir.
Lavenant, chapelier, rue de l'aiguillerie, n. 129.
Laveran, dentiste, quai de l'école.
Laverdin, tailleur, rue du faubourg du roule.
Lavergne, facteur de raquettes, gr. rue du fau. antoine, n. 108.
Laverne, médecin, rue monconseil.
Laverné, corroyeur, rue trousse-vache.
Laversin, greffier, rue du monceau-gervais.
Lavertu, rentier, rue denis.
Lavigne, marchand d'eau-de-vie, rue aubry-le-boucher.
Lavigne, marchand de vin, rue mouffetard.
Lavigne, tapissier, rue d'argenteuil.
Lavignette, employé, rue de babylone.
Lavilette, libraire, rue andré, n. 46.
Laville, maréchal, rue de verneuil.
Laville, rue denis.
Laville-Leroux fils, négociant, rue des moulins.
Lavinet, maçon, rue de la mortellerie, n. 56.
Laviolette, hospice des vieillards.
Lavisse, rue payenne.

Lavoignat, marchand de vin, rue marcel.
Lavoignat, employé, rue quincampoix, n. 5.
Lavoisier, épicier, carré martin.
Lavollée, secrét. du consul Cambacérès, place du carrousel.
Lavrillat, avoué, rue du bouloy.
Lazard, rue coq-héron.
Lazeau, rentier, rue du faubourg martin.
Leauté, épicier, rue de la coutellerie.
Leblond, homme de loi, rue des petits-augustins.
Leblond, employé, palais du tribunat.
Lebray, mercier, rue antoine.
Lebret, premier clerc, à la croix-rouge.
Lebreton, rue neuve-des-mathurins.
Lebreton (Dominique), contr. des mais. de b-ch., rue dominiq.
Lebreton père, rue des petits-champs
Lebreton, employé, rue du bacq, n. 16.
Lebreton, ex-chef de bureau aux invalides, rue du bacq, n. 16.
Lebreton, quai de la mégisserie.
Lebreton, rue honoré.
Lebruin, secrétaire du conseil de préfecture, rue montmartre.
Lebrun, inspecteur de l'école polytechnique, 10e. municipalité.
Lebrun, ancien magistrat, rue honoré, vis-à-vis les feuillans.
Lebrun, inspecteur des ponts et chaussées, rue poissonnière.
Lebrun, marchand de vin, rue de la mortellerie.
Lebrun, cul-de-sac dominique.
Lebrun, artiste, rue du gros-chenet.
Lebrun, menuisier, rue honoré, près saint-roch.
Lebrun, mercier, rue de la monnaie, n. 11.
Lebrun, ancien militaire, rue culture-catherine.
Lebrun (Pierre), homme de lettres, rue honoré, n. 90.
Lebrun aîné, rue de la monnaie.
Lebrun de Neuville, homme de loi, rue de la monnaie.
Lebrun-Tossa, employé au ministère de la police, quai voltaire.
Lecacheur, avoué, rue poupée.
Lecamus, homme de loi, cloître notre-dame.
Lecamus, distillateur, rue martin.
Lecamus, chef à la comptabilité nat., cour du palais de justice.
Lecamus, rentier, rue jacques.
Lecarbonnier, homme de loi, rue de la monnaie.
Lecarpentier, chef de divis. à la marine, rue de la concorde.
Lecerf, avoué, rue des fossés-montmartre.
Lecerf, notaire, rue honoré, n. 272.
Léchard, employé, rue jean-lantier.
Léchard, expert-écrivain, rue des fossés-germain.
Lechasseux, propriétaire, rue de montreuil.
Lechat aîné, employé, rue neuve-des-capucines.

Lechat, employé, rue salle-au-comte.
Lechauve-Vigny, cul-de-sal du doyenné.
Lechaux, jardinier, rue popincourt, n. 63.
Lechenetier, marchand de tabac, rue croix-de-la-brettonn.
Lechesne, commis de roulage, rue d'orléans.
Lechevalier, employé aux relations extérieures, rue du bacq.
Lechevalier, négociant, rue quincampoix.
Lechevalier, juge de paix, faubourg montmartre.
Leclair, confiseur, rue du bacq.
Leclair, mercier, marché saint-jean.
Leclerc, rue des noyers.
Leclerc, négociant, rue étienne.
Leclerc, employé, cloître honoré.
Leclerc, pâtissier, rue des moineaux.
Leclerc, rue neuve-des-capucines.
Leclerc aîné, négociant, rue des bourdonnais.
Leclerc, marchand épicier, faubourg denis.
Leclerc, teinturier, rue du sépulcre.
Leclerc, employé, rue tiquetonne.
Leclerc, rentier, rue de la tournelle.
Leclerc perruquier, rue baffroy.
Leclerc, libraire, quai des augustins.
Leclerc, ancien notaire, rue d'orléans-victor.
Leclerc, apothicaire, rue de la barillerie.
Leclerc, limonadier, rue jacques.
Leclerc, vérificateur du droit d'enregistrem., rue de choiseuil.
Leclerc, négociant, rue montorgueil.
Leclerc, homme de loi, rue des tournelles.
Leclerc, épicier, rue aubry-le-boucher.
Leclerc, rue copeau, n. 471.
Leclerc, employé à la trésorerie, deuxième municipalité.
Leclerc, professeur, rue de la liberté.
Lecomble, employé, boulevard de la madelaine.
Lecloppé, marchand de vin, rue martin.
Lecocq, rue du cherche-midi.
Lecocq, boucher, faubourg montmartre.
Lecocq, assesseur de juge-de-paix, place vendôme.
Lecointre, notaire, rue mêlée.
Lecointre, rue mouffetard.
Lecomte, avoué, rue du temple.
Lecomte, rue du faubourg poissonnière.
Lecomte, employé, rue de vaugirard.
Lecomte, rue de paradis.
Lecomte, employé, faubourg du roule.
Lecomte, rue des bons-enfans.
Lecomte fils, négociant, rue salle-au-comte.

Lecomte, empl. au ministère de la guerre ; rue du pout-de-lodi.
Lecomte, ferblantier, rue galande.
Lecomte, homme de lettres, rue de la vieille-estrapade.
Lécomte, sculpteur, au louvre.
Lecomte père, rentier, rue salle–au–comte.
Lecomte, marchand de soie, rue denis.
Lecomte, employé à la trésorerie, rue neuve-des-pet.-champs.
Lecomte, employé, rue de courcelle.
Leconte neveu, rue censier.
Leconte, cloître méry.
Leconte, boucher, rue de chaillot.
Leconte oncle, tanneur, rue censier.
Lecoq, cloître marcel.
Lecoq, rue du paon.
Lecoq (Louis), employé, rue du buisson.
Lecor, logeur, rue de verneuil.
Lecordier, peintre en bâtimens, rue des blancs-manteaux.
Lecordier père, rue honoré.
Lecouflet, employé, quai de la république.
Lecour, vérificateur de la monnaie, rue guénégaud.
Lecour, horloger, rue de la verrerie.
Lecourt, apothicaire, rue martin.
Lecourt, employé, rue de malte, n. 8.
Lecourt-Villiers, près la commission militaire, quai voltaire.
Lecouste, assesseur de juge de paix, rue ménil-montant.
Lecousté, propriétaire, rue ménil-montant.
Lecouteux, épicier, rue galande, n. 31.
Lecouturier, rue jacques.
Lécrivain, huissier, rue montmartre.
Lecureau, huissier, rue de jouy.
Lecureux, homme d'affaires, rue de lille.
Lecuyer, corroyeur, marché saint-jean.
Lécuyer, propriétaire, rue du faubourg martin.
Lécuyer, propriétaire, rue poupée.
Lécuyer, épicier, rue jean-robert.
Leda, restaurateur, rue neuve-des-petits-champs.
Ledayre, employé, rue des moineaux.
Ledainte, épicier, rue dominique.
Ledhice, voiturier, rue de grenelle.
Ledhuy, agent de change, rue du mail.
Ledoux, jardinier, rue cocquenard.
Ledoux, rue du faubourg martin.
Ledoux, pâtissier, rue des deux-ponts.
Ledoux, percepteur des contributions, deuxième municipalité.
Ledoux, marchand de papier, rue de bussy.
Ledoux fils, rue du mail, n. 17.

Ledoux, marchand de bois, porte bernard.

Ledoux, ex-notaire, rue du four.

Ledoux, rue des boulangers.

Ledoux, serrurier, rue de la cossonnerie.

Ledoux père, rentier, quai de l'école.

Ledoyen, employé à la préfecture, place vendôme.

Ledoyen, employé, rue jean-pain-mollet.

Ledreux, homme d'affaires, rue avoie.

Ledreux, employé, quai de l'union.

Ledru jeune, propriétaire, rue neuve-saint-paul.

Leduc, place des victoires.

Leduc, boulanger, faubourg martin.

Leduc jeune, mercier, faubourg denis.

Leduc père, serrurier, rue des barres, n. 11.

Leduc, employé, cour mandar.

Leduc-Lajouchère, place des victoires.

Leduc-Survillier, rentier, rue charlot.

Ledure, inspecteur des domaines, rue de choiseuil.

Lefebure, éperonnier, rue des ballets.

Lefebure, agent de change, rue de grammont.

Lefebure, agent de change, rue notre-dame des champs.

Lefevre, marchand de vin, au marché beauveau.

Lefebvre, marchand de vin, rue de la vrillière.

Lefebvre, au collège de france, place cambrai.

Lefebvre, limonadier, rue jacques.

Lefebvre, banquier, rue chapon.

Lefebvre, épicier, rue de bretagne.

Lefebvre, conseiller des mines, rue de l'université.

Lefebvre, inspecteur des ponts et chaussées, faubourg honoré.

Lefebvre, employé, rue jacques, n. 31.

Lefebvre, charcutier, rue germain-l'auxerrois.

Lefebvre, employé, rue de poitou, n. 9.

Lefebvre, instituteur, rue des francs-bourgeois.

Lefevre, marchand de vin, rue de bercy.

Lefevre, quai pelletier.

Lefevre, orfèvre, faubourg denis.

Lefevre, aux invalides.

Lefevre, chef de division à la marine, rue de la concorde.

Lefevre, limonadier, rue du théâtre-français.

Lefevre, épicier, rue trousse-vache.

Lefevre, employé à la préfecture du département, boul. martin.

Lefevre, marchand de mousselines, rue quincampoix.

Lefevre, marchand papetier, rue de vannes.

Lefevre, architecte, rue neuve-égalité.

Lefevre, épicier, rue jean de latran.

Lefevre, marchand, rue des lavandières.

Lefevre-Dabancourt, marchand de draps, rue denis.
Lefevre-Saint-Maur, notaire, place thionville.
Lefiel, marchand de bois, quai bernard.
Lefol, marchand de bois, quai bernard.
Lefolle, invalide, dixième municipalité.
Lefort, frangier, rue aubry-le-boucher.
Lefort, peintre, rue des fossés du temple.
Lefort, employé, rue des vieux-augustins.
Lefranc (Edme), épicier, rue galande.
Lefranc, employé, rue du bouloy.
Lefranc, boucher, faubourg denis.
Lefranc, nourrisseur, avenue de breteuil.
Lefrançois (Jean), rue du temple.
Lefrançois, apothicaire, rue croix.
Lefrançois, marchand de modes, faubourg denis.
Lefrançois, astronome, à l'observatoire.
Lefuel, intendant du palais des consuls, première municipalité.
Legacque, traiteur, cour du manège.
Legagneur, bijoutier, rue transnonain.
Legagneur, employé, rue des moineaux.
Legal, rue du bouloy.
Leganel, officier de santé, rue du monceau.
Legard, rue dominique.
Legardeur, serrurier, rue victor.
Legay, employé, rue honoré, n. 50.
Legay, employé à la mairie, quatrième municipalité.
Legay, juge de paix, rue croix des petits-champs.
Legeay, propriétaire, rue des vieux-augustins.
Legeay, rue neuve-égalité.
Legendre, rue des arcis.
Legendre, marchand, cour martin.
Legendre, propriétaire, rue phélippeaux.
Legendre, rue de lesdiguières.
Legendre, tapissier, rue taranne.
Legendre, administrateur des poids et mesures, rue dominique.
Leger, employé au bureau central, quai des orfèvres.
Leger, notaire, rue de la monnaie, n. 8.
Leger fils, rentier, rue de l'arbalète.
Leger, homme de lettres, rue helvétius.
Leger, quai de la république.
Leger, limonadier, rue cassette.
Leger, chef au bureau de la guerre, rue des grands-augustins.
Leger, capitaine, aux invalides.
Leger, chef de division de la préf. de pol., onz. municipalité.
Leger, marchand de vin, grande rue du faubourg antoine.
Legois, rentier, rue martin.

Legoix, boucher, rue jean-robert.

Legot jeune, de l'institut, au louvre.

Legouaz, graveur, rue hyacinthe.

Legouest, limonadier, rue andré-des-arts.

Legout, rue de tracy.

Legout père, propriétaire, rue de grenelle.

Legout fils, sellier, rue de grenelle.

Legouteux, rue du petit-hurleur.

Legouvé, membre de l'institut, au louvre.

Legoux, rentier, rue des prouvaires.

Legoy père, épicier, faubourg jacques.

Legoy, commissaire de police, douzième municipalité.

Legrain, rentier, rue du bacq.

Legrand, treillageur, rue rousselet.

Legrand, bijoutier, palais du tribunat.

Legrand, ex-admin. de la comptabilité, rue de provence.

Legrand, homme de loi, rue de la monnaie.

Legrand, notaire, rue de la loi.

Legrand, pâtissier, rue bourtibourg.

Legrand, architecte, rue florentin.

Legrand, épicier, rue taranne.

Legrand, employé aux finances, rue neuve des petits-champs.

Legrand, quai d'orsay, n. 23.

Legrand, rue de fourcy.

Legrand, marchand, rue de l'arbre-sec.

Legrand, drapier, rue denis.

Legrand, administrateur des postes, rue j.-j. rousseau.

Legrand, rue du mail, n. 27.

Legrand, rue des barres.

Legrand, chaudronnier, rue de fourcy.

Legrand, artiste, faubourg martin.

Legrand, traiteur, rue du chantre.

Legrand, rue d'orléans porte denis.

Legrand, blanchisseur, avenue de l'école militaire.

Legrand neveu, fabricant de papier, rue censier.

Legrand, peintre, rue villedot.

Legrand, rue haute des ursins.

Legrand, au génie, rue du mail.

Legrand Desyaux, rue gilles, n. 122.

Legras, perruquier, rue neuve-égalité.

Legras, employé, rue de bourgogne.

Legras Saint-Germain, rue victor, n. 80.

Legras, homme de loi, rue du bacq.

Legras, pâtissier, rue des prouvaires.

Legras, marchand de draps, rue honoré.

Legras, corroyeur, rue de la huchette, n. 83.

Legras, ex-magistrat, rue cérutti, n. 33.
Legras, jardinier, rue fontaine nationale.
Legret, rue beaurepaire.
Legris, boulanger, rue de sèves.
Legris, rue neuve du luxembourg.
Legris, assesseur de juge de paix, f. montm., près la rue richer.
Legros, ex-employé, rue de l'université.
Legros, employé, maison des invalides.
Legros, marchand de tabac, rue denis, n. 60.
Legros, monteur de boëtes, placé thionville.
Legros, rentier, rue du petit-lion, n. 34.
Legros, couverturier, rue de versailles.
Legros, écrivain, rue du cimetière-jean.
Legros, rue de l'étoile.
Legros, sous-adjudant, aux invalides.
Legros, secrétaire-greffier de juge de paix, 9e municipalité.
Legros de Méricourt, propriétaire, rne mazarine.
Legros, rue de la cérisaye.
Legros, dentiste, rue de l'arbre-sec.
Legros, maréchal, faubourg du temple.
Leguay, juge de paix, rue croix des petits-ohamps.
Leguay, employé à la quatrième mairie, quatrième municipalité.
Legué, voiturier, rue de l'université.
Leguier, imprimeur, rue de la harpe.
Léguiller-Martin, rentier, faubourg martin.
Léguillez, ex-juge, rue des trois maures.
Legoy, employé à la police, 10e municipalité.
Leguy, imprimeur, rue du foin-jacques.
Lehaheuc, ébéniste, boulevard et porte antoine.
Leherles, marchand de vin, montagne geneviève.
Lehoux, cloître méry.
Lehoux, apothicaire, rue honoré.
Lehoux, invalide, 10e municipalité.
Lejay, membre de la commission des émigrés, quai voltaire.
Lejeune, horloger, rue martin.
Lejeune, luthier, cour du commerce.
Lejeune, négociant, rue du faubourg antoine.
Lejeune, employé, rue aux fers.
Lejeune, batteur d'étain, grande rue antoine.
Lejeune, huissier-priseur, rue guénégaud.
Lejoliot père, propriétaire, rue du sépulcre.
Lelarge, rue des deux portes-sauveur.
Lelarge, commissaire au vin, rue des deux ponts.
Lelarge, sculpteur, faubourg martin, n. 185.
Leleue, avoué, rue des déchargeurs.
Leleu, graveur, rue de nevers.

Lelièvre, invalide, 10e municipalité.
Lelièvre, boulanger, rue de la cérisaye.
Lelièvre, ex-législateur, rue de l'université.
Leligois, marchand linger, rue helvétius.
Lelong, serrurier, rue jacques.
Lelong, employé à la marine, rue des saussayes.
Leloup, architecte, rue mêlée.
Leloup, homme de loi, rue neuve eustache.
Leloup, propriétaire, rue de reuilly.
Leluc, avoué, rue des déchargeurs.
Lemaignan, rentier, cour de la sainte-chapelle.
Lemaignan, rue du noir saint-marcel.
Lemaignone, administrateur des hospices, quatrième municip.
Lemain, épicier, rue jean-pain-mollet.
Lemairal, place vendôme, n. 1523.
Lemaire, employé, rue quincampoix.
Lemaire, employé, rue de bièvre.
Lemaire, rue de grenelle.
Lemaire, épicier, au gros-caillou.
Lemaire, employé à la guerre, rue du sépulcre.
Lemaire, marchand de vin, rue neuve guillemain.
Lemaire, charron, rue de reuilly.
Lemaire, employé à la police, 11e municipalité.
Lemaire, notaire, rue victor.
Lemaire, employé, rue saint-bon.
Lemaire, marchand de vin, rue honoré.
Lemaire, architecte, rue du faubourg martin.
Lemaire, ministre du culte, rue bernard, n. 24.
Lemaire, première municipalité.
Lemaire, sellier, rue mazarine.
Lemaire, tourneur, rue beffroy.
Lemaire, limonadier, rue de viarmes.
Lemaire, fabricant de tabac, rue de l'université.
Lemaire, frippier, piliers des halles.
Lemaire, tenant maison garnie, rue du monceau-gervais.
Lemaire, ancien commis des finances, rue du f. martin, n. 79.
Lemaire, jardinier, rue traversière.
Lemaire, limonadier, r. sauveur, au coin de la r. des deux portes.
Lemaire, marchand de vin, rue cassette.
Lemaire, ancien marchand de vin, quai de la grève.
Lemaire, marchand, rue de la monnaie.
Lemaitre, rentier, rue lazare.
Lemaitre, limonadier, faubourg denis.
Lemaitre, menuisier, rue de l'université, n. 932.
Lemaitre, place landry, n. 6.
Lemaitre, entrepreneur de bâtiment, rue du four-honoré.

Lemaitre, employé, rue du gros chenet, n. 3.
Lemaitre, banquier, faubourg martin.
Lemaitre, employé, rue bourtibourg.
Lemaitre, papetier, rue du four-germain.
Lemaitre, ex-régisseur, rue thomas-du-louvre.
Lemaitre, rue de tournon.
Lemaitre, marchand, rue neuve-eustache.
Lemaitre, ancien juge de paix, rue du harlay.
Lemaitre, employé à la comptabilité, cour lamoignon.
Lemaitre, perruquier, rue michel lepelletier.
Lemal, employé à la marine, rue de la concorde.
Lemanissier, épicier, rue des gravilliers, n. 68.
Lemarchand, tonnelier, rue des tournelles.
Lemarchand, menuisier, rue des tournelles.
Lemarchand, chef de bureau du conseil d'état, 1.e municipalité.
Lemarchand la Vief-ville, rue de tournon.
Lemarchand, libraire, quai de l'école.
Lemarié, ex-administrateur, rue du doyenné.
Lemarié, huissier, rue martin.
Lemarié Daubigny, rue barbette.
Lemarrois, rue de l'université, n. 922.
Lemay, horloger, faubourg denis.
Lemasle, épicier, rue charonne.
Lemasson, rentier, rue de la liberté, n. 110.
Lemat, employé à la marine, rue de grenelle.
Lemay, négociant, rue honoré près l'hôtel de noailles.
Lemazurier, horloger, rue du temple.
Lembollet, rue de la place des vosges.
Lemée, employé, rue montorgueil.
Lemelle, marchand de vin, rue de la vannerie.
Lemelorel, tanneur, rue des arcis.
Lemer fils, faubourg antoine.
Lemercier (Nic.-Franç.), march. potier de terre, rue du bacq.
Lemercier, instituteur, rue du helder, n. 20.
Lemercier, poëte, première municipalité.
Lemercier, employé à l'agence des lois, hôtel penthièvre.
Lemercier, banquier, rue richer.
Lemercier, architecte, rue thiroux.
Lemercier, marchand, rue croix des petits-champs.
Lemercier de Mereville, ex-recev. de la marine, rue Montorgueil.
Lemercier Montigny, ex-grand-vicaire, rue culture-catherine.
Lemerer, rue bergère.
Lemesle, boulanger, rue beffroy.
Lemetayer, rue honoré, n. 138.
Lemiere, épicier, place beaudoyer.
Lemiere, ancien épicier, rue christine.

Lemir, chef à la commission des contr., rue neuve des capucins.
Lemire, dessinateur, rue de vaugirard.
Lemire, ancien notaire, rue des déchargeurs.
Lemire, chef au secrétariat des consuls, aux tuilleries.
Lemire, artiste, rue du temple.
Lemirre, ciseleur, rue vieille-monnaie.
Lemit, avoué, rue du bouloy.
Lemite, homme de loi, rue de bondy.
Lemitt, architecte, rue grenelle-germain.
Lemitorel, commerçant de cuirs, rue croix de la bretonnerie.
Lemoigne, marchand de vin, quai des ormes.
Lemoine, architecte, rue colbert.
Lemoine, bonnetier, place saint-michel.
Lemoine, maçon, rue denis.
Lemoine, concierge du tribunal de cassation, 9e. municipalité.
Lemoine, tapissier, cloître jacques-l'hôpital.
Lemoine, rentier, cloître notre-dame.
Lemoine (Bonaventure), propriétaire, rue du bout-du-monde.
Lemoine, rue neuve martin.
Lemoine, pâtissier, rue beauregard.
Lemoine, receveur de rentes, rue neuve martin.
Lemoine, employé, rue de grenelle.
Lemoine, instituteur, rue neuve de berry.
Lemoine, employé, rue dominique.
Lemoine, rue des lions-saint-paul.
Lemoine, homme de loi, rue beaubourg.
Lemoine, homme de loi, rue des cinq-diamans.
Lemoine, fripier, rue lenoir.
Lemoine, épicier, rue des lombards.
Lemoine fils, employé, quai des orfèvres.
Lemoine, médecin, rue des vieux-augustins.
Lemoine, juge de paix, douzième municipalité.
Lemoine, ancien notaire, vieille rue du temple.
Lemoine, marchand de vin, rue saint-paul.
Lemoine, épicier, rue jean-pain-mollet.
Lemoine, chef au département, place vendôme.
Lemoine, ex-municipal, cloître notre-dame.
Lemoine, orfèvre, quai des orfèvres.
Lemoine, musicien, rue de la lune.
Lemoine, vieille rue du temple.
Lemoine, employé, faubourg poissonnière.
Lemoine, notaire, place thionville.
Lemoines, rue des nonaindières.
Lemols, chef de division dans les bureaux du gouvernement.
Lemonier, huissier-priseur, rue de valois-honoré.
Lemonier, hospice des vieillards.

Lemonnier (J.-Antoine), mercier, rue du bacq.
Lemonnier, rentier, rue du petit-musc.
Lemonnier, menuisier, rue française.
Lemonnier (Jean), employé, rue du bout-du-monde.
Lemonnier, administ. de la trésor., rue neuve des petits-champs.
Lemonnier, fondeur, rue des vieux-augustins.
Lemonnier, peintre, au louvre.
Lemore, marchand, rue des bourdonnais.
Lemort, clerc de notaire, rue martin, n. 31.
Lemos, vitrier, rue trousse-vache.
Lemoyne, ex-officier municipal, rue d'enfer, en la cité.
Lemoyne, rue des rosiers, n. 9.
Lempereur, rue de l'oursine, n. 43.
L'Empereur, graveur, à l'estrapade.
L'Empereur, chef de bureau à la trésorerie, rue n. des pet.-ch.
Lemuet, apothcaire, rue jacques-la-boucherie.
Lenain, épicier, rue jean-pain-mollet.
Lenchère, maître de poste, enclos de l'abbaye.
Lender, régisseur, rue de sèves.
Lendormi, clos payen.
Lenfant, marchand de vin, rue victor.
Lenfant, employé à la préfect., vieille rue du temple.
Langlet, aîné, mercier, rue denis.
Lenitz, négociant, rue appoline, n. 27.
Lenoble, plombier, rue de la coutellerie.
Lenoble, employé, rue des martyrs.
Lenoble, rue de menars.
Lenoble, lapidaire, enclos martin.
Lenoble, tourneur, rue saint-benoît.
Lenoir, maçon, rue étienne-des-grès.
Lenoir, ingénieur des mines, rue de l'université.
Lenoir, épicier, faubourg martin.
Lenoir, vieille rue du temple.
Lenoir, graveur, palais du tribunat.
Lenoir, agent de change, rue du faubourg montmartre.
Lenoir, rue des francs-bourgeois.
Lenoir, rue de cléry.
Lenoir, limonadier, rue de la madelaine, n. 1422.
Lenoir, administrateur du musée, rue thionville.
Lenoir, ingénieur, rue de la place vendôme.
Lenoir, employé, rue des fossés-victor, n. 32.
Lenoir, épicier, rue mondétour.
Lenormand, rentier, faubourg denis.
Lenormand, homme de loi, rue neuve-des-augustins.
Lenormand, adjudant-commandant, rue projetée, n. 801.
Lenormand, employé, rue de l'université.

Lenormand , marchand de grains , rue des barres.

Lenormand , notaire , rue des quatre-fils.

Lenormand , limonadier , rue victor , n. 136.

Lenormand , rentier , faubourg martin.

Lenormand , marchand de chevaux , rue de lancry.

Lenu , homme de loi , rue thévenot.

Léonard , propriétaire , faubourg denis.

Léonard , employé , faubourg martin.

Leottier , employé à la guerre , rue de varennes.

Leottier , concierge de la halle au blé , quatrième municipalité.

Lepage , rentier , port au blé.

Lepage , linger , rue de gaillon.

Lepage (Germain) , fruitier , rue des prêcheurs.

Lepage , avoué , rue jean-de-beauvais.

Lepage , employé , rue dominique , n. 956.

Lepage , rue quincampoix.

Lepage (Charles-Jean) , rue du four-honoré.

Lepage , marchand de bois , rue de charenton.

Lepan , journaliste , rue guillaume.

Lepareu , épicier , rue du petit-lion , n. 35.

Lepasteur , vieille rue du temple.

Lepaute , employé à la liquidation , place vendôme.

Lepaute père , horloger , rue thomas-du-louvre.

Lepauvre , employé au département , place vendôme.

Lepayen fils , employé , rue neuve-égalité.

Lepecheux , négociant , rue de l'échiquier.

Lepeintre , rue de grammont , n. 696.

Lepelletier , agent d'affaires , rue honoré , n. 1502.

L'Epicier , rue jean-beausire.

Lepelletier , épicier , rue du faubourg du temple.

Lepelletier , quincaillier , faubourg montmartre.

Leperchés , géographe , rue des mauvais-garçons.

Lepère , pharmacien , place maubert.

Lepetit , quai de la république , n. 22.

Lepetit , employé , rue poupée.

Lepetit , coutelier , faubourg denis.

Lepeule , rue copeau , n. 675.

L'Epi , employé à la sixième municipalité.

Lepic , apothicaire , rue avoie.

Lepicard , avoué , rue neuve des mathurins.

Lepidor , jurisconsulte , cloître notre-dame.

Lepic , faubourg du temple.

Lepilleur , bijoutier , rue quincampoix.

Lepinai fils , à la rapée.

Lepine neveu , rue vuide-cousset.

Lépine , militaire , aux invalides.

Lépine, horloger, place des victoires.
Lépine, rentier, rue de nazareth.
Lépine, ex-employé des vivres, à l'abbaye-germain, n. 240.
Lépine, cordonnier, rue jean-pain-mollet.
Lépiney, marchand de vin, à la rapée.
Lepitre, instituteur, faubourg jacques.
Leplat, négociant, rue denis.
Leporcher, rue de sèves.
Lepot, employé aux contributions, rue de l'université.
Lepot, épicier, rue de lille.
Lepotdevin, ingénieur, rue des fossoyeurs.
Leprêtre-Delamotte, rentier, rue de la harpe.
Lepreux, directeur des postes, rue j.-j. rousseau.
Lepreux, graveur, rue de la lanterne.
Lepreux, charpentier, rue victor.
Lepreux, jardinier, rue des trois bornes.
Lepreux, marchand, rue bertin-poirée, n. 7.
Lepreux, médecin, rue du perche.
Lepreux, cordonnier, rue de l'arbre-sec.
Leprévost, rue mêlée.
Leprieur, banquier, rue du petit-carreau.
Leprieur, libraire, rue jacques.
Leprieur, huissier, rue du roule.
Leprince jeune, marbrier, faubourg poissonnière.
Leprince, négociant, rue des deux-écus.
Leprince-Malessard, employé, rue helvétius.
Leprompt, boucher, quatrième municipalité.
Lepy, employé, sixième municipalité.
Lequeulx, huissier, près le passage du saumon.
Lerasle, marchand de draps, rue honoré.
Lerebours, opticien, place thionville.
Lereche, marbrier, rue nazareth.
Lerevelière l'aîné, homme de loi, rue d'anjou.
Leridais, entrepreneur de pavé, rue geoffroy-lasnier.
Leroux, rue du bacq, n. 558.
Leroux, rue transnonain.
Leroux, quincaillier, rue antoine.
Leroux, commissaire-ordonnateur, rue dominique.
Leroux, rue champ-fleury.
Leroux, rentier, hospice des vieillards.
Leroux, invalide, dixième municipalité.
Leroux, avoué, rue de la vieille-monnaie.
Leroux, médecin, rue de tournon.
Leroux, boulanger, rue des moineaux.
Leroux, quincaillier, faubourg antoine.
Leroux père, rentier, rue du helder, n. 2.

Leroux, officier de santé, rue du théâtre-français.
Leroux, perruquier, rue de la parcheminerie.
Leroux fils, employé à la caisse d'amortissement . à l oratoire.
Leroy, homme d'affaires, rue sainte-avoie.
Leroy, marchand de modes, palais du tribunat.
Leroy, greffier, rue des droits de l'homme.
Leroy, rue galande.
Leroy, négociant, rue thévenot.
Leroy, jurisconsulte, rue des capucines.
Leroy, marchand mercier, rue denis.
Leroy père, propriétaire, rue de grammont.
Leroy (David), homme de lettr. et de l'inst. , au louvre.
Leroy, marchand de vin, quai bernard.
Leroy, rue bourtibourg.
Leroy, homme de loi , rue andré-des-arts.
Leroy-Lacorbinaie, rentier, rue du chemin-vert.
Lesacher, ancien notaire, sixième municipalité.
Lesage, jardinier des tuileries, première municipalité.
Lesage, employé au bur. de la guerre , rue de varennes.
Lesage, jouaillier, quai des augustins.
Lesage, marchand, rue du temple.
Lesage, apothicaire, rue de bussy.
Lesage, adjudant des quinze-vingts , huitième municipalité.
Lesage, directeur du cabinet des mines, à la monnaie.
Lesage, employé, rue appoline.
Lesage, propriétaire , rue de tournon.
Lesage, rentier, rue du foin.
Lescaillon, marchand de meubles, pont saint-michel.
Leschacher, rue fontaine-nationale , n. 33.
Lescot, pharmacien, rue de grammont.
Lescot, marchand , rue victor.
Lesecq, banquier, rue des petites écuries.
Leseigneur, pointe saint-eustache.
Leseigneur, rue du bacq.
Leseigneur (Claude), ex-juge de paix, dixième municipalité.
Leseigneur, rue montorgueil.
Leseur, avoué, rue du théâtre-français.
Lesevre, juge de paix, place du chevalier-du-guet.
Lesexte, rue saint-paul, n. 25.
Lesfilles, marchand de boutons, rue du roule.
Lesfilles, chirurgien, petit marché jacques.
Lesguilles , ex-juge du trib. de commerce, au trib. de comm.
Lesieur, officier-invalide, dixième municipalité.
Lesieur, avoué, rue du temple.
Lesieur, employé, à scipion.
Lesieur, adjudant aux invalides , dixième municipalité.

Lesieur, économe du prytanée, douzième municipalité.

Lesoudre, rue du monceau saint-gervais.

Lesour, négociant, rue montmartre.

Lesour-Beauregard, notaire, place baudoyer.

Lesperu, secrét. du minist. de la guerre, rue de varennes.

Lessore (J.-B.-L.), ex-mem. du b. cent., rue des enfans-rouges.

Lesterling, rue du sépulcre.

Lestrade, commissaire-priseur, rue saint-méry.

Lesturgis, ex-employé à l'intérieur, rue de l'école de santé.

Lesueur, caissier à la monnaie, dixième municipalité.

Lesueur, rue de grammont.

Lesueur, peintre, faubourg martin.

Lesueur, employé à la justice, rue guillaume.

Lesuitre, tapissier, rue dominique.

Levesque, épicier, montagne geneviève.

Levisgnes, médecin à l'hospice des vieillards, faub. martin.

Létang, employé, rue mouffetard.

Létang, rue des petites écuries.

Letellier, mercier, rue de la harpe.

Letellier, papetier, rue childebert.

Letellier, rentier, rue favart.

Letellier, employé au tribunat, palais du tribunat.

Letellier, employé à la trésorerie, rue neuve des petits-champs.

Letellier (Jean-Bap.-Cl.), rue geoffroy-langevin.

Letellier, ex-memb. du bureau central, faub. martin.

Letellier, artiste, faubourg montmartre.

Letellier, juge de paix, rue mêlée.

Letellier, négociant, rue neuve-augustin.

Letellier, chef à l'intérieur, rue de grenelle.

Letellier, employé à la justice, rue du chant-du-repos, n. 151.

Leterreu, rue des fossés-victor.

Leterrier (Victor), homme de loi, cour mandar.

Letet, négociant, rue bailleul.

Letienne, bijoutier, rue honoré, près la barrière des sergens.

Létoffé, tapissier, rue de la verrerie.

Létonné, tourneur, rue regratière.

Letonnellier, rue de turenne.

Letonnelier, employé, rue pastourelle.

Letor père, rue du fauconnier.

Letourneau (François), artiste aux gobelins, 12e municipalité.

Letourneur, négociant, rue denis.

Letourneur père, chandelier, rue de la verrerie, n. 17.

Letourneur, propriétaire, rue antoine.

Letouzé, grainetier, rue antoine.

Letron père, architecte, rue féron.

Leturc, serrurier, rue de verneuil, n. 435.

Leuillier, homme de loi, rue traversière.

Leullier, agent d'affaires, rue transnonain.

Leullier, faïencier, faubourg antoine, n. 20.

Levacher, négociant, rue de la harpe.

Levacher, ancien notaire, rue fontaine nationale, n. 33.

Levacher Duplessis, rentier, rue beautreillis.

Levaillant, homme de lettres, rue du sépulcre.

Levalois, architecte des consuls, palais du gouvernement.

Levalois, employé aux archives, aux tuileries.

Levasseur, professeur, rue de l'université.

Levasseur, rue du colombier.

Levasseur (Charles), rue d'anjou, n. 6.

Levasseur, homme de loi, rue de la calandre.

Levasseur, rue notre-dame-des-victoires.

Levasseur (Jean-François), cul-de-sac pecquay.

Levasseur, commis-greffier du trib. de comm., rue de la poterie.

Levasseur, homme de loi, rue michel-lepelletier.

Levasseur, employé à la municipalité, quatrième municipalité.

Levasseur, limonadier, pont-au-change.

Levasseur, employé au conseil d'état, rue des maçons.

Levasseur, architecte, rue des aveugles.

Levasseur, ex-administ. des hôpitaux, parvis notre-dame.

Levasseur, secrétaire-rédacteur au corps législatif, 10e munic.

Levasseur, rentier, rue des arcis.

Levasseur, propriétaire, rue de bellefonds.

Levassor, confiseur, rue greneta.

Levaux fils, employé, rue feydeau.

Levé jeune, amidonnier, rue scipion.

Levé, amidonnier, rue poliveau.

Leveau, chef de bureau à la trésorerie, deuxième municipalité.

Levaux, menuisier, place opportune.

Léveillé, nourrisseur, rue de l'arcade.

Lévêque, orfèvre, rue aux fers.

Lévêque, rue benoît, n. 930.

Lévêque, de l'institut, au louvre.

Leverdier, avoué, rue champ fleury.

Levert, principal clerc de notaire, rue martin.

Levert, faubourg denis.

Levert (Victor), rue martin, n. 369.

Lévesque, orfèvre, montagne geneviève.

Lévéville, secrétaire des hôpitaux, parvis notre-dame.

Levéul, rue de sèves, n. 1067.

Lévié (Elie), rue neuve des mathurins.

Levicomte, employé, rue de la lune.

Levieil (G.-Pierre), vitrier, rue du bacq.

Leviel père, commissaire de bienfesance, 10e municipalité.

Levillain , rue de seine.

Levillain jeune , employé à la préf. de police, place vendôme.

Levillain , marchand de soie , rue de bussy.

Levoi , tailleur , rue germain-l'auxerrois.

Levol , employé à la monnaie , 10e municipalité.

Levrai, marchand de vin , rue de bretagne.

Levray , rue du colombier.

Lewal , employé , rue cadet , n. 343.

Lexcellent , restaurateur, palais du tribunat.

Leys , médecin , rue poupée.

Lezan , receveur de l'enregistrem. , rue des fossés-germ.-l'aux.

Lezemann , boucher , rue de l'université.

Lezy , pottier de terre , rue jean-robert.

Lhabitant , principal clerc de notaire , 8e municipalité.

Lherbette , notaire , rue méry.

Lhéritier , employé , rue basse-denis.

Lhermina , à l'école polytechnique.

Lhermitte , huissier , rue de la vieille-monnaie.

Lhermitte , papetier , rue de bussy.

Lheureux , rue de verneuil , au coin de celle de beaune.

Lheureux , employé à la guerre , rue de varennes.

Lhomandie , rue de la cérisaye , n. 29.

Lhomme , chapelier , carré porte denis.

Lhomme , ancien notaire , 4e municipalité.

Lhonoré , place thionville.

Lhoste , rue beautreillis.

Lhot , porcelainier , rue baffroy.

Lhoyer , employé , rue de l'échiquier.

Lhuillier , horloger , quai de la mégisserie.

Lhuillier , marchand de tabac , faub. martin , n. 121.

Lhuillier , place vendôme , n. 1517.

Liance , peintre , rue des vieilles-tuileries.

Libelle , tapissier , rue de la verrerie

Libert , marchand de vin , rue de la cérisaye.

Libès , professeur à l'école centrale , rue antoine.

Libone , faubourg martin , n. 193.

Liboron , rue de duras.

Lidonne , élève du génie , rue du cimetière-andré-des-arts.

Liébaut , avocat , rue du four-germain.

Liébaut-Laneuville , rue antoine.

Liebe , traiteur , rue martin.

Liége , juge de paix , division de brutus.

Liégeon , architecte , rue notre-dame des petits-champs.

Liénard , pâtissier , rue honoré.

Liénard , homme de loi , rue des jardins.

Liénard , notaire , île de la fraternité.

Liennard, limonadier, rue des fossés-germain-des-prés.
Liesse, quincaillier, rue antoine.
Liesse, employé, rue du champ-du-repos.
Lieurade, épicier, rue de berry.
Lieutz, menuisier, rue de limoges.
Liévain, employé, rue de verneuil.
Lièvre, horloger, rue helvétius, n. 645.
Lievrelle, rue marcel.
Liflet (Adrien-Denis), rue de la corderie, n. 2.
Ligné, limonadier, rue sainte-croix.
Limenton, rue pavée-saint-andré, n. 22.
Limet, huissier, rue des grands-augustins.
Limosins, dit Laforest, aux gobelins.
Linden, receveur, cinquième municipalité.
Linel, employé, rue marguerite.
Linzeler, employé au département, place vendôme.
Liot, négociant, rue croix-des-petits-champs.
Liot, vieille rue du temple, maison sellery.
Lioust, rue de fourcy.
Lisarde, instituteur, rue copeau.
Lisfraud, marchand, palais du tribunat.
Litais, homme de loi, rue du faubourg honoré, n. 20.
Livin, adjudant, rue cloître jacques de l'hôpital.
Liozart, fourbisseur, rue de la poterie.
Lixon, bijoutier, rue du harlay.
Lobbez, ex-procureur, rue de la marche.
Loblez, homme de loi, rue de la marche.
L'objeois, greffier au tribunal de commerce, 7ᵉ municipalité.
Lochs, négociant, faubourg du temple.
Locques, quai pelletier, n. 42.
Locquet, négociant, rue de tracy.
Locquet, chef de bureau, rue de vaugirard.
Locquet, hospice des vieillards, cinquième municipalité.
Locré, rentier, rue jacques.
Locrez, quincaillier, rue denis.
Lodig, banquier, rue taitbout.
L'oeuillet, rue de sèves.
Loffet, banquier, rue thévenot, n. 64.
Logeat aîné, horloger, rue andré-des-arts.
Logette, négociant, rue bourg-l'abbé.
Loir, architecte, rue d'orléans.
Loiseau, marchand épicier, faubourg du temple.
Loiseau, instituteur, rue Bigot.
Loiseau (Louis-Marie), rue méry.
Loiseau, épicier, rue saintonge.
Loiseau, à la bibliothèque, à l'arsenal.

Loiseaux, serrurier, rue jean-robert.
Loiselet, chef à l'intérieur, rue de grenelle.
Loiserol, instituteur, boulevard de l'hôpital.
Lolive père, rue nicaise.
Loliverel, rue grenelle-honoré.
Lombard, menuisier, rue de verneuil.
Lombard, employé au bureau de la guerre, rue du cherche-midi.
Lombard, commissaire-ordonnateur, rue de l'université.
Lombard, propriétaire, rue des grands-augustins.
Londeau, charcutier, rue de bièvre.
Longeat, employé, rue mandar.
Longaveine, rentier, rue de la chaumière.
Loncle, rentier, rue de la harpe.
Londaut, rue Victor.
Longchamps, traiteur, rue mouffetard.
Longonnet, à chaillot.
Longpré jeune, tourneur, rue traversière faub. antoine.
Longpré, employé, rue jacob.
Longuel, contrôleur des impositions, rue rochechouart.
Loppet, négociant, rue andré, n. 44.
Loppé, rentier, rue neuve-laurent.
Loque, orfèvre, quai pelletier.
Loquet, commissaire de bienfesance, onzième municipalité.
Loquet, employé à l'intérieur, rue de grenelle.
Lorch, négociant, rue fontaine-nationale.
Loreaux, concierge à l'école militaire, dixième municipalité.
Loren, ex-notaire, rue fontaine-nationale.
Lorens, rue de bondy, n. 59.
Lorillon, orfèvre, rue martin.
Lorimier, rue montorgueil.
Lorin, propriétaire, rue faubourg du roule, n. 149.
Lorin, ex-municipal, rue faubourg du roule.
Loriot (Jacques), propriétaire, rue helvétius, n. 659.
Loman, rue des fossés-germain.
Lormand, marchand de draps, rue de la monnaie, n. 21.
Lomarrey, orfèvre, place thionville.
Loron, rue sainte-avoie.
Lorthior, secrétaire de l'état civil, neuvième municipalité.
Loth, avoué, rue du petit-lion-denis.
Loth, marchand de baleine, rue de viarmes.
Lottin, imprimeur, cour sainte-chapelle.
Louaut, avoué d'appel, rue de savoie.
Loubert, employé, rue neuve-égalité.
Loubières, propriétaire, faub. denis, n. 88.
Louest, traiteur, pont au change.
Louhault, rue des grands-augustins.

Louis, défenseur officieux, rue de la harpe.

Louis, marchand de bois, quai de l'union.

Louis, rue de la planche, n. 500.

Louis, layetier, rue aubry-le-boucher.

Louis, propriétaire, faub. montmartre.

Louis, propriétaire, rue percée-andré-des-arcis.

Louis, marchand de musique, rue du roule.

Lourdet, homme de lettres, rue chapon, n. 191.

Lourdet-santerre, homme de lettres, rue chapon.

Lourmand, employé, rue beauregard.

Louval-Devillier, rue de la poterie.

Louveau, homme de loi, rue vivienne.

Louvet, couvreur, faubourg martin.

Louvet, apothicaire, rue honoré.

Louvier, marchand de bas, rue thibautodé.

Louvrier, employé, rue neuve-martin.

Louyer-Villermay, banquier, rue michel-lepelletier.

Loyauté, ancien procureur, rue de la vieille-bouclerie.

Loyseau, instituteur, rue bigot.

Lozier, receveur, rue saint-avoie.

Lubert, employé, rue de bellefond.

Lucas, jardinier, avenue de breteuil.

Lucas, chapelier, rue montmartre.

Lucas père, journalier à chaillot.

Lucas, garde des galeries, rue du jardin-des-plantes.

Lucas, marchand, rue montmartre.

Lucas, distillateur, rue de l'arbre-sec.

Luce, rue galande.

Luce, agent de change, rue thévenot.

Luce de Lancival, professeur au prytanée.

Luchinette, perruquier, rue de l'école-de-santé.

Lucien père, ébéniste, faubourg antoine.

Lucot, rue des singes.

Lucotte, boulanger, rue de la harpe.

Lucotte, employé, faubourg jacques.

Lucquet, maître de danse, faubourg du temple.

Lucy, négociant, rue quincampoix.

Ludet, restaurateur, rue éloy.

Lulie, faïencier, faubourg antoine.

Lullier, employé, rue de grenelle.

Lullier, rue de lesdiguières.

Lullin, banquier, rue georges, n. 15.

Lungt, rue du mont-blanc.

Lupin, fabricant de gaze, rue apolline, n. 28.

Lurat, perruquier, rue avoie, n. 137.

Lurat, quai pelletier, n. 45.

Lurin , rue de lesdiguières.

Lusses père , rentier , rue de bussy.

Luton , instituteur, rue de l'université.

Luttier, employé à la marine, butte des moulins.

Lutton , rue du figuier.

Luxembourg, rue de varennes.

Luxure, employé , rue de sèves.

Luzier, marbrier , rue de lappe.

Luzignene, ex-constituant , cour des fontaines.

Lyon (Jacques), aux invalides.

Lyon , rentier , rue saint-maur.

Mabile , horloger , rue de bussy.

Mabille , commissaire des guerres , rue des filles-du-calvaire.

Mabille , employé, rue bardubec.

Mabille, négociant, rue du temple , n. 37.

Macé , employé, porte honoré.

Macé , notaire, rue montmartre.

Macé , rentier, rue jacques.

Machat , rentier , rue mazarine, n. 1564.

Machelard , employé, rue du sépulcre.

Machurin , rue des fontaines.

Maçon , boulanger, rue de la fraternité.

Maçon père , aux petites maisons.

Maçon , fermier , rue des fossés-marceau.

Madelaine , négociant , rue quincampoix.

Madermolt , instituteur , rue du cheval-vert.

Madolle , employé, rue des deux-ponts.

Madron , quincailler, cour martin.

Magende, officier de santé, rue de verneuil.

Magime , notaire, rue saint-avoie.

Magimel , libraire, quai des augustins.

Magin , inspect. de la navigation , rue notre-dame-des-champs.

Magin , homme de loi, rue des figuiers.

Magnan , ébéniste, rue du faubourg antoine.

Magnaudé , employé au département, rue des vieux-augustins.

Magne, cultivateur à chaillot.

Magnen , administrateur des douanes, rue de clichy, n. 22.

Magnier, papetier , rue de la loi.

Magnier, à la monnaie.

Magnier, marchand de vin , rue dominique.

Magnier, instituteur , rue des barres.

Magnitot , rue de la madelaine , n. 1076.

Magnon , ex-juge , place de grève.

Magu , menuisier, rue de chaillot.

Magy jeune , chapelier, rue des graviliers.

Mahaat , commissionnaire en quincaillerie , rue denis.

Mahé , rue honoré.

Mahelin père , rue des deux-portes-andré-des-arts.

Mahelus , employé , maison du ministre des relations extérieures.

Maherault , professeur aux quatre-nations , 10e. municipalité.

Maheu , employé , faubourg denis , n. 21.

Maheu , charpentier , rue notre-dame-des-champs.

Mahot père , faubourg denis.

Mahuet , boulanger , rue de sèves.

Maignan , plombier , rue denis.

Maignan-Champroman , marchand de bois , quai bernard.

Maignet , rue lenoir.

Maigret , tapissier , rue vivienne.

Maigret , marchand de draps , rue honoré.

Maigret , menuisier , faubourg martin.

Maillard , avoué , rue du mail.

Maillard , charcutier , rue de la bouclerie.

Maillard , musicien , rue regratière.

Maillard , rue du pont-de-lodi.

Maillard père (Etienne-Jean-Baptiste) , employé , rue rousselet.

Maillard fils , Jean-Baptiste , employé , rue rousselet.

Maillard , employé , rue des victoires.

Maillard , employé , rue de la tour d'auvergne , n. 123.

Maillard , parfumeur , rue montmartre.

Maillard , employé , cour du commerce.

Maillart , artiste , à la savonnerie de chaillot.

Maille , épicier , rue de charonne,

Maille , ancien vinaigrier , rue haute-feuille.

Maille-Latour-Saudry , rue honoré.

Mailler , receveur de l'enregistrement , rue des rosiers.

Maillet , receveur à l'hospice des incurables , 10e. municipalité.

Maillet , rue de thionville.

Mailler , rue des rosiers.

Maillot , bonnetier , rue honoré , vis-à-vis les petites-écuries.

Maillot , directeur de la caisse du commerce , rue mesnard.

Maillot , inspecteur des ports , rue de turenne.

Maillot , rue de la harpe.

Mailly , marchand de vin , rue du bacq.

Mailly l'aîné , rue de la magdelaine.

Main , négociant , rue sauveur.

Mainnemarre , ancien notaire , rue batave , n. 404.

Mainery , rue croix-de-la-bretonnerie.

Maingot , épicier , faubourg martin , n. 192.

Maire aîné , négociant , rue haute-des-ursins.

Maire jeune , rue haute-des-ursins.

Maire , limonadier , rue sauveur.

Maison , commissaire des poudres , à l'abbaye.

Maisoncelle, employé, rue du petit-carreau.
Maisonneuve, homme de lettres, cloître benoît.
Maisonneuve, employé à la guerre, rue de varennes.
Maisonneuve, quai de la république.
Maisonneuve, chirurgien, rue de vendôme.
Maisonneuve, mercier, faubourg antoine.
Maisonneuve, employé, rue mathurine, cloître benoît.
Maitre, employé, rue lazare.
Maitrejean, cloître honoré.
Major, fondeur, rue de naples.
Mala, tapissier, faubourg honoré.
Malafait (Pierre), rue chapon.
Malaisé, menuisier, rue de la mortellerie.
Malaisy, employé, rue antoine.
Malamourt, rue bourg-l'abbé.
Malartic-Fonda, rue pelletier.
Melartic-Fondat, ancien magistrat, rue louis, au marais.
Malatret, pharmacien, au champ-de-mars.
Malbeste, marchand, rue denis.
Malbranche, employé, rue michel-lepelletier.
Maldaut, rue florentin, n. 668.
Malcx jeune, rue des moineaux.
Malesco, entrepreneur, rue cassette.
Malet (Nicolas), cour des fontaines.
Malezieux père, tapissier, rue avoie, n. 139.
Malherbe, menuisier, rue regratière.
Malherbe, bibliothécaire du tribunat, deuxième municipalité.
Malide, bijoutier, rue honoré.
Malgras, limonadier, place beaudoyer.
Malifat l'aîné, menuisier, rue paul, n. 42.
Malinge, menuisier, rue nazareth.
Malingre, sellier, rue mauconseil.
Malitourne, ex-chef d'ordre, rue thiron.
Mallard, rue montmartre.
Mallard, rentier, rue de sèvres.
Mallebranche, architecte, rue michel-lepelletier.
Mallés, avoué, rue fayart.
Mallessard, employé à la trésorerie nat., rue helvétius, n. 666.
Malhet, rue coquillière.
Mallet, médecin, rue de jouy.
Mallet cadet, banquier, rue du montblanc.
Mallet, mercier, rue honoré.
Mallet, employé, rue de la croix.
Mallevault, négociant, rue honoré.
Mallez, invalide, rue grenata.
Mailliot, rentier, rue du four honoré.

Mallouet , médecin , rue neuve-augustin.

Malmaison , aux invalides , dixième municipalité.

Malmeneide , papetier , rue de sorbonne , n. 389.

Malo , rentier , rue de bourgogne.

Maloigne , rentier , rue pierre-sarrazin.

Malpel , quai de la mégisserie.

Malpeyré , agent de change , rue croix des petits-champs.

Malpeyré , épicier , rue du faubourg antoine.

Malpier , pâtissier , rue aux ours.

Malupeau , chez le notaire , rue du four germain.

Malus , rue neuve-augustin.

Malus , inspecteur aux revues , rue boucherat.

Malvain , mercier , rue des noyers.

Mancel , marchand de vin , rue de la huchette.

Manchion , (Honoré) , rentier , faubourg martin.

Mandar , architecte , rue mandar.

Mandel , contrôleur de l'hospice de l'human. , parvis notre-dame.

Mandonnet père , orfèvre , rue denis.

Mandonnet fils , orfèvre , rue denis , n. 25.

Mandron , tapissier , faubourg antoine.

Mané , rentier , rue de la lanterne.

Manel , employé , rue des barres , n. 4.

Manel , employé à la préfecture , première municipalité.

Mangeret , avoué , rue d'anjou , n. 177.

Mangerin , peintre , place de l'estrapade.

Mangelchot , (Adrien) , artiste-ouvrier , aux gobelins.

Mangin , crêmier , rue jean-robert.

Mangin , architecte , rue des mathurins , n. 330.

Mangin , architecte , rue andré-des-arts.

Mangin , capitaine invalide , dixième municipalité.

Mangin , propriétaire , rue coquillière.

Mangin , limonadier , théâtre de l'opéra.

Mangin , rue cloche-perche.

Mangoury , employé aux relations commerciales , rue de lille.

Manicier , épicier , rue transnonain.

Manien , ébéniste , faubourg antoine.

Manière , horloger , rue christine.

Manigant , épicier , rue mouffetard.

Manigaud , boulanger , rue mouffetard.

Maniglier , fabricant de chapeaux , rue martin.

Manoire , rue des bernardins.

Manoury , employé , rue des tournelles.

Manoury (Geoffroy-François) , chapelier , rue galande.

Manguet , militaire invalide , dixième municipalité.

Mansais , vitrier , rue martin.

Mansard , employé à la monnaie , dixième municipalité.

Mansard, blanchisseur, rue mouffetard.
Mansel, menuisier, neuvième municipalité.
Mansard, marchand de toile, rue marguerite.
Mansuel, brodeur, rue thibautodé.
Manuel, professeur d'histoire-naturelle, rue du cherche-midi.
Manufacturier, rue du temple.
Maquet, négociant, rue denis.
Maquet, serrurier, rue du gros-chenet, n. 1.
Maradan, libraire, rue pavé-andré.
Marainval, employé, quai de la république.
Marais, tapissier, montagne geneviève.
Marais, employé à l'hospice du nord, cinquième municipalité.
Marais, épicier, rue jacques.
Marais, carré denis, n. 2.
Marais, chirurgien, aux petites-maisons.
Marais, mercier, rue de la bouclerie.
Marc, épicier, rue courty.
Marc, papetier, rue des pères.
Marc, négociant, rue salle-au-comte.
Marc, épicier, grande rue du faubourg antoine.
Marc, manufacturier, foire laurent.
Marc, rentier, rue du rempart.
Marcé fils, propriétaire, rue du temple.
Marceau, militaire invalide, dixième municipalité.
Marceau aîné, rue de la harpe, n. 109.
Marcel père, employé à la guerre, rue de varenne.
Marcel, homme de loi, rue l'évêque.
Marcelle, épicier, rue de la cossonnerie.
Marcellot, marchand de bois, rue du faubourg-honoré.
Marcay, ancien boulanger, rue des deux-ponts.
Marchais, marchand de vin, rue antoine.
Marchais, rue du mail, n. 30.
Marchais, homme de loi, rue du fouarre.
Marchal, marbrier, rue amelot.
Marchand, perruquier, rue de sèves, n. 1044.
Marchand, homme de loi, rue des vieux-augustins.
Marchand, rue du cherche-midi.
Marchand, menuisier, rue de l'arcade.
Marchand, tailleur de pierres, rue du cigne.
Marchand, imprimeur, rue des grands-augustins.
Marchand, rue de l'oursine.
Marchand, employé, faubourg martin.
Marchand, marchand de draps, rue honoré.
Marchand, marchand de vin, rue des vieilles-tuil.
Marchand, boulevard antoine, n. 767.
Marchand, armurier, rue saint-laurent, n. 6.

Marchand , rue croix de la bretonnerie.

Marchand , rue des deux-anges.

Marchand , tailleur , rue de la lingerie.

Marchand , quai de la tournelle.

Marchand-d'Épinay , rue de la harpe.

Marchandet , menuisier , rue du vieux-colombier.

Marchandeze , mercier , rue du faubourg poissonnière.

Marche , tailleur , rue de la loi.

Marché , marchand de vin , rue dominique.

Marchena , homme de lettres , rue de sèves , n. 184.

Marcheney , employé , rue neuve-égalité.

Marcilly , marchand de papier , rue julien-le-pauvre.

Marcilly , rue du vieux-colombier.

Marco jeune , employé à la guerre , rue d'argenteuil.

Marcot-saint-hilaire , employé , rue de l'université.

Marcou , boulanger , rue traversière.

Marcus , rue chabanais , n. 631.

Mardoché , négociant , rue de braque.

Marduel , prêtre , rue neuve-saint-roch.

Maréchal , rue du figuier , n. 26.

Maréchal , perruquier , rue des saussayes.

Maréchal , commis , rue de la grande-truanderie.

Maréchal père , manœuvrier , rue des prêtres.

Maréchal , bibliothécaire , aux quatre-nations.

Maréchal , marchand de vin , rue phélypeaux.

Maréchal , restaurateur , rue froidmanteau.

Maréchal , rue des prêcheurs.

Maréchal , mercier , rue childebert.

Maréchal , employé , rue de la ville-l'évêque.

Maréchal , épicier , faubourg saint-denis.

Maréchal , employé à la trésorerie , rue neuve des pet.-champs.

Maréchal (Jean) , invalide , dixième municipalité.

Maréchal , rue haute-des-ursins.

Marein , homme de lettres , rue montmartre.

Maregue , menuisier , rue des francs-bourgeois.

Mareschal oncle , rue froidmanteau.

Marescot , inspecteur du génie , rue dominique.

Maret , épicier , rue du plâtre-jacques.

Marette , rue jean-pain-mollet.

Mareux , rue antoine , n. 47.

Margaux père , employé , rue avoie.

Margfois , négociant , rue de bondy , n. 59.

Margot , serrurier , rue du vieux-colombier.

Margot , maréchal-des-logis , aux invalides.

Margotin , teinturier , rue de la cossonnerie.

Margottet , chef du bureau des contributions , 1re. municipalité.

Margottet jeune , employé au département , 1re. municipalité;
Margue , chapelier , rue montorgueil.
Margueré , avoué , rue pavée-andré.
Margueritte , bonnetier , rue honoré , près la barrière-des-sergens.
Margueron , maçon , rue croix , chaussée-d'antin.
Marguery , garde-magasin , aux invalides.
Margut , rue onion.
Mari , employé de la division poissonnière , 3e. municipalité.
Mariceau , serrurier , rue lazare.
Marie , vitrier , rue paul , n. 26.
Marie , négociant , rue quincampoix.
Marie , limonadier , rue neuve-eustache.
Marie , loueur de carosses , rue de poitiers.
Marie , juge-de-paix , rue basse-denis.
Marié , rentier , rue de la mégisserie.
Mariette , rue du cherche-midi.
Mariette , rentier , rue saintonge.
Mariette , rue d'enfer.
Marigné fils aîné , rue des bons-enfans.
Marigner fils cadet , ex-secrétaire de légation , 2e. municipalité.
Marignier , médecin , rue du four-germain.
Marignier , homme de lettres , rue pelletier , 191.
Marigny père , rue des bons-enfans.
Marigny , médecin , rue du mont-blanc.
Marillier , costumier , rue feydeau.
Marin , foureur , rue et vis-à-vis le temple.
Marin , rue de jouy.
Marin , chirurgien , rue jacques.
Marin , linger , rue avoie.
Marin , jardinier , avenue de breteuil.
Marion , toiseur , rue des veilles tuilleries.
Marion Brillantai , négociant , rue bellefond.
Marion Tiville , propiétaire , rue du helder.
Maris (Jean-Gérard), avoué au trib. de prem. inst. r. de la liberté.
Marisse , rue égalité.
Mariton (Paul-Louis) , faubourg poissonnière.
Majorlet , vinaigrier , rue des barres.
Marlé , employé , rue du faubourg martin , n. 50.
Marlié , horloger , rue du cimetière andré-des-arts.
Marlin , marchand de couverture , rue victor.
Marlin , homme de loi , rue de la loi.
Marlot (Louis-René) , cul-de-sac pecquay.
Marlot , commissaire de bienfesance , rue du monceau-gervais.
Marmet , négociant , rue du temple.
Marmet , rue des singes.
Marmignat , marchand de vin , rue de la tournelle.

Marmouzet, officier de santé, rue neuve du luxembourg.

Marnois, ex-juge, rue des marais.

Marolot, boulanger, faubourg antoine.

Maron, pasteur des protestans, rue traversière-honoré.

Maron-Pézé, rue des jeûneurs.

Maroy, jardinier, rue victor, n. 73.

Marquais, officier de santé, rue de l'université.

Marquant, rue du chaume.

Marquer, boulanger, rue de la parcheminerie.

Marquet, marchand de bois, rue paul, n. 16.

Marquet, marchand de bois, rue des fossés du temple.

Marquet-d'Artubise, propriétaire, rue d'anjou-honoré.

Marquet-Norvins, rue d'anjou-honoré, n. 1370.

Marquis, boucher, rue victor.

Marquis, brasseur, rue mouffetard.

Marquis, employé, rue des vieux-augustins.

Marrey, rue denis.

Marroillier, employé à la mairie, rue dominique.

Marron, employé à l'envoi des lois, quatrième municipalité.

Mars, rentier, rue des maçons.

Marsilly, division du panthéon.

Marsilly, médecin, rue des petits-augustins.

Marsollan, rue des filles-thomas, n. 8.

Marteau, cloître notre-dame.

Marteau, ingénieur, sizième municipalité.

Marteau, menuisier, rue culture-catherine.

Marteaux, logeur, rue de la mortellerie.

Martel, négociant, rue de grenelle-honoré.

Martel, rentier, rue pot-de-fer.

Martemas, rue claude.

Martener, employé, rue de la harpe.

Martignan l'aîné, marchand épicier, rue de la grande-truanderie.

Martignon jeune, rue denis.

Martigny, rue de l'union.

Martigny, banquier, rue taitbout.

Martigny, teinturier, rue de la mortellerie.

Martin, peintre, faubourg martin.

Martin, doreur, rue bourg-l'abbé.

Martin fruitier, rue du chantre.

Martin, employé à la police-générale, quai voltaire.

Martin, employé, rue de la huchette.

Martin, employé, rue d'enfer, n. 157.

Martin, instituteur, rue jean-pain-mollet.

Martin, rentier, rue martin, n. 301.

Martiu, homme d'affaires, rue de l'oreillon, basse-courtille.

Martin, artiste, aux gobelins.

Martin, tailleur, rue des francs-bourgeois.
Martin, avoué, rue montmartre.
Martin père, sculpteur, rue nazareth, n. 130.
Martin, marchand de vin, rue de la cerisaye.
Martin, marchand de draps, rue des fossés-germ.-l'auxerrois.
Martin, rue galande.
Martin, épicier, à chaillot.
Martin (Pierre), hôtel de rheims, quatrième municipalité.
Martin, (Théodore), employé, rue de sèves, n. 184.
Martin, vieille rue du temple.
Martin l'aîné, avoué, rue martin.
Martin, épicier, rue de la heaumerie.
Martin, négociant, rue d'antin.
Martin, propriétaire, quai de l'école.
Martin, propriétaire, faubourg martin.
Martin, vermicelier, rue des prouvaires.
Martin père, artiste, ouvrier aux gobelins.
Martin jeune, huissier, rue martin.
Martin, marchand de draps, rue de bussy.
Martin, marchand de vin, rue traversière.
Martin, cordonnier, rue du bacq.
Martin jeune, marchand de meubles, rue de cléry.
Martin, bonnetier, rue mondétour.
Martin, vacher, rue des tournelles.
Martin, ancien marchand de peaux, quai de l'école.
Martin, épicier, rue de la montagne geneviève.
Martin, avoué, rue andré-des-arts, n. 47.
Martin, marchand d'estampes, rue des fossés-montmartre.
Martin, libraire, rue jacques.
Martin, orfèvre, rue de la ferronnerie.
Martin, cordonnier, montagne geneviève.
Martin, apothicaire, rue de la tixéranderie.
Martin, rentier, rue helvétius, n. 577.
Martin, herboriste, rue des lombards.
Martin, officier de santé, rue de savoie.
Martin, propriétaire, rue du faubourg du temple.
Martin, marchand de vin, rue du bacq.
Martin, architecte, faubourg denis.
Martin, cordonnier, rue férou.
Martin, rue des bernardins.
Martin, homme de loi, rue de la loi.
Martin, rentier, vieille rue du temple.
Martin, employé, boulevard martin.
Martin, ouvrier, rue de cléry.
Martin, ex-officier municipal, septième municipalité.
Martin, rue de la mortellerie.

Martin, blanchisseur, rue de sèves, n. 1388.
Martin, artiste, rue coquenard.
Martin l'aîné, rue du chaume, n. 5.
Martin, rentier, rue montmartre.
Martin, perruquier, rue des deux-écus.
Martin, marchand de fer, rue montorgueil.
Martin, linger, rue antoine.
Martin, employé aux archives judiciaires, cour du palais.
Martin, doreur, rue des gravilliers.
Martin, apothicaire, rue croix-dés-petits-champs.
Martin, tabletier, rue martin, vis-à-vis le théâtre.
Martin-Châlons, employé, faubourg denis.
Martin-Charantenay, sous-chef au département, porte antoine.
Martin-Danzay, avoué, rue croix-des-petits-champs.
Martin d'Aubonne, rentier, rue du monceau.
Martin de Vrenne, cloître notre-dame.
Martin-Puech, négociant, rue d'antin.
Martincourt, menuisier, rue de sèves.
Martincourt père, vitrier, rue du cimetière-jean.
Martineau, employé, rue chapon.
Martineau, libraire, rue guenégaud, n. 1644.
Martinet, boucher, rue martin.
Martinet, boucher, rue jean-robert.
Martinet, libraire rue du coq.
Martinet, employé, rue des canettes.
Martinet, marchand de fer, rue martin, n. 46.
Martini, du conservatoire, rue bergère.
Martinne, employé, porte martin.
Martinon, avoué, rue pierre-sarrazin.
Martinot, limonadier, montagne geneviève.
Martiques, direct. de l'hosp. de la garde des consuls, 1ʳᵉ mun.
Martner, rue de la tour.
Marton, rue des bernardins.
Marvis, papetier, rue martin.
Mary, miroitier, boulevard antoine, n. 768.
Mary, layetier, rue des boucheries.
Mas, employé, rue de jouy, n. 6.
Maschrée, fabricant de bas, gr. rue du faub. antoine.
Maserey, rue du cimetière-andré.
Maslée, employé, faubourg martin.
Masquelier aîné, graveur, rue de la harpe.
Massal, négociant, rue saint-marc, n. 16.
Massard, graveur, rue des fossés-victor, n. 32.
Masse, charbonnier, marché des quinze-vingts.
Massé, ex-ordonnateur, rue honoré.
Massé, notaire, rue montmartre, vis-à-vis celle du jour.

Massé de Corneille, avoué, rue neuve-eustache.
Massé, propriétaire, rue honoré.
Massé, tapissier, rue hyacinte.
Massé, menuisier, rue du sépulcre.
Masselin, négociant, rue traînée.
Massieux, rue des grands-augustins.
Masson, orfèvre, quai des orfèvres.
Masson, chirurgien, passage beaufort.
Masson, cloutier, rue de reuilly.
Masson père, rue du cimetière-nicolas, n. 3.
Masson employé à la guerre, rue galande.
Masson, commissaire de police, division des marchés.
Masson, sculpteur en figures, palais des tuileries.
Masson, porte-jacques.
Masson, libraire, rue hyacinthe.
Masson, rue des grands-augustins.
Masson, rue taranne.
Masson, employé au bureau des hospices, parvis notre-dame.
Masson, huissier, rue denis.
Masson, homme d'affaires, rue du faubourg-jacques.
Masson, rue copeau, n. 651.
Masson, cultivateur, rue marcel.
Masson, propriétaire, rue tireboudin.
Masson, quai malaquay.
Masson, employé à la comptabilité intérieure, rue de grenelle.
Masson, rue de fourcy.
Masson, rue de molière.
Massonnier, boulanger, faubourg montmartre.
Mast, limonadier, grande rue du faubourg antoine, n. 88.
Masure, rue de rambouillet.
Maszienne, rue de la verrerie.
Matheron, marchand de soie, rue bourg-l'abbé.
Mathés, marchand de vin, rue de la mortellerie.
Mathey, employé, rue du petit-vaugirard.
Mathey, rentier, rue française.
Mathias, jurisconsulte, cour du palais.
Mathias fils aîné, cour neuve du palais.
Mathias fils cadet, cour neuve du palais.
Mathidet, chirurgien, marché-neuf.
Mathieu, notaire, rue honoré.
Mathieu, administrat. des sourds et muets, rue jacques, n. 34.
Mathieu, homme de loi, rue croix-de-la-bretonnerie.
Mathieu, employé, rue apolline, n. 34.
Mathieu, rentier, rue de tracy.
Mathieu, marchand, rue nicaise.
Mathieu, faubourg antoine.

Mathieu-d'Hérondeville, défenseur offic., rue croix-de-la bret.

Mathis, contr. des imposit., cour abbat. abbaye saint-germain.

Maton, commis du commandant des invalides, aux invalides.

Mauback, employé à la trésorerie, rue neuve-des-pet.-champs.

Maubaret, employé, rue de grenelle, n. 1175.

Maubeuge, marchand de vin, rue martin.

Maublanc, courrier, rue tiquetonne.

Maucey, marchand de vin, rue du monceau.

Mauclerc, huissier, rue de la verrerie.

Mauclerc, agent des sourds et muets, rue d'amboise, n. 374.

Mauclerc, rue croix-de-la-bretonnerie.

Maucomble, employé, rue jacob.

Maucourt, receveur des loteries, rue montmartre.

Maudinet, rentier, faubourg montmartre.

Maudion, horloger, rue cocquenard.

Mauduit, professeur, cour du vieux-louvre.

Maudon, boulanger, rue de vaugirard.

Maugé, rue du vieux-colombier.

Maugé, avoué, rue martin.

Maugerin, peintre, place de l'estrapade.

Mauttionet, adjudant de brigade, première municipalité.

Mauttrot, ancien jurisconsulte, cul.de-sac dominique.

Maunier, greffier du juge de paix des arcis, 7e. municipalité.

Maury, horloger, rue martin, n. 46.

Mauny, grainier, rue de turenne, n. 423.

Maupas, marchand, rue du hurepoix.

Maupetit, propriétaire, rue guillaume, n. 985.

Mauray, employé, rue victor, n. 140.

Maureau, rue des amandiers.

Maureau, architecte, rue de tracy.

Maureset (Charles-Louis), employé, rue du pot-d'étain.

Maurey, avoué, rue du hasard, n. 6.

Mauri, rue du vieux-colombier.

Mauri, chaudronnier, enclos du temple.

Maurice, rue de lesdiguières.

Maurice, parfumeur, rue, montorgueil.

Maurice, journalier, rue de la grande-truanderie.

Maurice, commandant de bataillon, aux invalides.

Maurice, chef des archives, aux invalides.

Maurice, chef de division, à la police, dixième municipalité.

Maurice, faïencier, rue des francs-bourgeois.

Maurice, rue de la tixéranderie.

Maurice (Antoine), rue des fossés-germain, n. 234.

Maurin, aux invalides.

Maurin, rue dominique, n. 1044.

Morin-Miau, avoué, rue montmartre.

Maurisse, rentier, rue de la liberté, n. 92.
Mauroy, employé, rue marceau.
Mauroy, marchand de toile, rue bertin-poirée.
Maury père, avoué, rue pot-de-fer.
Maury (Ferdinand), rue pot-de-fer.
Maury, huissier du tribunat, rue de bondy.
Mausienne, pâtissier, rue des nonaindières.
Maussalé, homme de loi, rue montmartre.
Maution, rue de bièvre.
Mauvages fils, faubourg denis.
Mauvicus, fontainier, rue de versailles.
Maxer, serrurier, rue de naples, n. 28.
May, cordonnier, rue de viarme, n. 36.
Mayer, tailleur, rue de la cossonnerie.
Mayeux, curé de saint-sulpice, onzième municipalité.
Maynier père, employé, rue du hazard.
Mayot, employé à la justice, première municipalité.
Mayr, employé, rue hyacinthe.
Mazerat, homme de loi, rue des saints-pères.
Mazoyer, homme de lettres, rue des saussayes.
Mazor, fondeur, rue du parc.
Mazuel, rue des capucines.
Mazure père, passage du saumon.
Mazure, rentier, rue d'amboise, n. 378.
Mazurier, horloger, rue du temple.
Meaux Saint-Marc, rue neuve-roch.
Méchain, de l'institut national, quatrième municipalité.
Méchet père, plâtrier, rue de l'oursine.
Meckel, rue croix-des-petits-champs.
Mehul, au conservatoire, troisième municipalité.
Méjean (Maurice), avoué, boulevard montmartre.
Méjean (Laurent), rue grange-batelière.
Melesson, marchand de vin, place saint-michel.
Melin, rentier, rue de la harpe.
Melin, employé, rue de la harpe.
Mellier, receveur des domaines, rue de choiseul.
Mellier, papetier, quai des augustins.
Mellin, épicier, pont saint-michel.
Memart, menuisier, rue perdue.
Menage, employé, rue des prouvaires.
Menage, courtier, rue avoie.
Menageot, peintre, rue helvétius.
Menager, marchand de bois, rue claude.
Menager, marchand de tuiles, rue de la tournelle.
Menaget, rue du chemin vert.
Menard, capitaine, pont michel.

12

Menard, au bureau des coches, quai bernard.

Menard, faubourg du temple.

Menard, employé, rue andré-des-arts, n. 64.

Menard, quincaillier, rue de la barillerie.

Menard, notaire, rue honoré.

Menard, faubourg martin.

Meneau, employé aux finances, rue neuve des petits-champs.

Menet, cloître notre-dame, n. 7.

Menetrier, marchand de vin, rue neuve-martin, n. 104.

Menicier, rue aubry-le-boucher.

Menier (Michel), rue de la harpe.

Menigaut, marchand de vin, montagne geneviève.

Menil, gainier, rue trousse-vache.

Menissier, agent d'affaires, rue de savoie.

Mennault, orfèvre, rue de l'arbre-sec.

Mennemard, ancien notaire, rue des quatre-fils.

Menot l'aîné, huissier, rue denis.

Menozier, instituteur, rue du petit-lion.

Mensuier Descloizeaux, homme de loi, rue de la frat., n. 90.

Menteau, marchand de vin, rue des vieilles-tuileries.

Mentel, employé, rue de la vieille-monnaie.

Mentelle, de l'institut, au louvre.

Menu, négociant, rue quincampoix.

Menussier, rue de l'égalité.

Meo, épicier, rue bon-conseil.

Meot, restaurateur, rue du licée, n. 1119.

Mequignon, libraire, au palais de justice.

Mequignon, libraire, rue des cordeliers.

Merard Saint-Just, homme de lettres, rue helvétius, n. 605.

Merat, rentier, vieille-estrapade.

Meraut, commissaire-priseur, rue de l'éperon.

Meray, boulanger, rue des deux-ponts.

Mercei, quincailler, rue denis.

Mercet, rue cisalpine, n. 285.

Mercier, maçon, rue de la mortellerie.

Mercier, charcutier, rue victor.

Mercier, horloger, rue des frondeurs.

Mercier, mercier, rue denis.

Mercier, membre de l'institut, quatrième municipalité.

Mercier, homme de loi, rue croix-des-petits-champs.

Mercier fils, fabricant de bas, faubourg antoine.

Mercier, rentier, rue de gaillon.

Mercier, banquier, rue richer.

Merck, rue du cherche-midi.

Merda, négociant, rue thévenot.

Meret, marchand de bois, rue de la tournelle.

Merger, propriétaire, rue de l'université.
Mergery, boucher, rue de grenelle-honoré.
Merie, secrétaire général des hôpitaux, rue de chaillot.
Meriel, employé, rue des blancs-manteaux.
Merieu, négociant, rue nazareth.
Merigot, propriétaire, rue guillaume.
Mérigot, libraire, quai des augustins.
Mérine, militaire aux invalides, dixième municipalité.
Merimé, peintre, au louvre.
Merique, employé aux hôpitaux, à chaillot.
Merisse, rue des poulies.
Meritau, propriétaire, rue neuve-eustache.
Merle, boulanger, rue des sept-voies.
Merle-Beaulieu, rue des francs-bourgeois.
Merle, rue louis, au palais.
Merlet, boutonnier, rue martin.
Merlet, rue antoine.
Merlet, émailleur, rue bertin-poirée.
Merlet (Hugues), homme de lettres, rue croix-de-la-bretonerie.
Merlié, militaire, aux invalides.
Merlier, tapissier, grande rue du faubourg antoine.
Merlin, marchand de vin, rue grenata.
Merlin, agent de change, rue louis-le-grand.
Merlin, couverturier, rue victor.
Merlot, marchand de vin, rue denis.
Merlot, peintre, rue de la grande truanderie.
Mermet, employé à l'intérieur, dixième municipalité.
Mermier, officier de santé, rue du faubourg du roule.
Mermillond, horloger, place thionville.
Mermilliod, rue phelippeaux.
Merry, horloger, rue du rempart.
Mersan, archiviste de la guerre, rue de grenelle, 10ᵉ. municip.
Mertrude, rue des juifs.
Merville, juge, rue de braque.
Mery, marchand de toiles, rue coquillière.
Mery, homme de loi, rue de l'université.
Mery d'Arcy, ex-dir. de la comp. des ind., rue du chaume, n. 9.
Mesager, rue neuve-méry.
Mesanger, employé à la marine, rue de la concorde.
Mesle de Fontenay, rue des francs-bourgeois.
Meslin, employé, onzième municipalité.
Mesnard, marchand, rue montorgueil.
Mesnar, huissier, rue de pinon.
Mesnier (Michel), rue de la harpe.
Mesnou, mercier, rue andré-des-arts.
Mesny, propriétaire au petit-charonne.

Messager , huissier , rue beaubourg.

Messcoiex, limonadier, rue marguerite.

Messier, marchand papetier , rue du hurepoix.

Messier, membre de l'institut, rue des mathurins.

Messin, rue jean-jacques roussseau.

Messonnier , agent-de-change , rue eustache.

Mestais, ancien médecin , rue des fossés-victor.

Mestanier, employé à la préfecture du dép., 1re municipalité.

Mestrallét , limonadier , rue marivaux.

Mestre (Louis) , employé , allée des veuves.

Metayér , tabletier , rue phélipeaux.

Metayer , rue du puits.

Metelin , commissaire de bienfesance , rue des mauvais-garçons.

Metier , libraire , rue du pont-de'lodi.

Metivier , carrier , rue jacques.

Metivier fils , papetier , boulevard martin.

Mettraud fils aîné , mathématicien , rue de thionville.

Meulan , chef à la trésorerie , rue neuve-des-petits-champs.

Meunier , gravatier , rue cocquenard.

Meunier , imprimeur , rue poupée.

Meunier , rentier , rue des barres.

Meunier , limonadier , rue d'enfer.

Meunier , contrôleur au département , première municipalité.

Meunier , perruquier , rue du petit-pont.

Meunier , employé , rue du faubourg antoine.

Meunier , fourbisseur , pont-michel.

Meunier , traiteur , rue du chantre.

Meunier , rue de l'université.

Meunier , marchand de vin , rue de la fraternité.

Meunier , mercier , rue antoine.

Meunier , invalide , dixième municipalité.

Meurand père , mathématicien , place de thionville.

Meure , avoué , au tribunal d'appel , onzième municipalité.

Meyer , cultivateur , rue croix.

Meymat , imprimeur , rue des moineaux.

Meyniel , vitrier , faubourg antoine.

Meymier Saint-Phal , artiste du théâtre français , rue de la loi.

Meynière , rue du hazard.

Mezières , secrétaire du commiss. de police , onzième municipal.

Mhaze jeune , employé , vieille rue l'évêque , n. 994.

Mibran , graveur , rue des rats.

Micault-Lavieuville , rue de la sourdière.

Michau , rue taitbout.

Michau , entrepreneur de bâtiment , rue du four-germain.

Michau , propriétaire , rue andré-des-arts.

Michaud , officier de santé , rue aumaire.

Michault , rue des noyers.
Michaut , fondeur , rue du temple.
Michaut , sellier , rue de grenelle-honoré.
Michaut , peintre , rue croix-des-petits-champs.
Michaut , rentier , rue bon-conseil.
Michaut , graveur , rue de la huchette.
Michaux , marchand de vin , quai bernard.
Michaux , officier de paix , rue galande.
Michaux-Lanoix , ex-juge , rue de la vieille-estrapade.
Miché , épicier ou horloger , rue des brodeurs.
Michel , vitrier , rue culture.
Michel , bourrelier , rue neuve-catherine.
Michel , marchand de meubles , boulevard antoine.
Michel , serrurier , rue des moineaux.
Michel , employé , place vendôme.
Michel , marchand de toile , rue marguerite.
Michel , propriétaire , rue gaillon.
Michel père , rentier , rue pastourelle.
Michel , éventailliste , rue aumaire.
Michel , négociant , rue des francs-bourgeois.
Michel , limonadier , rue phelippeaux.
Michel , rue de turenne.
Michel , marchand de soie , rue deins.
Michel père , rue pastourelle,
Michel , négociant , rue pastourelle.
Michel , médecin , quai volaire.
Michel , juge de paix , place vendôme.
Michel , sellier , rue catherine.
Michel , homme de loi , rue des pères.
Michel , traiteur , rue denis.
Michel , rue de la corderie.
Michel (Sébastien) , libraire , quai de conti.
Michel , boucher , rue mouffetard.
Michel , banquier , place vendôme.
Michel , avoué , rue des pères.
Michel Cosette , chef d'atelier aux gobelins , 12e. municipalité.
Michelet père , rue de charonne.
Michelet , ex-juge du tribunal de commerce , rue méry.
Michelet , instituteur , place des vosges.
Michelet , ébéniste , rue du faubourg antoine.
Michelin , employé , rue du grand-chantier.
Michelin , prote d'imprimerie , cour du commerce.
Michelin , bijoutier , rue louis au palais.
Michelon , secrétaire de l'état civil , huitième municipalité.
Michelon , frangier , rue de la grande-truanderie.
Michelon , aux invalides.

Michelot , directeur des subsist. milit. , rue de la ville-l'évêque.

Michgelz , commis marchand , rue denis , n. 59.

Michon , épicier , rue des fossés-germain-l'auxerrois.

Michon , épicier , rue de l'arbre-sec.

Michon , frippier , rue de la cossonnerie.

Michon , rue des droits-de-l'homme.

Michon , employé , rue chabanais.

Michon , rentier , rue tiquetonne.

Michon , tailleur , place cambray.

Michonet , jeune , rue de l'université.

Michonnet , maçon , rue de sèves.

Michot , maçon , rue du four-germain.

Michot fils , rue du temple.

Michot , artiste du théâtre français , rue des-poulies.

Michou , homme d'affaires , rue des deux ponts.

Michou , rue du faubourg jacques.

Mickelly aîné , figuriste , porte antoine.

Micot , marchand de drap , rue denis.

Micot , fruitier , rue montorgueil.

Micoud , administrateur du mont-de-piété ; rue francs-bourgeois.

Midavoine , huissier-priseur , en la cité.

Miedan , boucher , rue du temple.

Miege , teneur de livres , rue beaubourg.

Mieille , gazier , faubourg denis.

Miel , employé au département , rue palatine.

Mielle , employé , rue d'enfer . n. 25.

Mielle , professeur , collège des arts.

Migard , négociant , cloître méry.

Migault , peintre en bâtimens , rue bernard , n. 4.

Migeon , tourneur , rue du bout-du-monde.

Miger , homme de lettres , rue mazarine.

Mignan , peintre , faubourg du temple.

Mignard , marchand de vin , rue de la sonnerie.

Mignard , négociant , cloître méry.

Mignard , notaire , rue des moulins.

Mignard , imprimeur , rue neuve des petits-champs.

Mignau , orfèvre , rue salle au comte.

Mignaud , orfèvre , pointe eustache.

Migneau , pâtissier , à chaillot.

Migneau (Nicolas) , rue des droits de l'homme.

Migneray , imprimeur , rue jacob.

Mignon , serrurier , rue cassette.

Mignot , invalide , dixième municipalité.

Mignot , rentier , vieille estrapade.

Migon , employé à l'école centrale , rue antoine.

Migou , limonadier , avenue de neuilly.

Mile, serrurier, rue de buffon.

Milet, fondeur, rue neuve martin.

Millard, ingénieur des travaux maritimes, rue du gros-chenet.

Millard, huissier, rue martin.

Millard, employé, rue de la vieille-monnaie.

Millard., rue bailleul.

Mille, rue guisarde.

Mille, rue germain-l'auxerrois.

Millenet, ex-employé, rue du gros-chenet.

Miller, ébéniste, rue de charonne.

Miller, tailleur, rue du théâtre français.

Miller, graveur, rue jacques.

Miller-Précarré, rue bretonvilliers.

Millere, épicier, rue de l'école de santé.

Milleriou, greffier du juge de paix, des invalides.

Millet, rue du bon-conseil.

Millet, instituteur, rue des prêtres-l'auxerrois, n. 8.

Millet, huissier, rue de la monnaie, n. 8.

Millet, pâtissier, rue germain-l'auxerrois.

Millet, limonadier, rue de la grande truanderie.

Millet, officier de santé, rue victor.

Millet, négociant, rue des bourdonnais.

Millet père, rentier, rue popincourt, n. 60.

Millet, pâtissier, rue du temple.

Millet, marchand, rue honoré.

Millet, employé, rue neuve des petits-champs.

Millet, rue des quatre-fils.

Millet, négociant, rue méry.

Millet (François), rue d'anjou, n. 6.

Millet père, doreur, rue neuve martin.

Milleville, employé à la marine, première municipalité.

Millian, perruquier, rue du faubourg du temple.

Milliars, rue de berry.

Millian, négociant, rue bon-conseil, n. 11.

Millier, chef de bureau des finances, rue bourtibourg.

Miller, épicier, rue bon-conseil.

Milliet père, officier de santé, rue victor, n. 79.

Milliet-Stillière, négociant, rue bon-conseil.

Millin, conservateur à la bibliothèque, rue de la loi.

Million, place de grève.

Million-Dainval, propriétaire, place vendôme.

Milliot, rue avoie.

Milliot fils, rue victor.

Millon, rentier, rue des sept-voies.

Millot jeune, rue montmartre.

Millot, employé, rue du chantre.

Millot, rue de verneuil.

Millot, avoué, rue haute-feuille.

Millot (Pierre), négociant, rue méry.

Milly, ex-administrateur, hôtel d'asnière.

Millon, propriétaire, rue d'angoulême.

Millon, marchand, rue des bourdonnais.

Milòt, marchand de bois, rue de la roquette.

Milscent, graveur, rue des rats.

Milsens (Nicolas), rue de la roquette.

Milus, chandelier, rue montmartre.

Mimault, employé, quai voltaire.

Minard, bijoutier, place opportune.

Minard, rue des blancs-manteaux.

Minard père, sculpteur, rue pot-de-fer.

Minari, rentier, rue saintonge.

Minel (Pierre-Antoine), rentier, rue montmartre.

Minel, négociant, porte denis.

Minel, ancien agent de change, rue montmartre.

Minet, jardinier, rue de sèves.

Minet, employé, à chaillot.

Minette, marchand, rue neuve-des-petits-champs.

Minguet, marchand de chevaux, rue martin.

Minguet, ancien notaire, rue de la jussienne.

Minier, marchand, cour mandar.

Minorat, bijoutier, rue du petit-lion.

Minot, marchand de vin, rue galande, n. 28.

Minot, cartier, rue croix des petits-champs.

Minot, parfumeur, rue vivienne.

Miolard, quai de la tournelle.

Mion, arquebusier, cour du commerce.

Mionnet, employé à la bibliothèque, 2e municipalité.

Miot, chef à la guerre, rue de varennes.

Miot père, rue montmartre.

Miot, défenseur, rue geoffroy-langevin.

Mirabal aîné, rue d'orléans-honoré.

Mirabeau, rue d'argenteuil.

Mirabelle, officier de la garde des consuls, rue l'évêque.

Mirande, rue de l'université.

Mirande, rue des vieux-augustins.

Mirbeck, jurisconsulte, rue d'enfer.

Mirbete, au muséum du jardin des plantes, 12e municipalité.

Mirofle, homme de loi, rue denis.

Miroir, négociant, rue de jouy.

Mirquet, ex-employé, rue des lombards.

Mirquet, rue de la vieille-monnaie.

Miscaut, fruitier, rue montorgueil.

Miserat, vieille rue du temple.

Misot, rentier, rue neuve des capucines.

Misouard, pharmacien, rue coquillière.

Mispoulet, tailleur de pierres, rue du faub. antoine.

Missonnier, cul-de-sac coquerel.

Miston, rentier, rue dominique.

Mitau, bourgeois, à chaillot.

Mitié père, receveur, rue du doyenné.

Mitouart, rue et cul-de-sac taitbout.

Mitouflet, homme de loi, rne de choiseuil.

Mitton, épicier, rue pirouette.

Mivelle, rue paul.

Miseur, prêtre, rue de sèves.

Moche, invalide, dixième municipalité.

Moché, épicier, rue galande.

Mochet (Nicolas), maréchal-des-logis, aux invalides.

Mocquot, marchand de bois, rue des fossés du temple.

Moginot (Thomas), fabricant de stors, rue de la huchette.

Moginot (Gaspard), feseur de ressorts, rue severin.

Moignon, rue jacques.

Moina, rue de la michaudière.

Moine, notaire, rue des fossés-montmartre.

Moine, employé, rue de grenelle.

Moinot, employé, 4ᵉ municipalité.

Moireau, assesseur de juge de paix, rue victor.

Moissac, commissaire du département, rue de grenelle-hon.

Moisson, invalide, dixième municipalité.

Moisy père, jardinier, rue de babylone.

Moite, architecte, au louvre.

Moitou, invalide, dixième municipalité.

Moitte, sculpteur, au louvre.

Molard, chef de bureau à la trésorerie, rue coquillière.

Molard, serrurier, rue des trois-frères.

Molard, au conservatoire.

Molard, rue du petit-carreau.

Molé, artiste du théâtre français, 2ᵉ municipalité.

Molé jeune, fondeur, place michel.

Moleveau, écrivain, rue montmartre.

Molière, rue de la monnaie.

Molière, boutonnier, rue de la monnaie.

Molinos, architecte, rue florentin.

Molini, libraire, rue mignon.

Mollerat, négociant, rue dominique.

Mollerault, rue neuve des mathurins.

Mollereau, professeur au prytanée, 12ᵉ municipalité.

Mollet, musicien, rue du petit-lion.

Mollieu, directeur de la caisse d'amortissement, 2e municipal.

Mollière, rentier, rue de choiseul.

Molliette, peintre, rue de la cossonnerie.

Mollin, rue michel-lepellier.

Molliou, avoué, rue des marais.

Momet père, ancien notaire, troisième municipalité.

Momet fils, ex-régisseur des hôpitaux militaire, 3e municip.

Mominau, rue de la poterie.

Monchalon, fabricant de papier, à l'estrapade.

Mouchanin, employé, rue amelot.

Mouchelet, architecte, rue de l'oseille au marais.

Monchenu, faub. honoré.

Monchonet, entrepreneur, rue nazareth, n. 27.

Monchoux, marchand de vin, quai de la mégisserie.

Monciny, employé, rue salle-au-comte.

Moncouteau, gazier, rue du petit-vaugirard.

Moncouteaux, rentier, faub. martin.

Moncuit, employé, rue helvétius-

Mondehar, rue grenier-lazare.

Mondeler, épicier, rue du paon.

Mondesir, négociant, rue thibautodé.

Mondet, bourrelier, rue du bout-du-monde.

Mondon, marchand de couleurs, rue germain-l'auxerrois.

Mondonville, rue des vieux-augustins.

Monet, rentier, rue de la madelaine.

Monet, rue louis-honoré.

Mongaloi, directeur des messageries, 3e municipalité.

Monge, examinateur à l'école polytechnique, 10e municipalité.

Mongenot, médecin, rue du four-germain.

Mongin, ex-employé, rue du bacq.

Mongin, peintre, rue de sèves.

Mongin, limonadier, rue de la harpe.

Mongolfier, physicien, 11e municipalité.

Monier, négociant, rue de la victoire.

Monier aîné, chapelier, rue de la vannerie.

Monjot, employé à la mairie, quatrième municipalité.

Monnaye, employé, rue de l'observance.

Monnet, employé, rue de bourgogne.

Monnier, chirurgien, rue de l'arbre-sec.

Monnier, employé, rue de malte.

Monnier, officier de santé, rue martin.

Monnier, employé, rue de la madelaine.

Monnier, avoué, rue faubourg honoré.

Monnier, commissaire-priseur, rue batave.

Monnier, rue de jouy.

Monnier, agent de l'hospice, douzième municipalité.

Monnier, négociant, rue des bourdonnais.
Monnier père, tailleur, rue de quincampoix.
Monniot, employé à la 4e. municipalité, 4e. municipalité.
Monnot, rue bertin-poirée.
Monnot, ancien notaire, rue de l'arbre-sec.
Monnot, sculpteur, au louvre.
Monnot, faïencier, rue honoré.
Monnot, artiste, aux gobelins.
Monnot, horloger, rue des petits-augustins.
Monpelé, faubourg martin.
Monpetit, aux invalides.
Monpin, faubourg antoine.
Monquet, propriétaire, rue d'anjou, n. 1813.
Monroy, marchand de vin, quai d'orsay, n. 9.
Monroy, propriétaire, rue coquenard.
Monroy, rentier, faubourg martin.
Monroy, rue bertin-poirée.
Monssier, employé, place de la croix-rouge.
Montagnac, perruquier, rue de la mortellerie.
Montagne, marchand de bois, rue des fossés bernard.
Montagne, rentier, rue du four.
Montagne, propriétaire, rue montorgueil.
Montaigné, paveur, rue d'oval.
Montalan, rentier, rue vieille monnaie.
Montalan, tabletier, rue martin.
Montaleau, directeur de la monnaie, dixième municipalité.
Montalembert, rentier, rue de grenelle.
Montallaut, mercier, rue helvétius.
Montaman, rue helvétius.
Montant, journalier, faubourg denis.
Montard, rue des mathurins.
Montaud, notaire, rue honoré.
Montbarrey, employé, rue de grenelle.
Montbasin-Modoré, homme de loi, rue neuve laurent.
Montbayen, invalide, dixième municipalité.
Montbray, rue de tournon.
Montbreton, rentier, rue d'aguesseau.
Monteauln-Goyon (Paul), ex-constituant, vieil. r. du temple.
Monteigne, rue des fossés bernard.
Monteil, marchand de draps, rue tirechape.
Montelard, manufacturier en toile, à chaillot.
Montellier, marbrier, rue nazareth, n. 21.
Montenare, rue du temple, n. 53.
Monterot, rue montorgueil.
Montésquiou, propriétaire, place du corps législatif.
Montesquiou, agent du clergé, rue du faubourg honoré.

Montesuy, munitionnaire des invalides, dixième municipalité.

Montflier, employé, rue des moineaux.

Montge., rue neuve des mathurins.

Montgery, employé au ministère de l'intérieur, rue de grenelle.

Montholon, rue de beaune.

Montholon, administrateur des hospices, 9e. municipalité.

Monthulé, inspect. des poids et mesures, rue dominique.

Montier, rue de la colombe.

Montier, employé, rue de l'oseille.

Montieu, rentier, rue notre-dame des petits-champs.

Montigaud (Gille-Mar.), rue du temple.

Montigny, marchand, rue victor.

Montigny, officier de santé, rue de la monnaie.

Montigny, peintre, rue rousselet.

Montigny, membre du conseil des prises, rue de lille.

Montigny, fourbisseur, rue honoré.

Montigny, propriétaire, rue helvétius.

Montigny, propriétaire, rue rousselet.

Montigny père, rue du cocq.

Montigny, limonadier, rue marceau.

Montison fils, rue des canettes.

Montmayeur, chef d'escadron, rue du bacq.

Montmorency, ex-constituant, première municipalité.

Montmorency (Adrien), hôtel de laval.

Montmorency (Luxem.), rue de lille.

Montmorency (Louis), rue de grenelle germain.

Montmory, rue martin.

Montalon, rentier, rue geoffroy-lasnier.

Monton, propriétaire, rue des deux-ponts.

Montonnet, homme de lettres, rue joubert.

Montpellier, sculpteur, rue de sartine.

Montrais, marchand de vin, rue du temple.

Montrocher, inspecteur des ponts et chaussées, rue des pères.

Mont-rocher, rue neuve du luxembourg.

Montulé, manufacture des gobelins.

Montuy, marchand de vin, rue des arcis.

Monvel, homme de lettres, cour des fontaines.

Monvel fils, secrét. du second consul, place du carrouzel.

Monville, musicien, rue de bellefond.

Monvoisin, épicier, rue jacques.

Monvoisin, huissier, rue montorgueil.

Monvoisin, employé, sixième municipalité.

Moquard, épicier, rue antoine.

Mora, tapissier, rue neuve-eustache.

Morin, commissaire des vivres, rue dominique.

Moraud, boucher, rue traînée.

Morand, frippier, rue des barres.
Morand, limonadier, division du temple.
Morand, avoué, rue martin.
Morand, professeur, à l'école centrale, rue antoine.
Morand, rue des vieux-augustins.
Morand, couverturier, montagne geneviève.
Morand, rue d'orléans-denis.
Morard père, jardin des plantes.
Morard fils, limonadier, jardin des plantes.
Moras, entrepreneur de bâtimens, rue du faub. poissonnière.
Morant, limonadier, rue grenata.
Morbieu, rue de bretagne.
Mordelet, marchand de vin, rue bernard.
Mordelet, marchand de vin, grande rue antoine.
Moreau, marchand de bois, rue claude.
Moreau aîné, maçon, rue geoffroy-lasnier.
Moreau, rue thibautodé.
Moreau jeune, employé, cul-de-sac du doyenné.
Moreau, herboriste, rue de l'oursine.
Moreau, marchand de bas, cour martin.
Moreau, avoué, quai de la république.
Moreau, limonadier, rue d'orléans-honoré.
Moreau, propriétaire, rue des amandiers.
Moreau, défenseur officieux, vieille rue du temple.
Moreau, greffier de juge de paix, île de la fraternité.
Moreau, au conseil des prises, dixième municipalité.
Moreau, rue honoré, n. 499.
Moreau, rue antoine.
Moreau, instituteur, rue chabanais.
Moreau, homme de lettres, employé, rue pierre-sarrasin.
Moreau, défenseur officieux, vieille rue du temple.
Moreau, bonnetier, rue bourg-l'abbé.
Moreau, employé à la commission de commerce, rue ménars.
Moreau, rentier, rue andré-des-arts.
Moreau, épicier, rue mouffetard.
Moreau, boulanger, rue du faubourg antoine.
Moreau, marchand de vin, place de grève.
Moreau jeune (Achille), neuvième municipalité.
Moreau, laveur de cendres, petite rue saint-pierre.
Moreau, adjudant de la garde parisienne, au quartier général.
Moreau, peintre, au louvre.
Moreau, rue de jouy.
Moreau l'aîné, limonadier, palais du tribunat.
Moreau, bibliothécaire, à l'école de santé.
Moreau, employé, rue du doyenné.
Moreau, employé, rue du champ-du-repos.

Moreau jeune, dessinateur, com. du muséum.
Moreau, maçon, rue jean-pain-mollet.
Moreau, marchand de vin, halle aux vins.
Moreau, rue du petit-vaugirard.
Moreau, vétéran, rue de verneuil.
Moreau, rue des martirs.
Moreau fils, serrurier, rue du vieux-colombier.
Moreau, rue de viarmes.
Moreau, cordonnier, rue des deux-ponts.
Moreau, cour du commerce.
Moreau (Saint-Claude) propriétaire des bernard., 12ᵉ. mnnicip.
Moreau (Pierre), rue des juifs, n. 4.
Moreau, marchand de vin, quai de l'union.
Moreau-Champileux, sous-d. de la tr., rue neuve-des p.-champs.
Morel, employé à la monnaie, dixième municipalité.
Morel, employé, rue notre-dame-des-victoires.
Morel, épicier, rue des arcis.
Morel, rue jean-beausire.
Morel, marchand de vin, faubourg martin.
Morel, employé au ministère de l'intérieur, rue andré-des-arts.
Morel, employé, cloître honoré.
Morel, marchand de bois, faubourg denis, n. 44.
Morel, ex-employé, rue du mouton, place de grève.
Morel, employé à la police, rue de l'homme-armé.
Morel, chapelier, rue thevenot.
Morel, horloger, rue de la barillerie, m. d. c.
Morel, ouvrier, rue de cléry
Morel, propriétaire, rue nicaise.
Morel, chapelier, rue neuve-denis.
Morel, rue du milieu des ursins.
Morel, rue des vieilles-étuves.
Morel, cloître jacques.
Morel, rue de turenne.
Morel jeune, rue de l'arbre-sec.
Morel (Jean-François, homme de loi, rue honoré, n. 166.
Morel, employé, rue childebert.
Morel, homme de loi, rue tiquetonne.
Morel, boulanger, rue du faubourg poissonnière.
Morel, invalide, dixième municipalité.
Morel-Gogelin, rue thévenot.
Morel-Darleu, garde des dessins au muséum, quatrième munic.
Morel de Vindé, rue neuve-grange-batelière.
Morel d'Obescur, banquier, rue cadet.
Morelle père, rue dé sèves.
Morellet, homme de lettres, première municipalité.
Morelot, professeur en pharmacie, rue de l'arbalète.

Morembert, ingénieur, première municipalité.
Moresmon, jouaillier, cour neuve du palais.
Moret, marchand de bois à la rapée.
Moret, négociant, rue neuve-des-petits-champs.
Moret aîné, avoué, rue des moulins.
Moret jeune, avoué, rue des moulins.
Moret, employé, rue bailly.
Morette, employé, rue andré-des-arts.
Morgan, général, rue de l'université.
Morgny, rue d'anjou-thionville.
Morgny, marchand de vin, rue antoine.
Moria, rentier, rue des postes.
Morial, marchand de draps, rue de la loi.
Moricault-Franconville, rue des deux-portes-jacques.
Morice, chef de division, à la police, quai voltaire.
Morice (François), aux invalides.
Moriceau, secrétaire de la 2e. municip., deuxième municipalité.
Moriceaux, homme de lettres, rue de la grande-truanderie.
Morillon, peintre, rue du four.
Morillon, avoué, rue de paradis.
Morillon (Pierre-René), chef de la compt., rue de la verrerie.
Morin, épicier, rue victor.
Morin, notaire, rue antoine, n. 70.
Morin, ex-munit. des vivres, rue dominique.
Morin, épicier, rue de la cossonnerie.
Morin, artiste, aux gobelins.
Morin, directeur des domaines, rue de choiseul.
Morin, rentier, rue basse-denis.
Morin, ex-député, rue du bacq.
Morin, libraire, rue jacques.
Morin, vitrier, rue guisarde.
Moringlane, apothicaire, rue pierre.
Morinière, agent de change, rue germain-l'auxerrois.
Morinot, marchand de vin, rue marguerite.
Morinval, empl. à la trésorerie, rue neuve des petits-champs.
Morinville, rue de torigny.
Moriseau, employé à la trésorerie, deuxième municipalité.
Morison, rue de bourgogne.
Morisot, fabricant de papier, rue de reuilly.
Morisse, employé, rue antoine.
Moriseau, notaire, rue andré-des-arts
Morisseaux, vérificateur, cour mandar, n. 15.
Morizot, ex-auditeur des comptes, septième municipalité.
Morize, employé à la guerre, rue quincampoix.
Morizeau, traiteur, rue marguerite.
Morizot, officier de santé, rue de bourgogne.

Morleau, mercier, rue saint-sauveur.
Morlet, employé, à chaillot.
Morlet, cultivateur, rue des morts.
Morlet, jouaillier, cour de lamoignon.
Morlot, rue de l'arbalète.
Mortelecq, porcelainier, faubourg martin.
Mortelly, négociant, rue chapon.
Mortemard, employé, rue neuve-gilles.
Mortemard, marchand de tabac, rue de sèves, n. 1328.
Mortier, menuisier, rue paul.
Mortier, chef de division aux invalides, 10ᵉ. municipalité.
Mortier père, rentier, rue d'aguesseau.
Mortier fils, rue d'aguesseau.
Mortier-Duparc, ex-législateur, rue de l'université.
Mortin, marchand de vin, rue des bernardins.
Mory, rue garancière.
Moslard, négociant, rue de surènes.
Mossa, employé, rue de bellefond.
Motard, serrurier, rue de la montagne-geneviève.
Motte, employé à la marine, rue de la concorde.
Motte, rue de thionville.
Mottel, agent de change, première municipalité.
Mottet, employé, rue poissonnière.
Mottin, limonadier, boulevard du temple.
Mouchard, bourrelier, faubourg denis.
Mouchard, boulanger, rue de l'oursine.
Mouchet, architecte, rue des poulies.
Mouchet, agent d'affaires, rue neuve-eustache.
Mouchetel-Laboulaye, rue du mail.
Mouchette, quincaillier, rue bourg-l'abbé.
Mouchez, perruquier, rue des barres.
Mouchonnet, entrepreneur de bâtimens, rue neuve-martin.
Mouchy, propriétaire, faubourg martin.
Mouchy, charcutier, rue de l'égoût.
Mouchy, boulanger, petite rue de reuilly.
Moudon, marchand de couleurs, rue germain-l'auxerrois.
Mouete, épicier, rue mouffetard.
Mouffette, officier de santé, rue neuve-égalité.
Mouffle, marchand de fer, porte honoré.
Mouffle (Jean-Fr.-Léon), rue des enfans-rouges.
Mougeot, rentier, rue percée-andré-des-arts.
Mouillet, empl. à la préf. du départ., rue des petites-écuries.
Moulcet, rue des enfans-rouges.
Moulé, rue d'enfer.
Moulet, négociant, rue de la vieille-monnaie.
Moulhault, employé, rue neuve-égalité.

Moulier, invalide, dixième municipalité.
Moulin, serrurier, rue de verneuil.
Moulin, rue honoré.
Moulin, rue ventadour.
Moulin, avoué au tribunal d'appel, rue batave.
Moulin, sellier-carossier, au carouzel.
Moulin père, rue forêt, n. 6.
Moulin, rue de long-pont.
Moulin, rentier, faubourg jacques.
Moulin, perruquier, faubourg honoré.
Moulinet, amidonnier, rue poliveaux.
Moulins, papetier, rue des vieilles-étuves.
Moullé, épicier, rue de la vieille-monnaie.
Moulnuit, adjudant, aux invalides.
Moulta, pâtissier, rue du four.
Mouquin, cloître notre-dame.
Moureau, menuisier, rue des pères.
Mouret, négociant, rue coquenard.
Mourot (Louis), rentier, rue méry.
Mourot, tailleur, rue bertin-poirée.
Mousard, employé, rue de poitou, n. 7.
Moussard, libraire, rue helvétius.
Mousset, fondeur, rue de naples, n. 35.
Moutard, ancien imprimeur, rue des mathurins.
Moutardier, imprimeur-libraire, rue andré-des-arts.
Moutardier, chaudronnier, rue, geoffroy-langevin.
Moutardier, rue du plessis.
Moutel, rentier, rue des bouchés-germain.
Moutier, rue quincampoix.
Moutison, architecte, rue des canettes.
Mouton, halle-aux-cuirs.
Mouton, rentier, rue des deux-ponts.
Mouton, quincaillier, rue marguerite.
Mouton, architecte, rue du harlay.
Mouton, drapier, rue montorgueil.
Mouton, marchand de vin, quai bernard.
Mouton père, boulanger, rue de l'oursine.
Mouzet, employé, rue poissonnière.
Mouzin, employé, rue de la croix.
Moynat (Jean-Claude), rue de la michaudière.
Moyneri, ex-agent-de-change, rue croix-de-la-bretonnerie.
Moynet, jardinier, rue saint-pierre.
Mozanino, poëlier, rue basse-du-rempart.
Mozin, employé, quatrième municipalité.
Mugnier, rue bourtibourg.
Mugot, dessinateur rue des grands-degrés.

13

Muguet , employé aux poudres , à l'arsenal.
Muidbled , limonadier , rue honoré.
Muidbled , tailleur , quai de l'école.
Muinet , rue du-pont-aux-choux.
Muker , employé , rue saint-paul.
Mullard , rentier , rue du faubourg du roule.
Muller , serrurier , rue de grenelle.
Muller , militaire , aux invalides.
Muller , poëlier , rue de la roquettre.
Muller , petite rue saint-roch.
Mullier , marchand de draps , rue honoré.
Mullot aîné , négociant , rue denis.
Mullot , éventailliste , rue denis.
Mulot , tailleur , rue saint-victor.
Mulot , ex-législateur , rue faubourg martin.
Mulot , employé , rue denis.
Mulot , perruquier , rue neuve-catherine.
Mulot , ex-municipal , rue st.-victor , n. 3.
Munier , contrôl. des contributions , rue du faubourg-antoine.
Munnier , militaire invalide , dixième municipalité.
Muraine , instituteur , rue du faubourg jacques.
Muraine , négociant , rue tirechappe.
Muraine , marchand , rue bétizy , n. 310.
Muralet , entrepreneur de bâtimens , rue jean-saint-denis.
Murat , salpétrier , rue nazareth.
Mury , rue planche-mibray.
Musart , avoué , rue faubourg poissonnière.
Museux , employé , rue faubourg martin.
Munier-Descloseaux , rue la fraternité.
Mussard , rue poissonnière.
Musset-Godeau , agent d'affaires , rue gaillon.
Mussey , ancien juge de paix , rue du faubourg du temple.
Mussot , marchand de bois , rue contrescarpe.
Mussot l'aîné , marchand de bois , fossés de la bastille.
Musy , rue de vaugirard.
Mutel , empl. à la trésorerie , rue notre-dame-des-petits-chants.
Myette , rue haute-des-ursins.
Nachet (Isidor-Louis) , pharmacien , vieille rue du temple.
Nadé , tailleur , rue du temple.
Nadermann , marchand de musique , rue de la loi.
Nagerand , peintre , rue de la barouillère.
Nagus , commissaire-priseur , rue aubry-le-boucher.
Naigeon , membre de l'institut , au louvre
Naigeon , peintre , rue de beaune.
Nainville , avoué , rue du fouare.
Namiau , épicier , rue phélypeaux.

Namur, cul-dé-sac-guémené.
Nancey, marchand de vin, à l'orme-saint-gervais.
Nauté, marchand de vin, rue denis.
Nanteuil ainé, adm. des messageries, troisième municipalité.
Nardot, ancien administrateur, rue de la loi.
Nargeot, quai de la mégisserie.
Narpe, propriétaire, rue du gindre.
Nast, manufact. de porcelaine, rue des amandiers.
Natey, homme de loi, rue des bernardins.
Natoire, ex-député, rue dominique.
Nattier, huissier, rue des petits-champs.
Nau, propriétaire, rue notre-dame-des-victoires.
Nau, bourgeois, rue de la harpe.
Nau père, propriétaire, rue du faubourg martin.
Nau l'aîné, rue des poitevins.
Nau, épicier, rue faubourg antoine.
Nau, ex-payeur des rentes, rue des blancs-manteaux.
Nau, employé, rue des blancs-manteaux.
Nau-de-Champ-Louis, ex-juge, rue de braque, n. 17.
Nau-Deville, rentier, quai de la mégisserie.
Naubré, peintre, vieille rue du temple.
Naudé, maçon, rue des vertus.
Naudet, marchand de vin, rue du roule.
Naudet, artiste des français, deuxième municipalité.
Naudet, restaurateur, jardin du tribunal.
Naudet, employé, rue des postes.
Naudier, botaniste, rue jacques.
Naudin père, nourrisseur, rue du banquier.
Naudin, marchand de bois, boulevard du mont-parnasse.
Naudin, marchand de vin, rue de la tournelle.
Naudin., ordonnateur des inhumations, rue culture-catherine.
Naudin, entrepreneur des fourrages, rue du ponceau.
Naudin, employé, rue des moineaux.
Naudin employé, rue pot-de-fer.
Naudin, employé à la municipalité, faubourg martin.
Naudon, caissier du jardin des plantes, douzième municipalité.
Naugaré, sculpteur, rue des francs-bourgeois.
Naugaret, à l'arsenal.
Nauroy, directeur des glaces, à la manufacture.
Naury, rue croix de la bretonnerie.
Nautel, huissier au tribunal de première iustance, au palais.
Navart, chef de bureau au département, place vendôme.
Navet, employé à la municipalité, première municipalité.
Né, employé, rue d'enfer.
Nebel, quai de l'horloge.
Necart, orfèvre, rue du roule.

Née, épicier, île de la fraternité.
Née, graveur, rue des francs-bourgeois.
Negre, employé, rue fontaine-nationale.
Nelle, sous-aide-major aux invalides, rue de grenelle.
Nepveu, perruquier, rue du sépulcre.
Nepveu, architecte, rue neuve des capucines.
Nerant, aubergiste, rue des cinq-diamans.
Neret, pharmacien, rue honoré.
Neret (J.-B.-Laurent), huissier de la j. de paix, rue du bacq.
Nerisse, propriétaire, rue du four.
Nervat, rentier, rue du helder, n. 10.
Nettement, négociant, rue d'amboise.
Neveu, homme de loi, rue de grenelle-germain.
Neveu, frippier, rue transnonain.
Neveu, négociant, rue quincampoix.
Neveu, artiste, faubourg martin.
Neveu, de l'école polytechnique, au louvre.
Neveu, peintre en bâtimens, rue beaubourg.
Neveu, rue des marmouzets.
Neveu, épicier, rue des deux-ponts.
Neveux, épicier, rue des deux-boules.
Neusforge, rue du plâtre-jacques.
Neuville (Antoine), rue montmartre.
Nicard, employé, rue d'argenteuil.
Nick, adjudant-major, aux invalides.
Nicod, rue dominique.
Nicol, traiteur, rue germain-l'auxerrois.
Nicolas, épicier, rue de bretagne.
Nicolas (Antoine), aux invalides.
Nicolas, rue du cherche-midi.
Nicolas, cloître germain-l'auxerrois.
Nicolas, rue traversière.
Nicolas, ingénieur, rue de la harpe.
Nicolas, marchand de vin, rue honoré.
Nicole, employé au ministère de la police, rue benoît.
Nicole, huissier, rue du four-germain.
Nicoleau, bibliothécaire, rue montmartre.
Nicolet, rentier, sur le boulevard.
Nicolier, serrurier, cour des miracles.
Nicolle, employé, rue du faubourg martin.
Nicord, administrateur du prytanée, douzième municipalité.
Nicoud, rue des francs-bourgeois.
Niel, homme de loi, rue honoré.
Niel, employé, rue palatine.
Niepiel, négociant, rue croix des petits-champs.
Nilas, chandelier, rue montmartre.

Ninet , rue transnonain.
Niobé , à la bibliothèque des cordeliers , rue de la harpe.
Niodo père , papetier , rue froidmanteau.
Niort , ex-employé , rue vantadour.
Niou , conseiller aux prises , rue des petits-augustins.
Niquet , peintre , faubourg martin.
Niquet aîné , graveur , faubourg jacques.
Niquet jeune , graveur , faubourg jacques.
Niquevert , peintre , rue de sèves.
Nisse , employé , rue dominique.
Nivard , officier aux invalides , dixième municipalité.
Niveau (Jacques) , assesseur de juge de paix , douzième mun.
Nivelon , artiste à l'opéra , deuxième municipalité.
Nivelot , entrepreneur de bâtimens , arcade anne , au palais.
Nivers , jouaillier , rue de savoie.
Nivert , jouaillier , rue des grands-augustins.
Nizard père , charpentier , rue des fossés du temple.
Nizard , charpentier , rue des fossés du temple.
Noailles , instituteur , faubourg honoré.
Noblet , ariste à la savonnerie , première municipalité.
Noblet , rue paul.
Noblet , serrurier , rue de varennes.
Noblet , distillateur , rue denis.
Noblet , jardinier , petite rue pierre.
Noblet , marchand de chevaux , rue de bièvre.
Noblet , rue des barres.
Nodin , inspecteur , aux quinze-vingts.
Noël , instituteur , rue de l'oursine.
Noël , rentier , rue du harlay.
Noël , marchand de toiles , rue honoré.
Noël , limonadier , rue de tournon.
Noël , maçon , marché jean.
Noël , sous-adjudant-major , aux invalides.
Noël , commissaire de police , section du mail.
Noël (Marin) , négociant , rue du mouton.
Noël père , rue du martois.
Noël , officier militaire , rue des fossés-bernard.
Noël , secrétaire au prytanée , douzième municipalité.
Noël , mathématicien , rue antoine.
Noël , peintre , aux filles-marie.
Noël , architecte , rue de mesnil-montant.
Noël (Gille) , propriétaire , rue du faubourg jacques.
Nogaret , rue de vaugirard.
Nogaret , sculpteur , rue mêlée.
Nogent , homme de loi , rue du pot-de-fer.
Noguette , employé , rue cassette.

Noiret, rue bertin-poirée.

Noirot, rue des vieux-augustins.

Noirot, marchand de vin, rue honoré.

Noiterre, propriétaire, rue des pères.

Noisette, rue montorgueil.

Noisette, marchand épicier, rue denis.

Nolan, flaconnier, rue bourg-l'abbé.

Noleveau., écrivain, rue montmartre.

Nolivos Saint-Cyr, officier invalide, aux invalides.

Nolleau, épicier, rue de sèves.

Nolléau, rentier, rue meslée, n. 32.

Nollet, charcutier, rue honoré.

Nonotte, receveur de loterie, rue de bourgogne.

Norbert père, tailleur, rue de la harpe.

Norbert fils, tailleur, rue de la harpe.

Nores, tapissier, rue feydeau, n. 22.

Normand, pharmacien, rue mouffetard.

Normand, avoué, rue neuve-augustin.

Normand, marchand de bois, rue de seine-victor.

Normand, fondeur, rue de la tannerie.

Noroy, invalide, dixième municipalité.

Noroy, employé, rue de poitou.

Noroy, chef des bâtimens civils, dixième municipalité.

Nota, épicier, rue jacques.

Notaire, rue d'ormesson.

Noteler, employé à l'arsenal, neuvième municipalité.

Notrelle, perruquier, rue vivienne.

Notté, homme d'affaires, rue ferou.

Noublanche, vieille rue du temple.

Nouel, avoué, rue avoie.

Nouette, employé, rue portefoin.

Nougaret, rue de tournon.

Nouhaillier, banquier, rue pavée-andré-des-arts.

Nourry, ancien militaire, rue du temple, n. 40.

Nourry, vitrier, rue de sèves.

Noury, chirurgien, rue croix de la bretonnerie.

Noustier père, rue bourg-l'abbé.

Nouvelle, rentier, rue culture-catherine.

Novoit, aux invalides.

Noyal, artiste aux gobelins, douzième municipalité.

Noyer, défenseur officieux, rue martin.

Noyer, cloître notre-dame.

Noyon, aux invalides.

Nozeret, ancien employé, actuell. propr., cour des fontaines.

Nul, invalide, dixième municipalité.

Nyon, ex-libraire, rue hautefeuille.

Nyon , libraire , pavillon des quatre-nations.
Nyon , libraire , rue du jardinet.
Nyon , rentier , rue serpente.
Obertin , chef de bureau à la justice , première municipalité.
Obinar , foureur , rue honoré.
Obled père , rue cassette , faubourg germain.
Obled fils , employé , rue cassette , faubourg germain.
Oblin , graveur , quai des orfèvres.
Odan , rue denis.
Oder , menuisier , rue tire-boudin.
Odienne , épicier , rue de fourcy.
Odiot , orfèvre , rue honoré.
Odiot , marchand d'étoffes , rue honoré.
Odune , instituteur , rue bigot.
Oeillet-Saint-Victor , ex-avocat , rue boucher.
Offroy , pâtissier , rue d'argenteuil.
Ogé , commissaire de police , cinquième municipalité.
Ogé , vérificateur , cour des écuries.
Oger , marchand de soie , rue paul , n. 36.
Oger , toiseur , faubourg denis.
Oger , rue orléans honoré.
Oger , homme de loi , rue des grands-augustins.
Ogier , rue d'enfer.
Oidiot , rue honoré.
Oizille , mercier , rue des cordeliers.
Olin , rue aubry-le-boucher.
Olive , cordonnier , rue des gravilliers.
Olive , rentier , rue helvétius.
Olivera , officier de santé , cour mandar , n. 4.
Olivéras , bijoutier , quai de la ferraille.
Oliveras , rue haute-des-ursins.
Olivet , receveur à la monnaie , dixième municipalité.
Olivier , employé , place de l'école.
Olivier (Charles) , rentier , rue montmartre.
Olivier , mercier , rue de bretagne.
Olivier , rue du faubourg poissonniere.
Olivier (Jean-Baptiste) , invalide , dixième municipalité.
Olivier , manufacturier de faïence , rue de la roquette.
Olivier , couvreur , rue du mouton.
Olivier , membre de l'institut , au louvre.
Olivier de la Gastine , ex-conseiller , rue des prouvaires.
Olivier , rentier , rue de beaune.
Olivier , fondeur , rue neuve-martin.
Olivier , négociant , rue denis.
Olivier , ébéniste , faubourg antoine.
Olivié , employé à la bibliothèque nationale , deux. municipalité.

Olivier, rue saint-pierre-montmartre.
Olivier, épicier, rue pinon.
Ollait, fourbisseur, rue des marmouzets.
Ollery, marchand de bois, rue du vieux-colombier.
Ollivier, banquier, rue du gros-chenet.
Ollivier, chandelier, rue culture sainte-catherine.
Omont, propriétaire, rue égalité.
Onfroy, bijoutier, rue neuve-égalité.
Onfroy, imprimeur, rue gît-le-cœur.
Onobiot, propriétaire, rue quincampoix.
Orah, vitrier, rue anne.
Oran, libraire, rue de la harpe.
Orange, instituteur, rue cassette.
Orange, fabricant de ressorts, rue andré-des-arts.
Orange, secrétaire du concile national, rue cassette.
Orcet, employé, rue des foureurs.
Oreillé, homme de lettres, rue j.-j. rousseau.
Orenne, rue de la ferme des mathurins.
Orient, propriétaire, rue de la roquette.
Orillard, tailleur, rue de lille.
Orsai, charcutier, rue mouffetard.
Orsel (Joseph), propriétaire, rue de la place vendôme.
Orsel, négociant, passage beaufort.
Ory, fabricant de blonde, passage du bois de boulogne.
Osanne, homme de loi, rue pierre-sarrazin.
Oseray, employé, rue de la huchette.
Osmont, rue montmartre.
Osmond, vinaigrier, rue victor.
Osmond, secrétaire aux relations extérieures, rue du bacq.
Ossement, fabricant de boutons, rue de la chanvrerie.
Ossemont, employé, faub. du roule.
Ostal, sellier, rue du bacq.
Ostendre, artiste, aux gobelins.
Ostervald, rue lepelletier, n. 3.
Otélin, invalide, dixième municipalité.
Oudaille de Petivalle, rue poissonnière.
Oudard, employé, faub. honoré.
Oudard, employé, rue de la cordonnerie.
Oudart, confiseur, rue des lombards.
Oudard, limonadier, faub. du roule.
Oudin, avoué, rue de la grande-truanderie.
Oudin, perruquier, rue trousse-vache.
Oudinot, notaire, rue de l'université.
Oudinot, architecte, rue férou.
Oudinot neveu, rentier, rue pierre-sarrazin.
Oudot, négociant, porte-jacques.

Ouin, régisseur des vivres, rue dominique.
Ouin, menuisier, rue de surênes.
Ouizille, marchand, rue des cordeliers.
Ouizille fils, employé, quai des orfèvres.
Ouobiot, propriétaire, rue quincampoix.
Ouract (Fr.-Jean-Rem.), marchand de vin, rue avoie, n. 161.
Oursel, contrôleur, barrière de maringo.
Oury, fondeur, rue grenata.
Ousson, boucher, rue de la verrerie.
Outrebon, employé, rue transnonain.
Outrebon jeune, employé, faub. honoré.
Outrequin, banquier, rue du gros-chenet.
Ouvrard, fournisseur, rue du mont-blanc.
Ouy, passage du bois de boulogne.
Ozane, parfumeur, rue denis.
Ozane, ingénieur de la marine, rue de la concorde.
Ozanne, rue de la ferme des mathurins.
Ozanne, négociant, rue de l'arcade.
Ozanne, propriétaire, rue de joubert.
Ozole, secrétaire de juge de paix, septième municipalité.
Paben, apothicaire, rue du faub. antoine.
Pabignos, employé, cloître méry.
Pacha, graveur, rue du faub. jacques.
Pachon, horloger, rue du faub. jacques.
Pachot, maître d'écriture, faub. denis.
Pacot, maçon, faub. antoine.
Pacotte oncle, rue l'évêque.
Paganel, chef aux relations extérieures, 10e municipalité.
Pagaud, employé, rue neuve-égalité.
Page oncle, ancien agent de change, rue chauchat.
Page neveu, rue chauchat.
Pageaut, homme de loi, faub. martin.
Pagel (Mathias), rue ville-l'évêque.
Pageot, rue paul.
Pagès, médecin, rue d'enfer.
Pagez, marchand, rue andré.
Pagnière, marchand de draps, rue denis.
Pagnière, marchand, rue honoré.
Pagnon, épicier, place de grève.
Pagnon, capitaine aux invalides, 10e municipalité.
Pagot, directeur des domaines, rue de choiseuil.
Paguet, invalide, 10e municipalité.
Paigniez, orfèvre, rue transnonain.
Paillette, receveur, à la halle au vin.
Paillard, cloître jacques-l'hôpital.
Paillard, quai pelletier.

Paillard-Villeneuve, employé au département, place vendôme.
Paillieux, rentier, rue quincampoix.
Pain, médecin, rue des grands-augustins.
Pain, imprimeur, rue des prouvaires.
Pain, ancien marchand, rue de tournon.
Paintendre, rentier, rue d'anjou, faub. honoré.
Painvin, employé, rue martin.
Paisselier, employé, rue de' sorbonne.
Paizon, épicier, rue des boucheries-germain.
Pajon, sculpteur, au louvre.
Pajot, directeur du bureau central, faub. denis.
Pajot, chef de div. au min. des finances, 2e municipalité.
Pajot, homme de loi, rue martin.
Pajot l'aîné, employé au département, place vendôme.
Pajot, apothicaire, rue neuve des petits-champs.
Pajot-Villers, propriétaire, rue de provence.
Pajou-d'Orville, rue benoît.
Palais, ancien chef d'artillerie, rue cadet, n. 3.
Palard, directeur de la caisse de commerce, rue ménars.
Pallardeau, imprimeur, rue andré-des-arts.
Pali, employé, rue de sèves.
Palissot, homme de lettres, aux quatre nations.
Palle, fourbisseur, rue du bouloy.
Palleron, tanneur, rue censier.
Pally, architecte, rue du battoir.
Paltré, huissier, rue louis, n. 547, au marais.
Pattu, marchand de bois, rue de l'étoile, n. 31.
Pampelun, propriétaire, rue antoine.
Panière aîné, rue du roule, n. 297.
Panière jeune, rue de la monnaie.
Pannard, rue férou.
Pannelier, homme de loi, rue du cimetière-andré-des-arts.
Pannequin, secrétaire en chef de la mairie, première municip.
Pannier, avoué, rue des deux-portes-saint-sauveur.
Pannier, bonnetier, rue du bacq.
Penquet, greffier de juge de paix, rue pierre-sarrasin.
Pantaclin, charcutier, rue denis.
Pantigny, employé, rue de la loi.
Pantin, rue des poitevins.
Pantin père, rue de bièvre.
Pantin, homme de loi, tourniquet saint-jean.
Paoli, couverturier, rue victor.
Pape, ébéniste, rue de charonne.
Papelin, quincaillier, rue montorgueil.
Papier, passementier, rue des filles-dieu.
Papigny, vieille rue du temple.

Papillon, employé, rue de bièvre, n. 20.
Papillon, marchand de vin, quai bernard.
Papillon-Latapy, rue des postes.
Papin, marchand de soie, rue honoré.
Papon, homme de lettres, rue guillaume.
Papon, homme de loi, rue guénégaud.
Paqueau, receveur de l'enregistrement, rue étienne.
Paquet, négociant, rue denis.
Paquet, marchand de vin, rue d'orléans-marceau.
Paquet, charpentier, faubourg martin.
Paquet, employé, rue bagneux.
Paquier, tapissier, rue de viarmes, n. 56.
Paquier, employé, rue de sèves, n. 1039.
Para-Chalandré, rue de l'université.
Parain, architecte, rue saint-françois.
Parallier, tailleur, rue de l'hirondelle.
Parant l'aîné, rue dorée.
Parant jeune, rue neuve-saint-françois.
Parcaly, propriétaire, rue saint-sauveur.
Parceval-Grandmaison, mem. du cons. des prises, 2e. municip.
Pardin, rue feydeau, n. 21.
Pardon, employé, rue de l'échelle.
Pardon, homme de loi, rue neuve-eustache.
Pardon, anc. chef au min. des fin., rue neuve-des-petits-champs.
Pardot, homme de loi, rue eustache.
Paré, membre de la commission des émigrés, quai voltaire.
Parelle, menuisier, rue de tracy.
Parelle, employé au corps législatif, dixième municipalité.
Parent, rue feydeau, n. 208.
Parent jeune, banquier, rue des deux-portes-sauveur.
Parent, marchand de toiles, rue coquillière.
Parent, boulanger, rue jacques, u. 633.
Parent, tabletier, rue grenata.
Parent peintre, rue des prêtres-germain.
Parent, teinturier, rue trousse-vache.
Parent, négociant, rue montmartre.
Parent, curé de saint-nicolas, rue aumaire.
Pareur, employé, rue de l'université.
Parfait, membre du conseil de santé, onzième municipalité.
Parfait, boulanger, faubourg denis.
Parqueze, banquier, rue de choiseuil.
Paris, homme de loi, rue foire germain-des-prés.
Paris (Nicolas), rue de la justice.
Paris, avoué, rue grenata.
Paris, clerc de notaire, rue d'anjou, n. 1776.
Paris, ancien apothicaire, rue montmartre.

Paris, négociant, place maubert.
Paris, négociant, rue andré-des-arts.
Paris (Alexandre-Jean-Gabriel), rentier, rue méry.
Paris, propriétaire, rue de lancry.
Paris, graveur, rue des postes.
Paris, dégraisseur, rue joubert.
Paris, bijoutier, rue gît-le-cœur.
Paris, limonadier, rue martin.
Paris, homme de loi, passage la treille, rue des bouch. germ.
Paris, limonadier, place thionville.
Paris, rue galande, n. 20.
Paris, mégissier, rue censier.
Paris, rue montmartre.
Paris, ancien maire, division du mail.
Pariset, inspecteur à la mairie, cinquième municipalité.
Pariset, courtier, rue honoré.
Parisi, marchand de vin, place maubert.
Parisot, ex-législateur, cul-de-sac du bon-puits.
Parisot, chef de division à la préf. de pol., onzième municipal.
Parisot père, rue antoine.
Parisot, rue de la liberté.
Parisot (Louis), vétéran, rue de bièvre.
Parisot, sous-archiviste de la comptabilité, cour lamoignon.
Parisot, rue de turenne, n. 303.
Parisot, employé, rue des maçons.
Parisot, tailleur, rue planche-mibray.
Parmentier, homme de loi, rue de lille.
Parmentier, propriétaire, rue saintonge.
Parmentier, membre de l'institut, rue de grenelle-germain.
Parmentier, employé, rue de l'université.
Parnol (Noël-Pierre), employé, rue dominique.
Parnot, perruquier, rue quincampoix, n. 8.
Parny, homme de lettres, rue taitbout.
Paroi, chandelier, rue des trois maures.
Parois, rue de chabanais.
Paron, assesseur de juge de paix, rue de beaune.
Parquin, épicier, rue martin.
Parreau, libraire, au louvre.
Parissot, doreur, rue des prêcheurs.
Partenay, chef de bataillon, aux invalides.
Parthon, banquier, rue froidmanteau.
Parthon, fermier de l'octroi, quai des théatins.
Parthon, employé à la préfecture, quai des orfèvres.
Pascal, menuisier, rue cassette.
Pascal, menuisier, rue des vieilles-tuilleries.
Pasquier, commissaire-priseur, rue honoré.

Pasquier, propriétaire, rue de la ferme des mathurins.
Pasquier, employé, rue de grenelle.
Passerat père, rentier, rue dominique.
Passera, rue dominique.
Passonneaux, commissaire de police, rue des marais.
Pastel, quai de la république.
Pastelot, employé, rue neuve-martin.
Pastoret, ex-législateur, place de la concorde.
Pastret, épicier, rue de charonne.
Paté, avoué, rue de grenelle.
Paté, limonadier, rue du cimetière-andré.
Paté, marchand, rue chartière.
Pastel, négociant, rue thévenot.
Pasterel, éventailliste, rue frépillon.
Pattian, marchand de vin, rue bon.
Paillet, perruquier, rue neuve-roch.
Patin, limonadier, champs-élisées.
Patin, receveur, rue de la liberté.
Patin de la Tour, rentier, rue jean-de-beauvais.
Paton, marchand de draps, passage de la boucherie.
Patoulet, doreur, rue montorgueil.
Patrelle, épicier, rue de charonne.
Patrice, employé à la police générale, dixième municipalité.
Patrin, rue copeau.
Patron, employé à la trésorerie, deuxième municipalité.
Patté, rue de l'étoile.
Patu, épicier, faubourg denis.
Patu, propriétaire, rue de touraine.
Patu, marchand de bois, rue paul.
Patureau, confiseur, rue des lombards.
Paty, maçon, faubourg martin.
Paul, rue menars.
Paul, charron, rue pot-de-fer.
Paulé, épicier, rue des alpes.
Paulet, instituteur, rue des droits de l'homme.
Paulier, place vendôme.
Paulin, employé, quai de la mégisserie.
Paulin, ex-procureur, rue de bièvre.
Paullemier, négociant, rue des bourdonnais.
Paulmier, homme de lettres, rue gilles, n. 92.
Paulmier fils, négociant, rue denis.
Paulmier, notaire, rue neuve des petits-champs.
Paulmier, rentier, rue germain-l'auxerrois.
Paulmier, rue des deux-ponts.
Paulnier, chapelier, rue du pourtour.
Paulus, rue neuve des petits-champs.

Paulus-Ereverard, négociant, cloître opportune.
Paumier, prêtre, rue neuve-roch.
Paumier, rue traînée.
Paupelin, quincaillier, rue montorgueil.
Pauquet, greffier de juge de paix, onzième municipalité.
Pausseau, rentier, rue de la cossonnerie.
Paussemont, rue cassette.
Paussot, frippier, rue de l'oursine.
Pavée, rue montorgueil.
Pavillers, archivistes, cloître notre-dame.
Pavin, employé, rue de sèves.
Pavox, limonadier, rue de beaune.
Passy, mercier, rue de la monnaie.
Payen, marchand, rue honoré.
Payen, brasseur, rue des saussayes.
Payen, cloître méry.
Payen, rue des rosiers.
Payen, peintre, rue de sèves.
Payette, employé à la prem. mairie, première municipalité.
Payne (Thomas), rue du théâtre français.
Payor, mercier, rue de tracy.
Payre, rue de la ville-l'évêque.
Payrol, menuisier, rue de sèves.
Paysan père, jardinier, petite rue pierre.
Péan de Saint-Gilles, agent de change, place des vosges.
Péan de Saint-Gilles, notaire, rue de condé.
Péan-la-Jannière, rentier, rue pot-de-fer.
Péaron de Surenne, rentier, première municipalité.
Peaulard, pâtissier, rue de l'arbre-sec.
Peehe, commission. au mont-de-piété, rue des blancs-mant.
Pêche, rentier, rue des petits-augustins.
Pechet, rue mouffetard.
Pechet, serrurier, rue taitbout.
Pechillon, homme de loi, rue des noyers.
Pechiné, homme de loi, rue du battoir.
Pechinel, ex-procureur, rue du battoir.
Pecourt, avoué, rue montmartre.
Pé-Dé la Borde, dentiste, rue jean-jacques rousseau.
Pedrelly, rue des postes.
Pégal, menuisier, faubourg martin.
Pego, rue du bouloy.
Peigue, rue du pourtour.
Peignet, épicier, place beaudoyer.
Peignez père, toiseur, à chaillot.
Peigné, rue denis.
Peillion (J.-Ant.-Eliz.), rue martin.

Pein (Théodore), chef des messageries nat., 3e. municipalité.
Peiniet, arquebusier, cour du manége.
Pelagat, employé, rue martin.
Pelaguot, charpentier, rue basse-du-rempart.
Pellessier, horloger, rue aux ours.
Pelet, épicier, rue paradis.
Pelfrenne, papetier, rue des lombards.
Pelissier, serrurier, rue nazareth.
Pelisson (Jean-Louis), rue de la verrerie.
Pellard, rentier, rue de sèves.
Pellé, homme de lettres, rue des martyrs.
Pellé, limonadier, rue victor.
Pellecat père, ex-commissaire de police, rue du faub.-antoine.
Pellerain, propriétaire, rue grenelle-honoré.
Pellerin, employé à la préfect. de police, onzième municipalité.
Pellerin, facteur à la halle au blé, quatrième municipalité.
Pellerin, rue des moineaux.
Pellerin, maçon, rue hauteville.
Pellerin, rentier, faubourg denis.
Pelletan, chirurgien au grand hospice, 9e. municipalité.
Pelletier (Guillaume), rue avoie.
Pelletier, quincaillier, rue du faubourg-montmartre.
Pelletier, épicier, rue faubourg du temple.
Pelletier, employé à l'école polytechnique, 10e. municipalité.
Pelletier, apothicaire, rue jacob.
Pelletier, employé, faubourg martin.
Pelletier, maçon et couvreur, rue des vertus.
Pelletier (André) rue mouffetard.
Pelletier, imprimeur, rue française.
Pelletier-Chambure, rue nicaise.
Pelletier de Rilly, rue de la fraternité.
Pellevé, homme de lettres, rue des colonnes.
Pellier (Edme-Louis), peintre, rue martin.
Pellier, cordonnier, rue tiquetonne.
Pellier, employé, quatrième municipalité.
Pellisson, rentier, rue du faubourg germain.
Pelloile, marchand de vin, rue des deux-écus.
Pelport père, menuisier, rue des fossés-du-temple.
Peltier, fruitier, rue de sèves.
Peltrini, musicien, rue honoré.
Peluard, cardier, rue victor.
Pelvillien, employé, rue paul.
Penard de Starigny, rue des billettes.
Penel, mercier, rue du chevalier-du-guet.
Penier, marchand de bois, rue de lille.
Penigaud, rue de braque.

Pennier, propriétaire, rue du bacq.

Peny, marchand de vin, rue victor.

Pepin, peaussier, rue des lombards.

Pepin aîné, rue gracieuse.

Pepin, ancien juge de paix, rue du faubourg montmartre.

Pepin, marchand, rue feydeau.

Pepin, marchand, rue de la loi.

Pepin, fabricant de gazes, rue meslée.

Pepin, mercier, faubourg jacques.

Pepin de Notouville, avoué au tribunal d'appel, rue batave.

Pequet, rue neuve guillaume.

Pequillon, invalide, dixième municipalité.

Pequinot, rue fossés-victor.

Peral, chirurgien à l'arsenal, neuvième municipalité.

Perault-des-Chaumes, avoué, rue neuve des petits-champs.

Percherin, receveur des rentes, rue montmartre.

Percheron, mercier, rue denis, n. 18.

Percheron, employé, rue de l'égalité.

Perdiset, rue d'englade.

Perdu, sellier, faubourg denis, n. 54.

Pereau, juge, rue popincourt.

Pérégau, banquier, rue du mont-blanc.

Perel, mercier, rue de bercy-jean.

Perellon, boulanger, rue coquenard.

Peres, serrurier, rue catherine.

Periac père, menuisier, rue des marais.

Perier, ancien notaire, rue d'angoulême.

Perier-Frémémont, homme de loi, rue des fossés-germain.

Perignon, notaire, rue honoré.

Perille, professeur à l'école de médecine, rue hyacinthe.

Perin, charcutier, rue de sèves.

Perina (Jean) orfèvre, boulevard montmartre.

Perinet, limonadier, rue guénégaud.

Periguehem, rentier, rue de la vieille estrapade.

Perly, employé, rue bellefond.

Perney, fabricant de gazes, faubourg denis.

Pernon, rue garancière.

Pernet, serrurier, rue neuve martin.

Peronet père, menuisier, rue dominique-d'enfer.

Peronet, rue de choiseul.

Peronne, fruitier, rue du petit lion.

Perot, rentier, rue de chaillot.

Pérou, propriétaire, rue beautreillis.

Peroux, marchand de vin, faubourg poissonnière.

Perreau (François) adjudant aux invalides, 10e. municipalité.

Perreault, employé à la préfect. de police, rue boucher, n. 11.

Perret , boulanger , rue bon , n. 3.
Perrez , mécanicien , rue neuve-catherine.
Perrier , jardinier , rue des brodeurs.
Perrier-Tremont , employé , rue des fossés-germain-des-prés.
Perrin , employé , rue basse-pierre.
Perrin , linger , rue du four.
Perrin , vérificateur , rue galande.
Perrin jeune , boulevard montmartre.
Perrin , employé , rue du four-germain.
Perrin l'aîné , négociant , rue cérutti.
Perrin , peintre , au louvre.
Perrin , propriétaire , rue du sépulcre.
Perrin , avoué , rue montmartre.
Perrin , pensionné , rue des postes.
Perron , employé , rue dominique.
Perronnet , peintre , rue des bernardins.
Perrot , marchand de vin , place maubert.
Perrot , maçon , rue de l'arcade.
Perrotin , propriétaire , rue de seine.
Perru , place de l'estrapade.
Persellier , faubourg poissonnière.
Persennet , architecte , rue de chabanais.
Persin , receveur , rue de la liberté.
Person (Gabriel) , hôtelier , rue helvétius , n. 655.
Person , limonadier , rue de lancry.
Personne-Desbieres , rue de la loi.
Perthui père , rue beautreillis.
Pertrand , musicien , rue d'enfer , n. 6.
Pertuis , employé , rue thévenot.
Pertus , chaudronnier , rue de naples.
Pesan , marchand de vin , pont notre-dame.
Pescher , professeur d'écriture , cloître honoré.
Pescheux , tailleur , rue thomas-du-louvre.
Pese , quincaillier , quai de la mégisserie.
Pesent , papetier , rue denis , n. 18.
Pesne , militaire , aux invalides.
Pessard , quai de la tournelle.
Pesselier , employé , maison de sorbonne.
Petaud , hôtelier , rue traversière.
Petey , plombier , rue du cimetière.
Petigny , rue d'anjou.
Petissier , instituteur , rue française.
Petit , épicier , rue du bacq.
Petit , propriétaire , rue neuve martin.
Petit , quai de la mégisserie.
Petit , menuisier , place sulpice.

14.

Petit, quincaillier, rue bourg-l'abbé.
Petit père, marchand de vin, rue baffroy.
Petit, boutonnier, rue thévenot.
Petit, ébéniste, grande rue antoine.
Petit, médecin, rue de l'égalité.
Petit, perruquier, rue des moineaux.
Petit, sellier, rue des vieilles tuileries.
Petit, employé, rue des canettes.
Petit, employé, rue du lycée.
Petit, notaire, rue martin.
Petit, marchand de vin, rue neuve-geneviève.
Petit, architecte, rue des juifs.
Petit, rue du bouloy.
Petit, trésorier, rue victor.
Petit, rue avoie.
Petit, rue hautefeuille.
Petit, bijoutier, rue denis.
Petit, rue beaubourg.
Petit, éventailliste, rue martin.
Petit, imprimeur, rue jacques.
Petit, logeur, rue basse-denis.
Petit, rue de mousseaux.
Petit, limonadier, rue du faubourg du temple.
Petit, faïencier, rue du faubourg martin.
Petit, charron, rue jean-tison.
Petit, tapissier, faubourg antoine.
Petit, marchand de draps, porte jacques.
Petit, rue des nonaindières.
Petit aîné, horloger, rue des fossés germain des prés.
Petit, doreur, rue guérin-boisseau.
Petit, tapissier, rue denis.
Petit, rue copeau.
Petit, commissaire de bienfesance, sixième municipalité.
Petit, rentier, rue neuve martin.
Petit, rentier, rue des boucheries-germain.
Petit, commissaire, rue bourg-l'abbé.
Petit (Antoine), invalide, dixième municipalité.
Petit, boucher, rue bernard.
Petit, horloger, quai des orfèvres.
Petit fils, potier de terre, rue beffroy.
Petit fils, rue de verneuil.
Petit-Beau, officier de santé, rue honoré.
Petit-Beau, employé, rue de seine.
Petit-Bon, marchand, rue des prouvaires.
Petit-Degatine, avoué, préau de la foire.
Petit de la Houville, rue beautreillis.

Petit Delorme, quincaillier, quai de la mégisserie.

Petit Desrozières, employé, rue dés marais.

Petit Fontaine, marchand, rue du bouloy.

Petit (Georges), ex-commissaire, dixième municipalité.

Petit-Jean, rue du chantre.

Petit-Menseigle, avoué, rue de jouy.

Petit-Pierre, employé, maison boulainvilliers.

Petit-Radel, médecin, rue thiroux.

Petit-Radel, architecte, rue de la cerisaye.

Petitain, marchand de draps, rue honoré.

Petitot, employé à la préfect. du département, place de l'école.

Pétrel, architecte, rue fontaine nationale.

Peuchete, rue hautefeuille.

Peuchot, limonadier, quai des ormes.

Peuchot, rue avoie, n. 144.

Peupin, mercier, rue jacques..

Peureur, huissier-priseur, rue roch.

Peyrat, banquier, boulevard montmartre.

Peyre, architecte, au louvre.

Peyron, artiste, au louvre.

Peytourand, employé, rue cassette.

Pézé (Charles), avoué au trib. de pr. inst., rue de cléry.

Pézé-de-Corval, notaire, rue neuve-augustin.

Pfeuly, com. de contributions, rue hillerin-bertin.

Philastre, rue martin.

Philibert, horloger, pont michel.

Philibert, île de la fraternité.

Philippe, boulevard montmartre.

Philippe, architecte, rue du templé.

Philippe, traiteur, cour des fontaines.

Philippe, instituteur, rue de la vannerie.

Philippin, employé, rue de la lune.

Pia aîné, boulevard du temple.

Pia jeune, boulevard du temple.

Piade-Grand-Champ, ex-pharmacien, boulevard du temple.

Piot, épicier, rue denis.

Piat père, rentier, rue des fossés du temple.

Piat, rentier, rue de la planche.

Piat, capitaine invalide, 10ᵉ municipalité.

Piaut (Pierre-Louis), rue antoine.

Picolonga, rue de la loi.

Picasse, homme de loi, ruc sauveur.

Piccard, épicier, rue de la monnaie.

Pichard, bourelier, grande rue antoine.

Pichard, libraire, quai voltaire.

Pichard père, rue des francs-bourgeois.

Pichard, charcutier, rue des prêtres-paul.
Pichard, peintre, rue de cléry.
Pichard, hospice des vieillards.
Pichard, menuisier, rue du cimetière-jean.
Pichard, faub. du temple.
Pichet, instituteur, rue de la vieille-monnaie.
Pichon, commis, rue honoré, vis-à-vis saint-roch.
Picot, jouaillier, quai des orfèvres.
Picot, rue boucher, n. 9.
Picquenard, employé au conseil de préf., place vendôme.
Picquenard, marchand de vin, rue tiquetonne.
Piedeleu, épicier, faub. du temple.
Piedfort, potier de terre, rue paul, n. 15.
Piel, rue du pourtour.
Pieric, employé, rue montmartre.
Pierlot, chef de la liquidation, place vendôme.
Piéron, employé au min. de la pol. gén., abbaye-germain.
Pierre, employé, rue montmartre.
Pierre (Honoré), place vendôme.
Pierre, chef de division au département, rue de babylone.
Pierre (Louis), voiturier, avenue de l'école militaire.
Pierrepont, rentier, rue caumartin.
Pierrepont, marchand de tabac, rue du temple.
Pierret père, rue landry.
Pierrot, rue du figuier, n. 26.
Pierrot-Chapet, rue montholon.
Pierson, serrurier, rue grenata.
Pierson, limonadier, rue honoré.
Piesvaux, cordonnier, rue de la grande-truanderie.
Pietre, faub. martin.
Piette, propriétaire, rue phélippeaux.
Piffon, ex-constituant, rue égalité, n. 381.
Pigal, tapissier, faub. honoré.
Pigallé, négociant, rue fromenteau.
Pigallet père, chiffonnier, rue d'aligre.
Pigeau, homme de loi, rue de la jussienne.
Pigeault, jurisconsulte, rue jacques.
Pigeard, homme de loi, rue coquillière, n. 400.
Pigeon, rue neuve des mathurins.
Pigeon-Lamecourt, homme de loi, petite rue pierre.
Pigeory, notaire, rue des déchargeurs.
Pigeron, parvis notre-dame.
Piget, employé, carré denis, n. 6.
Pignier, capitaine des vétérans, cul-de-sac férou.
Pignier, huissier-priseur, rue des canettes.
Pignon (Benoit), homme de loi, rue martel.

Pigoreau, huissier, rue germain-des-prés.
Pigoreau, libraire, cloître germain.
Pigorier, homme de loi, rue mazarine, n. 1576.
Piguenaud, employé, rue des augustins.
Pichet, rentier, rue du carrouzel.
Pihet, employé, rue de la planche.
Pihu, marchand de vin, rue michel-lepelletier.
Pijeau, propriétaire, rue neuve-marc.
Pilet, peintre, rue montorgueil.
Pillard, invalide, 10ᵉ municipalité.
Pillard, commis marchand, rue paul, n. 15.
Pillard, employé, rue d'anjou-germain.
Pillas, secrétaire de la mairie, 8ᵉ municipalité.
Pillaux, orfèvre, quai pelletier.
Pille, employé, rue de rochechouart.
Pillet (Fabien), rue croix.
Pillette, homme de loi, rue de la vieille-monnaie.
Pillieux, propriétaire, rue martin.
Pillhon, homme de lettres, rue neuve des petits-champs.
Pillon, limonadier, rue amelot, n. 1.
Pillon, ex-notaire, rue de sèves.
Pillot, faïencier, rue croix.
Pillot, rue de choiseuil.
Pillot, rue de grammont.
Pillot de Launay, ex-magistrat, rue basse du rempart.
Pilon, épicier, rue de cléry.
Pilon (François), artiste, aux gobelins.
Pilon, instituteur, rue montorgueil.
Pilon, quincaillier, quai de la mégisserie.
Pinard, vitrier, rue du sépulcre.
Pinard, ex-juge de paix, rue des poitevins.
Pinard, artiste, aux gobelins.
Pinard, greffier au tribunal de prem. instance, rue des roziers.
Pinard, rue de savoie, n. 24.
Pinasse, orfèvre, rue des fossés germain-des-prés.
Pinatel, juge de paix, faubourg antoine.
Pincemaille, employé à la marine, rue de la concorde.
Pinchou, propriétaire, rue bagneux.
Pineau, rue bar-du-bec.
Pinel père, rue du mouton.
Pinel, médecin, à la salpétrière.
Pingard, courtier, rue quincampoix.
Pinguet, propriétaire, rue denis.
Pinguet, peintre, rue antoine.
Pingot, employé, rue mêlée, n. 51.
Pinon, mercier, rue denis, n. 19.

Pinon, secrétaire général des postes, rue jean-jacques rousseau.
Pinon, rue des quatre-fils.
Pinon de Quincy, rue neuve paul.
Pinon-Ducoudray, rue des lions saint-paul.
Pinon-Saint-Georges, rue gerard-bocquet.
Pinot, du tribunal de police correctionnelle, au palais.
Pinot, mercier, faubourg montmartre.
Pinot, marchand de porcelaine, faubourg denis.
Pintel, employé, rue benoît.
Pintrel, rue des singes, n. 3.
Pischot, marchand de vin, rue des barres.
Pion, boucher, rue des boucheries-germain.
Pion, capitaine invalide, dixième municipalité.
Piot, ancien maréchal, rue des fossés-victor.
Piot, épicier, à la halle.
Piot, brasseur, rue censier.
Piquenot, employé, rue neuve-augustin.
Piquet, membre de la com. interm., rue de l'université.
Piquot père, layetier, rue de la parcheminerie.
Pirart, ministre du culte, rue bernard, n. 12.
Pirault-Deschaumes, défenseur, rue ventadour.
Piroille, confiseur, rue maillet.
Piron, employé à la poste, rue jean-jacques rousseau.
Piron, marchand de vin, rue de sèves.
Piron, aux invalides.
Piroux, boulanger, grande rue du faubourg antoine.
Piscatory, caissier gén. du trésor pub., rue n. des petits-champs.
Pissot, employé, rue miroménil.
Pissot, libraire, rue du foin-jacques.
Pitard, tapissier, marché-neuf.
Pitaux, bijoutier, rue vivienne.
Pitch père, rue du faubourg du temple.
Pitet, boulanger, rue des francs-bourgeois.
Pitet, boulanger, place saint-michel.
Pithon, employé aux invalides, dixième municipalité.
Pitois aîné, ex-commissaire à la trésorerie, rue helvétius.
Pitois jeune, employé, rue helvétius.
Pitois, rue basse porte-denis.
Pitot, agent-de-change, rue de choiseul.
Pitot-Launay (Ch.-Réné), ancien magistrat, rue b. du rempart.
Pitou, peintre, faubourg denis.
Pitou, hospice des vieillards.
Pitoux, homme de loi, rue aux ours.
Pitrat, inspecteur de la navigation, port saint-paul.
Pivot, homme de loi, rue guénégaud.
Pivot, rue de la roquette.

Placaut, libraire, rue du cimetière-andré.
Plailly, épicier, rue montorgueil.
Plainpelle aîné, rentier, rue de la madelaine.
Plainpelle jeune, rentier, rue de la madelaine.
Plainval, employé, île de la fraternité.
Planche, instituteur, rue sainte-geneviève.
Planche, tapissier, grande rue du faubourg antoine.
Plancher-Valcour, juge de paix, cinquième municipalité.
Planchon, rue clocheperche.
Planchon, menuisier, rue des prêtres-saint-paul.
Planchan, chirurgien, vieille rue du temple.
Plançon, chapelier, rue de l'aiguillerie.
Planquet, peintre, rue pot-de-fer.
Planson, rue de long-pont.
Plantade, musicien, rue saint-lazare.
Plantar, sculpteur, faubourg martin.
Planteroze, restaurateur, rue bergère.
Plantier, propriétaire, rue de la madelaine.
Planssant, imprimeur, rue du cimetière-andré-des-arts.
Plasson, propriétaire, rue denis.
Plasson, marchand de liqueurs, rue de la poterie.
Plantier, rue du bouloy.
Plateau, employé, faubourg-denis.
Platel, horloger, quai du nord.
Plauzolles, employé au ministère de l'int., 10ᵉ municipalité.
Play, instituteur, rue des bernardins.
Plessis, menuisier, rue jocquelet.
Pley, employé, rue boucher.
Plique père, rentier, faubourg martin.
Plique fils, boulanger, faubourg martin.
Plomb, tapissier, rue des francs-bourgeois.
Plongenet, instituteur, rue mazarine.
Ploque, employé, rue de seine, faubourg-germain.
Plot, sellier-carrossier, rue de seine, faubourg-germain.
Plot, brasseur, rue censier.
Ployer, mercier, rue denis.
Pluette, homme de loi, rue du four-germain.
Plumel, maréchal-des-logis, aux invalides.
Plumel, employé, faubourg denis.
Pluvinet, épicier, rue des lombards.
Pluse jeune, rue sauveur.
Pluyette, rue de long-pont.
Pocard, marchand de vin, rue de surène.
Pochard, armurier, rue de grenelle-honoré.
Pochard, papetier, rue honoré.
Pochard, papetier, rue neuve-égalité.

Pochet, brasseur, rue du faubourg antoine.

Pochet, marchand de draps, rue d'orléans.

Pochet, rue des fossés-montmartre.

Pochet, négociant, rue de la grande-truanderie.

Pochet, rentier, rue du petit-bacq.

Pochet, rue menard.

Pocholle, adjudant-général, rue mêlée, n. 27.

Pochonet, épicier, rue aux ours.

Pochot, tonnellier, rue rochechouart.

Pochot, marchand de vin, rue des vieilles-tuileries.

Pochoux, architecte, rue anastase.

Pocquet, rentier, rue des pères.

Pocreau, ci-d. comm.-priseur, quai pelletier.

Podevin, marchand de toile, marché aux poirées.

Pohan-Monthelon, propriétaire, rue geoffroy-l'asnier.

Poidevin, inspecteur des invalides, dixième municipalité.

Poigneau, ancien négociant, rue du battoir.

Poignon, traiteur, rue de grenelle,

Poildevache, ferblantier, rue childebert.

Poilleux, tailleur, rue des lombards.

Poillion, ten. la mais. d. Indes, rue de la loi.

Poincelet, épicier, rue du mail.

Poinçon, rentier, quai du nord.

Poinet, vieille rue du temple.

Poinne, tailleur, rue boucher, n. 8.

Poinsinet de Sivry, employé, rue de bussy.

Pointel, défenseur, rue andré.

Pointilon, rue montorgueil.

Pointot, graveur, rue hyacinthe.

Poiré, rentier, rue neuve-égalité.

Poiret père, marchand de bois, port de l'hôpital.

Poiret fils ainé, limonadier, boulevard de l'hôpital.

Poiret fils jeune, boulevard de l'hôpital.

Poirier, employé, rue du pont-aux-choux.

Poirier, de l'institut, au louvre.

Poirier, rue galande.

Poirier, chapelier, rue denis, n. 2.

Poirier, marchand de vin, carré martin.

Poirot, marchand de toile, rue des lombards.

Poirson ainé, rue d'argenteuil.

Poirson, employé, passage saint-roch.

Poisenille, menuisier, rue nazareth, n. 23.

Poisonnier, traiteur, rue de l'hirondelle.

Poissant, administrateur des domaines, rue de la loi, n. 88.

Poisse, potier-d'étain, quatrième municipalité.

Poissonnier, marchand de toiles, rue denis, n. 57.

Poisson, rentier, rue jacques.

Poisson, instituteur, rue des anglais, n. 8.

Poisson, marchand de toiles, rue pagevin.

Poisson, rue de vaugirard.

Poisson, miroitier, grande rue faubourg antoine.

Poissonnier, employé, rue des saussayes.

Poitevin, greffier de juge de paix, rue de provence.

Poitevin, quincaillier, quai de la mégisserie.

Poitevin, architecte, rue de la michodière.

Poitevin, épicier, rue coquenard.

Poivre, épicier, rue de l'oursine.

Poix-Menu, jouaillier, palais du tribunat.

Poizeau, rue copeau, n. 471.

Polack fils aîné, négociant, rue martin.

Polack, jeune, rue martin, n. 36.

Polanchet, employé, rue férou.

Polbau, faubourg martin.

Palhare, rue de la loi.

Polissart, négociant, rue geoffroy-lasnier.

Polissart, marchand de vin, vieille rue du temple.

Pollet (Paul-Henri), instituteur, rue des droits de l'homme.

Pollet père, mercier, rue honoré.

Pollet (Pierre), rue des écouffes.

Polloz, négociant, rue martin.

Polliard, aux invalides.

Polly, rue victor.

Polly, figuriste, grande rue antoine.

Polycarpe (Jos.), aux invalides.

Pomageot, homme de loi, rue de la harpe.

Pomarede, officier de santé, rue de la loi.

Pomeral père, rue saint-maur.

Pomery, rue aumaire.

Pomet père, rentier, rue coquenard.

Pomier, aux invalides.

Pomme, direct. des recettes des messag, troisième municip.

Pommeray, propriétaire, rue geoffroy-langevin.

Pommeret (Jean), rentier, rue geoffroy-langevin.

Pommeret, rue du théâtre français.

Pommerot, épicier, rue de la verrerie.

Pommery père, négociant, rue des lombards.

Pommery, employé, rue du faubourg du roule.

Pommier, professeur de mathématiques, au louvre.

Pommier, garçon de chantier, rue de seine-victor.

Pommier, épicier, rue de charonne.

Pommier, chapelier, rue du pourtour.

Pommier, notaire, rue neuve des petits-champs.

Pommier, marchand de fer, rue denis, près l'apport paris.
Pommier fils, insp. des écoles centrales, rue du hasard.
Pommyer, rue des rosiers, n. 18.
Pompée, blanchisseur, rue des moineaux.
Pompon, avoué, rue des blancs-manteaux.
Ponce, graveur, faubourg jacques.
Ponce, aux feuillantines.
Ponce, employé, rue de cléry.
Poncelet, rue germain-l'auxerrois.
Poncet, rue du battoir.
Poncet, aubergiste, rue victor.
Poncet, rue du théâtre-français.
Poncet de la Grave (Guill.), anc. magist., rue des trois-pistolets.
Pondevèse, propriétaire, rue de bondy, n. 55.
Ponchain, chef de bureau à la préfecture, première municipalit.
Ponchain fils, maréchal, marché aux chevaux.
Ponchel, tailleur, rue honoré, n. 1297.
Ponchon, agent de change, rue montmartre.
Pons, rue basse-denis.
Pons, homme de loi, rue dominique.
Pons, commissaire de police, butte des moulins.
Ponsard père, rue et porte jacques.
Ponsard fils, rue jacques, n. 82.
Pontallier, rue des arcis.
Pontanneau, rue du harlay.
Pontat, homme de loi, rue du théâtre-français.
Pontenay, propriétaire, rue des vieux-augustins.
Pontheil, employé, rue jean-beausire, n. 4.
Ponthier fils, homme de loi, rue du hurepoix.
Ponthieu, homme de loi, rue du hurepoix.
Popelin, homme de loi, rue guénégaud.
Popinel, cordier, rue neuve-méry.
Popon, employé, rue des alpes, n. 13.
Porcher, jurisconsulte, vieille rue du temple.
Porcher fils, vieille rue du temple.
Porcher, horloger, maison des saints-pères.
Porcher, ex-chef de bataillon, rue denis, n. 19.
Porcher, vinaigrier, rue de la madelaine.
Porcher, quincailler, rue honoré.
Porcheron, maître de danse, cour lamoignon.
Porchon, rue denis.
Pordureau (René-Georges), architecte, rue du bacq.
Porentru, employé, rue d'anjou.
Porquet, employé, rue notre-dame-nazareth.
Porquet, avoué, rue des petits-augustins.
Porquier, épicier, rue des orties.

Porlier, notaire, rue thomas-du-louvre.

Porret, propriétaire, rue de la madelaine.

Porson, employé aux contributions, rue victor, n. 79.

Portais, propriétaire, rue des boulangers.

Portal, médecin, rue pavée-andré.

Portarieux, rentier, rue notre-dame des victoires.

Partalis David, frère du conseiller d'état, rue de lille.

Porte fils, marchand de soie, rue denis.

Porte père, rue denis.

Porte, maçon, rue de la mortellerie.

Porte, mercier, rue du cimetière jean.

Portier, employé à la marine, rue de la concorde.

Portier, épicier, butte roch.

Poscien, vitrier, rue beauregard.

Possien, rue de l'échaudé.

Postel, marchand de tabac, rue denis.

Postel, rue des sept-voies.

Postien, ancien marchand, rue antoine.

Potaud, hôtellier, rue traversière.

Potdefer, rue de la monnaie.

Potdefer, faïencier, rue du petit-pont.

Potei (Ambroise-François), épicier, rue du bacq.

Potel, employé, rue de la lune.

Potel, aux invalides.

Potelet, employé, rue du doyenné.

Potelle, employé, rue martin.

Poterlet jeune, employé, rue mézière.

Poteron, orfèvre, rue louis au palais.

Pothier, percepteur des impositions, rue charlot.

Pothier, enclos des bernardins.

Potier, employé, faubourg montmartre.

Potier, parfumeur, rue de turenne.

Potier, employé, rue de seine, n. 99.

Potin, agent d'affaires, rue de la verrerie.

Potin aîné, aux petits-carreaux.

Potin, tonnelier, rue des cordiers.

Potonnier, marchand de bois, rue du temple.

Potonnier, tabletier, rue des arcis.

Potron, essayeur du commerce, rue louis au palais.

Pottier, ancien notaire, quai des augustins.

Pottier, négociant, passage du saumon.

Pottier, employé, rue denis.

Pottier, homme de loi, rue jean-de-beauvais.

Pottiez, tonnelier, rue des prêcheurs.

Pottin, rue de la verrerie.

Potvin père, rue des fossés-bernard.

Pouche, papetier, rue galande.

Poucher, tapissier, rue de la tixéranderie.

Pougens, homme de lettres, quai de la vallée.

Pouillard, orfèvre, rue helvétius, n. 56.

Pouillet, marchand de couleurs, rue jean-pain-mollet.

Pouillet père, place des victoires.

Poujat, employé, rue nicaise.

Poujet, propriétaire, rue de charonne.

Poujolle jeune, avoué, rue des marais.

Poulain, employé, rue de l'estrapade.

Poulain, blanchisseur à chaillot.

Poulain aîné, marchand de vin, rue sébastien.

Poulet, épicier, rue germain-l'auxerrois.

Poulet, perruquier, vieille rue du temple.

Pouleur, rentier, rue du harlay.

Poulin, tapissier, près la place cambray.

Poulin, fruitier, faubourg du temple.

Poulin, architecte, rue de la liberté.

Poulin, peaussier, rue denis.

Poulleau (Jean-Baptiste), rentier, rue jacques.

Poullet père, propriétaire, rue des saussayes.

Poultier, juge de paix, rue de la fraternité.

Poupard, caissier au prytanée, douzième municipalité.

Poupard, garde-magasin, aux invalides.

Poupart, négociant, rue de savoie.

Poupelier, marchand de fils, rue dénis, n. 62.

Pouperon (Pierre-Jacques), capitaine invalide, 10e. municip.

Poupin, rue montorgueil.

Poupinel, négociant, rue thibautodé.

Poupon, aux invalides.

Pourcelt, marchand d'étoffes de soie, rue des bourdonnais.

Pourchet (François), rue du temple.

Pourchot, marchand de vin, rue des victoires.

Pourguois, employé à la bibliothèque, rue de la loi.

Pourillon, juge de paix, rue des fossés-marcel.

Pousielgue (Et.-J.-B.) ex-adm. des fin. en égyp., r. n.-claude.

Poussard (Vincent), fruitier, rue geoffroy-langevin.

Pousset, marchand de bois, carré saint-martin.

Pousset, rentier, rue du théâtre français.

Poussin, commissaire priseur, rue de la verrerie.

Poussin, tapissier, rue de la verrerie.

Pousson, négociant, passage de la réunion.

Poussy, employé, rue du bacq.

Pouyat, négociant, rue fontaine nationale.

Poyel, architecte, rue thomas-du-louvre.

Pradel, employé au ministère de la guerre, rue de varennes.

Pradier, coutelier, rue thionville.

Pradon, négociant, rue du faubourg montmartre.

Pangey, employé, rue de verneuil.

Praroud, bonnetier, pont michel.

Praslet, rue rochechouart.

Prat Desprez, employé à la guerre, rue de varennes.

Prault, imprimeur, grande rue taranne.

Prault Saint-martin, rentier, quai voltaire.

Préaut, quai de la mégisserie.

Préau, notaire, rue de la monnaie.

Préaux, maréchal ferrant, rue clos-georgeot.

Précharles, clerc de notaire, rue antoine.

Precourt, place vendôme.

Prel, employé, rue de bellefond.

Prelot, serrurier, rue de chaillot.

Prémont, rue de la loi.

Prémonville, employé, rue des mauvaises paroles.

Prendergart, propriétaire, rue de viarmes.

Presat, marchand de draps, rue de la poterie.

Pressat, tapissier, rue de la harpe.

Presse, faubourg poissonnière.

Pret, directeur des domaines, rue de grétry.

Pretat, rue copeau.

Preux, marchand, rue de la marche.

Préval, chrurgien, aux invalides.

Préval, avoué, rue de cléry.

Préville, rue de la cerisaye.

Prevost, employé à l'intérieur, dixième municipalité.

Prevost (Paul), banquier, faubourg martin.

Prevost, limonadier, cour mandar.

Prevost, employé, rue grange-batelière.

Prevost père, ancien épicier, rue antoine.

Prevost (Guillaume), rue de bièvre.

Prevost, huissier, rue du ponceau.

Prevost, serrurier, rue baffroy.

Prevost, inspecteur du palais du sénat, 11e. municipalité.

Prevost, épicier, rue de l'arbre-sec.

Prevost, militaire, rue de la parcheminerie.

Prevost, rue louis.

Prevost, pâtissier, grande rue du faubourg antoine.

Prevost, rue beaubourg.

Prevost, marchand papetier, rue denis.

Prevost, rue des vieux-augustins.

Prevost, employé, rue de bourgogne.

Prevost, adjudant-général, rue rochechouart.

Prevost saint-Lucien, ex-avocat, rue sainte-appoline.

Prevost, employé à la justice, rue phélyppeaux.
Prevot, entrepreneur, rue des saussayes.
Prevot, fruitier, rue de cléry.
Prévoteau, ancien négociant, rue plumet.
Prévoteau, armurier, quai de la féraille.
Prié, employé, rue du théâtre français.
Prientingoy, épicier, rue paul, n. 18.
Priet, chef de bureau, rue fontaine nationale.
Prieur (de la marne), ex-conventionnel, dixième municipal.
Prieur, banquier, rue du petit-carreau.
Prignaut, homme de loi, place du palais du tribunat.
Prignet, reotier, rue neuve-roch.
Primo, épicier, à chaillot.
Prin, chef à la comptabilité, cour lamoignon.
Prin, rue fontaine nationale.
Privat, lieutenant invalide, dixième municipalité.
Profinet, ex-employé, rue des francs-bourgeois.
Projean, messager du corps législatif, dixième municipalité.
Prony, membre de l'institut, au louvre.
Prophetie, employé, rue honoré.
Propier, doreur, rue de la verrerie.
Prossy, directeur, des ponts et chaussées, rue de gren.-germ.
Prost, rue antoine.
Prothaire, metteur en œuvre, rue perpignan.
Prousteau, propriétaire, rue des tournelles.
Prouvet, épicier, grande rue du faubourg antoine.
Proux, épicier, rue antoine.
Provenchère, faïencier, rue paul.
Provosi, propriétairé, grande rue du faubourg antoine.
Provost, plombier, rue de lesdiguieres.
Provost (Jacques), menuisier, rue antoine.
Provost, architecte, au luxembourg.
Provost, tabletier, rue des gravilliers.
Provost, mercier, rue du mouton.
Provost, marchand de vin-limouadier, rue des brodeurs.
Provost-Despreaux, rue des droits-de-l'homme.
Provost, marchand de vin, rue de lancry.
Pruche, épicier, faubourg martin.
Prudent, employé aux invalides, dixième municipalité.
Prudhomme, instituteur, rue de bourgogne.
Prudhomme, perruquier, rue roch, n. 3.
Prudhomme, boucher, rue coquenard.
Prudhomme, peintre, rue du ponceau-denis.
Prudhomme, mégissier, rue mouffetard.
Prudhomme, fabricant, rue gracieuse.
Prudhomme, employé à la guerre, rue de varennes.

Prudhomme, avoué, rue haute-feuille.

Prudhomme, papetier, rue antoine, n. 362.

Prudont, peintre, au louvre.

Pruugnard, employé au minist. de l'intér., rue de grenelle-germ.

Pruneau, marchand de draps, rue tirechappe.

Prunet, employé à la trésorerie, rue neuve des petits-champs.

Prunier, employé, rue sainte-barbe.

Pryvé, chef de bureau à la guerre, rue taitbout.

Psalmon jeune, rue de grammont.

Pucelle, employé au département, rue de la justice.

Puéche, négociant, rue d'antin, n. 927.

Puget, négociant, rue neuve denis.

Pugnier-Fayette, capitaine, aux invalides.

Puilse, homme de loi, rue culture-catherine.

Puisieux, employé, rue de bussy.

Puissant, receveur des contributions, quai des tournelles.

Puissant, employé, rue andré-des-arts.

Puisson, rue croix.

Pujo, pharmacien, rue neuve des petits-champs.

Pujo, médecin, rue des moulins.

Pujot jeune, avoué, rue des marais.

Pujoulx, homme de lettres, rue d'amboise.

Pupier, rubanier, rue des filles-dieu.

Pupin, menuisier, rue d'aguesseau.

Pusset, rue neuve-guillaume.

Puy de Rosny, rue des petites-écuries.

Puzet, négociant, rue apolline.

Python, invalide, dixième municipalité.

Quotiber, peintre, rue avoie, n. 27.

Quaudin, employé à la manuf. de tabac, au gros-caillou.

Quanuel, employé, à chaillot.

Quatremère, ex-notaire, rue du bouloy.

Quatremère, rue dominique.

Quatresous-Delamotte, vieille rue du temple.

Queker, pâtissier, rue paul.

Quelin, employé, à la salpêtrière.

Quemaut (Ch.-Louis), à l'intérieur, rue de grenelle.

Quency ainé, épicier, rue berlin-poirée.

Quenescourt, rue des mauvaises-paroles.

Quenet, rue regratière.

Quenette, libraire, rue de la harpe.

Quenevrain, marchand de volailles, rue de nevers.

Quenin, propriétaire, palais du tribunat.

Quentin, serrurier, rue du sépulcre.

Quentin, rentier, rue de chaillot.

Quentin, grainier, faubourg-du temple.

Quentin, ancien marchand de papier, rue de bussy.
Quentin, rue de la chaumière.
Quera, traiteur, boulevard de l'hôpital.
Quescher, porcelainier, faubourg martin.
Quesnart, rue du regard.
Quesnel, épicier, rue basse pierre.
Quesnel (Aug.-Louis), caissier de la salpétrière, rue helvétius.
Quesnel, propriétaire, rue thiroux.
Quenet, employé, île de la fraternité.
Quenet, employé, rue des petites-écuries.
Quesnier, négociant, rue de jouy.
Quesnon, professeur au louvre, rue de la liberté.
Queste l'aîné, rue de ménil-montant.
Questier, propriétaire, rue du chantre.
Quetier, pâtissier, rue paul.
Quibel, receveur de loteries, cour mandar.
Quiclet, bijoutier, palais du tribunat.
Quidy, rue beaubourg.
Quignot, rue de la bourbe.
Quillaumain, employé, rue de babylone.
Quilleau, imprimeur, rue du fouare.
Quillet, maître de pension, rue nazareth.
Quin, commissaire de police, rue sauveur.
Quin, architecte, rue de verneuil.
Quinard, huissier, rue de la vieille-monnaie.
Quinette, rentier, rue george.
Quinton, marchand de soie, place gastine.
Quiot père, place du chevalier-du-guet.
Quiret, cloître notre-dame.
Quirot, grainier, rue grenelle-honoré.
Quirot, rentier, rue bertin-poirée.
Quottereau, secrétaire génér. de la marine, rue de la concorde.
Rabatat, chepelier, rue du vert-bois.
Raboche, bonnetier, rue des vieilles-tuileries.
Rabou, employé, cloître jacques-l'hôpital.
Raboni., rue d'enfer-jacques.
Raboteau, employé à la police, dixième municipalité.
Rabouin, rue avoie.
Rabrun, grainier, rue de sèves.
Race, éventailliste, rue thévenot.
Racine, médecin, rue des deux-écus.
Racine, cordonnier.
Racine, employé, rue des déchargeurs.
Racle, papetier, rue de bretagne.
Racle père, rentiner, rue du chemin-vert.
Racle, rue croix de la bretonnerie.

Radaut, horloger, rue égalité, n. 1.
Radet, homme de lettres, rue de l'université.
Radier, chirurgien, rue martin.
Radix Chevillon, cloître notre-dame.
Radoux, propriétaire, rue aumaire.
Radu, employé, rue guénégaud.
Raet, propriétaire, rue de l'échiquier.
Raffart, horloger, rue hautefeuille.
Raffart-Brienne, employé, rue de l'odéon.
Raffe, ébéniste, rue du sépulcre.
Raffel, cordonnier, rue des moineaux.
Raffelin, épicier, rue cocquenard.
Raffeneau de l'Ille, ex-notaire, rue montmartre.
Raffi, ancien huissier-priseur, rue croix-des-petits-champs.
Raffi, fabricant de papier, rue montmartre.
Rafford, employé au ministère des finances, 2ᵉ municipalité.
Roffos, rue férou.
Raffye, huissier-priseur, rue de viarmes.
Ragendeau, employé, rue helvétius.
Ragon, employé, rue et porte denis.
Ragon, marchand, palais du tribunat.
Ragonde, homme de loi, rue de jouy.
Ragol, receveur de loterie, au gros-caillou.
Ragot, rue grange-batelière.
Ragouleau père, cloître notre-dame.
Ragouleau, rue pavée-andré-des-arts.
Raguet-l'Epine, horloger, place des victoires.
Raguideau, avoué au tribunal de cassation, rue des moulins.
Raguin, serrurier, rue jacques.
Rahault, rue des blancs-manteaux.
Rahault, rentier, rue du battoir.
Raillard-de-Granvalle, ex-maître des req., vieille rue du templ.
Raillon, employé, rue saintonge.
Raimbault, marchand de vin, rue roch.
Raimbault, marchand de vin, rue victor.
Raimbault, marchand de vin, rue du mail.
Raimbeau, employé, rue des bernardins.
Raimbouf, épicier, rue du jardin des plantes.
Raimon père, chapelier, rue denis.
Raimond, rue montmartre.
Raimond, marchand, rue aux fers.
Raimond, architecte, rue du faubourg martin.
Rainos père (Adrien), faubourg denis.
Rainville, employé, rue de bourgogne.
Rainville, avoué, rue du fouarre.
Raison, rue des petites-écuries.

Raissant , rue des sept-voies.
Raiville , rue quincampoix.
Ramarre , employé, rue montorgueil.
Rambouillet , employé , rue du regard.
Rambourg , militaire , aux invalides.
Ramboux , imprimeur , rue de la harpe.
Rameau , notaire , place des victoires.
Rámond fils , employé , rue de l'université.
Ramonet , à l'arsenal , neuvième municipalité.
Ramus , négociant , rue taitbout.
Ramusat , marché d'aguesseau.
Randeau , employé , rue de la harpe.
Ranson père, inspecteur à l'hosp. de la matern. , rue de la bourbe.
Ranson , aux gobelins.
Ranson (Jean), chef aux gobelins, douzième municipalité.
Ranson (Louis), artiste aux gobelins, douzième municipalité.
Ransonnet , rue du figuier-paul.
Raoul , invalide , dixième municipalité.
Raoul , peaussier , rue méry.
Raoul , employé , rue de la madelaine.
Raoult , marchand , rue neuve-marc.
Raoult , rue du puits.
Rapeau oncle , chirurgien , rue de grenelle-germain.
Rapeau neveu , chirurgien , rue de grenelle-germain.
Ráphy fils , employé , rue denis.
Rappe , orfèvre , rue pavée-sauveur.
Rapt , aide-de-camp du premier consul , première municipalité.
Raquet , épicier , rue de poitou.
Raquin , serrurier , faubourg jacques.
Rascal , vieille rue du temple.
Rascolle , vieille rue du temple.
Rasquet , épicier , rue de poitou.
Rasquet , épicier , rue honoré.
Rasp , carossier , rue de verneuil.
Rasselet , fruitier , rue dominique.
Rastant , employé , rue de tournon.
Rastaut , rue neuve-françois.
Rasteau , chef au minist. de l'intérieur , rue de tournon.
Rastignac , propriétaire , rue georges.
Rateau , boulanger , rue de bourgogne.
Ratel , homme de loi , rue taranne.
Ratelot , marchand de vin , rue des fossés-bernard.
Rathery , huissier , quai de la grève.
Ratiennée , employé , rue du temple.
Ratier , marchand de draps , rue honoré.
Ratier , mercier , rue mouffetard.

Ratine, rue du temple.

Rau, perruquier, rue de sèves.

Raucés, négociant, rue neuve-roch.

Raucour, employé, rue du champ-du-repos.

Raulin, place vendôme.

Rault, homme de loi, rue hautefeuille.

Rauté, brodeur, rue de bièvre.

Rautrou, rentier, rue de la croix.

Ravache, employé, rue du bout-du-monde.

Raval, rentier, rue des fossés-germain-des-prés.

Raval, épicier, rue de popincourt.

Ravaud, architecte, quai des augustins.

Ravault, employé, rue roch.

Ravaut, négociant, rue de la loi.

Ravaux, fruitier, rue des prêtres-paul.

Raveaux, artiste aux gobelins, 12ᵉ municipalité.

Ravel, banquier, rue de la victoire.

Raverot, employé à la poste, rue j.-j. rousseau.

Ravet, receveur de loteries, rue de l'oseille.

Ravet, employé à la trésorerie, rue des petits-champs.

Ravette aîné, marchand de bas, rue martin.

Ravette jeune, bonnetier, rue martin.

Ravidzonne, marchand, rue poissonnière.

Ravied, rentier, rue de bondy.

Ravineau, rue des fourreurs.

Ravinelle, employé, rue des marais faub. martin.

Ravise, doreur, rue de la verrerie.

Ravoisé, épicier, rue de la barillerie.

Ravoisier, employé, rue du temple.

Ravoisier, rue honoré.

Ravos (René), artiste ouvrier aux gobelins, 12ᵉ municipalité.

Ravot, épicier, rue de popincourt.

Ravoyac, chaudronnier, montagne geneviève.

Ravrio, doreur, rue de la féronnerie.

Ray, employé, rue de lille.

Ray, horloger, rue de tournon.

Rayé, rue de fourcy.

Raymon, brossier, quai de la grève.

Raymond, marchand de rouge, faub. du temple.

Raymond, lieutenant invalide, 10ᵉ municipalité.

Raymond, rue du cherche-midi.

Raymond, instituteur, rue de l'université.

Raymond, menuisier, rue pastourelle.

Raymond-Royer, peintre, rue de sèves.

Raynal, commis au ministère de la guerre, rue de varennes.

Rayne, rue des gravilliers.

Rayon, tourneur, rue baffroy.
Razade, rue de bretagne.
Razuret, banquier, rue de grammont.
Razy, agent de change, rue helvétius.
Réboul, secrétaire du prytanée, 12e municipalité.
Reboul, rue de la michaudière.
Rebours, tapissier, rue martin.
Rebuffe, négociant, rue denis.
Rebut, limonadier, rue denis.
Recamier, banquier, rue basse du rempart.
Reclesne, cloître notre-dame.
Reculé, au dépôt de la guerre, maison Joseph.
Reculé (Pierre-Etienne), rue de tournon.
Reculé, employé à la poste, rue montorgueil.
Reddet, sous-officier invalide, 10e municipalité.
Redon, libraire, quai voltaire.
Redon, homme de loi, rue des quatre fils.
Redouté, peintre, au louvre.
Refet, rue bernard.
Reffet, rue dominique.
Regent, oculiste, rue phelippeaux.
Regley, chef du bur. adm. au départ., rue mêlée, n. 51.
Regley, avoué au trib. de pr. inst., rue martin.
Regley, ancien procureur, rue salle-au-comte.
Regley fils, rue salle-au-comte.
Regley, instituteur, à la rappée.
Regnard, architecte, rue du théâtre-français.
Regnard, place de l'estrapade.
Regnard, épicier, rue des arcis.
Regnard, rue cassette.
Regnard, rue des deux-portes-sauveur.
Regnard, employé, rue basse-denis.
Regnard, rue bertin-poirée.
Regnard, employé aux postes, rue honoré.
Regnard, libraire, rue caumartin.
Regnard, ex-prés. du tribunal du 12e arrondiss., 12e municip.
Regnard, rue andré-des-arts.
Regnard, horloger, rue du jardinet.
Regnard, rue des rosiers.
Regnart, employé, rue du petit-lion.
Regnart, employé, rue de l'échelle.
Regnaud, rue du chaume.
Regnaud, cordonnier, rue denis.
Regnaud de Lalande, peintre-graveur, faub. jacques.
Regnaudin, homme de loi, rue férou.
Regnault, juge de paix, rue honoré.

Regnault, peintre, au louvre.
Regnault, quai de la république.
Regnault, négociant, rue thibautodé.
Regnault, rue de la harpe.
Regnault, commissaire de police, division du roule.
Regnault, employé, rue de grenelle.
Regnault, assesseur de juge de paix, rue pavée au marais, n. 7.
Regnault, employé aux subsist. milit., rue dominique-germ.
Regnault, rue de chabanais.
Regnault, rue culture-catherine.
Regnault, quai de la république.
Regnault-Delalande, aux feuillantines.
Regnier, chef du secrétariat à la mairie.
Regnier, miroitier, rue montmartre.
Regnier, marchand à la civette, rue honoré.
Regnier, employé à la comptabilité, cour lamoignon.
Regnier, marchand, rue honoré.
Regnier, contrôleur des armes portatives, rue dominique-germ.
Regnier, serrurier, rue neuve-eustache.
Regnier, menuisier, rue basse du rempart.
Regnier, boulevard bonne-nouvelle.
Regnier (Alexandre), sculpteur, à la boule-rouge.
Regnier, rue des noyers.
Regnier, rue de popincourt.
Reignier, menuisier, rue bon.
Regoleau, boulanger, rue du temple.
Reims, rue de jouy, n. 11.
Reinault, rue de buffaut.
Reinbert, jurisconsulte, rue louis, près le palais.
Reine, propriétaire, rue des messageries.
Reis, médecin, rue caumartin.
Reiss, menuisier, rue des mathurins.
Relevé, marchand de vin, rue de seine.
Rembourg, aux invalides.
Resme, commissaire de bienfesance, rue des gravilliers.
Remer, porcelainier, rue neuve martin.
Remi père, employé, rue des saussayes.
Remin, épicier, rue denis.
Remond père, rue du faubourg du temple.
Remond, boulanger, faubourg montmartre.
Romondat, chef de bureau à l'intérieur, rue neuve-égalité.
Remquet, propriétaire, rue jacques, n. 276.
Remusat, rue du marché d'aguesseau.
Remy, avoué, rue des prouvaires.
Remy, aux enfans de la patrie.
Remy, épicier, rue denis.

Remy, menuisier, rue de la madelaine.
Remy, pâtissier, rue montmartre.
Remy, huissier, rue du petit-lion.
Remy, mercier, rue bertin-poirée.
Renard, officier de paix, rue bertin-poirée.
Renard, marchand de vin, rue de jouy, n. 6.
Renard, employé, rue hyacinthe.
Renard, plumassier, rue denis.
Renard, faïencier, rue de la roquette.
Renard, employé, rue rochechouart.
Renard, rue de l'odéon.
Renard, peintre, rue de la tixéranderie.
Renard, rue dominique.
Renal, rue de la vieille estrapade.
Renaud, rue du chaume.
Renaud, marchand de vin, rue grenata.
Renaud, épicier, rue de thionville.
Renaud, marchand de vin, rue de lille.
Renaud, ferblantier, rue louis, au marais.
Renaud, propriétaire, rue buffaut.
Renaud, propriétaire, rue pavée, au marais.
Renaud, propriétaire, rue bleue.
Renaud, bonnetier, rue thevenot.
Renaud, homme de loi, rue du ponceau.
Renaud, limonadier, rue du temple.
Renaud, receveur des rentes, rue de l'arbre-sec.
Renaud, fondeur, rue poliveau.
Renaud, rue grenelle-germain.
Renaud, menuisier, cloître jacques-l'hôpital.
Renaudin, sous-officier aux invalides, 10e. municipalité.
Renaudin, employé, troisième municipalité.
Renaudin, rue bourtibourg, n. 34.
Renaudot, marchand de vin, rue denis.
Renaudot, marchand de vin, rue du gros-chenet.
Renauld, employé, rue du bouloy.
Renault, négociant, rue thibautodé.
Renault, tapissier, rue de beaune.
Renault, marchand de vin, rue de grenelle.
Renault, quai de la république.
Renaut, avoué, rue antoine.
Renaut, confiseur, rue de seine, faubourg germain.
Renaut, rue des écouffes, n. 19.
Rendu, clerc de notaire, en face roch.
Rendu-Saint-Aubin, ex-conseiller, rue honoré.
René, marchand de vin, quai de la liberté.
René, rentier, rue des gravilliers.

René, ex-commissaire de police, troisième municipalité.
René, propriétaire, rue guénégaud.
Rénier, menuisier, rue des fossés du temple.
Rennefort, homme de loi, cloître notre-dame.
Rennequin, graveur en métaux, rue andré-des-arts.
Rennepont, ancien militaire, rue de boudy.
Renneson, directeur à l'enregistrement, rue de choiseuil.
Renodot, marchand de vin, place de grève.
Ronote, tailleur, rue des blancs-manteaux.
Renou, secrétaire à l'école de peinture, au louvre.
Renouard, ancien administrateur du 5e. arrondiss., faub. denis.
Renouard, marchand de vin, rue de la tixéranderie.
Renouard, employé, rue de la monnaie.
Renouard père, gazier, faubourg denis.
Renouard aîné, fabricant de gaze, rue apoline.
Renouard le jeune, faubourg denis.
Renouf, archiviste au conseil d'état, 1re. municipalité.
Renouf, maître d'écriture, rue de vaugirard.
Renouf, teinturier, rue girard boquet.
Renoult, avoué, rue antoine.
Renoult, rue carême-prenant.
Renoult, épicier, rue de l'oursine.
Renoult, perruquier, rue paul.
Renoult, marchand de vin, rue de grenelle.
Renoux, boulevard du temple.
Renté, homme de loi, rue pavée-andré.
Repiché, professeur de musique, rue des grands degrés.
Reprouvet, aux invalides.
Rerardan, chapelier, rue de la vannerie.
Resillié, rue germain-l'auxerrois
Ressignier, ancien avocat, rue germain-l'auxerrois.
Restaut, administrateur des poudres, à l'arsenal.
Restaut, employé, rue de tournon.
Rethoré, assesseur de juge de paix, rue du panthéon.
Rétif, ex-receveur, rue du faubourg honoré.
Rétif, invalide, dixième municipalité.
Retif de la Bretonne, rue de la bucherie.
Reton, carreleur, rue de bagneux.
Retourna, sculpteur, rue aubry-le-boucher.
Retourna, limonadier, rue aubry-le-boucher.
Retz, chef de div. à la loter., butte-roch.
Reubel, ex directeur, rue de l'université.
Reuche, officier de santé, rue du chemin-vert.
Reuse, peintre, rue de la coutellerie.
Revel, horloger, galerie du palais-égalité.
Rével, négociant, rue quincampoix.

Réveillon , propriétaire , rue des bons-enfans.
Revenat , négociant , rue notre-dame-des-victoires.
Revenat , limonadier , près le pont-neuf.
Revenat , négociant , rue des fossés-du-temple.
Reverard père , marchand , rue de l'éguillerie.
Reverard fils , rue de l'éguillerie.
Reverat , marchand , rue denis.
Reverdy , rentier , rue de la loi.
Reverend , épicier , rue louis.
Reveroni , agent-de-change , rue filles-thomas.
Reverony , chef du génie , rue de rochechouart.
Revet , marchand de bois , rue de vaugirard.
Rivière fils , rue de la monnaie.
Revit père , rue quincampoix.
Revost , serrurier , rue frepillon.
Revot , marchand , rue montorgueil.
Rey , de l'opéra , quai du louvre.
Rey , banquier , rue thévenot.
Rey , horloger , rue de tournon.
Reyher , employé , rue lazare.
Reynard , chef au bur. du cadas. , rue de grenelle.
Reynart , employé , rue andré-des-arts.
Reynaud , ex-juge , rue de tracy.
Reynaud , ex-constituant , rue de buffault.
Rezer , peintre , cour du commerce.
Rezicourt , artiste , rue coq-héron.
Riançon , commandant de bat. , aux invalides.
Ribart , cuisinier , rue d'argenteuil.
Ribault , graveur , rue des noyers.
Ribereau , commis de la compt. , rue de grenelle germain.
Riberolles , ex-constituant , rue de lille.
Riberolles fils aîné , rue de lille.
Ribert , boisselier , rue du bacq.
Ribet , marinier , rue de l'université.
Ribot , charpentier , rue de cotre , faubourg antoine.
Ribouleau , épicier , rue de la tixéranderie.
Ricadac , employé à la guerre , rue de grenelle.
Ricard , place thionville.
Ricard , ex-général de brigade , rue du cherche-midi.
Ricard , épicier , rue martin.
Ricard , rue bourtibourg.
Ricatteau , pont-michel.
Richame aîné , babricant d'évantails , rue du temple.
Richard , artiste , rue du temple.
Richard , rue de la victoire.
Richard rue clos-gergeot.

Richard , rue croix de la bretonnerie.
Richard , chef de bons-secours, rue charonne.
Richard , administrateur des hôpitaux, parvis notre-dame.
Richard , ancien municipal , rue martin.
Richard , bijoutier, cour neuve du palais.
Richard , employé , rue d'amboise.
Richard, rue grenier-lazare.
Richard jeune, pelletier, vieille rue du temple.
Richard , professeur à l'école de médecine, rue copeau
Richard , libraire , rue haute-feuille.
Richard, marchand de vin , rue de la cossonnerie.
Richard, employé à la mairie , sixième municipalité.
Richard, employé au tribunat , au palais du tribunat.
Richard, marchand de tabac , rue des canettes.
Richard , maitre-clerc de notaire , rue neuve des pet.-champs.
Richard , rue honoré.
Richard-Chauvin, employé , rue étienne.
Richardon , homme de loi, rue bar-du-bec.
Richaume, propriétaire , rue du gros-chenet.
Riché, employé à l'état-civil, cinquième municipalité.
Riché , rue des francs-bourgeois.
Richebois, négociant , rue paul.
Richebourg, propriétaire , rue de courcelle
Richebourg jeune, vieille rue du temple.
Richebraque, quai voltaire.
Richelot (J.-François), rue des droits-de-l'homme.
Richer , employé , rue des singes.
Richer , employé , rue guillaume.
Richer, propriétaire , rue de grenelle.
Richer père , épicier, rue de chaillot.
Richer fils , épicier , rue de chaillot.
Richer jeune , clerc-de-notaire , place des victoires.
Richer , passage roch.
Richer , boulevard martin.
Richi , employé , cloître honoré.
Richomme, administrat. des soupes éco. , parvis notre-dame.
Richoux , rue de la verrerie.
Ricord, ex-député , rue de verneuil.
Ricou, secrétaire en chef de la mairie, cinquième municipalité.
Ricourt, serrurier, faubourg montmartre.
Ricou, marchand de bois , rue de buffaut.
Ricœur , employé , pont-michel.
Ridard, marchand de grains , rue de la mortellerie.
Ride, employé à la justice, rue de sèves.
Ridel, architecte , rue denis.
Ridelberge, rue de la licorne.

Ridoux, tonnelier, rue de la mortellerie.

Riffaut, employé à la bibliothèque, rue de la loi.

Riffaut, administrateur des poudres, à l'arsenal.

Riffé, employé, rue pierre-sarrazin.

Riffé, employé, rue de la harpe.

Riffé Caubry, défenseur officieux, place thionville.

Rigaud, employé à la guerre, dixième municipalité.

Rigaud, bijoutier, palais du tribunat.

Rigaud, épicier, rue de grenelle.

Rigaud, agent de change, rue du hazard.

Rigaud, employé, vieille rue du temple.

Rigaux, avoué, rue des bons-enfans.

Rilliet, ex-négociant, rue montmartre.

Rimbault, marchand, rue des ciseaux.

Rimbaut, marchand de vin, rue de la verrerie.

Rimbaut, marchand de vin, rue d'antin.

Rimbert, homme de loi, rue louis.

Rimbeuf, épicier, rue du jardin des plantes.

Ringard, mercier, rue montorgueil.

Ringuet, tapissier, rue de la verrerie.

Rinville, marchand de bois, quai de la tournelle.

Riolant, employé à la trésorerie, rue neuve des petits-champs.

Riolet, orfèvre, rue aux fers.

Riollet, notaire, vieille rue du temple.

Riollet, clerc de notaire, rue de la chaumière.

Riot, commis, rue neuve-georges.

Riot, propriétaire, rue neuve-eustache.

Riout, employé, rue du champ-du-repos.

Ripeaux, boulanger, rue rochechouart.

Riquet (Nicolas), pâtissier, vieille rue du temple.

Riquet, propriétaire, place sorbonne.

Riquet, vitrier, rue andré, n. 42.

Riquet, bonnetier, rue antoine.

Riqueur, employé, rue coquenard.

Rival, banquier, rue cerutti.

Rivallier, officier de santé, rue taranne.

Rivaut, assesseur de juge de paix, rue mouffetard.

Rives, greffier de juge de paix, div. des droits de l'homme.

Rives, imprimeur, rue de la harpe.

Rives, arquebusier, rue de bussy.

Rivière, employé, rue de la verrerie.

Rivière, employé, rue de sèves.

Rivierre, rue de la mortellerie.

Rivierre, marchand de chevaux, rue d'enfer.

Rivierre, première municipalité, vis-à-vis le bureau de la marine.

Rivierre, hospice des vieillards.

Rivol , rue bourtibourg.

Robache jeune , rue du colombier.

Robardey , cour martin.

Robe , salpêtrier , rue des marais

Robelot , vérificateur à la caisse d'épargne , rue de grammont

Robert , négociant , rue du faubourg antoine.

Robert , employé , rue hautefeuille.

Robert , rue de la tixéranderie.

Robert , limonadier , pont michel.

Robert , employé , rue des fossés-germain.

Robert , restaurateur , palais du tribunat.

Robert , fabricant de papier , rue louis-le-grand.

Robert-François , défenseur , vieille rue du temple.

Robert (L.) , orfèvre , quai pelletier.

Robert , orfèvre , rue sulpice.

Robert , orfèvre , rue du four-germain.

Robert , limonadier , place de l'école.

Robert , rentier , rue du théâtre-français.

Robert , receveur des impositions , rue antoine.

Robert , peintre , rue michel-pelletier.

Robert (Nicolas) , rue martin.

Robert , peintre , galerie du louvre.

Robert , peintre , rue notre-dame-des-victoires.

Robert , horloger , faubourg martni.

Robert , pâtissier , rue martin.

Robert , homme de lettres , rue de marivaux.

Robert , limonadier , rue de la verrerie.

Robert , graveur , rue perpignan , n. 7.

Robert , pompier , quai d'orsay.

Robert , quai pelletier , n. 33.

Robert (Gilles) , négociant , rue de cléry , n. 63.

Robicquet , faïencier , carré martin.

Robillard , commissaire civil , rue de la chaise.

Robillard , jardinier , rue de l'oursine.

Robillard , faïencier , rue de la roquette.

Robillard , fabricant , rue thomas du louvre.

Robillard neveu , rue thomas du louvre.

Robillard , officier de santé , aux invalides.

Robillard , boulanger , rue des prêtres-germain.

Robillon , traiteur , rue d'argenteuil.

Robilot , vérificateur , rue de grammont.

Robin , rue du figuier.

Robin , propriétaire , rue du four-germain.

Robin , tapissier , rue de sèves.

Robin , employé , faubourg du temple.

Robin , rue du sépulcre.

Robin, rue basse d'orléans.
Robin, négociant, rue de la cossonnerie.
Robin, notaire, rue vivienne.
Robin, agréé au tribunal de commerce, cloître méry.
Robin, ancien marchand de vin, rue de fourcy.
Robin, avoué, rue de l'hirondelle.
Robin, rentier, rue séverin.
Robin, rue de la mortellerie.
Robin, propriétaire, rue guillon.
Robin, employé, rue montorgueil.
Robin, miroitier, rue planche-mibray.
Robine, rue du colombier.
Robine, épicier, rue du chantre.
Robine fils, négociant, rue des ménestriers.
Robine, quai de la tournelle.
Robinet, rue d'aval.
Robinet, horloger, rue folie-méricourt.
Robinot, cloître benoît.
Robit père, orfèvre, rue de l'arbre-sec.
Robit fils, employé, rue de l'arbre-sec.
Roblastre, propriétaire, rue des moulins.
Roblastre, propriétaire, rue du plâtre-jacques.
Roblin, perruquier, rue des fossés-montmartre.
Roblot (Hubert), à la caisse d'épargnes, rue de grammont.
Roblot, imprimeur, rue de la huchette.
Robours, à l'hospice des vieillards, cinquième municipalité.
Roby, jouaillier, rue bon-conseil.
Roby, rue du bouloy.
Roby, rue de l'arbre-sec.
Roch, commis, rue du bouloy.
Roch, agent de change, boulevard martin.
Roch, rue dominique.
Roch, agent de change, rue de choiseul.
Roch-la-Gache, rentier, rue du petit-lion-germain.
Roche, rue denis.
Roche, quincailler, rue bourg-l'abbé.
Roche, rue de choiseul.
Roche, employé, rue de l'aiguillerie.
Roche, marchand bonnetier, rue des lombards.
Roche, agent de change, rue de la juiverie.
Rochefort, employé aux élèves de la patrie, faubourg antoine
Rochefort, petit carrouzel.
Rocher, propriétaire, rue du vieux colombier.
Rocher, faubourg saint-denis.
Rochette, opticien, quai du nord.
Rocque, rentier, rue transnonain.

Rodier l'aîné, fripier, rue de la tonnellerie.

Rodier, marchand de soie, rue des bourdonnais.

Rodier fils, employé, à chaillot.

Rodol père, marchand de vin, rue antoine.

Rodol fils, marchand de vin, rue antoine.

Rodot, marchand de vin, quai de la république.

Rodrigue, rue saint-florentin.

Rogelet aîné, rue des blancs-manteaux.

Roger, employé à la trésorerie, rue des bourdonnais.

Roger, négociant, rue de la huchette.

Roger, faubourg denis.

Roger, homme de lettres, rue française, n. 8.

Roger des Ifs, rue des quatre fils.

Roger (Raimond), sculpteur, rue saint-maur.

Roger, rue neuve du luxembourg.

Roger, bijoutier, rue martin.

Roger de Gonsandray, rue neuve saint-méry.

Roger de Hadancourt, rue neuve saint-méry.

Roger de Villers, rue neuve saint-méry.

Rogier, épicier, porte saint-martin.

Roguignot, couvreur, rue saint-victor.

Roguin, quai égalité.

Rohault, hospice des vieillards.

Roitel, officier invalide, dixième municipalité.

Roitier, employé à la monnaie, rue guénégaud.

Rojare, employé, rue poissonnière.

Roland, rue du mail.

Roland (Pierre), peintre, rue du bout-du-monde.

Roland, traiteur, rue des vieux-augustins.

Roland, sculpteur au louvre.

Roland, tabletier, rue martin.

Roland, employé, rue verneuil.

Roland, des ponts et chaussées, rue neuve du luxembourg.

Roland-Gosselin, rue michel-lepelletier.

Rolin, marchand, rue martin.

Rolin, rue du coq.

Rolin, rue de la huchette.

Rolin, faubourg poissonnière.

Rolland, tapissier, rue transnonain.

Rolland, receveur de loterie, rue de l'université.

Rolland, homme de loi, rue phelyppeaux.

Rolland (J.-A.-L.), première municipalité.

Rolland-Villarceaux, rentier, rue croix.

Rolle, metteur en œuvre, rue denis.

Rollet, tapissier, faubourg antoine.

Rollet, employé, rue phelyppeaux,

Rollet, chef de bataillon, aux invalides.
Rollet, boucher, rue des tournelles.
Rollin, invalide, dixième municipalité.
Rollin, à l'hospice des vieillards, cinquième municipalité.
Rollot (Honoré-Charles), rue de la coutellerie.
Rollot, chef de bureau à la trésorerie, rue neuve des petits-ch.
Romagne (Pierre), rue montmartre.
Romain, rue du chaume.
Romain, limonadier, rue roch.
Roman (Jacques), négociant, boulevard montmartre.
Romancier, rue de la marche.
Romand, peintre, rue de chaillot.
Romans, rue de l'ancienne comédie.
Romatier, bijoutier, rue martin.
Romeron, employé, rue d'anjou.
Rondeau, employé, rue sauveur.
Rondeau, rue de bretagne.
Rondeau, pharmacien, rue des lombards.
Rondeau, épicier, rue aubry-le-boucher.
Rondet (Pierre), tapissier, rue du bout-du-monde.
Rondonneau, imprimeur-libraire, place du carouzel.
Rondot, perruquier, rue jean-pain-mollet.
Roussilhe aîné, rue de thorigni.
Roquant, plombier, faub. martin.
Roque Joffre, employé, faub. antoine.
Roquelaure, propriétaire, rue dominique.
Roquet, rue honoré.
Roquet, épicier, rue de la marche.
Rosa, rue des droits de l'homme.
Rosambo fils, rue honoré.
Roscius, munitionnaire, rue bergère.
Rose, menuisier, rue victor.
Rose, avoué, rue neuve du luxembourg.
Rose (Alexis-Adrien), rue du temple.
Rose, boulanger, à chaillot.
Rosely, vice-amiral, place vendôme.
Rosenstiel, employé, rue du petit vaugirard.
Rosier, rentier, rue de cérutty.
Rosny, rue des petites-écuries.
Rosselange, chef de correspond. à la monnaie, rue guénégaud.
Rosset, rue des fossés-montmartre.
Rossignol père, rue des gravilliers.
Rossignol, rue de bretagne.
Rossignol, rue des écouffes.
Rossignol, miroitier, rue avoie, n. 9.
Rossignol, marchand de fer, rue de l'aiguillerie.

Rossin, rentier, rue de grenelle.
Rossonet, rue du figuier.
Rostenne, employé, rue grange-aux-belles.
Rotallier, propriétaire, rue hyacinthe.
Roth, rue rochechouart.
Rottier, employé, rue mazarine.
Rottier jeune, commiss.-priseur, rue neuve des petits-champs.
Rottin, professeur, au prytanée.
Roturier, rue des marmouzets.
Roty, rue des prêtres-germain.
Rouard, employé aux arch. des consuls, rue de la convention.
Roucel, receveur des rentes, rue regrattière.
Rouget, pâtissier, rue honoré.
Rouillard, employé, rue du bacq.
Rousseau (Denis-Bernard), empl. au dép., rue de la fraternité.
Rousseau, fourreur, rue pot-de-fer.
Rousseau, rue du pont-aux-choux.
Rousseau jeune (J.-Jos.), négociant, rue des jeûneurs.
Rousseau (Jean-Gabriel), propriétaire, rue montmartre.
Rousseau, bijoutier, cour neuve du palais.
Rousseau, rue de sèves.
Rousseau, faïencier, vieille rue du temple.
Rousseau, marchand de vin, rue de chaillot.
Rousseau, employé à la guerre, rue du bacq.
Rousseau de Pantigny, anc. rec. gén. des fin., rue de la loi.
Rousset, propriétaire, rue du temple.
Roussel, menuisier, rue de bretagne.
Roussel (Pierre-Ange), rue martin.
Roussel, marchand de soie, rue de thibautodé.
Roussel, ex-commiss. de police, rue du paon-andré, n. 3.
Roussel, salpétrier, rue du chemin-vert.
Roussel, professeur au prytanée, 12e municipalité.
Roussel, rentier, rue laurent.
Roussel, rue de thionville.
Roussel, instituteur, rue des barres.
Roussel, chef de la trésorerie, rue feydeau.
Roussel, homme de loi, rue popincourt.
Roussel, boucher, rue paul, n. 41.
Roussel, rue regrattière.
Roussel, propriétaire, rue plumet.
Roussel, ex huissier-priseur. rue du marché-neuf.
Roussel ainé, marchand de draps, rue honoré.
Roussel, épicier, rue marguerite.
Roussel, cloître notre-dame, n. 9.
Routhiers, sec. en chef de la 11e munic., rue mignon.
Rouval, rentier, rue de bourgogne.

Roux, horloger, rue de thionville.

Rovet, employé, rue de l'oseille.

Rowlain, maréchal, rue tireboudin.

Roxer, marchand de vin, rue de la roquette.

Roy, vitrier, montagne geneviève.

Roy (Jean), médecin, rue du ponceau.

Roy, commissaire de police, rue du faub. antoine.

Roy, orfèvre, rue guénégaud.

Roy de la Corbinette, roulier, rue du chemin-vert.

Royal, mercier, rue des boucheries-germain.

Roye, employé au département, place vendôme.

Royer, cordonnier, rue de la vieille-bouclerie.

Royer, marchand papetier, rue des noyers, n. 16.

Royer, charpentier, rue du faub. antoine.

Royer, homme de loi, rue batave.

Royer (Henri), peintre, rue de sèves.

Royer, peintre, faubourg denis.

Royer, papetier, rue antoine, n. 354.

Royer, évêque de paris, parvis de la cité.

Royer, employé, rue germain-l'auxerrois.

Royer, rue croix de la bretonnerie.

Royer, cloître notre-dame.

Royer, tourneur, cour lamoignon.

Royer, marchand de vin, porte antoine.

Royer, libraire, passage des augustins.

Royer, employé, rue coq-héron, n. 423.

Royer, peintre, rue helvétius.

Royounet, rue de grammont.

Rozet, employé au bureau des hospices, rue de l'oursine.

Rua, propriétaire, rue dominique-germain.

Ruault, prote au moniteur, rue des poitevins.

Rault, ancien libraire, rue des poitevins.

Rubey, chapelier, rue d'enfer, n. 5.

Rubigny, tanneur, rue censier.

Rué, marchand de vin, rue du champ-du-repos.

Rucard, limonadier, rue de poitou, n. 45.

Rudeau, serrurier, rue des moineaux.

Ruel, bonnetier, rue des deux-ponts.

Ruele, vieille rue du temple.

Ruelle père, propriétaire, rue grenata.

Ruelle, mercier, rue du faubourg du temple.

Ruelle père, au gros-caillou.

Ruelle, épicier, rue grenelle, au gros-caillou.

Ruelle, défenseur officieux, rue paul.

Ruelle, fabricant, rue des vieilles-tuileries.

Ruelle, commissaire de bienfesance, division du temple.

Ruelle, employé à la trésorerie, chaussée d'antin.
Ruet, rue martin.
Ruffier, homme de loi, rue de l'échiquier.
Ruffin l'aîné, rue neuve-méry.
Ruffin, vinaigrier, rue mouffetard.
Ruffy, employé à la préfecture du département, rue denis.
Ruggiéri, artificier, rue lazare.
Rumian, grainier, faubourg montmartre.
Russinger père, fabricant de porcelaine, rue fontaine nationale.
Rusteau, employé, rue de tournon.
Sabathier, de l'institut national, au louvre.
Sabathier-de-Cabre, rue de grenelle-germain.
Sabatier, banquier, place vendôme.
Sabatier, employé aux postes, troisième municipalité.
Sabatier, officier de santé, dixième municipalité.
Sabattier, employé, rue saintonge.
Sadée (Pierre-Louis-Fél.), rec. de l'enreg., rue d'anjou, n. 10.
Saffroy, avoué, rue de la verrerie.
Sage, professeur de minéralogie, au jardin des plantes.
Sagedieu, tapissier, cour mandar.
Sageret père, rue victor.
Sageret fils, rue victor.
Saget, greffier, rue de la verrerie.
Saget, instituteur, rue de sèves.
Saget, employé, quai des ormes.
Sagnier, avoué, rue des fossés-montmartre.
Sagnier, huissier, rue des deux portes sauveur,
Sagnier, rue martin, n. 11.
Sangnier aîné, rue de gravilliers.
Sagot, pharmacien, rue de la roquette.
Sagot, chandelier, rue antoine.
Sahut, employé, rue beauregard.
Saillart, banquier, rue de clichy.
Saingier, horloger, rue des deux-ponts.
Saingy, capitaine, aux invalides.
Sainson, propriétaire, rue du bacq.
Saizeval, propriétaire, rue de lille.
Saint-Aignan, tailleur, rue martin.
Saint-Amant, homme de loi, rue de tournon,
Saint-Amant, médecin, rue des postes.
Saint-Ange, rue de l'égoût.
Saint-Ange, rue des prêtres-paul.
Saint-Ange, brasseur, rue de l'oursine.
Saint-Ange, professeur de belles lettres, rue antoine.
Saint-Apolline, employé, rue pot-de-fer.
Saint-Aubin, artiste de l'opéra comique, deuxième municipalité.

Saint-Aubin , ex-receveur des finances , rue du mail.
Saint-Aulaire (Louis), propriétaire, rue de l'université.
Saint-Cricq-Daramitz , rue de choiseuil.
Saint-Cricq aîné, rue de choiseuil.
Saint-Cricq (Charles), rue de choiseuil.
Saint-Didier, rentier, rue des colonnes.
Saint-Didier, ancien consul de france , rue montmartre.
Saint-Evroud , employé, rue boucherat.
Saint-Georges , administrat. des messageries , rue montmartre.
Saint-Glie , défenseur officieux , cour des fontaines.
Saint-Hylaire , marchand de bois , quai de la liberté.
Saint-James , rue des rats.
Saint-Janvier , rue du sentier.
Saint-Léger , chef de la recette du dép., rue de l'université.
Saint-Léger , rentier , rue des mathurins.
Saint-Léger , ex-commissaire à st-domingue , rue du hazard.
Saint-Leu , propriétaire, rue bleue.
Saint-Marc , marchand linger , rue neuve saint-roch.
Saint-Mars , rue de cléry , n. 86.
Saint-Martin , rentier , rue des barres.
Saint-Martin , rue croix des petits-champs.
Saint-Martin , employé , vieille rue du temple.
Saint-Maurice , rue de la victoire.
Saint-Mesmes , rue sébastien.
Saint-Omer , maître d'écriture , rue des prêtres-germ,-l'auxerr.
Saint-Paul , homme d'affaires , pâté des italiens.
Saint-Pierre , menuisier , rue richer.
Saint-Prix , artiste du théâtre-français, rue de la loi.
Saint-Quentin , employé , rue des fossés-victor.
Saint-Remi , vérificateur à la comptabilité , rue bourg-l'abbé.
Saint-Romain , rue du chaume.
Saint-Simon , rentier , rue de sèves.
Saint-Venant , ex-commissaire de police, rue louis , au palais.
Saint-Venant , ex-juge de paix , rue poissonnière.
Sainte-Beuve , marchand de vin , rue des marmouzets.
Sainte-Foix , rue honoré.
Sainte-Marthe , avoué, rue des mathurins.
Saintan , marchand de vin, rue saint-victor.
Saintard , éventailliste , rue philippeau.
Saintard , boucher , rue pagevin.
Saintonge , employé , rue de bussy.
Saisseval , homme de loi , rue de lille.
Saivres , vitrier , rue trousse-vache.
Salabère , notaire , boulevard cérutty.
Saladin , ex-député, rue bon-conseil.
Salambier , marchand de draps, rue honoré.

Salambrié , économe de l'hospice, grande r. du faub. antoine.
Salandier, officier de santé, rue du four-germain.
Salantin , rue de l'arbre-sec.
Salanu fils aîné , marchand de bois, quai saint-paul.
Salats , négociant, rue quincampoix.
Salatz père , marchand de soies, rue saint-denis.
Salatz fils , marchand de soies, rue saint-denis.
Salaville, rue du faubourg saint-jacques.
Salbart , rue saint-avoie.
Salbieux, employé , rue des noyers.
Salbrune, rue du four-germain.
Salindre, rue du Mail.
Salengros, messager d'état, rue thomas-du-louvre.
Salentin, musicien, rue de la monnaie.
Saleron jeune , rue de l'oursine.
Salin aîné , quai saint-paul.
Salior, libraire , rue de malte.
Saliquet , parfumeur , rue saint-martin.
Salivet, chef au ministère de la justice , rue hyacinthe.
Sallais, employé au ministère de la justice , place vendôme.
Sallambier, économe du grand hospice, r. et faub. du temple,
Sallé , employé , rue de la harpe.
Salleneuve, mécanicien, faubourg denis.
Salleron , juge au tribunal de commerce , rue saint-méry.
Salleron, tanneur, rue des postes, n. 18.
Salleron (Joseph), négociant, rue de l'oursine.
Salleron père, tanneur, rue de l'oursine.
Salleron fils , tanneur, rue du sentier , n. 14.
Salles , professeur de mathématiques , rue de la cité.
Salleville, homme de lettres , rue saint-jacques.
Sallier, propriétaire, place des vosges.
Sallière, jouaillier , rue de la barillerie.
Salmon, employé aux incurables, rue de sèves,
Salmon , propriétaire, rue lepelletier.
Salmon père, serrurier, rue des coquilles.
Salmon fils , au pont-aux-choux.
Salmon, marchand de vin, passage des petits-pères.
Salmon, serrurier , rue du petit-lion.
Salmon , employé , rue de babylone.
Salmont , épicier , rue de la grande-truanderie.
Salomé aîné , apothicaire, rue beautreillis.
Salomon, architecte, rue honoré.
Salomon , homme de loi, place saint-sulpice.
Salomon, architecte , rue des maçons.
Salomon , architecte , rue marceau.
Salomon-Salomon, marchand , rue des ménétriers

Salomon, employé, rue du petit-lion.

Salomon-Lévi, négociant, rue saint-méry.

Salomon-Maas, négociant, rue saint-méry.

Salque, homme de loi, rue du théâtre-français.

Salvache, serrurier, rue de naples, n. 32.

Salvador, négociant, rue des prouvaires.

Salvan, instituteur, douzième municipalité.

Salvan aîné, rentier, rue des filles-thomas.

Salverte, défenseur officieux, rue de provence.

Salverte aîné, rue lepelletier.

Salverte, ex-administrateur des domaines, rue de choiseuil.

Samaria, homme de loi, rue du cherche-midi.

Samaria, rue de sèves, n. 284.

Sambas, rue taitbout.

Samboeuf, vieille rue du temple.

Samson, tabletier, rue saint-martin.

Samson, employé, rue des barres.

Samsom, marchand de soies, rue antoine.

Samson, rentier, faubourg du temple.

Samson, marchand de draps, rue de lille.

Samson, rue du bacq.

Samson, adjudant, rue du faubourg poissonnière.

Samson, négociant, rue du faubourg du temple.

Sanctère, inspecteur de l'enregistrement, rue de choiseul.

Sanders, bijoutier, quai de la monnaie.

Sandoz, tailleur, rue de seine.

Sandras, commissaire de police, faubourg montmartre.

Sandré (Jean), rue des droits-de-l'homme.

Sandrié jeune, propriétaire, rue du mail.

Sandrien, bijoutier, rue du harlay.

Sandrier, architecte, rue neuve-saint-martin.

Sandrier, épicier, rue de sèves.

Sandrin, quai du nord.

Sandrin, avoué, rue des bons-enfans.

Sandrin, marchand de vin, rue des fossés-bernard.

Sané père, rue de reuilly.

Sané fils, rue de reuilly.

Sané, mercier, rue de la vieille-bouclerie.

Sanegon fils, propriétaire, rue de bondy.

Sanet, rue de bussy.

Sangnier, huissier, rue des deux-portes.

Sangot, maréchal, rue de la roquette.

Sanguin, marchand de bois, quai d'orsay.

Sanguinede, horloger, rue louis.

Sangrain, chef de la bibliothèque, à l'arsenal.

Sankin, jouaillier, place thionville.

Sanied, avoué, rue des pères-montmartre.

Sannesou, rue de bondy.

Sannetan père, propriétaire, rue des marais.

Sanot, parfumeur, rue des saussayes.

Sanseigne, homme de loi, rue saint méry.

Sansfaute père, rue de bretagne.

Sansrefus, corroyeur, rue de la juiverie.

Sant, perruquier, rue louis.

Santerre, gazier, rue du faubourg denis.

Santerre, brasseur, faubourg antoine.

Santerre, homme de loi, rue des rosiers.

Santerre-Tersé, rue des droits-de-l'homme.

Santeul, rentier, rue de tournon.

Santeul, rentier, rue guillaume.

Santilly, rentier, rue de la loi.

Santrieux, artiste, aux gobelins.

Sanzier, employé, rue pot-de-fer.

Sapey, employé, rue des vieux-augustins.

Sapinau, huissier, rue montmartre.

Sarasin, greffier de juge de paix, rue helvétius.

Sarazin, relieur, rue des mathurins.

Sarbled, rue basse-des-ursins.

Sarjeasse, marchand, cloître honoré.

Saron (Auguste) rue guillaume.

Sarot, ancien juge de paix, rue du petit-pont.

Sarrade père, officier de santé, faubourg montmartre.

Sarrade, chirurgien, rue des trois-frères.

Sarradin, employé à la guerre, aux incurables.

Sarrasin, marchand, rue de l'échelle.

Sarrazin, rue beaubourg.

Sarrazin-de-l'Etang, jurisconsulte, rue du cimetière-jean.

Sarrebourg, employé, rue favart.

Sarthe, secrétaire des archives nationales, au palais.

Sarus, banquier, rue neuve des mathurins.

Satainat, marchand de vin, rue de l'oursine.

Sauclaire, employé, rue tirechape.

Saudrin fils, rue des fossés-bernard.

Sauer, fabricant de boutons, rue laurent.

Saugrain, commissaire-priseur, rue de la tixéranderie.

Saugrain, graveur, rue jacques.

Saulier, médecin, rue de seine.

Saulot-Baupuy, rue pelletier.

Saulot-fontenaille, employé, rue lepelletier.

Saumé, marchand de bas, rue martin.

Saunier, ébéniste, rue du harlay.

Saunier, cordonnier, rue du temple.

Saunier, propriétaire, rue cocquenard.

Saunier, droguiste, rue des lombards.

Saunier, huissier, rue de la tixéranderie.

Sauran, employé au ministère de l'intérieur, rue de la sourdière.

Saurin, propriétaire, rue phelippeaux.

Saurine, ex-constituant, rue du faubourg jacques.

Saurot, homme de loi, rue geoffroy-l'asnier.

Sauseigne, rue méry, n. 20.

Saussay jeune, rue des rosiers.

Saussay, négociant, rue bourg-l'abbé.

Sautereau père, rue croix-de-la-bretonnerie.

Sautier, employé à la loterie, rue neuve-des-petits-champs.

Sautin, employé, rue de l'échelle.

Sautot père, rue des fossés-bernard.

Sautray, commissaire de police, quatrième municipalité.

Sautter (Daniel-André), négociant, boulevard montmartre.

Sauvage, rue charlot, n. 19.

Sauvage, horloger, rue honoré.

Sauvage, employé au ministère de la guerre, rue de varennes.

Sauvage, employé aux relations extérieures, rue de grenelle.

Sauvage, rue neuve-étienne.

Sauvage père, orfèvre, rue du petit-bourbon.

Sauvage peintre, cour du muséum.

Sauvage, quincailler, rue des fossés-montmartre.

Sauvage (Alexandre), marchand de draps, rue du roule.

Sauvageot, rue denis.

Sauvageot, rue honoré.

Sauvaige-Busancy, rentier, cloître notre-dame.

Sauvan, cour des fontaines.

Sauvan, homme de loi, rue de la sourdière.

Sauvé, boulanger, rue denis.

Sauveau, avoué, rue geoffroy-l'asnier.

Sauvel, distillateur, rue des prouvaires.

Sauvier (Hercule), rue copeau, n. 538.

Sauvigny, rue des postes.

Sauvo, rédacteur du moniteur, rue des poitevins.

Saulade, rue carême-prenant.

Sauze, menuisier, rue de richelieu.

Sauzet, couverturier, rue victor.

Savart, négociant, rue bourg-l'abbé.

Savard, maçon, rue du faubourg antoine.

Savard, employé à la troisième municipalité, troisième municip.

Savard, hôtellier, rue gaillon.

Savart, imprimeur, grande rue du faubourg antoine.

Savary, ex-législateur, rue de lille.

Savary, tonnelier, rue de verneuil.

Savary, marchand de vin, faubourg martin.

Savigny, employé à la trésorerie, rue neuve des petits-champs.

Savin, homme de loi, rue helvétius.

Savin, rue marguerite-germain.

Savouray, instituteur, rue de la clef.

Savouré, épicier, rue de l'épée-de-bois.

Savouret, propriétaire, rue gracieuse.

Savoye (Nicolas) libraire, rue jacques, n. 11.

Savoye, employé, rue martin.

Savoye, rue de provence.

Savoye, rentier, rue thiroux.

Savre, homme de loi, rue bon-conseil.

Savy, jurisconsulte, rue d'anjou.

Savy, homme de loi, rue du théâtre-français.

Sayel, rue de la mortellerie.

Schalberg, faubourg denis.

Schall, serrurier, rue des martirs.

Schalfer, faubourg denis.

Scharft, menuisier, rue martin, n. 18.

Scharles, rue des vieilles-audriettes.

Scharpentier, fabricant de chapeaux, rue du parc, n. 511.

Scheffer, employé, rue jacques, n. 746.

Schemett, lieutenant aux invalides, dixième municipalité.

Scherer, banquier, rue des capucines.

Schenal, artiste, rue du mail.

Scheron (François) homme de loi, rue helvétius.

Schiboust, faïencier, rue martin.

Schirman, militaire aux invalides, dixième municipalité.

Schmidt, menuisier, rue de l'université.

Schmith, marbrier, rue neuve-laurent.

Schmith, marchand de papier, rue lenoir.

Schmitt, taillandier, rue de sèves, n. 1309.

Schmitt, perruquier, rue du temple, n. 45.

Schmitt, tailleur, rue paul.

Schmitz (Jean), ébéniste, rue poissonnière.

Schmitz, rue martin, n. 21.

Schneider, ingénieur-géographe, rue des pères.

Schnetz, rue de la loi.

Schotel, boulanger, faubourg martin.

Schrecker, marchand de tableaux, rue des arcis.

Schromberger, employé, rue du helder, n. 30.

Sciebert, marchand de musique, rue de la loi.

Scribe père, marchand, rue denis, au chat noir.

Scribe, marchand de draps, à l'apport-paris.

Scribe (Henry), marchand de soie, rue honoré.

Scribe (Célestin), marchand, rue honoré place roch.

Sebault , négociant , rue du mail , n. 30.
Sebire , fabricant , rue neuve-médard.
Secretain , commissaire à la comptabilité , rue grenelle.
Sedesse , ex-employé , rue du roule , n. 180.
Sedillot , négociant , rue des mauvaises-paroles.
Sedillot , chirurgien , rue thibautodé.
Ségaud , horloger , cloître honoré.
Seguy , médecin , rue de la loi.
Segui , architecte , rue coquillière.
Seguin , apothicaire , rue honoré.
Seguin , adjudant , rue nicaise.
Seguin (Jean) , rue martin.
Seguin , de l'institut , au louvre.
Seguin , rue saint-licton.
Séguin , traiteur , rue du monceau.
Séguin , maçon , rue croix-de-la-bretonnerie.
Séguin , rue d'anjou.
Ségur jeune , rue des champs-élysées.
Seguirand , homme de loi , rue honoré.
Seidig , sellier-carrossier , rue de la corderie.
Seiger , peintre , rue fontaine-nationale.
Seignette , rentier , rue des mathurins.
Seigneur , menuisier , rue bordet.
Seigneur , commissaire des guerres , rue saint-pierre.
Seigneur , pointe saint-eustache.
Seigneur , ex-commissaire de police , rue du bacq.
Seizerac , officier de santé , rue neuve-geneviève.
Sejan , employé , rue bourg-l'abbé.
Séjournant , faïencier , rue taranne.
Selim , hospice des vieillards.
Selis , préfet à l'école centrale , au panthéon.
Sellié , chirurgien-herniaire , rue nicaise.
Sellier , limonadier , rue chabanais.
Sellier , employé au département , quatrième municipalité.
Sellier , employé , quai des augustins.
Sellier , graveur , rue étienne.
Sellier , marbier , rue du faubourg jacques.
Sellier , corroyeur , rue frépillon.
Sellier (Alexandre) , rue des droits-de-l'homme.
Sels , marchand de cuir , rue tiquetonne.
Semer père , sculpteur , grande rue du faubourg du temple.
Semerie , officier de santé , rue des bons-enfans.
Semonin , rentier , rue bertin poirée.
Senaire , huissier , rue helvétius.
Senard bijoutier , palais-égalité.
Sendras , commissaire de police , faubourg montmartre.

Sendrin, avoué, rue des bons-enfans.

Sendrier, rue basse-du-rempart.

Sené, perruquier, grande rue antoine.

Sénéchal, employé à la poste, rue jean-jacques rousseau.

Sénéchal, épicier, rue louis, au palais.

Sénéchal, boulanger, rue du temple.

Sené, ordonnateur des inhumations, rue bar-du-bec.

Senée aîné, menuisier, rue de cléry.

Sener, homme de loi, rue helvétius.

Sengensse, officier de santé, rue chabanais.

Sennevé (Olivier-Martin), rue des droits-de-l'homme.

Senoble, invalide, dixième municipalité.

Senoble, (Jean-Étienne) vieille rue du temple.

Senovet, marchand de tabac, rue dominique.

Sensier, bijoutier, quai de l'école.

Sentier, rentier, quai de l'école.

Sentier, épicier, rue sauveur.

Senty, rue hillerin-bertin.

Seraine, propriétaire, rue de turenne.

Sereau, pharmacien, porte jacques.

Sergent, épicier, rue poissonnière.

Sergent, employé, au ministère de la police, quai voltaire.

Sergent, employé, rue du théâtre-français.

Sergent, avoué, rue des prouvaires.

Sergent, imprimeur, rue de cluny.

Seribaut, marchand de vin, rue du cimetière nicolas.

Serieux homme de loi, rue mazarine.

Seriot, épicier, rue saint-paul.

Seriot, libraire, quai voltaire.

Serise, huissier, rue monceau-germain.

Sermer, restaurateur, rue de la jussienne.

Sernel, marchand, rue honoré.

Serpalet, rue du chantre.

Serrait, rue jacob, n. 1225.

Serre, chapelier, rue jean-robert.

Serre, vérificateur, faubourg germain.

Serre, employé, rue jean-de-beauvais.

Serre, menuisier, rue des fossés du temple.

Serre Saint-Roman, propriétaire, rue de la perle.

Serreau, rue croix de la bretonnerie.

Serreau fils, employé, quai de la république.

Serret, rue de choiseul.

Serret, mercier, rue de la vieille boucherie.

Serson, avoué au tribunal de cassation, rue des jeûneurs.

Serval, employé, rue batave.

Servant, général de division, rue du cherche-midi.

Servant, employé, rue du regard.

Servat, rue honoré.

Servaux, ancien notaire, rue neuve-roch.

Serve, ancien marchand de vin, porte saint-honoré.

Servel, limonadier, rue de la harpe.

Servet, marchand, quai de la ferraille.

Servet, bijoutier, boulevard saint-denis.

Servier, négociant, rue rochechouart.

Servier, négociant, rue de la croix.

Servière, libraire, rue du foin.

Servona, admin. de la banque territ., rue du sentier.

Servois, employé, cloître notre-dame.

Sesseval, propriétaire, rue de lille.

Seurin, boulanger, rue lazare.

Sevène, banquier, rue ceratty.

Sevenne (Pierre), banquier, rue neuve saint-marc.

Sevenne (Auguste), banquier, rue d'amboise.

Sevenne (Edouard), banquier, rue neuve saint-marc.

Sevestre, entrepreneur de bâtimens, au louvre.

Sevestre, messager d'état, au corps législatif.

Sevestre, vinaigrier, rue du sépulcre.

Sevin, propriétaire, rue saint-avoie.

Sevin, épicier, rue des martirs.

Sevin, tartiste, rue raversière.

Sévré, général en second, aux invalides.

Sevret, perruquier, rue du puits.

Seyler, épicier, rue de la grande truanderie.

Seyter, tabletier, rue de la croix, n. 37.

Sezille, défenseur officieux, rue saint-martin, n. 70.

Shamois, marchand de vin, rue de berry au marais.

Saint-Herbin, chef de bureau à la justice, boulevard denis.

Sibial, boulanger, montagne geneviève.

Sibille, marbrier, rue des messageries.

Sibillotte, imprimeur, rue de seine, fauboug germain.

Sibire, rentier, rue des prouvaires.

Sibire, commissaire-priseur, cloître notre-dame, n. 6.

Sibuet, ex-juge, place vendôme.

Sibyre, marchand de bas, rue antoine.

Sicard, commissaire des guerres, quai voltaire.

Sicard, instituteur des sourds et muets, douzième municipalité.

Sieur, employé, rue coquillière.

Sieux, chef au minist. des finances, rue croix des petits-champs.

Sieyes, administrat. gén. des postes, hôtel des postes.

Sigay, architecte, rue coquillière.

Signol, restaurateur, rue honoré, n. 1347.

Sigy, négociant, rue des bons-enfans.

Sijas, employé, rue de grenelle.

Silian, rue des capucines.

Sillan, pharmacien, rue louis, au palais.

Sillette-Loreau, homme de lettres, rue marc, n. 166.

Silly, notaire, rue coquillière.

Siloy, notaire, rue hautefeuille.

Silvestre, secrétaire de la société d'agricul., gal. du museum

Silvestre-Sacy, professeur de langues; rue dominique.

Silvestre aîné, rue marguerite.

Silvestre rentier, rue d'argenteuil.

Simon, palais du gouvernement.

Simon, bibliothécaire du tribunat, deuxième municipalité.

Simon, employé, rue du faubourg du temple.

Simon, propriétaire, rue des quatre vents.

Simon, graveur, rue des enfans-rouges.

Simon, avoué, rue neuve des mathurins.

Simon, au prytanée.

Simon, papetier, rue saint-denis.

Simon, boucher, rue helvétius.

Simon, fabricant, rue jean-de-beauvais.

Simon, marchand de dentelles, rue aubry-le-boucher.

Simon, charcutier, rue des prêtres-paul.

Simon, bijoutier, enclos du temple.

Simon, épicier, rue montorgueil.

Simon (Jacques), employé, boulevard montmartre.

Simon, employé, rue perdue, place maubert.

Simon, marchand de papier, rue de beauveau.

Simonet, officier aux invalides, dixième municipalité.

Simonin, luthier, rue des aveugles.

Simonin, employé, rue de bellefond.

Simonin, cordonnier, rue denis.

Simonin, chef de bur. au minis. de la guerre, rue de varennes.

Simonet, graveur, rue jacques.

Simonet-maisonneuve, mercier, faubourg antoine.

Simonot, huissier, cul-de-sac pecquay.

Simonot, économe des petites-maisons, dixième municipalité.

Sinet, première municipalité.

Sinot, épicier, rue de la verrerie.

Sion, employé au pritanée, douzième municipalité.

Sirebeau, ex-commissaire, rue des ursins.

Siret, commissaire-priseur, rue du four-germain.

Sirey, avoué au tribunal de cassation, cour lamoignon.

Sironval, épicier, rue denis.

Sirot, marchand de vin, rue des fossés-bernard.

Silas, perruquier, rue martin.

Svrac, négociant, rue de provence.

Sivry, payeur-gén. de la guerre à la trés., 2ᵉ municipalité.
Sivry, boulanger, rue mêlée.
Smith, employé, rue lazare.
Sobre, architecte, faub. du temple.
Sobry, commissaire de police, rue du bacq.
Soechnée aîné, négociant, rue de la loi.
Sofflet (Charles-François), rue de la corderie.
Sogerot, propriétaire, rue boucherat.
Sohgez, négociant, rue salle-au-comte.
Soiton, graveur, rue germain-l'auxerrois.
Sol père, rue saintonge.
Solage, propriétaire, rue de l'université.
Solas, employé, rue joubert, n. 509.
Soldini, employé, rue claude.
Solem, propriétaire, rue sauveur.
Solerac, ci-devant adjudant, rue des rats.
Soleur pere, à chaillot.
Solier, employé, rue des prêtres.
Soligny, homme de lettres, rue de l'arbalète.
Solle fils, rue apolline.
Sollet fils, jardinier-fleuriste, rue charonne.
Sollier, artiste, rue taitbout.
Sollier, mercier, rue de la monnaie.
Sollier (Michel), artiste, aux gobelins.
Sollier, tailleur, rue de la mortellerie.
Sollier, négociant, rue bergère.
Solnet, avoué, rue denis.
Solomé, pharmacien, rue beautreillis.
Solvet, marchand de toiles, rue denis, n. 16.
Solvet, libraire, rue du coq-honoré.
Somet, mercier, rue de la draperie.
Somimi, homme de lettres, rue de l'arbalête.
Sommé, rentier, rue de vaugirard.
Sommellier, rue du théâtre-français.
Sommet, rentier, rue dominique-germain.
Sonneck (Martin), adjudant, quai voltaire.
Sonneck, militaire, aux invalides.
Sonnet, propriétaire, rue de la liberté.
Southonax (Lég.-Félicité), rue dominique-germain.
Sophier père, rue des jardins.
Sorel, employé, faub. du temple.
Sorhouette, employé, rue martin, n. 53.
Sorlet, huissier au sénat, rue de tournon.
Sossy père, homme de loi, rue des grezillons.
Sottas, épicier, rue de l'université.
Sottot, ébéniste, rue de charonne.

Sotty, notaire, rue neuve-augustin.

Souberbiel, médecin, rue honoré.

Soubeyran, rue grange-batelière.

Soubeyran, mercier, faub. martin.

Soubeyran, employé au département, rue antoine.

Souchard, marchand de vin, rue paul.

Souchard, négociant, rue denis.

Souchet, maître de pension, rue mapr.

Soudan, employé aux poudres, à l'arsenal.

Soudez (Etienne-Marin), homme de loi, rue méry.

Souel, employé aux poudres, à l'arsenal.

Souffleteau, commissaire des marchés, rue des barres.

Soufflot (Jacques), entrepreneur des messag., rue montmartre.

Soufflot, mercier, rue honoré.

Soufflot de Mercy, rue du sentier.

Souhat, architecte, rue des gravilliers.

Soulard, marchand de bois, rue de l'université.

Soulavie, propriétaire, rue de verneuil.

Soulavie, fabricant de chocolat, rue de vaugirard.

Soulé, employé, rue michel-lepelletier.

Soupé, officier de santé, place du pont-neuf.

Sourdeau, rentier, rue benoît.

Soury, architecte, rue bertin-poirée.

Soustras, employé à la trésorerie, rue helvétius.

Soyer, rue grenata.

Soyer, économe, à la salpétrière.

Soyer, homme de loi, rue du jardinet.

Soyeux, officier de santé, rue de bourgogne.

Soyez (Jean-Joseph), rue des enfans-rouges.

Soyez (Ambroise-Joseph), rue salle-au-comte.

Soyez, rentier, rue du puits.

Specht, employé, rue de la pépinière.

Speikel jeune, rue des fossés-germain.

Spicket, officier de paix, rue des anglais.

Spiginos, médecin, rue jacob.

Spiept, rentier, rue de sèves.

Spin, maçon, rue mondétour.

Spire, employé à la trésorerie, rue du faub. honoré.

Spitallier, employé, rue montholon.

Spole, bijoutier, rue martin.

Sponville, négociant, rue paul.

Sprackmanne, brocanteur, rue des saussayes.

Sprouck, limonadier, rue de la loi.

Stadet, ex-militaire, rue montmartre.

Stadler, ébéniste, rue nationale.

Stainville, bandagiste, passage du saumon.

Stainville, carleur, près l'église du roule.
Stainville, machiniste, rue galande.
Sterky, employé, cour de la chapelle.
Stevenard, homme de loi, rue simon-le-franc.
Stevenin, militaire, aux invalides.
Stevenin, homme de loi, rue traînée.
Stevenot, marchand de bas, rue de la ferronnerie.
Stingerland, banquier, rue de choiseuil.
Stinville, rue de la vannerie.
Stouf père, menuisier, rue de babylone.
Stouf, rentier, rue des vieilles tuileries.
Stouf, menuisier, rue des brodeurs.
Stoupe, imprimeur, rue de la harpe.
Struben, propriétaire, rue neuve des petits-champs.
Stubel, tailleur, rue pagevin.
Stuber, propriétaire, rue de bondy.
Stumpf, cordonnier, rue de beaune.
Sue, professeur à l'école de médecine, rue de l'école de santé.
Suireau, tailleur, cour mandar.
Sulleron, tanneur, rue de l'oursine.
Surant, ordonnateur des inhumations, 9ᵉ. municipalité.
Susse père, propriétaire, rue de bussy.
Swedianr, médecin, rue jacob.
Tabart, négociant, rue des lavandières.
Tabernacle, homme de loi, rue geoffroy-langevin.
Tablot, employé, rue faubourg du temple.
Tabuit père, limonadier, rue de la féronnerie.
Taburet, ancien marchand de vin, rue maur.
Taconet fils, rue de grenelle.
Taillandier, propriétaire, avenue de l'école militaire.
Taillandier, notaire, rue du sépulcre.
Tailleur, vitrier, rue de sèves.
Taillon, menuisier, rue des fossés-bernard.
Taitot, chirurgien, rue de la poterie.
Talabat, employé, rue jean-de-l'épine.
Talard jeune, rue des trois frères.
Talbot, mercier, faubourg denis.
Talboutier, marchand de bois, rue des fossés-bernard.
Tall, rue des rosiers.
Tallon, employé au département, cloître des bernardins.
Talma, dentiste, rue française.
Talma, acteur du théâtre français, quai voltaire.
Talon, ancien huissier priseur, vieille rue du temple.
Talon, rue jean-pain-mollet.
Tambour, épicier, rue des nonaindières.
Tampier, port paul.

Tanton , perruquier , rue paul.

Tapin , tailleur, rue des boucheries , onzième municipalité.

Tarbé , notaire , rue de l'arbre-sec.

Tardieu , employé , rue denis.

Tardieu , libraire , rue des mathurins.

Tardif père , charcutier , rue de sèves.

Tardif , chapelier , rue de sèves.

Tardif , notaire , près le palais de justice.

Tardif , employé , rue marguerite.

Tardivac , rue neuve-martin.

Tardy , serrurier , rue de verneuil.

Tarein , rue bretagne.

Targe , professeur de mathématiques , rue des rosiers.

Tariat , marchand de vin , rue des pères.

Tarié , marbrier , rue amelot.

Tariel Duplessis , vieille rue du temple.

Tarpets , employé , rue des deux-ponts.

Tarradeau-Lombard , secr. du ministre de la pol. , quai voltaire.

Tasse , dégraisseur , marché des quinze-vingts.

Tastin , négociant , rue villedot.

Tassin , menuisier , rue des marais.

Tassin , propriétaire , rue montholon.

Tassin , banquier , rue helvétius.

Tatin , grainier , place de l'école.

Taupin , secrétaire des messageries , 3e. municipalité.

Tauran , médecin , rue du battoir.

Taurasse , faïencier , rue de la roquette.

Taurel , employé , rue neuve-égalité.

Taurin , sellier , rue de grenelle-germain.

Taveau , messager d'état du corps législatif , 1ce. municipalité.

Tavernier aîné , jardinier , rue gracieuse.

Tavernier , orfévre , rue louis , au palais.

Tavrillad , avoué , rue du bouloy.

Teillard , aubergiste , rue benoît.

Teinturier , boulanger , rue de la vieille monnaie.

Teissier , dit Puyfranc , rue croix , n. 537.

Tellier , secrétaire à la marine , rue de la concorde.

Tellier , négociant , rue notre-dame-des-victoires.

Telmont , rue hillerin-bertin.

Tempé , rue jacques , n. 613.

Tenard , boucher , rue moufletard.

Teniers , négociant , rue pavée , n. 30.

Temusson , jurisconsulte , rue hyacinthe.

Tenon , membre de l'institut , rue du jardin des plantes.

Tepenier-Mont-barron , marchand de bois , rue du puits , n. 4.

Tergat , employé au conseil d'état , aux tuileries.

Terpant, employé à la marine, rue de la concorde.

Terrasse, archiviste, rue du théâtre français.

Terray, marchand de vin, rue antoine, n. 224.

Terrier, marbrier, rue des vieilles tuileries.

Terrier, adjudant, rue des alpes, n. 20.

Terrier aîné (J.-Charles), rue mandar, n. 7.

Tersan, homme de lettres, cloître honoré.

Tervier, menuisier, foire laurent.

Tewasse, brodeur, rue de l'arbre sec.

Tery, rue denis.

Tesseraux, charpentier, rue lazare.

Tessier, rentier, rue de la roquette.

Tessier, soldat invalide, aux invalides.

Tessier, parfumeur, rue de la loi.

Tessier, de l'institut, au louvre.

Tessier, rue denis.

Tesson, rue martin.

Testar, facteur, petits piliers des halles.

Testard (Jean), rue des droits-de-l'homme.

Teston, homme de loi, rue des fossés-montmartre.

Testu, marchand de vin, rue du port j   gros-caillou.

Teuvenot, propriétaire, rue dominique.

Texier-Olivier, homme de loi, rue de tournon.

Texier, de l'institut, 4e. municipalité.

Texier, sous-ch. au ministère de l'int. 10e municip.

Teyran, chirurgien, rue de la poterie.

Thabaut, administrateur de la loterie, deuxième municip.

Thacussios, avoué au trib. de cassation, rue haute-feuille.

Thanevot, propriétaire, rue neuve du luxembourg.

Thauraux, médecin, cloître notre-dame.

Théchard, commissaire-priseur, rue des mauvais-garçons-jean.

Thémire, rentier, rue pavée, n. 3, 11e municip.

Thenadey, rue jean-beau-sire.

Theot, rue de la mortellerie, n. 127.

Therache, rue rochechouart.

Therice, épicier, rue de la croix, n. 48.

Therreau, rue du vieux-colombier.

Therry, médecin, rue des prouvaires.

Thery (Pierre), propriétaire, rue helvétius.

Thery, employé, rue des gravilliers.

Thevenot, officier d'infanterie, rue des brodeurs.

Thevenet, chef à la loterie nationale, rue neuve des pet -champs.

Thevenin, rue des quatre-fils.

Thevenin, sellier, rue de la place vendôme.

Thevenin, employé au min. des finan., rue n. des pet.-champs.

Thevenin, avoué, rue traînée.

Thevenin, homme de loi, rue rochefoucault.
Thevenin, huissier, cour des barnabites.
Thevenin père, architecte, rue marivaux.
Thevenon, marchand de vin, rue victor.
Thevenon, militaire, aux invalides, dixième municipalité.
Thevenot, horloger, rue des marais.
Thevenot, employé à la 12ᵉ municipalité, 10ᵉ municipalité.
Thevenot, peintre, rue du faubourg du temple.
Thevenot, parfumeur, rue de la vieille-monnaie.
Thevenot, rentier, rue dominique.
Thian, peintre, rue du faubourg martin.
Thibaudier, rentier, rue fromenteau.
Thibaudier, rentier, rue cérutty.
Thibault, rentier, rue de la heaumerie.
Thibault, rue notre-dame des victoires.
Thibault, professeur de l'école centrale, 9ᵉ municipalité.
Thibault, employé, rue des moineaux.
Thibault (Pierre), chef de division aux invalides, 10ᵉ municip.
Thibault, employé, quai de la mégisserie.
Thibault, mercier, rue andré-des-arts.
Thibault, médecin, place de l'estrapade.
Thibaut, peintre, rue martin.
Thibaut-Desbois, rue de la harpe.
Thibeau, marchand d'encre, rue des arcis.
Thibergien, banquier, rue vivienne
Thibert, traiteur, rue antoine.
Thibert, faïencier, rue denis, n. 40.
Thiblet, charcutier, rue croix, n. 956.
Thibon, négociant, rue de la réunion.
Thibou, juge, au tribunal de commerce, 7ᵉ municipalité.
Thibouret (pierre), rue des écouffes, n. 29.
Thiboust, notaire, rue de seine-germain.
Thibout, peintre, rue de la lune.
Thibout, rentier, rue des vieilles-tuileries.
Thibart, huissier-priseur, rue des écouffes.
Thiébart fils, rue des écouffes.
Thiébart, rue bourtibourg.
Thiébaud, limonadier, rue marguerite.
Thiébault, employé au tribunat, 2ᵉ municip.
Thiebault, à l'école centrale, rue antoine.
Thiebault, employé, rue du chevalier-du-guet.
Thiebaut, tabletier, rue des arcis.
Thierard, assesseur du juge de paix, 5ᵉ municipalité.
Thierard, artiste, faubourg montmartre.
Thiercelin, jurisconsulte, rue du cherche-midi.
Thiérion, employé, rue apolline, n. 35.

17

Thierre, entrepreneur, rue quincampoix.

Thierret, tailleur, rue d'orléans.

Thierriel, avoué, rue andré-des-arts.

Thierry, ancien procureur, rue du four-germain.

Thierry, rentier, rue du sépulcre.

Thierry l'aîné, marchand de bois, à la rappée,

Thierry jeune, marchand de bois, à la rappée.

Thierry, employé, rue du chantre.

Thierry, officier de santé, rue du petit-musc.

Thierry, rue roch, n. 7.

Thierry commissaire-priseur, rue neuve égalité.

Thierry, employé aux fournitures, rue de la place vendôme.

Thiery, architecte, faubourg martin.

Thiery, rentier, rue joubert.

Thillaye, profess. à l'école de médecine, 11ᵉ municipalité.

Thilorier, avocat, rue martin.

Thion-Lachaume, notaire, rue d'antin.

Thiriot, sellier, rue boucherat.

Thoinet, rue de la loi.

Thomas, limonadier, place maubert.

Thomas, rue de braque.

Thomas, marchand de modes, rue des fossés-germ. des prés.

Thomas, négociant, rue méry.

Thomas, pâtissier, boulevard du temple.

Thomas (Jean-Baptiste), rue des écouffes.

Thomas, graveur, rue des boulangers.

Thomas, greffier du tribunal de commerce, au tribunal.

Thomas, rue antoine.

Thomassin, peintre, rue des barres.

Thomassin, tailleur, rue béthizy.

Thomassin fils, rue des noyers.

Thomé, notaire, vieille rue du temple.

Thomé, propriétaire, rue des francs-bourgeois.

Thomet, rue galande.

Thomire père, fondeur, rue boucherat.

Thorel, employé à la salpétrière, douzième municipalité.

Thoret, employé, rue serpente.

Thornet, dir. de l'école de santé, rue de l'école de médecine.

Thouin l'aîné, professeur au jardin des plantes, 12ᵉ municipal.

Thouin (Jacques), sec. du muséum, rue du jardin des plantes.

Thouin (Jean), jard. en ch. au jard. des pl., 12ᵉ municipalité.

Thouin (Gabriel), jard. au jardin des plantes, 12ᵉ municipalité.

Thouret, directeur de l'école de médecine, 11ᵉ municipalité.

Thousart, greffier au tribunal de commerce, 7ᵉ municipalité.

Thuault, agent d'affaires, quai de l'école.

Thuillier, rentier, rue de la harpe.

Thureau, médecin, cloître notre-dame.

Thurel, notaire, rue des prouvaires.

Thurel, commissaire-priseur, rue coquillière.

Thurin, employé à la trésorerie, rue neuve des petits-champs.

Thury, rue neuve-paul.

Thury, fondeur, rue jean-robert.

Tierriat, receveur des domaines, rue de choiseuil.

Tigré, rue du cherche-midi.

Tilliard, libraire, rue pavée andré-des-arts.

Tillaux, rue jean-de-beauvais.

Tillet, propriétaire, rue childebert.

Tilliac, au collège de chollet, douzième municipalité.

Tilliard, paveur, cloître notre-dame.

Tilloy, rue du temple.

Tinet, employé, rue des moineanx.

Tinturier, boulanger, rue des moineaux.

Tirel, architecte, rue de lancry.

Tirion, rue de bretagne.

Tiron, notaire, rue denis.

Tiron, passage des petits-pères.

Tiron l'aîné, receveur des impositions, rue helvétius.

Tiron l'aîné, sous-chef à la trésorerie, deuxième municipalité.

Tiron jeune, au ministère de la police, dixième municipalité.

Tison, employé à la poste, rue aux fers.

Tissandier, notaire, rue montmartre.

Tisserand, rentier, faubourg montmartre.

Tissot, limonadier, rue faubourg honoré.

Tissot fils, fabricant de cornets, faubourg antoine.

Tissot, tailleur, rue denis.

Tissot, marchaud de vin, rue des moineaux.

Titel, rue de childebert.

Titeux, layetier, rue de la réhalle.

Tivin, entrepreneur des bâtimens, rue faubourg martin.

Tixier, bijoutier, palais égalité.

Tobie, commissaire de police, deuxième municipalité.

Tobiezen, employé, rue de verneuil.

Tochon, limonadier, rue du faubourg denis.

Toisy, employé, cour de la sainte-chapelle.

Tollard, militaire aux invalides, dixième municipalité.

Tollin, boucher, rue victor, n. 144.

Tonnelier, garde du cons. des min., rue de l'université.

Tonnellier, peintre, faubourg montmartre.

Torchet, biblioth. aux invalides, dixième municipalité.

Torillon, juge de paix, septième municipalité.

Torterat, peaussier, rue saint-bon, n. 8.

Totey, fabricant de papiers, petite rue de reuilly.

Touchard, épicier, rue des tournelles.
Touchard, sellier, rue richer.
Touchebauf, hôtelier, rue de la loi.
Toulongeau, membre de l'institut, quatrième municipalité.
Toulotte, officier de santé, rue de la harpe.
Toulouze, charon, rue neuve paul.
Tourasse, faïencier, huitième municipalité.
Tournachon, du conseil des prises, à l'oratoire.
Tournade, propriétaire, rue des vieilles-tuileries.
Tourneur, marchand, rue denis.
Tournier, mécanicien, rue martin.
Tournières, marchand, rue andré-des-arts.
Tournon, employé, rue montmartre.
Tourol, ex-magistrat, rue de la loi.
Touroude, employé, rue montmartre.
Toursaint (Pierre-Nic.), rue du temple.
Tourtille aîné, rue chapon.
Tourton, banquier, rue georges.
Toutain, huissier, rue montorgueil.
Touvenin, tourneur, rue d'argenteuil.
Touvenot, cloître notre-dame.
Touzé, rentier, faubourg poissonnière.
Touzet, avoué, rue thibautodé.
Touzet, ex-municipal, deuxième municipalité.
Travers, serrurier, rue feydeau.
Trebuchet, épicier, rue montorgueil.
Treche, brasseur, faubourg antoine.
Trémard, sous-adjudant, aux invalides.
Tremblay, huissier du tribunat, deuxième municipalité.
Tremeau, marchand de draps, rue denis.
Tremé, hôtellier, rue traversière.
Tremery, employé à la trésorerie, rue thiroux.
Trepsat, architecte, rue nicaise.
Trevillers, ex-administrateur, faubourg denis.
Trezy père, chef de bureau aux fin., rue du cimetière-nic.
Tricadaux, menuisier, rue des fossés-bernard.
Tricard, notaire, rue du bouloy.
Tripié, homme de loi, rue notre-dame des victoires.
Tripier jeune, jurisconsulte, rue des prouvaires.
Troche, drapier, rue séverin.
Trochereau, rue des fossés germain-des-prés.
Trois-Valets, rentier, rue des prouvaires.
Trompette, rue de lille.
Tronçon-Ducoudray, homme de loi, rue neuve-méry.
Trouard, propriétaire, rue de provence.
Trouilbert, vieille rue du temple.

Trubert, ex-commissaire au châtelet, rue du foin.
Trubert, notaire, rue montmartre.
Trudon, marchand de bougies, rue de l'arbre-sec.
Truet, employé, rue julien-le-pauvre.
Truffaut, rentier, rue quincampoix.
Truffer, professeur de langue ancienne, rue antoine.
Trufouel, boulanger, rue paul.
Trugot, employé, rue de la harpe.
Truillier, rentier, rue neuve-égalité.
Trusson, apothicaire, montagne-genevieve.
Trutat, notaire, rue de la liberté.
Tuache, membre de l'institut, galerie du louvre.
Tubeuf, quai pelletier.
Tupasquier, employé, rue martin.
Turault, homme de loi, rue paul.
Turbert, peintre, faubourg denis.
Turgau, huissier-priseur, rue de sèves.
Turgau l'aîné, comm. aux émigrés, rue des francs-bourgeois.
Turgot, employé, rue de la harpe.
Turin, employé, rue du puits.
Turpin, administrateur de la trésorerie, à la trésorerie.
Turpin, avoué au tribunal de première instance, cloître méry.
Turpin Servignieres, propriétaire, rue des bourdonnais.
Turquier, économe de l'hospice de l'unité, 10e municipalité.
Turquil (Claude), homme de loi, rue dominique.
Tuyot, boulanger, rue du four-germain.
Ugé, employé, rue des petits-champs.
Ullin de Boischevalier père, rue pavée-andré.
Ullin de Boischevalier, capitaine de génie, rue pavée-andré.
Usebe, épicier, rue denis.
Vaccossin, tapissier, rue philippeaux.
Vacherole, rue des grands-augustins.
Vaguener, horloger, rue du bout-du-monde.
Vaillant, marchand de laine, rue honoré.
Vaillant, négociant, rue des lombards.
Vaillant (Pierre), rue martin.
Vaillant, chapelier, rue de la huchette.
Vaillant, militaire aux invalides, dixième municipalité.
Valade, imprimeur, rue jacques.
Valadon, maçon, rue de grenelle.
Valantin, rue de la planche.
Valenciennes, peintre, au muséum des arts.
Valentin, marchand de galons, rue denis.
Valette, homme de loi, rue de fourcy.
Valfors, officier invalide, aux invalides.
Valleberec, marchand de toile, rue de l'arbre-sec.

Vallée, ex-député, rue du bacq.

Vallerau, employé, rue de grenelle.

Vallerand, linger, rue de l'école de santé.

Vallerand, sous-adjudant-major, aux invalides.

Vallet, commissaire-priseur, rue michel-lepelletier.

Vallois, épicier, rue du four-germain.

Valton, avoué, rue de cléry.

Valton, propriétaire, rue de touraine.

Vamberchem, banquier, rue neuve des capucines.

Vandal, cul-de-sac pecquay.

Vandenyver, rue vivienne.

Vandernuse, invalide, dixième municipalité.

Vandewelt, menuisier, rue hyacinthe.

Vauglenne, employé, rue basse-denis.

Vanguyais, chef à la trésorerie, deuxième municipalité.

Vanier, entrepreneur de bâtimens, rue du jour.

Vanin, rue de la monnaie.

Vannier père, employé au département, faubourg martin.

Vannier fils, employé au département, faubourg martin.

Vanot, marchand, rue denis.

Vanprat, conservateur à la bibliothèque, 2e municipalité.

Vanspaendonck, membre de l'institut, à l'institut.

Vaguez, huissier, à la croix-rouge.

Vardon, messager d'état du corps législatif, 10e municipalité.

Varenne, aux invalides, dixième municipalité.

Varin, rue neuve-étienne.

Varin, peaussier, rue grénata.

Varin, corroyeur, rue grénata.

Varnier, invalide, à l'hôtel.

Varrin, ex-commissaire de police, huitième municipalité.

Varron, rue du colombier.

Varry, rue du bouloy.

Vassal, rue favart.

Vassal, employé à la trésorerie, huitième municipalité.

Vassal, hospice des vieillards, cinquième municipalité.

Vasse, horloger, rue montmartre.

Vasseau, employé aux postes, rue j.-j. rousseau.

Vassel, ex-employé, rue de tournon.

Vasselin, propriétaire, rue hyacinthe.

Vasserot père, architecte, rue du regard.

Vasserot jeune, architecte, rue du regard.

Vasserot fils aîné, peintre, rue du regard.

Vasson, rue de charonne.

Vastel, épicier, rue du faubourg du roule.

Vater, menuisier, rue de la planche.

Vatinelle, cour lamoignon.

Vatinelle, fondeur, rue des gravilliers.
Vattiel père, rue de la poterie.
Vauchelet, employé aux postes, troisième municipalité.
Vaucresson, rue des francs-bourgeois.
Vaudé, négociant, rue du temple, n. 53.
Vaudoré, employé, rue lazare.
Vaudoyer, architecte, au louvre.
Vaudremont, vieille rue du temple.
Vaugeois, commissaire de police, cinquième municipalité.
Vaugien, inspecteur aux tuileries, première municipalité.
Vauquelin, chimiste, à l'institut national.
Vauquelin, marchand de vin, rue mazarine.
Vauquoi, à la trésorerie, troisième municipalité.
Vauxassembourg, compositeur, quai des lunettes.
Vauthier, chef de bureau des imposition, r. neuve-des-capucines.
Vautrain, rue de charonne.
Vautrain, grainier, rue de sèves.
Vautrin, papetier, rue honoré.
Vauvilliers, homme de lettres, rue des petits-champs.
Vavasseur, avoué, rue Quincampoix.
Vavet, marchand de vin, rue de la Tournelle.
Vavin, serrurier, rue des droits-de-l'homme.
Vavin, peintre, rue d'enfer.
Vavogue aîné, aux gobelins, douzième municipalité.
Vavogue (Philippe), garde mag. aux gob., douzième municip.
Vechinger, tapissier, rue de sèves.
Vée, maître d'élèves, boulevard et porte antoine.
Vée, marchand de bois, boulevard antoine.
Veissac, bijoutier, rue du cimetière-saint-Jean.
Venant, orfèvre, quai pelletier.
Venet, marchand de vin, quai bernard.
Ventenat, membre de l'institut, au louvre.
Verdelet père, employé, rue du bacq.
Verdelet fils, employé, rue du bacq.
Verdelet oncle, employé, rue du bacq.
Verdier, rue de grammont.
Verdière, général de division, rue des brodeurs.
Verdier (Florent), rue de la roquette.
Verdun, rue du perche.
Verges fils, du conseil de santé, rue de la loi.
Vergue, instituteur, rue de buffon.
Vergniaux père, rue landry.
Vergniaux fils, rue landry.
Vergniaux, sous-chef de bureau, première municipalité.
Vérité, rue de bussy.
Vérité, teinturier, rue des gobelins.

Verjon , épicier , rue de la verrerie.

Vernaux oncle , épicier , rue du chantre.

Verneau , chirurgien , rue de bièvre.

Vernes , mercier , premier arrondissement.

Vernet , peintre , au louvre.

Verneuil , marchand , rue des arcis.

Vernier , marchand de vin , barrière de Vincennes.

Vernier , militaire , dixième municipalité.

Vernière , charron , quai de la république.

Vernin , inspecteur des poids et mesures , rue j. j. rousseau.

Verninac , négociant , rue du mont-blanc.

Verniquet , architecte , rue de l'oratoire.

Vernon , greffier du juge de paix , cinquième municipalité.

Veron , propriétaire , rue des barres , n. 6.

Veron , papetier , rue du bacq.

Verpy , commissaire aux ventes , rue croix-des-petits-champs.

Verrier , menuisier , rue bassepierre.

Verron , instituteur , rue saint-denis.

Vesque , avoué , rue des orfèvres.

Vessel , rentier , rue de la cerisaye.

Vestris , artiste , rue de choiseuil.

Veyrenne , dessinateur au louvre , quatrième municipalité.

Veyret , rentier , rue bellefond.

Veytard , rue de la perle.

Vial , chirurgien , à l'arsenal.

Vial (Mathurin) , rue des fourreurs.

Vialon , bibliothécaire , au panthéon.

Viard , quincaillier , place maubert.

Viard , employé à la manufacture des gl. , huitième municip.

Viard , limonadier , rue de thionville.

Vicq , épicier , rue honoré.

Vidoine , employé , première municipalité.

Viée , receveur , rue poterie.

Vieil , brasseur , rue andré-des-arts.

Vieillard , rue de vendôme

Viel , traiteur , rue de l'arbre-sec.

Vienne , rue de fourcy.

Viennet , curé de saint-méry , septième municipalité.

Viennot , négociant , rue du gros-chenet.

Viette , brasseur , rue charonne.

Viger , homme de lettres , rue du gros-chenet.

Viger , aux impositions , première municipalité.

Vigier , sous-chef à la marine , première municipalité.

Vigier , ancien administrateur de bienfaisance , rue de bondy.

Vigier , propriétaire de bains , quai voltaire.

Vigné , propriétaire , rue charonne.

Vigné, rue coquillière.
Vignon, présid. du trib. de commerce, r. de grenelle-germain.
Vignon, avoué, rue des prêtre-saint-paul.
Vignon père, libraire., rue d'anjou.
Vigor, rentier, rue des grands-augustins.
Vigour, limonadier, rue saint-paul, n. 47.
Vigourelle (Antoine), serrurier, rue du bout-du-monde.
Vigni, homme d'affaires, rue des vieilles-tuileries.
Vilain père, géomètre, rue antoine.
Villette, employé à la manuf. des glaces, huitième municipalité.
Vilheaume, rue nicaise.
Villain, homme de loi, rue de malte.
Villars, membre de l'institut, rue de lille.
Villars, ex-ministre de la république, rue de lille, n. 539.
Villars père, épicier, rue de bussy.
Villedieu, rue hautefeuille.
Villement, parfumeur, cour martin.
Villeminot, orfèvre, passage de la réunion.
Villeminot, payeur-général à la trésorerie, 2e municipalité.
Villeneuve, ex-chef de bureau à la guerre, rue de l'université.
Villeneuve, employé à la poste, rue martin.
Villeneuve, rue grande-truanderie.
Villermet, agent-de-change, rue michel-lepelletier.
Villers aîné, négociant, rue taitbout, n. 33.
Villers, épicier, rue hautefeuille.
Villerval, fabricant, rue neuve-médard.
Villiers, libraire, rue des mathurins.
Villot, brasseur, grande rue du faub. antoine.
Villot-Fréville, payeur à la trésorerie, rue coquillière.
Vilmorin, membre au conseil d'agric., quai de la mégisserie.
Villard, architecte, rue coquillière.
Vimeux père, rue salle-au-comte.
Vimont, bonnetier, rue mouffetard.
Vincent, plumassier, rue martin.
Vincent, boucher, rue de la Madelaine.
Vincent, agent d'affaires, rue de l'université.
Vincent fils, receveur des rentes, rue de l'université.
Vincent, inspecteur des domaines, rue de choiseuil.
Vincent, serrurier, rue neuve-martin.
Vincent, instituteur, faub. martin.
Vincent, rue maur.
Vincent, tapissier, rue de viarmes.
Vincent, artiste, au louvre.
Vincent, sellier, rue de grenelle-germain.
Vincent, horloger, rue louis au palais.
Vincent, employé, rue du théâtre-français.

Vincent, négociant, rue martin.

Vincent, rue des poitevins.

Vincent de Saint-Hilaire, huissier-priseur, 5ᵉ municipalité.

Vingtain, place de grève.

Vinot, homme de loi, rue des pères.

Violet, employé à la mairie, rue antoine.

Violette, avoué, rue de l'arbalêtre.

Violette, commissaire de police, rue viollette.

Viot, admin. des domaines de la régie, rue de choiseuil.

Virault, rne de bretagne.

Vison, négociant, rue de la grande-truanderie.

Vist, régisseur d'enregistrement, rue cadet.

Vital, général, rue des vieilles-tuileries.

Vitel, propriétaire, rue de beaune.

Vitel, fondeur, rue cassette.

Vitrier, employé, aux invalides.

Vitry, rue guillaume.

Vitry, avouè, rue d'antin.

Vivien (Jacques), chapelier, rue antoine.

Vivien-Goubert, rue dominique-germain.

Vognet, chef adjoint au minist. de la justice, rue hyacinthe.

Voguin, inspecteur du palais du gouvernement, 1ʳᵉ municipalité.

Voilquin, homme de loi, division de la fidélité.

Voisin, rentier, rue cerutti.

Voisin, horloger, rue de vaugirard.

Voisin, horloger, rue de thionville.

Voirot, quincaillier, rue bourg-l'abbé.

Yolland, libraire, quai des augustins.

Volant, employé à la banque territoriale, rue du sentier.

Vollée, avoué, rue aumaire.

Voyenne, employé, rue de cléry.

Vuel, employé, rue de beaune.

Vozelle, employé, rue des marais faub. germain.

Vuillaume, secrétaire, aux invalides.

Wadeleux, rue payenne.

Wagner, chirurgien, place maubert.

Walbruq, marchand de toile, rue de l'arbre-sec.

Walienne (Barthélemy), rue barbette.

Wallet, mercier, rue phélippeaux.

Walth, oculiste, rue du temple.

Waltrin père, vieille rue du temple.

Waltrin fils, employé, vieille rue du temple.

Wandelaincourt, bibliothécaire du corps législ., 10ᵉ municip.

Wanestienvord, rentier, rue honoré.

Wanprael, conserv. de la bibliot. nationale, rue de la loi.

Warin, boucher, rue aux fers.

Warmez, rue des écouffes.

Wart, rue d'enfer.

Wassal, sculpteur, rue du bacq.

Watbled, marchand de toile, rue du petit-bourbon.

Watelet, cloître notre-dame.

Watrin, employé, rue du sépulcre.

Wattelin, employé à la mairie, 12ᵉ municipalité.

Wauttry, employé, rue du cherche-midi.

Wazelle, marchand, grande rue antoine.

Weisse, employé, maison penthièvre.

Wernhes, mercier, au roule.

Weuve, rentier, rue de jouy.

Wibert, luthier, rue marguerite.

Wicacheux, serrurier, rue d'antin.

Wiger, rentier, rue phelippeaux, n. 44.

Wilper, foureur, rue de la vieille bouclerie.

Wilbert, menuisier, rue du vieux-colombier.

Willequin, homme de loi, rue des poitevins.

Wirion, employé, rue du petit-vaugirard.

Willemsens, chef de div. à la préf., rue honoré.

Wisnick, juge de paix, rue des barres.

Wissée, rue de tournon.

Wolf, facteur de clavecin, rue montmartre.

Wourghourn, commandant de bataillon, aux invalides.

Wuillemain, employé, rue des quatre vents.

Ybry père, employé, rue denis.

Ygier, marchand de bois, à la rapée.

Ytasse, chef de la grande poste, rue j.-j. rousseau.

Yund, employé aux inhumation, faubourg antoine.

Yver, notaire, rue croix de la bretonnerie.

Zaille, employé au minist. de la guer., rue des fos. du temple.

Zeniel, employé aux inhumations, rue de la chanvrerie.

Zeurizel, instituteur, à picpus.

Certifié véritable la présente Liste, par nous soussignés, Notables communaux de l'Arrondissement de Paris, département de la Seine, réunis en vertu de l'article XLI de la loi du 13 ventose an 9, concernant la formation et le renouvellement des Listes d'éligibilité prescrites par la constitution, pour procéder à la formation de la liste de notabilité de cet Arrondissement.

A Paris, le 10 fructidor an 9 de la République.

Par l'assemblée desdits Notables,

Signé BEVIÈRE, *président;*

ET. MÉJEAN, *secrétaire.*

LISTE

DES

NOTABLES COMMUNAUX

DE L'ARRONDISSEMENT DE FRANCIADE,

DÉPARTEMENT DE LA SEINE.

NOTABLES DE DROIT.

ARNOULT, P.-Ch. J. B., membre du cons. d'arr. à Franciade.
Baudouin, Louis-Pierre, maire à Epinay.
Benoît, Pierre-Antoine, maire à Auteuil.
Bertucat, Clément, maire à Dugny.
Besche, Pierre-Maximilien, maire à Franciade.
Bevière, L.-Joseph-Simon, adjoint à la Villette.
Beville, Pierre-Ch.-Gabriel, memb. du cons. d'arr. à Franciade.
Boissin, adjoint à Dugny.
Bonnemain, Pierre, adjoint à Stains.
Bougault, Martin-Fr., maire à Surênes.
Boutard, Jean-Baptiste, maire à Neuilly.
Boyer, juge au tribunal de cassation, à Neuilly.
Caillot, Jean-Baptiste, adjoint à Auteuil.
Cheret, Sébastien, maire à Clichy.
Collière, Guillaume, adjoint à Neuilly.
Couty, Jean-Pierre, maire à Villetaneuse.
Cornier, Jean-Nicolas, adjoint à Saint-Ouen.
Cottereau, Pierre-Marcel, maire à Noissy-le-Sec.
Cottin, François, adjoint au Pré-Gervais.
Cretté, Alexandre-César, memb. du cons. d'arr. à Dugny.
Debourge, Augustin, maire à Drancy.
Defaucompret, Ch.-Al.-J., maire à Pierrefitte.
Delusseu, adjoint à Drancy.
Demars, Denis-Nicolas, maire à Aubervilliers.
Desmault, J.-G. Hervé, maire à Colombes.
Deroy, Nicolas-André, maire à Pantin.
De Saint-Geny, Aug.-N., membre du conseil d'arr. à Pantin.
Deulin, Vincent, adjoint à Villetaneuse.
Dubos, Louis-Auguste, sous-préfet à Franciade.

Dussault, maire à Passy.

Dutour, Guillaume, adjoint à Bobigny.

Gallet, Edme-Antoine, adjoint à Courbevoie.

Gambard, ex-membre du conseil d'arrondissement à Belleville.

Garde, Antoine, maire à Stains.

Garreau, André, adjoint à Colombes.

Garreau, François, adjoint à Nanterre.

Gandin, Jean-Élisabeth, maire à Montmartre.

Gauthier, Edme, membre du conseil d'arrondissem. à Clichy.

Gauthier, André-Marie, ex-adjoint à Passy.

Gillet, Jacques-Claude, maire à Nanterre.

Gillet, Etienne, adjoint à Clichy.

Guesnin, Nicolas, adjoint à l'Ile Franciade.

Guingand, J.-Fr.-Gilbert, maire au Pré-Gervais.

Haligon, Antoine, maire à Genevilliers.

Herbin, Pierre, membre du conseil d'arrondiss. à Belleville.

Hodanger, L.-Fr.-Jean, adjoint à Genevilliers.

Jean fils, Pierre, adjoint à Puteaux.

Labbaye, Denis-Fr., maire à l'Ile Franciade.

Langlois, Victor, adjoint à Epinay.

Lanneau, Gabriel-Denis, membre du cons. d'ar. à Franciade.

Lebouë, Charles, maire à Lacourneuve.

Lecouteux, Jean-Louis, maire à Romainville.

Lefebvre-la-Roche, législateur, à Auteuil.

Lefrique, Antoine-Marie, maire à Courbevoie,

Legendre-Donzembray, membre du conseil d'ar. à Genevilliers.

Le Jeune, P.-Joseph, adjoint à Boulogne.

Lemoine, Pierre, adjoint à Surênes.

Léon, Etienne, adjoint à Pierrefitte.

Levasseur, Nicolas, adjoint à Lacourneuve.

Lezier, Jean, maire à la Villette.

Livoir, Jean-Guillaume, adjoint à Belleville.

Lorget, Jean-Baptiste, adjoint à Franciade.

Marchand, adjoint à Noisy-le-Sec.

Martin, Fr.-Philippe, adjoint à Bondy.

Mezières, Jacques, adjoint à Aubervilliers.

Mongrolle, Pierre, maire à Bobigny.

Pance, François, maire à Boulogne.

Petit, Al.-François, m. du conseil gén. du départ. à Neuilly.

Poirier, Jean-Baptiste, maire à Saint-Ouen.

Polard, Philippe-Joseph, memb. du conseil d'arr. à Franciade.

Panier, Jean-Nicolas, adjoint à Bagnolet.

Ravigneau, Antoine, maire à Anières.

Renard, Pierre, maire à Bagnolet.

Roullier, François, adjoint à Pantin.

Roussel, Jacques, maire à Bondy.

Rousselet, Jean-Gabriel, maire au Bourget.

Rouveau, Pierre, maire à Belleville.
Ruelle, Pierre-Louis, adjoint à la Chapelle.
Saulnier, Jean, maire à Puteaux.
Savier, Etienne-André, adjoint à Charonne.
Shée, conseiller d'état, à Nanterre.
Signoret, Jacques-Marin, adjoint au Bourget.
Thinthoin, J.-Thomas, maire à Franciade.
Tripier, L.-Philippe-Nic., maire à Charonne.
Trottin, Simon, adjoint à Romainville.
Trouillet, Pierre, maire à la Chapelle.
Vauthier, Pierre, membre du conseil d'arrondiss. à Boulogne.
Viellard, juge du tribunal de cassation, à Surênes.

NOTABLES ABSENS POUR LE SERVICE PUBLIC.

Allaïs, Bernard, militaire à Nanterre.
Allaïs, Jean-Thomas, militaire à Nanterre.
Baudoin fils, Henri, militaire à Epinay.
Beauvais, Alexandre, militaire à Nanterre.
Biais fils, militaire à Auteuil.
Billard, Jean-Pierre, militaire à Auteuil.
Blondelle, Pierre, militaire à la Chapelle.
Bourdin, Charles-Emmanuel-Fr., militaire à Belleville.
Briffaut, Théodore, militaire à Belleville.
Claireaux, Louis-Alex., commissaire des guerres à Passy.
Cottin, Edme, militaire à la Chapelle.
Coustard-Saint-Lô, général à Genevilliers.
Coutelle, Jean-Marie, capitaine à Auteuil.
Deschandeliers, J.-Ch., militaire à Auteuil.
Devaux, Pierre-Louis, militaire à Auteuil.
Dodé, Jacques, militaire à Belleville.
Doumerc, Al.-L.-Marie, commissaire des guerres à Stains.
Garreau, Jérôme, militaire à Nanterre.
Gauthier, Jean-Baptiste, militaire à Nanterre.
Gauthier, Louis, militaire à Nanterre.
Gondret, Fr.-Alex., officier de santé à Auteuil.
Houdard, Jean, militaire à Belleville.
Lacroix, adjudant-général, à Franciade.
Lafeuille, J.-L.-Henri, militaire à Franciade.
Lafosse, Martin, lieutenant à Franciade.
Lamargot, Jacques, militaire à Nanterre.
Lamotte, François, militaire à Montmartre.
Lanvin, Claude-Joseph, militaire à Belleville.
Larcher, Etienne, capitaine à Belleville.
Lasalle, Alexandre, capitaine à Nanterre.
Legagneur, Thomas, capitaine à Belleville.
Legobbe, lieutenant à Franciade.

Legrand l'aîné, lieutenant à Franciade.
Lemesle, Edme-Guillaume, militaire à Nanterre.
Leroux, Jean-Marie, militaire à Belleville.
Locher, Victor, militaire à Nanterre.
Malessart, Vincent-Marie, militaire à Belleville.
Manois, Nicolas, militaire à Belleville.
Morgan, Jacques-Polycarpe, général à Genevilliers.
Murat, général à Neuilly.
Noblet, Ant.-François, militaire à Auteuil.
Noblet, Jean-Charles, militaire à Auteuil.
Olivier, Jean-Baptiste, militaire, à Auteuil.
Olivier, Pierre-François, militaire à Auteuil.
Passinges, adjudant-général à Franciade.
Perlin, Laurent, militaire à Belleville.
Portefin, Alexis, militaire à la Chapelle.
Ralin, Ch.-Laure-Regn., commissaire des guerres à Auteuil.
Rosé, Théodore, militaire à Nanterre.
Rouveau, Antoine, militaire au Pré-Gervais.
Ruelle, Jacques, militaire à la Chapelle.
Sauty, Louis-Martin, militaire à Auteuil.
Souris, Louis, militaire à Belleville.
Souris, Théodore, militaire à Belleville.
Tampier, capitaine du génie à Franciade.
Tassart, Nicolas, militaire à Romainville.
Tinthoin, J.-L.-Thomas, militaire à Franciade.
Tourly, Antoine, militaire à Belleville.
Trouillet, Alexis-Marie, militaire à la Chapelle.
Vanier, Antoine, militaire à Nanterre.
Villiez, François, militaire à Belleville.

NOTABLES PRÉSENS.

Abraham, propriétaire, au Pré-Gervais.
Alcan, Abraham, propriétaire à Neuilly.
André-Debreuil, inspecteur de l'enregistrement à Franciade.
Annereau, François-Mathurin, rentier à la Villette.
Antoine fils, quincaillier à Franciade.
Aprin, J.-Claude-Furey, dir. de la poste aux lettres à Nanterre.
Astoud, receveur de l'enregistrement à Franciade.
Aubin, Blaise, cultivateur à Romainville.
Aubin, Pierre, cultivateur à Romainville.
Aubry, Jean, cultivateur à Epinay.
Auvry, Jean, cultivateur à Aubervilliers.
Auvry, Jean, aubergiste à la Villette.
Auvry, Jean-Louis, aubergiste à la Villette.
Auvry, Louis, nourrisseur à la Villette.
Bailleux, Jacques, propriétaire à Noisy.

Baillon, Pierre-Claude, greffier du juge-de-paix à Nanterre.
Baliat, marchand mercier à Franciade.
Banau, Jean-Baptiste, officier de santé à Nanterre.
Bara, marchand mercier à Franciade.
Barbier-Testu, cultivateur à Pantin.
Barot, Jérôme, épicier à Nanterre.
Barot, Nicolas fils Léon, cultivateur à Nanterre.
Barot l'aîné, Louis, cultivateur à Nanterre.
Barot, Jacques fils Jérôme, cultivateur à Nanterre.
Barot, Nicolas le j. fils N., épicier à Nanterre.
Barot, Jacques fils de Jacques, cultivateur à Nanterre.
Bardou, Jean-Baptiste, cultivateur à Belleville.
Bardou, Simon-Pierre, cultivateur à Belleville.
Bardou, Jean-Pierre, cultivateur à Belleville.
Baroux, épicier à Franciade.
Barth, Jean-Antoine, marchand de vin à Courbevoie.
Basset, Jean-Baptiste, marchand mercier à Belleville.
Basset, Etienne, cultivateur à Montmartre.
Baudoin, Louis-Antoine, cultivateur à Epinay.
Baudoin, Toussaint, marchand de bois à Epinay.
Baudou, Jean-Ch.-Fr., propriétaire à Bagnolet.
Beaufils, Guillaume père, cultivateur à Belleville.
Beaufils, Charles-Nicolas, cultivateur à Bagnolet.
Beaugrand, Toussaint, cultivateur à Pierrefitte.
Beaussire, Toussaint, cultivateur à Genevilliers.
Beauvais, Jacques-Philippe, menuisier à la Villette.
Behague, propriétaire à Drancy.
Bejot, cultivateur à Drancy.
Belhague, Antoine, jardinier à Surênes.
Belhomme, géomètre à Montmartre.
Bellot, Maurice, marchand de porc, à Nanterre.
Benoit, meunier à Franciade.
Benoit, Nicolas, cultivateur à Montmartre.
Bergon, administrateur forestier à Neuilly.
Bernier l'aîné, Nicolas, marchand de porc à Nanterre.
Bernier, Pierre-Augustin, marchand de porc à Nanterre.
Bernier, Alexandre-Bern., négociant à la Villette.
Bertaut, Marcel, cultivateur à Montmartre.
Bertaut, Baptiste, cultivateur à Montmartre.
Biaury, François, propriétaire à Bagnolet.
Bidart, Simon, à Surênes.
Bidaut, Jean-Baptiste, cultivateur à Bagnolet.
Billard, notaire à Clichy.
Billard, Jean-Simon, blanchisseur à Auteuil.
Binet, Philippe, à Neuilly.
Blanchard, Jacques, à Montmartre.
Blancheteau, Jacques-Etienne, cultivateur à Romainville.

Blancheteau, Blaise, cultivateur à Romainville.
Blondelle, maréchal à la Chapelle.
Blondelle, marchand de vin à la Chapelle.
Bobet, René-Arnoult, à Genevilliers.
Bocquet, Claude, bourrelier à Nanterre.
Bonenfan, Guill.-Mar., employé à la sous préf. à Franciade.
Bonhomme, menuisier à Pantin.
Bonneau, Paul, cultivateur à Aubervilliers.
Bonneau, Paul fils de P., cultivateur à Aubervilliers.
Bonnelle, épicier à la Villette.
Bonnet, Jean, cultivateur à la Villette.
Bordier, Claude, cultivateur à Aubervilliers.
Bordier, Nicolas, cultivateur à Aubervilliers.
Bordier, Cla. fils de Cla., cultivateur à Belleville.
Bordier, Florent, cultivateur à Belleville.
Bordier, Paul, cultivateur à Aubervilliers.
Borel, Antoine, rentier à Pierrefitte.
Borelle, plâtrier à Montmartre.
Boucher, Pierre, cultivateur à Montmartre.
Boucher, Jean-Baptiste, cultivateur à Genevilliers.
Boucher, Michel, maçon à Courbevoie.
Bouchy, François, horloger à Passy.
Boucry, Jean-Louis, rentier à la Chapelle.
Boudier, Jean-Baptiste, cultivateur à Aubervilliers.
Boudier, Claude-Nicolas, cultivateur à Aubervilliers.
Bouland, Laurent, boucher à Franciade.
Boulay, officier de santé à Franciade.
Bouquens, Gab.-Joseph, propriétaire à Neuilly.
Bouquet, Alexis, cultivateur à Noisy.
Bouret, Louis, cultivateur à la Villette.
Bouret, Pierre, aubergiste à la Villette.
Bourget, notaire à Passy.
Boursier, Jean, rentier à la Chapelle.
Briant, nourrisseur à la Chapelle.
Briavoine, limonadier à la Chapelle.
Brenier père, manufacturier à Franciade.
Brigot, Olivier, marchand de vin au Pré-Gervais.
Brumant, mercier à Franciade.
Budor, Denis, cultivateur à Noisy.
Buffaut, Louis-Antoine, propriétaire à Pierrefitte.
Cachain, ingénieur à Belleville.
Caigné, Jacques-Fr.-Léon, officier de santé à Courbevoie.
Callot, Guillaume, marchand de vin à Belleville.
Campion, lieutenant de gendarmerie à Franciade.
Camus père, propriétaire à Drancy.
Canisy père, rentier à Clichy.
Caron père, Guillaume, rentier à Aubervilliers.

Carón fils, Guillaume à Aubervilliers.
Carondelet, Jean-César, cultivateur à Colombes.
Carthery, Guy, cultivateur à Nanterre.
Carthery, Jean-Vincent, cultivateur à Nanterre.
Castillon, Jérôme, cultivateur à Nanterre.
Castillon, François, cultivateur à Nanterre.
Caumont, Guil.-Charles, rentier à Nanterre.
Cercellier, Pierre-Séb., concierge à Romainville.
Champion, François, aubergiste à la Villette.
Charlemagne, Jean, au Bourget.
Charpentier, ex-commis du gouvernement à Colombes.
Chartier, tourneur à Franciade.
Chaudron, Ambroise, cultivateur à la Villette.
Chaumont fils, marchand de vin à la Chapelle.
Chaussez, Louis-Rom., cultivateur à Romainville.
Chauvricourt, Remi, maçon à Nanterre.
Chevalier, Alexandre, cultivateur à Puteaux.
Chevalier, Vincent, cultivateur à Epinay.
Chevalier, Edme, cultivateur à Romainville.
Chevreau, greffier du juge de paix à Bagnolet.
Chocarne, Geof.-Benig., boulanger à Auteuil.
Choiseul-Praslin, Cés.-R., militaire à Auteuil.
Christy, Jean-Vincent, cultivateur à Nanterre.
Christy, Nicolas, cultivateur à Nanterre.
Christinat, propriétaire à Passy.
Claye, Remi, négociant à Franciade.
Claudin, régisseur de la poste aux chevaux à Franciade.
Cochenié, Louis-Charl., instituteur à Nanterre.
Cochu, Pierre, cultivateur à Noisy.
Codieu, Pierre-Nicolas, notaire à Aubervilliers.
Colin, orfèvre à Franciade.
Collins de Combe, greffier du juge de paix à Pantin.
Colombel, Nicolas, marchand mercier à Courbevoie.
Colombé, Louis, boulanger à Puteaux.
Colombier, Jacques-Joseph, cultivateur à Courbevoie.
Colombier, Nicolas, cultivateur à Courbevoie.
Commune, serrurier à Surênes.
Compoint, Jacques, cultivateur à Montmartre.
Contour père, marchand de bois à Franciade.
Contour fils aîné, meunier à Franciade.
Contour, Charles, percepteur à Franciade.
Convert, August.-Louis, nourrisseur à la Villette.
Cornu, Jean-Pierre, maréchal à Romainville.
Cottereau, Jean, cultivateur à Noisy.
Cottin, François, cultivateur à la Chapelle.
Cottin, Jean, cultivateur à la Chapelle.
Cottin, Augustin, boulanger à la Chapelle.

Cottin fils, Henri à la Chapelle.

Cottin père, Henri, rentier à la Chapelle.

Cottin, Jean-Baptiste, cultivateur au Pré-Gervais.

Cottin fils, Ambroise, cultivateur à Belleville.

Cottin, Pierre, cultivateur au Pré-Gervais.

Coullon, Guillaume, cultivateur à Montmartre.

Cousin, Jacques, employé à Montmartre.

Cousin, Laurent, cultivateur à Aubervilliers.

Couteux, Nicolas-Jacques, cultivateur à Romainville.

Crépin, Louis-Henri, cultivateur à Genévilliers.

Croizet, Nicolas, cultivateur à Montmartre.

Croizet, Jean, cultivateur à Montmartre.

Damoiselet, Etienne, cultivateur à Noisy.

Damour, Jean-Baptiste, boulanger au Pré-Gervais.

Daniel, aubergiste à Franciade.

Danquechin, Jean-Augustin, cultivateur à Noisy.

Dardenne, Denis-François, aubergiste à Nanterre.

Dargent, Pierre-Gabriel, cultivateur à Belleville.

Dargent, Pierre, cultivateur à Romainville.

Dargent, François, cultivateur à Romainville.

Dargent, Gabriel, cultivateur à Romainville.

Dargent, Jean-Marie, cultivateur à Romainville.

Dargent, Etienne-Denis, cultivateur à Romainville.

Dargent, Simon-Sébastien, cultivateur à Romainville.

Dargent Jean-Michel, cultivateur à Bagnolet.

Davesne, aubergiste à la Chapelle.

David, épicier à Franciade.

David, officier de santé à Puteaux.

David, Denis-Simon, cultivateur à Aubervilliers.

David père, rentier, à Franciade.

Debert, Nicolas, propriétaire à Montmartre.

Debierre, Noël, boulanger à Surênes.

Deblesson père, limonadier à Franciade.

Deblesson fils, marchand tapissier à Franciade.

Debourg, épicier à la Villette.

Decuillon, dit Valentin, mercier à Aubervilliers.

Defaucompret, Augustin-Jean-Baptiste, notaire à Pierrefitte.

Deflandres, Joseph, charpentier à Romainville.

Degraves, Jacques, cultivateur à Aubervilliers.

Delacour, Louis-Philippe, propriétaire à Bagnolet.

Delahaie, Jean, bourrelier à Epinay.

Delahaie, Jean-Baptiste, fils de J. B. cultivateur à Nanterre.

Delahaie, Jean-Pierre, cultivateur à Nanterre.

Delaisement, ex-maire à Neuilly.

Delamarre, Nicolas, cultivateur à Dugny.

Delanoue, Jean, tailleur à Aubervilliers.

Delarue, précepteur à Bondy.

Delassus, à Courbevoie.
Delavier père, à Bagnolet.
Deliset père, régisseur à Drancy.
Deliret, Avertin, maçon à Surênes.
Demars, Louis, cultivateur à Aubervilliers.
Demars, Honoré-Claude, cultivateur à Aubervilliers.
Demars aîné, Claude, cultivateur à Aubervilliers.
Demars, Nicolas, fils de Louis, cultivateur à Aubervilliers.
Demars, Paul, cultivateur à Aubervilliers.
Demars, Nicolas, fils de Paul, cultivateur à Aubervilliers.
Demay, Nicolas, marchand de vin au Pré-Gervais.
Demoges père, Charles, propriétaire à Neuilly.
Dequevanvilliers, Philippe, propriétaire à Genevilliers.
Deroussy, Alexandre, rentier à Belleville.
Desaingy, limonadier à Franciade.
Descemet, pépiniériste à Franciade.
Deschamps, rentier à Franciade.
Deschamps, Martin-Thomas, cultivateur à Epinay.
Deschamps, Martin, cultivateur à Epinay.
Descoins, Guillaume, vitrier à Epinay.
Descoins, Pierre-Louis, blanchisseur à Auteuil.
Desfossez, Joseph, juge-de-paix à Montmartre.
Desgraines, marchand de vin à Franciade.
Deslandres, Puissant, rentier à Franciade.
Delonchamp, apothicaire à Franciade.
Desnoyers, Gilles, marchand de vin à Belleville.
Desobry père, meunier à Franciade.
Desobry fils, Gabriel, meunier à Franciade.
Devaux, Pierre-Etienne, vigneron à Auteuil.
Devèze, charpentier à Passy.
Devilleneuve père, Pierre, receveur des contrib. à Franciade.
Devilleneuve fils, André surnum. à l'enregistrem. à Franciade.
Dezhendre aîné, négociant à la Villette.
Dhémery, Joseph, propriétaire à Belleville.
Dherbecq, marchand de vin à la Chapelle.
Dhières, Jean-Augustin, cultivateur à Romainville.
Dijon, nourrisseur à la Chapelle.
Doby, Jean-Yves, épicier à Epinay.
Donon, Jean-Baptiste, percepteur à Epinay.
Dorange, Pierre-Jean, cultivateur à Surênes.
Doré, René-Jacques, cultivateur à Courbevoie.
Dory, Jean-François, cultivateur à Romainville.
Douel, marchand de bois à Neuilly.
Drouin, Pierre-François, propriétaire à Belleville.
Dubois, Paul-Gaspard, propriétaire à Belleville.
Dubois père, à Ménilmontant.
Dubos, Hector-Félicité, ex-empl. de la sous-préf. à Franciade.

Dubussy, Jean-Louis, marchand de vin à Clichy.
Ducoudray, Thomas, pâtissier à Nanterre.
Ducoudray, Henry-Nicolas, épicier à Nanterre.
Duflos, Nicolas, propriétaire à Belleville.
Dufour, Joseph, maréchal à Noisy.
Dufrayer, épicier à Franciade.
Dulud, Nicolas, blanchisseur à Neuilly.
Dulud, Charles, cultivateur à Neuilly.
Dulud, Michel, marchand de vin à Auteuil.
Dumeur, Jean-Médard, blanchisseur à Neuilly.
Dumont, Claude-Louis, instituteur à Romainville.
Dumont, François-Poucet, rentier à Belleville.
Dupéron, cultivateur à Dugny.
Dupont, Etienne-Julien, cabaretier à Aubervilliers.
Durin, Jean-Louis, maçon à Noisy.
Durin, Jean-Baptiste, cultivateur à Noisy.
Durozai, marchand à Colombes.
Dussault, Charles-Félicien, pâtissier à Boulogne.
Dutocq, traiteur à Franciade.
Duval, Jacques, à Surênes.
Duvaux, Robert, cultivateur à Surênes.
Ebingue père, manufacturier à Franciade.
Elie, rentier, à Belleville.
Enfantin, Maurice, banquier à Belleville.
Enfantin, Barthélemi, banquier à Belleville.
Espaulard, Claude, cultivateur au Pré-Gervais.
Espaulard, Toussaint, cultivateur à Noisy.
Esguin, rentier à Belleville.
Eve, Nicolas, cultivateur à Romainville.
Eve, Jean-Mathieu, cultivateur à Romainville.
Eve, Toussaint, cultivateur à Romainville.
Eve, Jean-Pierre, cultivateur à Romainville.
Eve, Charles-Guillaume, cultivateur à Romainville.
Faber, Frédérick, négociant à Auteuil.
Faguet, Paul, cultivateur à Pantin.
Faguet, Louis, cultivateur à Pantin.
Favart, Charles-Nicolas-Justin, membre du lycée, à Belleville.
Fauchat, Jean, maçon à Neuilly.
Faucheur, Henri, aubergiste à la Chapelle.
Faucheur, Jean-Louis, cultivateur à Bagnolet.
Fauvette, Remi, carrier à Nanterre.
Fauvette, Jean-Baptiste, carrier à Nanterre.
Ferragus, Zacharie, serrurier à Aubervilliers.
Ferrand, Charles, cultivateur à Romainville.
Feuillette, Pierre, carrier à Nanterre.
Fillion, Jean, tonnelier à la Chapelle.
Finot, Jacques-Simon, employé à Belleville.

Fleuri, Jean-Jacques, à Genevilliers.
Foin père, limonadier à la Chapelle.
Foin, Pierre-Michel, épicier à la Chapelle.
Fontaine, Guillaume, maréchal à Aubervilliers.
Fournier, Pierre, rentier, à Franciade.
Fournier, Jean-Pierre, brasseur à Franciade.
Fournier, Claude, serrurier à Auteuil.
Fournier, Isaac, notaire à Surênes.
Fourni, Pierre-François, propriétaire à Belleville.
Francastel, Nic.-Jean, propriétaire à Courbevoie.
Franche, André-Claude, instituteur à Nanterre.
Francœur, Jean-Pierre, cultivateur à Nanterre.
Francotay, Denis, propriétaire à Aubervilliers.
Frazier, Louis-Etienne, épicier à Surênes.
Frédérick, Joseph, marchand de vin à Montmartre.
Fremin, Augustin, maître de poste à Bondy.
Fromin, Sébastien, cultivateur au Pré-Gervais.
Fritz, manufacturier à Franciade.
Fulchy, Noël-Antoine, rentier à Belleville.
Gantier, juge de paix à Drancy.
Garnier, marchand de vin à la Chapelle.
Garnier, Jean-Pierre, propriétaire à Neuilly.
Gambon, Aubin, rentier à Nanterre.
Gambon, Jérôme, cultivateur à Nanterre.
Ganeau, Jean-Baptiste, cultivateur à Nanterre.
Ganeau, Louis-François, cultivateur à Nanterre.
Gaudry, Gaspard, rentier à la Villette.
Gaudin, Noël, rentier au Pré-Gervais.
Gaudray, Jean, marchand de vin à Surênes.
Gentil, Alexandre, vérificateur de l'enregistrement à Belleville.
Gervais père, blanchisseur à Neuilly.
Gervais fils, blanchisseur à Neuilly.
Gilles, épicier à Franciade.
Gillard, Noël, cultivateur à Surênes.
Gillet, Nicolas-Jean, cultivateur à Courbevoie.
Gillet, Jean-Claude, propriétaire à Auteuil.
Gillet, Denis Phil. père, menuisier à Epinay.
Gillet, Jacques, blanchisseur à Neuilly.
Gillet, Jacques-Michel, marchand de vin à Nanterre.
Girard, épicier à Franciade.
Girard, Jean-Baptiste, marchand de chevaux à Neuilly.
Girardot, Pierre, officier de santé au Bourget.
Giraudon, Louis, menuisier à Auteuil.
Giraudot, Louis, à Neuilly.
Giroust, François, épicier à Nanterre.
Giroust, Jean, cultivateur à Nanterre.
Giroust, Pierre, cultivateur à Nanterre.

Giroust, Jean-Louis, cultivateur à Nanterre.
Giroust, Maurice, cultivateur à Nanterre.
Giroust, François-Louis, cultivateur à Nanterre.
Giroust, Nicolas, cultivateur à Nanterre.
Gobet, J.-Joseph, marchand de vin à Anteuil.
Godart, Pierre, charron au Bourget.
Gojard, Achille, propriétaire à Passy.
Gomont, marchand mercier à Franciade.
Goulet, instituteur à Franciade.
Gouret, Nicolas-Robert, juge de paix à Nanterre.
Grégy, Etienne, cultivateur à Noisy.
Grésil, Nicolas, cultivateur au Pré-Gervais.
Grindorge, Marie-Toussaint, cultivateur à Bagnolet.
Grindorge, Ambroise-Toussaint, cultivateur à Bagnolet.
Gueux, André-Charles, rentier à Courbevoie.
Guyard, Jean-Baptiste-Antoine, cultivateur à Epinay.
Guyard, Jacques-Antoine, cultivateur à Epinay.
Guyard, Pierre, rentier à Franciade.
Guibert, Damien, épicier à Neuilly.
Guilbert, notaire à Franciade.
Guingot, notaire à la Chapelle.
Hallot, Jean-Nicolas, marchand de bois à Courbevoie.
Hanet, Antoine-Louis, cultivateur à Courbevoie.
Hannotelle, Jean-Baptiste, cultivateur à Noisy.
Hardi, Jean, cultivateur à Aubervilliers.
Havard, Louis, marchand de vin à Neuilly.
Hebert, Pierre, aubergiste à la Villette.
Hedelin, Nicolas-Hugues, aubergiste à Epinay.
Helouis, Louis, menuisier à Auteuil.
Hemet aîné, Louis, cultivateur à Aubervilliers.
Hemet, Louis-Jean, cultivateur à Aubervilliers.
Henri, François-Joseph, propriétaire à Saint-Ouen.
Hennequin père, cultivateur à Dugny.
Herbin, Jean-Baptiste, homme de loi à Courbevoie.
Hermier, Denis, marchand de vin à Nanterre.
Hermier, Martin, cultivateur à Puteaux.
Heude, Julien, cultivateur à Pierrefitte.
Homont, Martin, menuisier à Auteuil.
Heurtaux, cultivateur à Drancy.
Houdard, Jean-Baptiste-Denis, cultivateur à Belleville.
Houdard, Jean-Baptiste, marchand de vin à Belleville.
Huard, François, employé à Montmartre.
Houdet, Jean, bourrelier à Aubervilliers.
Hubart de la Cour, propriétaire à Belleville.
Huré, Jean-Denis, boucher à Colombes.
Hutray, Pierre-Denis, maçon à Puteaux.
Janel, Louis, boulanger à Nanterre.

Jaquin , Nicolas , cultivateur à Epinay.
Jean , Pierre-Jean , épicier à Surênes.
Jean , François , cultivateur à Puteaux.
Joanin , Claude , boulanger à Nanterre.
Jolais , Jean-Pierre , au Pré-Gervais.
Jolibois , instituteur à Belleville.
Jorry père , rentier à Colombes.
Joron , rentier à Clichy.
Jost , marchand de vin à Colombes.
Jourdan , greffier du juge-de-paix à Franciade.
Jouy , Jean , aubergiste à Nanterre.
Julien , Pierre , maçon à Surênes.
Julien , Guillaume , cultivateur à Puteaux.
Jumentier , Noël , plâtrier à Montmartre.
Keller , greffier du juge-de-paix à Colombes.
Labbé , serrurier à la Villette.
Lacrozade, Nicolas-Thomas , officier de santé à Auteuil
Lacroix-Saint-Vallier , propriétaire à Romainville.
Labiches , Jean-Yves , blanchisseur à Neuilly.
Labordere , François , rentier à Neuilly.
Laboulvene , Jacques , épicier à Franciade.
Lafalaise , négociant à la Villette.
Lafeuille , employé à la mairie à Franciade.
Laflèche , Nicolas , boucher à Neuilly.
Lagognée , menuisier à Franciade.
Lagognée , huissier à Franciade.
Laîné , Pierre , cultivateur à Nanterre.
Lambert , Jean , marchand de vin à Belleville,
Lamontagne père , bourrelier à la Chapelle.
Lamotte , François-René , instituteur , à Montmartre.
Lane , François , cultivateur à Surênes.
Langlois , menuisier à Franciade.
Langlois père , Pierre Eloi , cultivateur à la Villette.
Langlois , Toussaint , nourrisseur à la Villette.
Langlois , Pierre-Louis , maçon à la Chapelle.
Lapreté , boucher à la Chapelle.
Laruelle , traiteur à Franciade.
Lasalle , marchand mercier à Franciade.
Lasalle , Nicolas , pâtissier à Belleville.
Laurent , Etienne , cultivateur à Epinay.
Laurent , Jacques , cultivateur à Épinay.
Lavarde , officier retiré à Franciade.
Latreille , officier de santé à Franciade.
Lebeau , Nicolas , cultivateur à Surênes.
Lebeau père , Pierre , boucher à Nanterre,
Lebel , épicier à Franciade.
Lebeschu-Labastays , surnum. à l'enregistrement à Franciade.

Leblond , Guillaume , couvreur à Epinay.
Leboue , Louis , cultivateur à Aubervilliers.
Lecamus, officier de santé à Noisy.
Lecerf, Louis , homme de loi à Clichy.
Lechevalier Froideville, conservateur des hypoth. à Franciade.
Lecordier, rentier à Franciade.
Lecouteux, Louis-François , cultivateur à Romainville.
Lecouteux, Jean-Louis, cultivateur à Romainville.
Lecouteux, Ambroise-Louis , cultivateur à Romainville.
Lecouteux , Jean-Louis, cultivateur à Romainville.
Lecouteux , Rom. Germ. , cultivateur à Romainville.
Ledez , Louis , marchand de vin à Montmartre.
Lécuyer, Etienne , cultivateur à Montmartre.
Lécuyer, Jean-Pierre , cultivateur à Montmartre.
Ledoux , Vincent, cultivateur à Courbevoie.
Leduc , Etienne , cultivateur à Noisy.
Lefevre , Jacques-François , rentier à Neuilly.
Lefevre, Jacques-Antoine , cultivateur à Epinay.
Lefevre, Jacques-Martin , cultivateur à Epinay.
Lefevre, Pierre-Nicolas , cultivateur à la Villette.
Lefranc , Vincent, cultivateur au Bourget.
Leglou , Michel , propriétaire à Genevilliers.
Legrand, Jean-Charles, maçon à Franciade.
Legrand , aubergiste à la Villette.
Legrand-la-Piltière , propriétaire à Courbevoie.
Lelong, Etienne , carrier à la Villette.
Leloup, meunier à Franciade.
Lemaire , Nicolas , cultivateur à Drancy.
Lemaître , Commode, marchand de vin à Bagnolet.
Lemesle, Jean, cultivateur à Nanterre.
Lemoine , Nicolas , propriétaire à Aubervilliers.
Lempereur, Antoine , tailleur à la Villette.
Lepesteur, Pierre-Jacques , mercier à Noisy.
Lépine, Gabriel , épicier à Courbevoie.
Lépine, marchand de vin à la Chapelle.
Lepreux, Jean cultivateur à la Villette.
Lerale , Pierre-François , homme de loi à Belleville.
Lerin , Antoine , officier de santé à Pantin.
Leroux, Hyppolite , charcutier à Nanterre.
Leroi, Pierre-Georges , rentier à Surênes.
Letellier , Jean , cultivateur à la Villette.
Letricheux , receveur de l'enregistrement à Belleville.
Lezier , Pierre , cultivateur à la Villette.
Lhoier, Marie-Joseph-Sébastien , à Neuilly.
Lhomme , Charles , épicier à Courbevoie.
Liégau, Jean-Louis, cultivateur à la Villette.
Lindeberger , Joseph-Stanislas , cultivateur à Genevilliers.

Liré, Jean-Baptiste, maçon à Colombes.
Loreau, François, charon à Noisy.
Lorget, Roger, rentier à Franciade.
Lorget, Jean-Richard, mercier à Franciade.
Lorget, Guillaume–Etienne, rentier à Franciade.
Lorget, Christophe, épicier à Franciade.
Lostin, marchand de vin à Surênes.
Louvain, Pierre-Hubert, marchand de vin à Belleville.
Louvet, Prudent, épicier à Auteuil.
Lussy, cultivateur à la Courneuve.
Maheu, Blaise, cultivateur à Noisy.
Maillet, juge-de-paix à Franciade.
Maillet, marchand de fer à Franciade.
Malice père, meunier à Franciade.
Malot, Jean-Louis, cultivateur à Bagnolet.
Manet, juge-de-paix, à Genevilliers.
Manet fils, Clément, propriétaire à Genevilliers.
Marcy, Claude-Nicolas, menuisier à Colombes.
Maréchal, Jacques-Philippe, rentier à Bagnolet.
Maréchal, Jean-Louis, cordonnier à Aubervilliers.
Marichaux, Pierre, marchand de vin à Belleville.
Marot, Louis, maçon à Auteuil.
Marot, Joseph, maçon à Auteuil.
Marotel, Jos.-Léopold, à Belleville.
Marquet, cabaretier à la Villette.
Marquet, Edme–F.-Côme, cultivateur à Nanterre.
Martel, propriétaire à la Villette.
Martin-Montandry, R.–L., propriétaire à Courbevoie.
Martin, Louis, rentier à Noisy.
Martin, Nicolas, maçon à la Villette.
Martin, J.-Joachim, épicier à Puteaux.
Martin, Alexis, marchand de vin à Aubervilliers.
Masson, Pierre-Luce, mercier à Neuilly.
Matras, Pierre, à Belleville.
Maugras, Fr.-Gil.-Adr., serrurier à Romainville.
Maurice, Denis, cultivateur à Bagnolet.
Maurice, Paul-Antoine, cultivateur à Bagnolet.
Maurice, Jean-Pierre, cultivateur à Bagnolet.
Maury, menuisier à Colombes.
Mayer, cabaretier à la Chapelle.
Mayeux, marchand bonnetier à Franciade.
Mazouer, Jean, rentier à Neuilly.
Merlin, François, cultivateur à Surênes.
Mercier, Léonard, cultivateur à Noisy.
Meunier, Jean, aubergiste à la Chapelle.
Meunier, Pierre, aubergiste à la Chapelle.
Meurdefroy, boulanger à Aubervilliers.

Mezière, Louis-Charles, cultivateur à Aubervilliers.
Mezière, Paul, fils de Cl., cultivateur à Aubervilliers.
Milcent, percepteur à Neuilly.
Milcent, Claude, marchand de vin à Belleville.
Milcent, Louis-Lamé, à Belleville.
Millard, marchand de vin à Franciade.
Mince, Jacques.-Abr.-Chris., cultivateur à Nanterre.
Minée, économe de l'hôpital militaire à Franciade.
Monard, Même, rentier à Aubervilliers.
Mongrolle fils, cultivateur à Bobigny.
Moreau, épicier à la Chapelle.
Moreau, Jean-Baptiste, cultivateur à Montmartre.
Morel, Théodore, à Aubervilliers.
Morel, Charles, épicier à Epinay.
Moret, Jean-Fr.-Joseph, rentier à Pantin.
Motheau, Michel, perruquier à la Villette.
Moulin, Gilles, rentier à Romainville.
Moussard, François, cultivateur à Nanterre.
Moynier père, Joseph, rentier à Franciade.
Moynier fils aîné, négociant à Franciade.
Muard, cultivateur au Bourget.
Mulot, Georges, serrurier à Epinay.
Musnier, Victor, cultivateur au Bourget.
Mussault, Denis-Claude, boucher à Noisy.
Mutel, Louis, propriétaire à Montmartre.
Nesler, Jacques, à Montmartre.
Neveu, Louis-Henri, marchand de vin à Epinay.
Neuilly le jeune, François, cultivateur à Surênes.
Nezot, Antoine, épicier à Nanterre.
Nezot père, Guillaume, cultivateur à Puteaux.
Nezot fils, Pierre, cultivateur à Puteaux.
Nicole, dit Charpentier, rentier à Nanterre.
Nicolas père, Etienne, cultivateur à Noisy.
Nicolas, Vincent, cultivateur à Noisy.
Noblet, Pierre-Louis, cultivateur à Auteuil.
Noël, homme de loi à Franciade.
Noyon, Jacques, grainetier à Neuilly.
Olivier, André, menuisier à Passy.
Paillet, propriétaire à Clichy.
Paillot, Eustache-Laurent, cultivateur à Nanterre.
Pajot, Louis, pâtissier à Nanterre.
Panier, Jacques, cabaretier à la Villette.
Paté, Jean, cultivateur à Puteaux.
Pathiot, cabaretier à la Chapelle.
Péan de Saint-Gille, propriétaire à Aubervilliers.
Peillon, Joseph, marchand de vin à Montmartre.
Pélican, surnuméraire à l'enregistrement, à Franciade.

Pelletier, rentier à Franciade.
Pelletier, Jacques-Nicolas, propriétaire à Belleville.
Petit, ancien négociant à Neuilly.
Petit père, Henri-François, à Surênes.
Petit, Denis, épicier à Courbevoie.
Philippe père, Nicolas, à Surênes.
Philippe, Jean, cultivateur à Surênes.
Philippe, Laurent, cultivateur à Surênes.
Philippe l'aîné, Louis, cultivateur à Nanterre.
Phulpin, Joseph, grainetier à Nanterre.
Pibouleau, Pierre, marchand de tuiles à Courbevoie.
Picard, Louis-Jacques, cultivateur à Montmartre.
Pigneux, aubergiste à la Chapelle.
Pillieux père, Thomas, entrepreneur de bâtimens à Epinay.
Pillieux fils, Fr.-Nicolas, entrepreneur de bâtimens à Epinay.
Pingard, Etienne, cultivateur à Aubervilliers.
Pingard, Antoine, cultivateur à Aubervilliers.
Pingard, Jacques, cultivateur à Aubervilliers.
Plainchamp, André-Georges, marchand de porcs à Nanterre.
Poinçot, Jacques, cultivateur à Bagnolet.
Poirier, Olivier, instituteur à Epinay.
Poisson, François, cultivateur à Belleville.
Poisson, Philippe, cultivateur à Belleville.
Poisson, Nicolas-Alex., cultivateur à Aubervilliers.
Poisson, Jacques, cultivateur à Genevilliers.
Pomart, bourrelier à Pantin.
Pontenay, Etienne-Victor, propriétaire à Pantin.
Pontus, cultivateur à Drancy.
Porchez, Nicolas, cultivateur à Aubervilliers.
Porlier-Pagnon, Jean-Pierre, tailleur à Genevilliers.
Portefin, boucher à Franciade.
Portefin père, boucher à la Chapelle.
Portefin, Louis, boucher à la Villette.
Portefin, Christophe, boucher à la Villette.
Potier, propriétaire à Lacourneuve.
Potier père, propriétaire à Belleville.
Pottemain, Louis-François, épicier à Nanterre.
Pourez, Jean-Nicolas, rentier à Epinay.
Provost, nourrisseur à la Chapelle.
Ramel, ex-ministre, à la Chapelle.
Ranfin, Louis-Charles, propriétaire à Neuilly.
Ravanne, Joseph, cultivateur à Genevilliers.
Razuret, Louis-Nicolas, négociant à Auteuil.
Reculé père, Jean-Cl.-Ch., cultivateur à Auteuil.
Regnault, Denis-Jean, cultivateur à Courbevoie.
Remondé père, cultivateur à Franciade.

Requedat, Jean, à Aubervilliers.
Renard, Antoine, cultivateur à Surênes.
Renaud, Remi, charpentier à Surênes.
Renon, Denis, cultivateur à Belleville.
Rehou, Denis, cultivateur à Genevilliers.
Rehou, Denis-Jacques, cultivateur à Genevilliers.
Rhedon, Christophe, épicier à Pierrefitte.
Richard père, à Montmartre.
Ridard, Pierre-Louis, vinaigrier à Surênes.
Ridard, Charles, marchand de vin au Bourget.
Rigal, Jean-Baptiste, officier de santé à Surênes.
Rigolot, Laurent, rentier à Bagnolet.
Riston, propriétaire à Clichy.
Rivage, François, cultivateur à Noisy.
Rivage, Pierre-Alexis, cultivateur à Noisy.
Robine, meunier à Franciade.
Rodier, meunier à Dugny.
Romain, Thomas, maçon à Nanterre.
Rossignol, menuisier à Franciade.
Rossignol, cultivateur à Dugny.
Rouget, rentier à Franciade.
Roullier, Charles, juge de paix à Pantin.
Rouveau, cultivateur au Pré Gervais.
Rouvroy, J. B. Albert, propriétaire à Belleville.
Royer, secrétaire de la mairie à Franciade.
Ruault, Alexandre-Jean, propriétaire à la Villette.
Rubatot, Joseph-Denis, tourneur à Neuilly.
Ruelle, Jean-Baptiste, cultivateur à la Chapelle.
Sabat, Joseph, marchand de vin à Neuilly.
Sabat, Jacques-Nicolas, charron à Courbevoie.
Sadin, receveur de l'enregistrement à Neuilly.
Sageret, Augustin, cultivateur à Auteuil.
Sageret, Amable-Louis, blanchisseur à Auteuil.
Saillot, François-Antoine, propriétaire au Bourget.
Saint, Gilles, rentier à Romainville.
Saladin, marchand mercier à Franciade.
Samson, Bonaventure-Bienvenu, épicier au Bourget.
Saunier, Michel, à Neuilly.
Saunois, boulanger à Auteuil.
Sauton, Charles, cultivateur à Auteuil.
Sauzin, Jean-Pierre, épicier à Neuilly.
Savard, jardinier à la Chapelle.
Savard, Jean-François, propriétaire à la Villette.
Savouré, Jean-Baptiste, secrétaire du sous-préfet à Franciade.
Scholard, Paul-François, employé à Epinay.
Sellier, Pierre, cultivateur à Aubervilliers.
Sellier, Claude, cultivateur à Aubervilliers.

Sellier, Léger * marchand à Genevilliers.
Sencier, Louis, instituteur à Passy.
Serre, garde-champêtre à Drancy.
Serre, Pierre, officier de santé à Belleville.
Simonot, marchand de vin à la Chapelle.
Souchet, Etienne–Jacques, cultivateur à Bagnolet.
Soyet cadet, Claude, blanchisseur à Neuilly.
Sylveyra, Moïse, négociant à Pantin.
Taillé, François, à Nanterre.
Talot, marchand mercier à Courbevoie.
Tantin, Gabriel, boucher, à Neuilly.
Tassard, Denis, menuisier à Romainville.
Tartre Saint-Léger, juge de paix au Pré Gervais.
Thevenin père, aubergiste à la Chapelle.
Thevenin, Jean-François, à Belleville.
Thevenard, Nic.-Capr., aubergiste à Pantin.
Thierry, Pierre-Guillaume, serrurier à Neuilly.
Thomas, épicier à Pierrefitte.
Tinthoin, Claude, négociant à Franciade.
Tiphaine, cultivateur à Pantin.
Toffier, André, cultivateur à la Villette.
Torne, Nicolas, boucher à Belleville.
Trabuchy, Joachim, poëlier à Neuilly.
Trabuchy, Jacques-Marie, sculpteur à Neuilly.
Trottin, Jean-Claude, cultivateur à Romainville.
Trottin, Pierre, cultivateur à Romainville.
Trottin, René-Alexis, cultivateur à Romainville.
Trouillet, Jos.-Lucien, cultivateur à Epinay.
Trouillet fils aîné, à la Chapelle.
Trezel, Nicolas, cultivateur à Saint-Ouen.
Tubœuf, épicier à Pantin.
Turlot, François, à Belleville.
Vacquerie, instituteur à Passy.
Valade, Jean, officier de santé à Aubervilliers.
Vallée, Pierre–Augustin, épicier à la Villette.
Vallée, Théodore-Denis, épicier à Neuilly.
Vanier, Marc–Laurent, à Nanterre.
Vanier, Pierre-Jacques, à Nanterre.
Vanier, Pierre, à Nanterre.
Varenne, Nicolas-Martin, cultivateur à Belleville.
Varenne, Nicolas, marchand de vin à Aubervilliers.
Varey, Jean-Baptiste, greffier du juge de paix à Montmartre.
Vassoux, Jean-Baptiste, cultivateur à Romainville.
Vassoux, Pierre-Claude, cultivateur à Bagnolet.
Vautier, Michel-Raph., peintre à Pantin.
Vernier, Jean–Valentin, à Belleville.
Vibert, Pierre-Nicolas, boulanger à Aubervilliers.

Vieilly, Jean-Louis, cultivateur à Stains.
Viel, Jacques, chandelier à Belleville.
Vienot, Pierre-Philippe, plâtrier à Bagnolet.
Vignot, François, cultivateur à Noisy.
Villée, manufacturier à Franciade.
Vinante, Jean-Laur.-J., marchand de vin à Neuilly.
Virette, François-Joseph, propriétaire à Belleville.
Vitry, limonadier à la Chapelle.
Viviant, Jean-Pierre, serrurier à Belleville.
Volant, Jacques-Louis, cultivateur à Romainville.
Volant l'aîné, Jacques-Rom., cultivateur à Romainville.
Vaulier, Jean-Baptiste, aubergiste à la Villette.

Certifié véritable la présente Liste; par nous soussignés, Notables communaux de l'Arrondissement de Franciade, département de la Seine, réunis en vertu de l'article XLI de la loi du 13 ventose an 9, concernant la formation et le renouvellement des Listes d'éligibilité, prescrites par la Constitution pour procéder à la formation de la Liste de notabilité de cet Arrondissement.

A Franciade, le 8 fructidor, an 9 de la République.

Signé Dubos, *président;* Cretté, *scrutateur;* Deroy, *scrutateur;* Petit; Rousselet; Bougault; Lemoine; Demars; Saulnier; Trouillet; Ruelle; Boutard; Collière; Jean; Cheret; Savier; Gandin; Guingand; Leboüe; Lecouteux; Lezier; J. Gillet; Bevière; Mongrolle; Garde; Mezières; Ravigneau, *maire;* Baudouin; Signoret; Martin; E. Gillet; Langlois; Hodanger; Lejeune; Cornier, *adjoint;* Labbaye, *maire;* Lefricque, *maire;* Couty, *maire;* Guesnin; Debourge; Polart; Bonnemain; Deulin; Poirier; Livoir; Vauthier; Besche; Rouillier; Arnoult; Rouveau; Carreau; Lorget; Lanneau; Defaucompret; Tinthoin; Béville, *secrétaire.*

Pour copie conforme,
Signé, D u b o s, *Sous-Préfet.*

LISTE

DES

NOTABLES COMMUNAUX

DE L'ARRONDISSEMENT DE SCEAUX,

DÉPARTEMENT DE LA SEINE.

NOTABLES DE DROIT.

Allard, Benoît, adjoint à Issy.
Andry, Jean-Pierre, adjoint à Chevilly.
Aubin-Mentienne, adjoint à Bry-sur-Marne.
Barbeau, Nicolas, maire à Châtillon.
Bargue, Nicolas, maire à Issy.
Bazin, Philippe, adjoint à Bagneux.
Bellin, Jean-Charles, maire à Saint-Maur.
Benard, maire à Champigny.
Berthoud, Jacques, maire à Fontenay-aux-Roses.
Besnard, Charles-Louis, adjoint à Rungis.
Bleuze, Jean-Nic.-Qu., adjoint à Charenton Saint-Maurice.
Bonval, Nicolas-Pierre, maire à Bry-sur-Marne.
Boudet, Jean, maire à Lay.
Boudin, Louis-François, maire à Vincennes.
Boulogne père, H.-P.-M., membr. du cons. d'arr. à Clamart.
Bourguignon, Mad.-Cl., adjoint à Châtillon.
Bouvet, Etienne, adjoint à Sceaux.
Buran, Louis, maire à Charenton Saint-Maurice.
Cagnet, Grégoire, maire à Plessis-Piquet.
Cahouet, Noël-Nicolas, membre du conseil d'arr. à Sceaux.
Cahouet, Charles, maire à Charenton-le-Pont.
Caron, Jean-Charles, maire à Thiais.
Cavenel, Jean-Bap.-L., ex-adjoint à Saint-Mandé.
Cazin, Nicolas, adjoint à Antony.
Chatard, Martial, adjoint à Bonneuil.
Chevalier, Pierre-Michel, membre du cons. d'arr. à Thiais.
Chevallier, adjoint à Lay.

Contour, Jean-Charles, adjoint à Labranche.

Corby, Jean-Pierre, maire à Clamart.

Coulmiers, membre du corps législatif à Charenton-Maurice.

Crepinet, Antoine, adjoint à Clamart.

Cretté, Germain, adjoint à Vitry.

Cury, Nic.-Michel, memb. du cons. d'arr., à Nogent-sur-Marne.

Decrécy, maire à Rosny.

Dedouvre, Pierre, adjoint à Gentilly.

Defresnes, Pierre, memb. du conseil d'arrondissement, à Vitry.

Delaunay, Jean, adjoint à Fontenay-aux-Roses.

Demetz, André-Nicolas, adjoint à Villejuif.

Desauges, Ed.-Mar.-Pi., membre du cons. d'arrond. à Châtillon.

Desgranges, François, maire à Sceaux.

Dieu, Guillaume, maire à Arceuil.

Dret, Barthelemy, maire à Villejuif.

Dubreuil, Jean-Franç., memb. du cons. d'arr., à Montrouge.

Duflocq, Nicolas-Henri, maire à Bercy.

Dumont, Jean-Baptiste, adjoint à Chatenay.

Dunepart, Jean-Bapt., memb. du cons. d'arrond. à Vaugirard.

Duval père, Thomas, maire à Vanvres.

Epaulard, adjoint à Rosny.

Feno, Louis-François, adjoint à Villemomble.

Fertelle, Louis-Pierre, adjoint à Maisons Alfort.

Fondary, Antoine-Denis, adjoint à Vaugirard.

Frazier, François-Louis, adjoint à Choisy.

Frottié, Charles-François, maire à Chevilly.

Frottié, Jean-Baptiste, maire à Rungis.

Gervoise, Nicolas, ex-maire à Vaugirard.

Gilbert, adjoint à Montrouge.

Gillerond, maire à Montrouge.

Girardot, Louis-Barthelemy, maire à Villemomble.

Gislain, Philippe-Pierre-François, maire à Antony.

Godefroy, Denis-Hug., memb. du cons. d'arr. à Villejuif.

Godefroy, Jean-François, membre du conseil général.

Grandjean, adjoint.

Honfroy, Pierre, adjoint à Ivry.

Houdeyer, H.-C.-L.-J., sous-préfet à Sceaux.

Housselin, Martin, adjoint à Fresnes.

Jacques, Charles-Symp., adjoint à Bourg-l'Egalité.

Jeandier, Pierre-François, maire à Creteil.

Jorret, Antoine-Benoît, maire à Choisy.

Lavisé, Jean-Baptiste, maire à Bourg-Égalité.

Lapy, Jean-Laurent, adjoint à Fontenay-sous-Bois.

Lecoupt, Ach.-J.-B., adj. et m.du c. d'arr. à Charenton-le-Pont.

Lemaître, Jean-Spire, adjoint à Vincennes.

Léon, Jean-François, adjoint à Nogent-sur-Marne.

Luisette , maire à Ivry.
Lunas, Jean-Pierre , maire à Montreuil.
Mackau , Ambroise-Louis, maire à Vitry.
Marmotant , Rigobert , juge du tr. de pr. inst. Bourg-Egalité.
Montzaigle , Ch.-Michel , maire à Saint-Mandé.
Moulinot , Guillaume , maire à Fresnes.
Mouret , J.-Fr.-Ch.-Al. , adjoint à Creteil.
Mouscadet père, Jean , maire à Fontenay-sous-Bois.
Mouzard fils , (J.-Rob. , adjoint à Orly.
Muiron , Eustache , membre du conseil d'arrondis. à Sceaux.
Ory , Louis , adjoint à Montrouge.
Parvi , Ch.-Laurent , maire à Nogent-sur-Marne.
Pinson , Laurent-François , maire Branc. du pont de S. Maur.
Piot père, Cl.-Jean-Baptiste , adjoint à Thiais.
Plet , Vincent Cyprien , adjoint au Plessis-Piquet.
Potin , Etienne , adjoint à Vanvres.
Preaux , Augustin , adjoint à Montreuil.
Recodère , Guillaume , maire à Gentilly.
Requier , André , adjoint à Saint-Maur.
Roger fils aîné , Edme-Charles , maire , Maison Alfort.
Roux père , Cl-François , maire à Orly.
Royé , Joseph , adjoint à Bercy.
Sabotier , Léonard , adjoint à Arcueil.
Ségur aîné , Louis-Ph. , membre du corps législ. à Chatenay.
Sourdon , Al.-Cl.-Ph. , adjoint à Choisy.
Tarrault , François , adjoint à Saint-Mandé.
Tavernier , Charles-Louis , maire à Bonneuil.
Tessier , Antoine , maire à Chatenay.
Vitry , Pierre-Nicolas , adjoint à Montreuil.
Vollée , Pierre-Christ. , maire à Bagneux.

NOTABLES ABSENS POUR LE SERVICE PUBLIC.

Aberlouis , Félix , Branc. du pont de Saint-Maur.
Ameil , Auguste , à Sceaux.
Angot , Henry , à Choisy.
Aubert , Charles , Branc. du pont de Saint-Maur.
Bancelin , Philippe , à Orly.
Barbeau , Joseph , à Fontenay-aux-Roses.
Barillet , Nicolas-Saturnin , à Nogent-sur-Marne.
Baron , Antoine , Branc. du pont de Saint-Maur.
Barthélemy , Sébastien , à Villemomble.
Bauche , Jacques , à Fresnes.
Beguin , à Bercy.
Benoît , à Bercy.
Bertrand , Jean-Baptiste , à Sceaux.

Billard, Jean-Baptiste, à Fontenay-aux-Roses.
Bizet aîné, à Bercy.
Bizet jeune, à Bercy.
Bona, Joseph, à Fontenay-aux-Roses.
Bona, Vincent, à Fontenay-aux-Roses.
Boudard, Christophe, à Issy.
Boyer, Victor, à Sceaux.
Bréant, Denis, à Fontenay-aux-Roses.
Breuilly, Nicolas, à Gentilly.
Brunot, à Bercy.
Buchot, à Gentilly.
Challe, Augustin, Villemomble
Chavanon, Antoine, à Sceaux.
Chevillon, Pierre, à Fontenay-aux-Roses.
Chrétien, à Bercy.
Cretté, Gervais, à Vitry.
Croizet, Marie-Pierre, à Nogent-sur-Marne.
Cuvillers fils, à Bercy.
Daniel fils, J.-Pierre, à Fontenay-aux-Roses.
Delaunay, à Bercy.
Derible, à Bercy.
Desforges, René, à Orly.
Despagnac, à Vitry.
Dieu, J.-Melchior, à Arcueil.
Dunot, Jean-Baptiste, à Gentilly.
Dupont, Jean, à Saint-Maur.
Esterbet, François, à Fontenay-sous-Bois.
Farral, Charles-Marie, à Saint-Maur.
Fauffée, Edme, à Vincennes.
Favorté-Bercy, à Bercy.
Finot, Claude, à Nogent-sur-Marne.
Fitte-Soucy, Charles, à Vitry.
Guilloux, à Sceaux.
Hallé, François, à Orly.
Hallé, Jean-Baptiste, à Orly.
Henriot, Claude, à Sceaux.
Héricourt, Jacques-Ch., à Nogent.
Héricourt, Jacques, à Fontenay-sous-Bois.
Houzelot, François, à Vincennes.
Houzelot, à Vincennes.
Joigneaux, J.-François, à Fontenay-sous-Bois.
Lalevée, Étienne, à Saint-Maur.
Lange, Anne, à Saint-Maur.
Langlois, Théodore, à Montreuil.
Laruelle, Ch.-Marie, à Villemomble.
Latouche, René-Madeleine, contre-amiral à Creteil.

Legemble, Benjamin, à Saint-Maur.
Lehongre, Noël, à Orly.
Lerouge, à Bercy.
L'Hot aîné, à Maisons.
Louvet, à Bercy.
Mainguet, à Bercy.
Marinier, François, à Fontenay-sous-Bois.
Martine, Denis, à Fontenay-aux-Roses.
Martine, Simon, à Fontenay-aux-Roses.
Mignot, Louis, à Charenton-le-Pont.
Millet, Simon, à Sceaux.
Moreau, Denis, à Fontenay-sous-Bois.
Morel, François, à Sceaux.
Morin, Jean-Morin, à Fontenay-aux-Roses.
Moulez, Nicolas, à Sceaux.
Moulez, Pierre, à Sceux.
Périchard, Jean-Baptiste, à Fontenay-sons-Bois.
Perrier, Philippe, à Gentilly.
Pinchon, Jean-Baptiste, à Sceaux.
Rousselot, Jean, à Fontenay-aux-Roses.
Terrier, Frédéric, à Sceaux.
Tetard, à Bercy.
Thiroin, Pierre-Gaspard, à Choisy.
Thumereau, à Bercy.
Vidiard, Jean-Nicolas, à Fontenay-sous-Bois.
Vitry, Louis, à Fontenay-sous-Bois.
Vitry, à Bercy.

NOTABLES PRÉSENS.

Acher, marchand de bois à Pont de Saint-Maur.
Alban, Léonard, à Issy.
Alexandre, Antoine, à Clamart.
Ameil, Gilbert, ancien jurisconsulte à Sceaux.
Amiot père, Antoine, à Vitry.
Ancelet, jacques, à Nogent-sur-Marne.
Ancelin, Étienne, vigneron à Clamart.
Ancelin fils, cultivateur à Rosny.
Ancelin, Thomas-Claude, cultivateur à Rosny.
Ancelin, Philippe, cultivateur à Montreuil.
Ancelot, Jacques, marchand de farine à Arcueil.
Andry, charron à Orly.
Angot, boucher à Bourg-Egalité.
Auboin, maître de pension à Bourg-Egalité.
Aubout, Nic.-Etienne, à Fontenay-sous-Bois.
Aubout, percepteur à Fontenay-sous-Bois.

Aubout, Nicolas-Jos., instituteur à Fontenay-sous-Bois.
Aubrun, vitrier à Issy.
Audry, Hubert, épicier à Bourg-Egalité.
Bachoux, Gaspard, vigneron à Clamart.
Baillet, pâtissier à Sceaux.
Balland père, bourelier à Sceaux.
Bancelin, carrier à Bagneux.
Bancelin, Denis, épicier à Bagneux.
Bancelin, Jean-Philip., propriétaire à Orly.
Baquia, Guil.-Franç., marchand à Villemomble.
Barbery, propriétaire à Bourg-Egalité.
Barbier, commis à Bicêtre à Gentilly.
Barbier, épicier à Gentilly.
Bargue, Pierre-Emmanuel, à Issy.
Barié, Jean-Nicolas, aubergiste à Antony.
Baron, Charles, épicier à Issy.
Barra, Albert, marchand de vin à Fresnes.
Barre, Jean-Louis, percepteur à Villejuif.
Barrier, notaire à Choisy.
Bayeux, marchand de vin à Bourg-Egalité.
Bazin, marchand de bois à Vaugirard.
Bazin fils, vigneron à Bagneux.
Beauchamp, Al.-At.-G., à Sceaux.
Beauregard, Toussaint, à Rosny.
Beausse, François, à Montreuil.
Beligon, Pierre-Ambr., cultivateur à Arcueil.
Belin, Pierre-Joseph, menuisier à Creteil.
Bellanger, vitrier à Fontenay-aux-Roses.
Bellard, Théodore, maréchal à Bourg-Egalité.
Bellard, Pierre, tailleur d'habits à Bourg-Egalité.
Bénard, Laurent-Denis, aubergiste à Vitry.
Benardon, cultivateur à Orly.
Benoît, Luc, officier de santé à Montreuil.
Benoît, Jean-Pierre, vigneron à Sceaux.
Benoît, Charles-Denis, commiss. de vins à Charenton-le-Pont.
Benoît, Charles-Franç., à Sceaux.
Benoît, Dominique, à Sceaux.
Benoît, Jean-Louis, à Sceaux.
Beral, Pierre, à Rosny.
Bergeron, Pierre-Louis, maçon à Fontenay-sous-Bois.
Bernar, propriétaire à Choisy.
Betancourt, Jean-Baptiste, à Arcueil.
Betancourt, Pierre-François, vigneron à Villejuif.
Beudon père, cultivateur à Lay.
Bezançon, Jean-Baptiste, père, marchand de vin à Nogent.
Bezodis, propriétaire à Charenton-le-Pont.

Pigot, Antoine, cultivateur à Sceaux.
Billard, Pierre, cultivateur à Fontenay-aux-Roses.
Billot, employé à Montrouge.
Binet, marchand de vin à Gentilly.
Bion, Gédéon, propriétaire à Sceaux.
Blanpin, charon, à Fontenay-sous-Bois.
Boëte, perruquier à Vitry.
Bonneau-Augustin, meunier à Villejuif.
Bonnelais, Pierre, pépiniériste à Vitry.
Bontems, épicier, Fontenay-sous-Bois.
Boquillon, Edme Vict., à Fontenay-sous-Bois.
Borel, rentier à Choisy.
Bouchard, épicier à Bagneux.
Boucher, Alexis, horloger à Charenton-le-Pont.
Boucherat, Edme, propriétaire à Vaugirard.
Bouclet, Pierre-Charles, boucher à Saint Mans.
Boucot, marchand de vin à Gentilly.
Boudin, Nicolas-François, épicier à Montreuil.
Boudin, officier de santé à Fontenay-aux-Roses.
Bouille, Pierre-François, cultivateur à Issy.
Bouillon, Jacques-Maurice, cultivateur à Saint Maur.
Boulay, aubergiste à Charenton-le-Pont.
Boullier, propriétaire à Antony.
Boulogne fils, Jacques, pépiniériste à Clamart.
Bouquet, J.-Marie, pépiniériste à Vitry.
Bourcharlat, employé à Gentilly.
Bourdilliat fils, Jean, à Ivry.
Bourlè, Nicolas, cultivateur à Arcueil.
Bousselet, Charles, menuisier à Arcueil.
Bouvet, ex-maire à Chatenay.
Boyer, François, cultivateur à Fontenay-aux-Roses.
Boyer, Victor, boulanger à Sceaux.
Breton, Henri, juge de paix, à Nogent.
Breton, Vincent, cultivateur à Fontenay-sous-Bois.
Breton, Stanislas, rentier à Nogent.
Bricot, Eloi, à Champigny.
Briout, Jean-Baptiste, à Gentilly.
Brisset, fermier à Maisons.
Brou, Louis, marchand à Montreuil.
Brulé, Denis, à Chatenay.
Brun, Claude-Philibert, à Chatenay.
Bruni, Barthelemi, musicien à Arcueil.
Buhot, meunier à Berny-Fresnes.
Buhot père, propriétaire à Gentilly.
Bullion, Guy-Jacques, officier de marine à Chatenay.
Bunel, notaire à Nogent.

Bunot, employé à Bicêtre à Gentilly.

Baran, propriétaire à Charenton-sur-Marne.

Baran, Claude, propriétaire à Charenton-sur-Marne.

Baran neveu, chimiste à Charenton-sur-Marne.

Bureau, Joseph, à Rosny.

Bureau, Toussaint, à Rosny.

Bureau, Jean-Louis, plâtrier à Rosny.

Bureau, Louis, cultivateur à Rosny.

Cabaret, Pierre-Antoine, manufacturier à Sceaux.

Cahouet fils, Augustin, employé à la sous-préfecture à Sceaux.

Caillou, commissionnaire de vins aux Carrières de Charenton.

Cambrune, Philippe-Félix, pâtissier au Bourg-l'Egalité.

Camus, aubergiste au Bourg-l'Egalité.

Camuset, nourrisseur à Bercy.

Carbonnelle, artiste à Gentilly.

Carlu, Barthelemi, épicier à Sceaux.

Carmoy, Jean-François, rentier à Sceaux.

Caron, homme de lettres à Sceaux.

Caron, vitrier au Bourg-l'Egalité.

Carrier, Saint-Marc, cultivateur à Saint-Maur.

Castel, Jean, officier de santé à Bercy.

Causseret, Charles, maçon à Choisy.

Cazin, juge de paix à Grignon.

Cécile, Etienne-François, géographe à Sceaux.

Cécile fils, blanchisseur à Gentilly.

Cels, Jacques, homme de lettres à Montrouge.

Certain, Charles-Jean, propriétaire à Sceaux.

Chabert, Philibert, direct. de l'école vétérin. Maison-Alfort.

Chabert, pépiniériste à Charenton-Saint-Maurice.

Chaillou père, cultivateur à Vitry.

Chaillou, Antoine, propriétaire à Vitry.

Chalouvrier, Pierre-Louis, maçon à Creteil.

Chalumeaux, Philibert, charpentier à Sceaux.

Chambelland, charron au Bourg-Egalité.

Chambry, notaire à Vitry.

Champagne, Guillaume, propriétaire à Sceaux.

Champin, Pierre, propriétaire à Sceaux.

Champin, Jean-Jacques, propriétaire à Sceaux.

Chandenier, officier de santé à Gentilly.

Chapotteau, pâtissier au Bourg-Egalité.

Charpentier, P.-A.-Luc, employé à la sous-préfect. à Sceaux.

Charpentier, Ch.-Flor., à Vincennes.

Charpentier, jardinier à Bercy.

Chartier, plâtrier à Antony.

Chartier, meûnier à Gentilly.

Charton, Charles-Louis, cultivateur à Montreuil.

Chatelard , Louis-Renard , à Issy.

Chatenay , à Vitry.

Chatenay , Nicolas , à Vitry.

Chatenay , Remy-Marie , militaire à Vitry.

Chevalier , Jean-Claude , vigneron à Bry-sur-Marne.

Chevalier , Claude , cultivateur à Villejuif.

Chicheret , marchand de vin à Charenton-le-Pont.

Clairambault , Benjamin-Ur. , marchand de vin à Bercy.

Clouet , contrôleur des contributions à Sceaux.

Coiffier , Jean-Baptiste , vigneron à Nogent.

Coiffier père , Séraphin , cultivateur à Nogent.

Coignet , Ferdinand , maçon à Vanvres.

Coitereaux , architecte à Vincennes.

Colas , Noël-Valentin , boulanger à Saint-Maur.

Colas , pâtissier à Ivry.

Colin-Cancey , propriétaire à Thiais.

Collard , pensionnaire de la république à Bercy.

Collet , François , cultivateur à Ivry.

Colombier , marchand de vin à Bagneux.

Combertine à Montreuil.

Contamine , Jean-Claude , officier de santé à Champigny.

Corby , juge de paix à Clamart.

Corby , Louis-Pierre , cultivateur à Clamart.

Cordier , Nicolas , propriétaire à Bagneux.

Cornet , Jean-Pierre , négociant à Arcueil.

Cornu , Antoine , maçon au Pont de Saint-Maur.

Cornu , Jean-Louis , cultivateur à Rosny.

Cornus , Jean-Louis , cultivateur à Montreuil.

Cotellegîné , Jacques-Laurent , marinier à Charenton-le-Pont.

Cotterets , Sébastien-François , serrurier à Villemomble.

Cottin , Edme , commissionnaire de vins à Charenton-le-Pont.

Couart , Charles , propriétaire à Fontenay-aux-Roses.

Coufourier , Louis-François , propriétaire à Montrouge.

Coulon , Marc , tanneur à Bercy.

Coulon , Henry , tanneur à Bercy.

Courjolles , François , rentier à Choisy.

Courteigne , Prosper , aubergiste à Maisons.

Courtois , Jean-Louis , cultivateur à Sceaux.

Courtois , Nicolas-François , cultivateur à Rosny.

Courtois , Charles-Louis , cultivateur à Rosny.

Cousin , Hubert-Aubin , propriétaire à Arcueil.

Couturier , propriétaire à Charenton-Saint-Maur.

Crapart , aubergiste au Pont de Saint-Maur.

Cremasco , François-Dominique , propriétaire à Vitry.

Crepinet , Louis , boulanger à Clamart.

Cretté-Marmouille , cultivateur à Vitry.

Cretté, Jacques-Sébastien, cultivateur à Villejuif.
Cretté, d. Courtin, Jean-Baptiste, pépiniériste à Vitry.
Cretté, marchand de vin à Vitry.
Cretté, Jacques-Charles, serrurier à Fontenay-sous-Bois.
Croiset, Nicolas, rentier à Nogent-sur-Marne.
Croux, Jean, pépiniériste à Vitry.
Cuvillier, Charles-François, plâtrier à Bercy.
Daix, maître de poste à Maison-Alfort.
Dambax, officier de santé à Choisy.
Danjou, maréchal à Arcueil.
Darblay, maître de poste à Villejuif.
Darly, Jean-Baptiste, cultivateur, à Rosny.
Dartreux, officier de santé, à Vincennes.
Daunou, marchand de vin, à Gentilly.
David, épicier, Pont de Saint-Maur.
David, traiteur, à Gentilly.
David, propriétaire, à Thiais.
Debeine, Louis, épicier, à Fontenay-aux-Roses
Deberny, Charles-Gabriel, employé, à Issy.
Decalonne, Ch. Mat., gref. de jug. de p., à Nogent-sur-Marne.
Defrance, receveur de l'enregistrement, Bourg-Egalité
Degrain, Jean-Louis, cultivateur, à Orly.
Deguise, officier de santé, à Charenton-Saint-Maurice.
Delaitre, Jean-François, cultivateur, à Arcueil.
Delalande, Cyr-Antoine, rentier, à Sceaux.
Delanoue-Foulet, cultivateur, à Orly.
Delapierre, Nicolas, greffier de juge de paix, à Bercy.
Delaplace, Charles, marchand de vin, à Bercy.
Delaporte, employé, Bourg-Egalité.
Delâtres, Jacques, ancien notaire, à Choisy.
Delaval, épicier, à Bercy.
Delépine, Jean-François, minis. du culte catholique, à Sceaux.
Delépine père, Jacques, maçon, à Villemomble.
Delépine, Simon-Nicolas, maçon, à Villemomble.
Delorme, fermier, à Vitry.
Delorme, rentier, à Chatenay.
Demarseille, J.-Louis, cultivateur, à Vincent.
Demazière, Etienne, employé, à Charenton-le-Pont.
Denis, blanchisseur, à Gentilly,
Denyvemhim, Bernard, rentier, à Saint-Mandé.
Deroy, Pierre-Nicolas, aubergiste, à Creteil.
Desaintjean, M.-J.-L., inspecteur des vivres, à Saint-Mandé.
Desaintpaul, Louis-Fr., ancien notaire, à Larue-Chevilly.
Deschamps, économe, à Bicêtre.
Desgranges, fils, clerc de notaire, à Sceaux.
Deslogis, Jean-Antoine, serrurier, à Ivry.

Desnyau , Pierre-Antoine , vigneron , à Bry-sur-Marne.
Desormeaux , percepteur des contributions , à Vincennes.
Desplaces , Louis-Guillaume , cultivateur , à Orly.
Despommiers , Jean-Nicolas , homme de lettres , à Fresnes.
Desprez , François , cultivateur , à Clamart.
Desrues , Philippe , ex-juge , à Vaugirard,
Desternes , instituteur , à Champigny.
Destouches , bourrelier , , au pont de Saint - Maur.
Detruisard , vivant de son bien , à Gentilly.
Deu , Jacques-Antoine , vigneron , à Arcueil.
Devarenne , rentier , à Bagneux.
Desvaure , Louis , ancien militaire , à Fresnes.
Dieu père , François , maçon , à Arcueil.
Dieu , Jean-Nicolas , fermier , cultivateur , à Arcueil.
Dombidault , Pierre-Vincent , propriétaire , à Nogent.
Donjeux , propriétaire , à Gentilly.
Dorce , Etienne-François , charpentier , à Arcueil.
Dorigny , propriétaire , à Nogent-sur-Marne.
Dorléans , à Sceaux.
Doulcet , Jean-Pierre , cultivateur , à Montreuil.
Drancy , charron , à Sceaux.
Drouard , René , blanchisseur , à Vanvres.
Drouard , Jean , vigneron , à Vanvres.
Drouet , maufacturier , à Bercy.
Dubier , limonadier , aux Carrières-de-Charenton.
Duchange , Pierre , pépiniériste , à Vitry.
Duchefdelaville , propriétaire , à Thiais.
Dudoit , menuisier , à Nogent-sur-Marne.
Dufour , Denis , cirier , à Montrouge.
Duhautier , propriétaire , à Sceaux.
Dumont , chirurgien en chef de Bicêtre , à Gentilly.
Duperron , Jean , tailleur , à Fontenay-aux-Roses.
Dupont , Claude-Nicolas , marchand de bois , à Vincennes.
Dupuis , Jean-Baptiste , fermier à Sceaux.
Dupuis , Urbain , boucher , à Antony
Durand , Louis-Charles , juge-de-paix , à Bercy.
Duremand , Jean-Alexandre , jardinier , à Bercy.
Dussault , menuisier , à Sceaux.
Dutu , charpentier , à Sceaux.
Duval , Char es , propriétaire , à Montrouge.
Duval , Louis-François , cultivateur , à Champigny.
Duval , Amaury , employé à Montrouge.
Duval , Louis-Antoine , cultivateur à Champigny.
Duval fils , Pierre , cultivateur , à Vanvres.
Duval , Jean-Baptiste , percepteur , à Nogent-sur-Marne.
Eloy , Philippe , arpenteur , à Champigny.

Epaulard, Pierre-Marie, cultivateur, à Rosny.
Epaulard, Jean-Louis, cultivateur, à Rosny.
Epaulard, Louis-Nicolas, cultivateur, à Rosny.
Estancelin, aubergiste, à Charenton-le-Pont.
Esterbet, Jean-François, cultivateur à Fontenay-sous-Bois.
Faipot, marchand de vin, à Gentilly.
Fauchon, Jean-Baptiste, instituteur, à Saint-Mandé.
Faverly, à Charenton-Saint-Maur.
Ferret, instituteur, à Champigny.
Ferret père, officier, de santé, à Rosny
Feugère, fontainier, à Arcueil.
Fichon, Nicol.-Germ., cultivateur, à Fontenay-sous-Bois.
Fichon, Nicolas-Joseph, cultivateur, à Fontenay-sous-Bois.
Fitte-Soucy, Xavier, secrétaire de légation, à Vitry.
Fitte-Soucy, Philippe, ancien militaire, à Vitry.
Flammarion, commissaire des vins, à Charenton-le-Pont.
Flenrimond, maçon, à Charenton-le-Pont.
Fleury, Pierre, rentier à Villejuif.
Fleury, Roch, plâtrier.
Fleury père, Pierre, rentier à Vincennes.
Portin, rentier à Bagneux.
Foucault, Michel, pépiniériste à Vitry.
Foucault, Jean, pépiniériste à Vitry.
Fourcroy, notaire à Saint-Mandé.
Fournier, Jean-Baptiste, fermier à Fontenay-anx-Roses.
Fournier, limonadier à Vincennes.
Fournier, serrurier à Chatenay.
Fournier, Jean-Jacques, à Bercy.
Framboisier, à Choisy.
François, dit Alexandre, à Charenton-le-Pont.
François, Jean-Louis, cultivateur à Fontenay-sous-Bois.
Frottié, Léonard-Denis, cultivateur à Arcueil.
Furin, Grégoire, à Sceaux.
Gaillard, marchand de vin à Vitry.
Gambard, traiteur à Fontenay-sous-Bois.
Gandelet, propriétaire à Gentilly.
Gandrille, Jean-Baptiste, à Sceaux.
Garcin père, officier de santé à Thiais.
Garcin fils, officier de santé à Villejuif.
Garde, André, marchand de vin à Bercy.
Gardebled fils, Pierre, cultivateur à Rosny.
Gardebled, Simon, cultivateur à Villemomble.
Garnier, cultivateur à Bagneux.
Garnier, François, rentier à Villejuif.
Garnier, Alexandre, à Sceaux.
Garnon père, Claude-Nicolas, négociant à Sceaux.

Garnon fils, Louis-Nicolas, négociant à Sceaux.
Gassot, Fortuné, cultivateur à Fresnes.
Gaugé, Pierre-Athanase, architecte à Villejuif.
Gautier, Nicolas, cultivateur à Issy.
Gay, instituteur à Charenton-le-Pont.
Genevois, Bernard, à Charenton-le-Pont.
Genty père, rentier à Choisy.
Genty fils, marchand de bois à Choisy.
Gerard, Jean-Baptiste, menuisier à Nogent-sur-Marne.
Germain, Pierre, ex-employé à Montrouge.
Gibard, paveur à Sceaux.
Gilet, Louis, marchand de vin à Bercy.
Gillet, Nicolas, lieutenant de la gendarmerie à Sceaux.
Girard, aubergiste à Bercy.
Girard, Joseph-Michel, rentier à Vincennes.
Girardin, François, cordonnier à Fontenay-sous-Bois.
Giroux, Pierre, à Châtillon.
Gittard père, menuisier à Chatenay.
Gobereau, épicier au Bourg-Egalité.
Gode fils, boulanger à Sceaux.
Godefroy, Charles, cultivateur à Orly.
Gogue, Nicolas, vigneron à Clamart.
Gontier, Jacques, épicier à Villejuif.
Gouaux, épicier à Charenton-le-Pont.
Gouffé, boulanger à Maison-Alfort.
Grados, marchand de vin à Montrouge.
Grandjean, épicier à Creteil.
Grégoire, cultivateur à Creteil.
Gremion, propriétaire au Plessis-Piquet.
Grimprel, marchand de bois à Vincennes.
Groseilles, blanchisseur à Gentilly.
Gruchet, épicier à Saint-Maur.
Guéry (Prince le) pâtissier au Bourg-Egalité.
Guillot, Pierre, rentier à Bercy.
Guillot, Etienne-Marin, cultivateur à Fontenay-aux-Roses.
Hucar, Jean-Nicolas, épicier à Saint-Maur.
Hacquint, Nicolas, cordonnier à Rosny.
Hallé, Joseph, cultivateur à Orly.
Hanot, mercier à Saint-Maur.
Hardon père, cultivateur à Gentilly.
Harot, propriétaire et percepteur à Montreuil.
Harson, épicier à Chatenay.
Hébert, Pierre, propriétaire à Orly.
Hédelin, Louis-Joseph, cultivateur à Fontenay-sous-Bois.
Hénault jeune, aubergiste à Charenton-le-Pont.
Hénault, Louis-Nicolas, cultivateur à Vincennes.

3 *

Henry père, rentier à Bagneux.
Henry, maréchal, pont de Saint-Maur.
Héricourt, Claude, cultivateur à Fontenay-sous-Bois.
Héricourt, Séraphin-Thomas, vigneron à Nogent-sur-Marne.
Herrard, Pierre-Jean, épicier à Vaugirard.
Hervy, Mathurin, vigneron à Ivry.
Hervy, jardinier à Sceaux.
Hetru, Jean-Louis, cultivateur à Vincennes.
Hevin, Jean-Louis, cultivateur à Issy.
Honoré, Pierre-Marie-Nicolas, officier de santé à Vitry.
Horiot, Edme, marchand de vin à Bercy.
Houdart, Jean-François, cultivateur à Montreuil.
Houdé père, Joseph, pépiniériste à Vitry.
Houdé, Abraham, pépiniérisse à Vitry.
Houdet, menuisier à Choisy.
Honzeau, Louis, cultivateur à Fontenay-sous-Bois.
Houzeau, Alexis, cultivateur à Fontenay-sous-Bois.
Huart-Duparc, J.-B.-A., juge de paix à Fontenay-aux-Roses.
Huet, René-Jacques, à Nogent-sur-Marne.
Humbert, Nicolas, instituteur à Vincennes.
Huvin-François-Joseph, cultivateur à Issy.
Jacob, marchand de vin, à Gentilly.
Jacquin, Louis-François, charron, à Creteil.
Jeulin, François, plâtrier, à Bagneux.
Joblin, rentier, à Thiais.
Joigneux, Nicolas-Vincent, cultivateur, à Fontenay-sous-Bois.
Joigneux, J.-François, à Fontenay-sous-Bois.
Joliette, Magloire, maçon, à Sceaux.
Joliette, Pierre, maçon et percepteur, à Châtenay.
Jollet, officier de santé, à Charenton-le-Pont.
Jolly, Pierre, cultivateur, à Fontenay-sous-Bois.
Jouette, Jean, mercier, à Nogent-sur-Marne.
Jourdain, Pi.-Mich.-Ni., instituteur, à Brie-sur-Marne.
Jourdan, Jacques, propriétaire, à Montrouge.
Jousse père, cordonnier, à Sceaux.
Jouy, Alexandre, boucher, à Bercy.
Julienne, homme de loi, à Gentilly.
Junot, homme de loi, à Charenton-le-Pont.
Kessler, boucher, à Gentilly.
Kimly, Pierre-Jos.-Fr., propriétaire et peint. à Choisy.
Labbé, marchand de vin, à Gentilly.
Laboureur père, maçon, à Bagneux.
Labrousse, officier de santé, Bourg-Egalité.
Lacour, Nicolas, épicier, à Charenton-le-Pont.
Lacroix, ex-secrétaire de la municipalité, à Châtillon.
Lacroix, Pierre, maçon, à Saint-Maur.

Lagasse , Nicolas-Etienne , rentier , à Gentilly.

Lagastine , rentier , à Vanvres.

Laîné , Mathieu , vigneron , à Sceaux.

Laîné , Michel , à Sceaux.

Laîné , Nicolas , à Sceaux.

Lalbin , Nicolas , propriétaire , à Vitry.

Lallemant , Jean-Baptiste , ex-diplomate , à Choisy.

Laloutre , père , maçon à Nogent.

Laly - Leger , carrier , à Montrouge.

Lamarre , ministre du culte , à Montrouge.

Lamartelliere , propriétaire , à Sceaux.

Lambert , Bourg-Egalité.

Lameau , Nicolas , cultivateur-vigneron , à Fontenay-sous-Bois.

Lameau , Saturnin , cultivateur , à Nogent-sur-Marne.

Lamy , Charles , pépiniériste , à Vitry.

Landrieux , François , charon , à Arcueil.

Lanefranque , médecin , à Bicêtre.

Lanet fils , Claude , cultivateur à Fontenay-sous-Bois.

Langot , François , maçon , à Clamart.

Lanot , Claude.

Lapierre , Nicolas , maçon , à Lay.

Lapy , Jean-Marie , cultivateur , à Fontenay-sous-Bois.

Lapy , Jean-Laurent , cultivateur , à Fontenay-sous-Bois.

Lapy , Etienne , cultivateur , à Fontenay-sous-Bois.

Lapy , Jean-Louis , cultivateur , à Fontenay-sous-Bois.

Lapy , Bonaventure , cultivateur , à Fontenay-sous-Bois.

Lapy , Pierre-François , cultivateur , à Fontenay-sous-Bois.

Lararre , propriétaire , à Chatenay.

Lardot , Jean-Baptiste , à Bagnenx.

Larmoyer , Jean-Baptiste , négociant , à Fresnes-Rungis.

Laroche , Antoine , charpentier , à Vincennes.

Larue , boucher , à Thiais.

Laruelle , maçon , à Villemomble.

Laruelle , Charles-François , serrurier , à Rosny.

Lasnier , menuisier , à Clamart.

Lasseray , Cyp.-Athan. , à Charenton-le-Pont.

Laval , épicer , à Bercy.

Lavaux , Charles-François , ex-com. du g. , à Charenton-le-Pont.

Lavigne , Nicolas , blanchisseur , à Vanvres.

Labeau , Jean-Pierre , propriétaire , à Arcueil.

Leblanc , Georges , cultivateur , à Vanvres.

Labour , Joseph , cultivateur à Montreuil.

Lehourlier , Nicolas , cultivateur , à Fresnes.

Lebreton , Jean-Pierre , ex-constituant , à Sceaux.

Lebreton , Pierre , vigneron , à Champigny.

Lecomte , négociant , à Saint-Mandé.

Lecomte, Jean-F.-Hyp., propriétaire, à Sceaux.
Lecomte, vivant de son bien, à Gentilly.
Lecomte père, Louis, jardinier, à Vaugirard.
Lecourt, marchand de vin, à Charenton-le-Pont.
Lecouteux, Etienne, épicier à Charenton-le-Pont.
Ledoux, Pierre-Const., cultivateur, à Fontenay-sous-Bois
Ledoux, Germain, à Fontenay-sous-Bois.
Lefevre, tailleur, à Gentilly.
Lefevre, Honoré-Jean, pépiniériste, à Vitry.
Lefebre, André, pensionnaire de l'état, à St.-Mandé.
Lefranc, Louis-Gervais, marchand boucher, à Rosny.
Legal, Jean, insituteur, à Bagneux.
Leger, Etienne, rentier, à Charenton-le-Pont.
Legrand, Jean-F.-Alex., épicier, à Bercy.
Lelarge, Michel, épicier, à Sceaux.
Lelièvre, Pierre-Louis, marchand boucher, à Issy.
Lemaignan, Jean-Baptiste, à Châtillon.
Lemaignan, Pierre, cultivateur, à Arcueil.
Lemaire, Jean-François, marchand de vin à Choisy.
Lemaire, Ange, aubergiste, Pont de St.-Maur.
Lemaire, Mathurin, épicier, Pont de St.-Maur.
Lemaitre, Jean-Pierre, à Vincennes.
Lemanissier, commis à Bicêtre, à Gentilly.
Lemarchand, employé à Bicêtre, à Gentilly.
Lenormand de Beauvais, propriétaire, à Chatenay.
Lepetit, Charles-Marie, à Champigny.
Léridon, boulanger à Sceaux.
Leroux, Jean, marchand de vin à Ivry.
Leroy, cultivateur à Gentilly.
Leroy, marchand épicier à Chatenay.
Leroy, Marie, laboureur à Ivry.
Leroy, Denis, propriétaire à Saint-Maur.
Leroy de Lisa, propriétaire à Montreuil.
Lesage, Claude-André, tailleur d'habits à Villejuif.
Lescadieu, marchand de vin à Charenton-le-Pont.
Lesguiller, marchand de vin à Villejuif.
Lesueur, pâtissier-marchand de vin à Vitry.
Letellier père, propriétaire à Vitry.
Letourneau, employé à Bicêtre, à Gentilly.
Letuvé, cultivateur à Châtillon.
Leverdier, ministre du culte à Choisy.
Leyréaud, Jean, propriétaire à Charenton-le-Pont.
Lheureux, Nicolas, Pont de Saint-Maur.
Liard, propriétaire à Saint-Maurice.
Lindet, Charles-Antoine, marchand de vin à St.-Mandé.
Lonchamp, épicier à Issy.

Luisette, pépiniériste à Vitry.
Maheu, Paul, cultivateur à Rosny.
Mainfray, cultivateur à Lay.
Mainguet, Jean, assesseur de juge de paix à Bercy.
Mainguet, Pierre-Louis, à Fontenay-sous-Bois.
Mainguet, Jean-Nicolas, cultivateur à Montreuil.
Malecot, marchand de vin à Gentilly.
Marcou père, ouvrier à Sceaux.
Marcou, peintre et cabaretier à Sceaux.
Marion, Jean-François, boucher à Vitry.
Marinier, Nicolas-Vincent, à Fontenay-sous-Bois.
Marolles, fermier à Vitry.
Marolles, Jean-Baptiste, cultivateur à Vitry.
Marquis, carrier à Arcueil
Martine père, menuisier à Châtillon.
Martinot, notaire à Arcueil.
Masson, ex-maire à Charenton-le-Pont.
Masson, marchand de vin à Choisy.
Masson, Christophe, à Vanvres.
Massuet, Cyr, à Villejuif.
Mauduisson, ancien jurisconsulte, à Montrouge.
Maufras, Jean-Baptiste, maçon à Sceaux.
Mauregard, Jean, cultivateur à Rosny.
Mauroy, Jean-Baptiste, marchand de vin à Vaugirard.
May, maréchal à Charenton-le-Pont.
Menesson, tailleur d'habits à Nogent-sur-Marne.
Méniglaize, propriétaire à Montreuil.
Menou père, cultivateur à Tiais.
Mentiene, blanchisseur.
Mentienne, Jean, vigneron à Bry-sur-Marne.
Meriel, François, cultivateur à Montreuil.
Merle père, charpentier à Montreuil.
Metivier, Louis, vigneron à Bry-sur-Marne.
Metivier, Gervais, à Bry-sur-Marne.
Meunier, surveillant à Gentilly.
Michéa, Pierre, jardinier-fleuriste à Arcueil.
Micheau, carrier à Arcueil.
Michel, instituteur au Plessis-Piquet.
Michon, épicier à Bercy.
Milcent, entrepreneur de bâtimens à Maisons.
Millet, Pierre, boucher à Ivry.
Misgault, Louis, cultivateur à Nogent-sur-Marne.
Moinery, Antoine, cultivateur à Chevilly.
Moncouteau, Pierre-Jean, cultivateur à Villejuif.
Moncau, Pierre, charron à Orly.
Montaudon, Pierre, pâtissier au Bourg-Egalité.

3 *.

Montain-Friquenaux, propriétaire à Thiais.
Morblan, pépiniériste à Vitry.
Moreau, Pierre, vigneron à Bagneux.
Moreau, Louis, maréchal à Vanvres.
Morette, Raimond, serrurier à Charenton-le-Pont.
Morin, Michel, menuisier à Fontenay-aux-Roses.
Morizet, marchand de vin et de bois à Saint-Mandé.
Mouette, juge de paix à Chatenay.
Moulin, Jacques, à Orly.
Moulinot, Antoine, cultivateur à Fresnes.
Moullé, Jacques, tailleur à Sceaux.
Mounier, François, officier de santé à Montreuil.
Moussard, aubergiste au Bourg-Egalité.
Mozars, Jean, cultivateur à Montreuil.
Nauteau, aubergiste à Choisy.
Nanteuil, Denis-Germain, à Rosny.
Nérandeau, marchand de vin à Vitry.
Nigon de Berty, propriétaire à Thiais.
Noblet, Jean-Hubert, maçon à Sceaux.
Odet, commis à Bicêtre, à Gentilly.
Osselet, Jean-Marie, greffier de la justice de paix à Sceaux.
Paillard, Romain-Crépin, peintre à Charenton-le-Pont.
Paillard, Jérôme, boulanger à Bercy.
Paris, Jacques, marchand de vin à Charenton-le-Pont.
Pasquier, Louis, rentier à Choisy.
Paulet, aubergiste à Antony.
Paullard, vincent-Paul, cultivateur à Fontenay-sous-Bois.
Payen, ex-agent à Champigny.
Pepin, robert, cultivateur à Villejuif.
Périchard, Louis-Germain, cultivateur à Fontenay-sous-Bois.
Pérot père, à Charenton-le-Pont.
Perrier, marchand de vin à Gentilly.
Perrier, maçon à Gentilly.
Petit, Nicolas, régisseur à Villemomble.
Peyrot, pharmacien à Gentilly.
Picard, Claude, vigneron à Clamart.
Picard, Jean-Louis, vigneron à Sceaux.
Picard, Jean-Louis, maçon à Vitry.
Pichard, marchand épicier à Bourg-Egalité.
Pichot, Jean, à Bercy.
Picot, propriétaire à Conflans.
Pigeau, boucher à Sceaux.
Piller, Louis-Simon, instituteur à Rosny.
Piot, cultivateur à Creteil.
Piot fils, Charles, cultivateur à Thiais.
Piot, boucher à Charenton-le-Pont.

Pitou, Jean-Laurent, cultivateur à Fontenay-sous-Bois.
Place, marchand de vin à Gentilly.
Pluchet, propriétaire à Chatillon.
Pluchet, Vincent-Dom., cultivateur à Bagneux.
Poidatz, Henry, architecte à Saint-Mandé.
Poirot, employé à Bicêtre, à Gentilly.
Poncelle, facteur à Bourg-Egalité.
Portier, Antoine, cultivateur à Orly.
Postiens, Marie, à Saint-Mandé.
Pouchat, charcutier à Chantilly.
Pougny, épicier à Vincennes.
Poulain, Louis-Etienne, cultivateur à Rosny.
Poussin, Michel, grainetier à Bourg-Egalité.
Preaux, notaire à Montreuil.
Prévost, Jean, propriétaire à Saint-Maur.
Prouteau, Antoine, couvreur à Vitry.
Prudhomme, Pierre-Edme, cultivateur à Montreuil.
Prunier, aubergiste à Bourg-Egalité.
Puiforcat, cultivateur à Orly.
Puissant, musicien à Sceaux.
Quenet-Duhamel, secrétaire du maire à Vitry.
Queru, Jean-Joseph, vigneron à Bry-sur-Marne.
Queru, François-Léonard, vigneron à Bry-sur-Marne.
Querus fils, propriétaire à Vanvres.
Rabet, blanchisseur à Saint-Maur.
Raffard, Alexandre, épicier à Châtillon.
Raoult, Pierre-Louis, à charenton-le-Pont.
Raoult, Noël, à Charenton-Saint-Mauri.
Ravenet, meunier à Arcueil.
Ray, marchand de vin à Charenton-le-Pont.
Regardin, Charles-Louis, à Montrouge.
Regereaut, menuisier à Bagneux.
Regnault, maçon à Choisy.
Renat père, à Bercy.
Renat, Louis-Auguste-César, traiteur à Bercy.
Ranet père, marchand de vin à Bercy.
Renoult, Antoine-Jean-Baptiste, fermier à Ivry.
Renoux, vigneron à Champigny.
Ribou, blanchisseur à Vanvres.
Richard, Jean-Hubert, pêcheur à Saint-Maur.
Richard, employé à Gentilly.
Richomme, employé à Bicêtre, à Gentilly.
Riot, Etienne-Léger, à Villemomble.
Robert, marchand de vin à Vitry.
Robin, Jean, cultivateur à Fontenay-sous-Bois.
Robin, Charles, cultivateur à Fontenay-sous-Bois.

Robin, propriétaire à Saint-Maur.
Robin, Paul, charpentier à Rosny.
Roger père, ex-maire à Maison-Alfort.
Rogier père, propriétaire à Chatenay.
Rogues, Jean-Jacques, à Ivry.
Roinville, rentier à Villejuif.
Romanet, Jean-André, propriétaire à Arcueil.
Romanet, Frédéric, cultivateur à Arcueil.
Roubé, marchand de vin à Gentilly.
Rouette, boulanger à Nogent-sur-Marne.
Rousgeole, François, cultivateur à Rosny.
Rousselet, propriétaire à Vitry.
Rousy-la-Motte, J.-R., juge de paix à Villejuif.
Rouval, boucher à Sceaux.
Rouvé, officier de santé à Charenton-le-Pont.
Roux, Xavier, huissier à Choisy.
Roux, Arnoult, percepteur à Orly.
Royer, Denis, cultivateur à Fontenay-aux-Roses.
Roze, Nicolas, rentier à Saint-Mandé.
Rozier père, à Charenton Saint-Mauri.
Ruan, Jean, propriétaire à Charenton-Saint-Mauri.
Saget, Jean-André, verrier à Ivry.
Samot, employé à Gentilly.
Sandrin, Claude, à Châtillon.
Sandrin, Jean-Denis, à Châtillon.
Sandrin, Jacques, à Sceaux.
Santerre père, brasseur à Bercy.
Santerre, Mathias, cultivateur à Rosny.
Saunier, Antoine, vigneron à Sceaux.
Saunier, Louis, à Fresnes-les-Rungis.
Saunier, Nicolas, à Sceaux.
Sauton, Henri, aubergiste à Charenton-le-Pont.
Savart, Germain-Nicolas, cultivateur à Saint-Mandé.
Schwartz, propriétaire à Vitry.
Segala, rentier à Choisy.
Sejean, Pierre, secrétaire du sous-préfet à Sceaux.
Sellier, Georges, vigneron à Bry-sur-Marne.
Serres, Louis, officier de santé à Rosny.
Sinet, notaire à Gentilly.
Saligny, dit Chintceler, ex-employé à Charenton-le-Pont.
Sommellier, propriétaire à Vitry.
Soudieux, Dominique, cultivateur à Nogent-sur-Marne.
Sourdon, Saint-Cyr, propriétaire à Bourg-Egalité.
Strickers, tailleur d'habits à Sceaux.
Surivet, François, maçon à Antony.
Tailland fils, serrurier à Villejuif.

Tastet, Pierre-Ozans, propriétaire à Fontenay-aux-Roses.
Terrier père, propriétaire à Sceaux.
Thevenard, Bon-Benigne, cultivateur à Vincennes.
Thevenot, Jean-Louis, pépiniériste à Vitry.
Thibaut, Jean-Louis, à Villejuif.
Thiebaud, manufacturier à Gentilly.
Thiboust père, Jean-Baptiste, menuisier à Bercy.
Thomas, André, épicier à Vincennes.
Thomas, employé à Gentilly.
Thore, Joseph, officier de santé à Vaugirard.
Thory, commissionnaire de vins, aux Carrières de Charenton.
Tissier, Julien, vigneron à Nogent-sur-Marne.
Trevilliers père, ex-administrateur du département à Sceaux.
Trevilliers fils, Auguste, à Sceaux.
Trianon, Claude, percepteur à Vaugirard.
Trouvin, Nicolas-Christ, serrurier au Plessis-Picquet.
Trudon, dit des Ormes, propriétaire à Antony.
Trudon, Jérôme-Pierre, propriétaire à Antony.
Turodin, propriétaire à Montrouge.
Vacquelin, Jacques-Gabriel, propriétaire à Issy.
Vaillant, Fr.-Claire-Ger., à Villejuif.
Vangeleen, aubergiste, à Sceaux.
Varlet, Antoine, boulanger, à Rosny.
Varnier, propriétaire, à Bagneux.
Vatinelle, employé à Bicêtre, à Gentilly.
Vaton, Laurent, marchand de vin, à Bercy.
Vauber, Anne-Daniel, rentier, à Vincennes.
Vaubertrand, Daniel, rentier, à Vincennes.
Vanbertrand, employé à Bicêtre, à Gentilly.
Vaudoyer, Jean-Hon, pépiniériste, à Vitry.
Vaudoyer, Phil.-Regis, pépiniériste, à Vitry.
Vée, rentier, à Choisy.
Verguet, huissier à Saint-Maur.
Verrier, employé à Bicêtre, à Gentilly.
Vial, marchand de vin à Sceaux.
Vicquenelle, propriétaire à Montrouge.
Vidiard, Jean-Nicolas, cultivateur à Fontenay-sous-Bois.
Vidiard, Louis, cultivateur à Fontenay-sous-Bois.
Vienot, Nicolas, notaire à Vincennes.
Vienot, Jean, receveur de l'enregistrement à Vincennes.
Vienot, ancien maire à Vincennes.
Villeroux, Louis, officier de santé à Brie-sur-Marne.
Vincent, Jean-Brice, menuisier à Villejuif.
Vingdletz, carrier à Pont-de-Maur.
Vispré, Jean-Baptiste, cultivateur à Chatenay.
Vitry, Jean-Marie, cultivateur à Fontenay-sous-Bois.

Vitry, Pierre-Noël, cultivateur à Fontenay-sous-Bois.
Vitry, Pierre-Louis, marchand de vin à Fontenay-sous-Bois.
Vitry, Jacques-François, cultivateur à Fontenay-sous-Bois.
Vitry, Maurice, vigneron à Nogent-sur-Marne.
Vitry, Nic.-François, maçon à Nogent-sur-Marne.
Vitry, Emmanuel, cultivateur à Nogent-sur-Marne.
Wiart, rentier à Sceaux.
Wuy, distillateur à Fontenay-sous-Bois.
Yvart, Victor, fermier à Maison Alfort.

Certifié véritable la présente Liste, par nous soussignés, Notables communaux de l'Arrondissement de Sceux, département de la Seine, réunis en vertu de l'article XLI de la loi du 13 ventose an 9, concernant la formation et le renouvellement des Listes d'éligibilité, prescrites par la constitution pour procéder à la formation de la Liste de notabilité de cet Arrondissement.

A Sceaux, le 12 fructidor an 9 de la République.

Signé Houdeyer, *président ;* Muiron, N.-N. Cahouet, *scrutateurs ;* Allard, Bargue, Berthould, Besnard, Boulogne, Bourguignon, Bouvet, Ch. Cahouet, Caron, P.-M. Chevalier, Cretté, Defresnes, Delaunay, Desauges, Desgranges, Dieu, Dret, Dubreuil, Dumont, Duval, Fertellé, Ch.-F. Frottié, Houfroy, Jacques, Jeandier, Lapy, Lavisé, Lecoupt, Mackau, Mouret, Parvy, Recodère, Sabottier, Tarrault.

Pour copie conforme,

Signé HOUDEYER, *Sous-Préfet.*